Feliz sem marido

HERA LIND

Feliz sem marido

Tradução de
ANDRÉ DELMONTE

com colaboração de
KRISTINA MICHAHELLES

EDITORA RECORD
RIO DE JANEIRO • SÃO PAULO

2008

CIP-Brasil. Catalogação-na-fonte
Sindicato Nacional dos Editores de Livros, RJ.

Lind, Hera
L721f Feliz sem marido / Hera Lind; tradução de André Delmonte com a colaboração de Kristina Michahelles. – Rio de Janeiro: Record, 2008.

Tradução de: Das superweib
ISBN 978-85-01-07669-4

1. Romance alemão. I. Delmonte, André. II. Título.

08-0341 CDD – 833
CDU – 821.112.2-3

Título original alemão:
DAS SUPERWEIB

Capa: Rafael Nobre e Rafael Secim

Direitos exclusivos de publicação em língua portuguesa somente para o Brasil adquiridos pela
EDITORA RECORD LTDA.
Rua Argentina 171 – Rio de Janeiro, RJ – 20921-380 – Tel.: 2585-2000
que se reserva a propriedade literária desta tradução

Impresso no Brasil

ISBN 978-85-01-07669-4

PEDIDOS PELO REEMBOLSO POSTAL
Caixa Postal 23.052
Rio de Janeiro, RJ – 20922-970

Para Gitte,
hoje mais preciosa do que nunca

Para Berta,
a melhor sogra do mundo

Para a senhora Kolb:
tê-la como vizinha faz com que sinta inveja de mim mesma

Ao meu lado, uma cliente fazia uma permanente nos cabelos. Preocupada, olhei minha imagem refletida no espelho de cristal. Engraçado.

Sempre era assim: mal me instalava em um salão de cabeleireiro, era invariavelmente invadida pela sensação de que os meus cabelos estavam mais belos do que nunca. Temerosa, olhei para o cabeleireiro cheio de ginga que cuidava de uma senhora de idade sem esboçar qualquer emoção.

O Salão de Beleza Lauro, sem dúvida um lugar sofisticado e cheio de luz, ficava num dos melhores bairros da cidade. Bem diferente do estabelecimento que levava o duvidoso nome de Salão Anita Stümper e oferecia corte e lavagem de cabelos por apenas 7,50 marcos, ostentando havia mais de 30 anos a mesma foto publicitária amarelada na vitrine de vidro leitoso.

Céus, como vim parar aqui? Tudo acontecera tão rápido!

Comecei a folhear um exemplar da *Revista Rosa* colocada na minha frente por alguém que decididamente subestimara o meu nível intelectual. Desinteressada, fiquei sabendo que Lady Di, aquela princesa charmosa e anoréxica — informação que a *Revista Rosa* oferecia com exclusividade para os seus leitores —, era terrivelmente solitária, já que o seu taciturno príncipe-consorte (com cavalo, na foto à esquerda) a traía havia 13 anos com uma mulher de traços masculinos, jogadora de pólo (foto pequena abaixo, infelizmente fora de foco). A rainha-mãe (foto principal) se cobria em silêncio real.

A senhora ao meu lado não estava coberta em silêncio real. Parecia querer explodir de vontade de se comunicar.

— Um belo dia meu marido partiu para os Estados Unidos e nunca mais voltou — disse alegremente, quebrando o silêncio do ambiente discreto no requintado salão.

Ninguém reagiu. Nem o mestre que se ocupava dos seus cabelos com ar de desinteresse, nem o seu assistente que lhe passava com ar entediado os bóbis coloridos .

Espiei por cima do meu jornaleco. O que aquela senhora queria contar me pareceu bem mais interessante do que as besteiras da *Revista Rosa*.

— Imagine só isto — disse a senhora. — A guerra mal havia terminado e eu tive que cuidar totalmente sozinha do meu filho!

Que sujeira, pensei. Coisa típica de homem. Simplesmente se manda, deixando para trás a mulher com uma criança pequena em meio aos escombros.

Era o meu caso. Só que eu tinha dois filhos pequenos. E também não havia guerra, naturalmente. Nesse aspecto, tudo era mais fácil para mim. Eu não era uma sobrevivente de guerra. Pelo menos não era uma vítima, no sentido clássico da palavra.

Larguei a revista e peguei o periódico *Nós Mulheres*, bem mais pretensioso.

Este era repleto de moçoilas alegres encostadas em paredes, vestindo os mais diversos tipos de roupa e agraciando os observadores com sorrisos frívolos, talvez por usarem meias-calças de lurex ou, mesmo que a curiosa leitora não pudesse sentir mas somente suspeitar, por estarem usando o sedutor perfume "Narciso e Goldmund" de Lagerlöff.

Eu me senti incrivelmente enriquecida.

A mesma mulher que na página anterior cuidava de rosas trajando um sutiã preto agora ia rachar lenha usando um paletó masculino exageradamente grande e um chapéu de abas largas, sob o título "Arrojada". Ela jogara displicentemente sobre os ombros um velho cobertor de lã e estava sendo seguida por dois setters irlandeses magros que circulavam sem graça na frente da lente do fotógrafo. Ela, a moçoila, transbordava de bom humor, mas pelo jeito não tinha dois filhos manhosos nem um marido eternamente ausente. Olhei para a foto, morta de inveja. Seus cabelos volumosos escapavam por baixo do chapéu em grandes cachos, levando-me a concluir que ela não freqüentava estabelecimentos luxuosos como este diariamente, mas sim provavelmente de hora em hora. Logo passei a desejar que o desanimado Lauro fosse capaz de produzir aquele mesmo efeito incrível na minha cabeça.

Afinal, naquele dia eu iria procurar um corretor de imóveis pela primeira vez. Um verdadeiro cavalheiro, que me convidaria a me sentar e me chamaria de "prezada senhora"! Este já era um motivo suficientemente bom para passar duas horas num salão de luxo!

— Meu marido nunca mais deu sinal de vida, nunca mais — exclamou, indignada, a senhora ao meu lado. — Ele poderia ao menos ter escrito uma carta!

Como mais uma vez ninguém respondeu, senti-me obrigada a dizer:

— É verdade!

Contente, a senhora notou minha presença. Sua imagem refletida no espelho sorriu vitoriosa para a minha imagem. Ela devia ter uns 70 anos.

— Acho que naquela época ele tinha uma namorada nos Estados Unidos — confidenciou. — Mas ele poderia ter me CONTADO!

— O MEU marido sempre me conta quando tem um caso — deixei escapar.

— Então — respondeu minha vizinha. — É assim que se faz. Pelo menos assim a mulher pode ficar preparada!

Ela me concedeu um sorriso encorajador.

— Seu marido faz o quê?

— É diretor de cinema — respondi.

— Oh! Que interessante! — exclamou minha vizinha, empolgada. — Será que já ouvi falar dele?

— *Hotel Caribe* — disse eu. — E *Dr. Frank Martin, médico de bordo*.

— São filmes do SEU marido? — exclamou ela, encantada. O cabeleireiro teve que parar de fazer os rolinhos, pois ela tinha virado a cabeça, de tão empolgada.

— Sim — respondi, ruborizando de modéstia. É sempre uma sensação maravilhosa sentir-se orgulhosa à sombra do marido.

— Assisti a todos os episódios! — exclamou ela, contente. — Sabe, tenho tempo de sobra. O meu Enno ainda mora comigo, mas ele passa a maior parte do tempo no escritório.

— Então a senhora já passou pela pior fase — disse eu, invejosa.

A senhora riu.

— Mas o que está pensando! Meu Enno tem 45 anos!

Lauro terminara de fazer os rolinhos e colocou a minha simpática interlocutora debaixo do secador. Dei um aceno cordial com a cabeça e voltei a ler o meu jornal.

Uma jovem modelo saltava arrebatadoramente feliz por cima de uma cerca que chegava à altura dos seus joelhos. Sua blusa de seda com babados e a minissaia do tipo tubinho não pareciam atrapalhar. Ao fundo, algumas ovelhas observavam a cena sem entender nada.

Folheei rapidamente uma tira destacável com um teste de gravidez que chamava a atenção por sua surpreendente simplicidade. Sim (X) ou então não (–). Simples de entender até para a usuária mais obtusa.

O título *Instinto selvagem* encabeçava uma foto que mostrava uma jovem senhora com dentes faiscantes que evidentemente NÃO estava grávida, protegendo-se da chuva com um falso casaco de pele de leopardo e uma minúscula bolsinha de verniz vermelho. Ela morria de rir do vendaval que deixava suas pernas totalmente à mostra. Na página seguinte, já com os pés secos, ela passeava no meio de uma paisagem pedregosa, acompanhada de um cavalo com arado, de olhar cansado, que ela puxava pelo cabresto.

Para aquela atividade, ela se vestira de forma bem mais apropriada: alguns trapos que escorregavam lentamente pelos seus ombros enquanto andava. Se eu tivesse aparecido no salão daquele jeito provavelmente teria sido presa no ato, discretamente. Mas eu não era uma top model. Eu era apenas a estressada dona-de-casa Franziska Herr-Grosskötter que tinha uma reunião marcada com um corretor de imóveis.

Finalmente, Lauro se aproximou da minha insignificante pessoa. Com uma expressão levemente enojada, examinou meus cabelos ressecados e me informou discretamente que eles estavam seriamente danificados e necessitavam urgentemente de um tratamento intensivo para salvar a estrutura capilar.

— O meu Enno é advogado de família! — gritou a senhora ao lado, debaixo do seu secador. — O melhor advogado de divórcio desta cidade!

— Que interessante! — devolvi, também berrando. Depois disse a Lauro que, se ele achasse realmente indispensável, poderia aplicar aquele produto caríssimo nos meus cabelos.

Lauro afastou-se para buscar um líquido com cheiro desagradável num frasco de plástico marrom.

— O meu Enno é famoso por seus divórcios amigáveis! Já conseguiu fazer novecentas separações amigáveis! Consegue imaginar?! — exclamou minha vizinha orgulhosa.

— Incrível! — berrei, admirada. — Como é que ele consegue?

— Coisa de temperamento! Ele odeia brigas! É um rapaz pacífico e carinhoso!

Ele devia ser mesmo uma criatura encantadora. Pelas descrições da mãe, logo simpatizei com ele. Imaginei um homenzinho franzino, imberbe, sentado atrás da sua escrivaninha enorme, vestido de marinheiro, aconselhando seus clientes com uma voz fina:

— Sejam gentis uns com os outros.

Lauro começou a massagear meu couro cabeludo com evidente má vontade.

— Este produto contém camomila e extrato de tília — comunicou, sem nenhuma empolgação. — Foi você quem tingiu seus cabelos?

— Não — respondi em voz baixa —, acho que foram ficando assim com o passar do tempo.

Mas Lauro não acreditou.

— Dá para ver que foram mexidos — criticou acidamente.

Eu achava a cor dos cabelos bastante boa. Ficara com uma excelente coloração amarela depois de uma única aplicação de um clareador suave e natural. Do Salão Anita Stümper, é claro.

— Eu poderia fazer uns reflexos — disse finalmente Lauro, condescendente.

— Meu Enno é o sonho de consumo de todos os candidatos à separação! — intrometeu-se em voz alta a senhora ao lado. — Até mesmo a parte perdedora o recomenda para os amigos!

Achei aquilo o máximo.

Separação light! Era a última moda!

Lauro cobriu meus cabelos rudemente com uma touca de plástico e começou a puxar mechas com uma agulha de crochê. Contorci o rosto em uma careta de dor.

— Ora, ora, para ficar bonita é preciso sofrer! — exclamou alegremente a senhora ao lado. — Já era assim na minha época! No pós-guerra, pintávamos riscas nas pernas para parecer que estávamos usando meias de seda! Ah, bons tempos aqueles, apesar de tudo!

Eu simpatizava cada vez mais com ela. Ela transbordava de calor humano, alegria de viver e necessidade de comunicação! Era óbvio que o seu filho não se casara, preferindo continuar dormindo no seu quarto de infância! Se tivesse uma mãe dessas, não teria saído de casa. Com certeza, ela sabia preparar deliciosas batatas fritas e assava aquelas tortas de queijo pesadas e altamente calóricas. Uma habilidade que eu absolutamente não tinha, assim como várias outras virtudes domésticas. Infelizmente. Trocamos sorrisos cúmplices, a mãe do advogado debaixo do secador e a dona-de-casa desajeitada com a touca de plástico.

— Você também tem filhos?

— Tenho. Dois meninos pequenos, de 4 e 2 anos.

— Que idade maravilhosa! Dá vontade de apertá-los muito.

Lauro revirou os olhos, irritado.

— E onde estão agora? Com a avó?

Errou feio! Não existia avó.

— Não. O maior está no jardim-de-infância, e o menor com uma vizinha. Hoje eu tenho uma reunião com um corretor — berrei.

— Como?

— Corretor! Eu tenho que COMPRAR UMA CASA!

— Que tarefa agradável!

— Não é das piores! Mas só disponho de dez dias para fazer isso! Tenho que comprar a casa ainda ESTE ano! Entende? Para não ter que pagar um imposto muito caro!

— Caro? Sim, as casas por aqui são muito caras! Eu que o diga!

— *Impostos, receita federal, dinheiro sem comprovação de origem!!*

Alguns clientes espicharam o pescoço, curiosos. Impassível, Lauro continuava a puxar minhas mechas.

— Ah, os IMPOSTOS! Meu filho Enno é especialista nisso: incentivos fiscais e finanças! Também entende de imóveis! Ele é um jovem extremamente prático! Sabe de uma coisa? Vou ligar para ele! Com certeza ele terá um tempinho para você!

Ela se esgueirou para fora do secador e girou a cabeça, procurando algo.

— Lauro! Traga-me o telefone, por favor!

Meus reflexos ficaram muito bons. Trajando um tailleur que realçava a silhueta e mostrava as pernas, comprado na loja de roupas usadas Amor à Segunda-Vista, eu me encontrava sentada de pernas cruzadas na ante-sala do advogado bem-sucedido. Agora, sem dúvida, já me encaixava naquela revista de moda, talvez na seção Antes e Depois.

"Franziska Herr-Grosskötter, de Colônia, 34 anos, dona-de-casa e mãe de dois filhos encantadores (que infelizmente não aparecem na foto), deixou-se aconselhar, sem compromisso, pelo nosso supercabeleireiro Lauro, antes da sua visita ao advogado. Ele sugeriu que ela trocasse o penteado amarelo da Emília do Sítio do Pica-Pau Amarelo, de extremo mau gosto, por mechas com luzes da marca Polygram. Ele a maquiou com produtos Margaret Astloch e fez suas sobrancelhas com uma pinça de aço inoxidável

Solinger. Ela veste um tailleur da coleção de inverno do estilista Hotte Gern."

Eu queria saber como Rosie Porzellan consegue estar sempre tão chique e tão encantadoramente bávara.

Conforme eu acabara de ler no jornal *Nós Mulheres*, ela sempre conseguia enfiar seus três filhos em lindos vestidos com golas de veludo antes de tomar o café-da-manhã com eles no terraço. E isso sem que eles batessem nela nem sujassem com geléia o seu lindo vestido de aventalzinho!

As revistas na mesinha lateral cromada do fabuloso escritório de advocacia situado no melhor bairro de Colônia tinham títulos decepcionantes do tipo: *Meu Capital*, *Meu Direito*, *Meus Imóveis e Eu* e coisas do gênero.

Não havia tantas fotos de moças bonitas quanto nas revistas empilhadas no salão de Lauro, mas estas, por sua vez, jogavam alegres seus levíssimos laptops para o alto ou falavam ao celular enquanto apoiavam displicentemente suas pernas perfeitas no assento da frente no trem intermunicipal. A mocinha da recepção parecia ter saído de uma daquelas revistas. Com ar satisfeito, ela digitava em seu computador com as dez unhas irrepreensivelmente pintadas de vermelho um texto que ouvia atentamente nos seus fones de ouvido.

— Sra. Herr-Grosskötter?

Saltei da cadeira.

— Sim?

— Queira me acompanhar, por favor! O Dr. Winkel a aguarda.

Um pouco apreensiva, segui a loura. E se ele me cobrasse dez mil marcos antes mesmo de se dispor a conversar comigo?

O Dr. Winkel era um homem grande, de barba, com simpáticos olhos verdes com manchas castanho-douradas. Ele se levantou de detrás da sua impressionante escrivaninha para me estender a mão.

— Sra. Herr-Grosskötter!

— Dr. Winkel!

— O que a traz ao meu escritório? — perguntou o advogado, fazendo um gesto para que me sentasse.

Afundei numa poltrona de couro legítimo.

— Sua mãe recomendou... — comecei.

— Sim, a Alma Mater adora fazer isso — disse o advogado, satisfeito. — Beate, traga os copos e não me passe nenhuma ligação agora.

Alma Mater! Alma-mãe. Isso mesmo. Era bem ela.

— Contei a ela sobre o meu problema...

— ...e ela a enviou para cá.

— Sim — disse eu, perplexa.

Quanta desenvoltura! A mãe dele tinha razão: ele realmente parecia dotado de uma capacidade de percepção extremamente rápida.

— A senhora está em boas mãos — disse o Dr. Winkel.

Disso eu estava convencida. Com aquele sujeito não era necessário dar muitas explicações. Ele simplesmente sabia do que se tratava. Beate entrou com os copos depois de bater rapidamente à porta.

— Conhaque?

— Melhor não. Ainda tenho que pegar as crianças...

— Ah, bom — disse Enno. — Crianças. Isso dificulta um pouco as coisas. Elas ficarão sob sua guarda?

Discreta, Beate desapareceu.

— Claro, claro — exclamei. — Sim, ficarão comigo!

Será que ele pensava que eu seria capaz de me mudar sem meus filhos, deixando-os para trás no meio do entulho do mísero apartamento alugado, enquanto eu desfrutava da minha mansão nova?

Homens!

— Então pretende levá-los consigo — disse o advogado, fazendo uma anotação num pedaço de papel. Provavelmente, ele calculava de quantos metros quadrados necessitaríamos. Ele era realmente um sujeito e tanto! Exatamente como sua mãe o descrevera! Em seguida, ele se recostou relaxado e pôs-se a cheirar prazerosamente o líquido marrom que agitava em sua taça bojuda. Um aroma sedutor se espalhou em minha direção.

— Não vai mesmo aceitar?

— Sim.

Eu não queria vê-lo embebedar-se, relaxando à minha custa. Com certeza, ele iria adicionar o conhaque nos honorários.

— Só um golinho, não estou habituada a isso.

Bebemos e ficamos um bom tempo em silêncio.

O conhaque aqueceu a minha alma.

— Quanto dinheiro está em jogo, se é que posso perguntar assim diretamente? — quis saber ele, quebrando o silêncio.

Olhei cuidadosamente à minha volta para me certificar de que ninguém estava ouvindo.

— Perto de um milhão — sussurrei.

Meu interlocutor não pareceu muito impressionado.

— De qualquer forma, receberemos três sétimos dessa quantia — disse ele, pragmático, fazendo mais uma anotação no papel.

— O SENHOR vai receber três sétimos? — perguntei, indignada.

— A SENHORA! Quando digo *nós*, refiro-me à senhora! — esclareceu o advogado, sorrindo com ar benevolente.

— Não vou me contentar com três sétimos — respondi rapidamente.

Não queria que ele pensasse que eu iria me espremer com as crianças em três sétimos de uma mansão. Não, Wilhelm fora bem claro ao telefone naquela manhã: eu tinha que fazer desaparecer um milhão inteiro antes do fim do ano. E não era para enterrar no jardim, nem para costurar na cúpula do abajur, como fazem as noivas dos gângsteres nos filmes, mas para investir em um imóvel. E era exatamente para isso que eu estava lá.

O advogado Winkel me lançou um olhar de admiração. Que mulherzinha determinada, sabia o que queria!

— Muito bem, então o seu marido deve ser o primeiro a saber — disse ele levantando-se. — Beate, ouça!

Beate ouviu.

O advogado Winkel pegou um microfone e ditou:

— Caso Herr-Grosskötter contra Grosskötter, número de registro tal e tal, data de hoje, segue o endereço. Prezado senhor fulano, minha cliente sicrana me incumbiu de defender os seus interesses no caso mencionado acima. Viemos por meio desta, com relação ao assunto supracitado, transmitir o seguinte requerimento...

Céus, como o texto fluía dos seus lábios! Nenhum *ahn* ou *humm* mesclando-se à sua retórica. Isso sem falar de notas pessoais à margem.

O sujeito era mesmo profissional.

Recostei-me, descontraída, e tomei um golinho da minha taça de conhaque. Um cansaço prazeroso apossou-se de mim. Aquele advogado simpático se parecia com a mãe. Em sua presença qualquer pessoa logo se sentia à vontade. Meu olhar percorreu o ambiente, passando pelos inúmeros aparelhos eletrônicos até chegar à janela, onde rapidamente se perdeu...

Logo eu teria que ir buscar o meu mais velho no jardim-de-infância. Torci para que ele não tivesse chorado no seu primeiro dia. E o pequeno? Já estava há horas na casa de Else Schmitz! Muito provavelmente ela já o entupira novamente de chocolate. Com sorte, ela o teria posto para dormir um pouco. Caso contrário, ficaria a tarde toda emburrado. Resolvi comemorar jantando no restaurante Wienerwald. As crianças gostavam de comer lá e eu também. Já mencionei que praticamente não tenho nenhum dote de dona-de-casa? Infelizmente...

— Atenciosamente, etc... etc... — terminou o Dr. Winkel o seu ditado.

— Pronto — disse ele, servindo um pouco mais de conhaque nos dois copos.

— Está feito. Agora podemos conversar um pouco — recostou-se, esperançoso.

Comecei a apreciar aquela bebida, à qual não estava acostumada, bem como a visão daquele homem gentil. Do meu jeito espontâneo, comecei a lhe contar que passara cinco anos praticamente sozinha com os meus filhos, já que Wilhelm, diretor de seriados, vivia viajando. E que agora estava feliz por poder me mudar para uma casa na periferia para que as crianças pudessem crescer num bairro mais agradável.

— Sou completamente fanática por ar puro — disse, comunicativa. — Imagine só, atravesso a cidade a pé com as crianças, chova ou faça sol, só para chegar à floresta.

— Com as crianças? Não é muito esforço para elas?

— Eu levo o pequeno no carrinho e o outro num triciclo — admiti, enrubescendo.

Meu Deus, o que este advogado bonachão iria pensar de mim! Uma louca histérica que adorava ar puro, que circulava com duas crianças pequenas por entre os gases de escapamento da cidade grande! E além disso: com certeza eu o estava fazendo perder seu tempo precioso! Mas, por outro lado, agora ele iria se dar conta da urgência da compra de uma casa perto do mato. Ele se empenharia pelo bem dos meus filhos, tive certeza de ver isso na expressão do seu rosto!

Beate reapareceu com um documento. O Dr. Winkel leu-o rapidamente, assinando-o em seguida.

— Agora precisamos do endereço do seu marido — disse ele.

Remexi em minha bolsa.

— Sunshine City Club Hotel — informei. — Fica no Caribe. Ele me disse que só voltará em maio, quando terminarem as filmagens.

— Oh, não — disse o Dr. Winkel. — Nós vamos perder muito tempo.

— Não, não — berrei —, preciso resolver isso imediatamente! *Hoje*! Tudo tem que estar resolvido antes do final do ano! O senhor não imagina o quanto isso é IMPORTANTE!

É claro, ou será que ele achou que eu iria DUAS vezes ao cabeleireiro só por causa dele? De jeito nenhum. Aqui e agora.

— Ele precisa ser informado previamente — disse o Dr. Winkel. — Posso partir da suposição de que ele está de acordo com isso tudo?!

— É claro! — berrei. — Ele próprio me disse isso hoje pelo telefone.

— Muito bem — disse o advogado. — Já que ambos têm tanta pressa... Para agilizarmos tudo, enviaremos um fax para ele.

— Como quiser — concordei.

— A senhora já enviou um fax alguma vez? — perguntou, com uma voz incentivadora.

— Não — respondi, meio sem jeito.

Beate sorriu com ar de quem sabe das coisas e retirou-se, discretamente.

O Dr. Winkel ergueu-se, dirigiu-se até uma caixa cinza na parede e disse:

— Venha.

Posicionei-me ao seu lado, ansiosa. Ele recendia a conhaque e a um perfume masculino sofisticado. Tinha porte atlético, ombros largos, e irradiava um certo calor.

— Coloca-se o papel aqui na fenda, virado para baixo... — Ele pegou minha mão e guiou-a como um pai que está ensinando um filho a segurar o lápis pela primeira vez. — Depois discamos neste aparelho o número... Qual é o número?

Li o número e ele discou. Era um número bastante comprido, de 12 ou 13 dígitos, e observei como seus dedos pressionavam as teclas com entusiasmo. Aquilo parecia lhe proporcionar prazer! Como era versátil! As separações conjugais, os negócios imobiliários e as finanças não eram seus únicos passatempos; enviar fax também era um deles. Ele certamente enchia a mãe de orgulho.

Bem que eu gostaria de tirar uma soneca encostada em seu peito acolhedor. O conhaque surtia efeito. Contive um bocejo.

O aparelho de fax foi lentamente engolindo o papel. Observei aquilo fascinada. Finalmente o papel tinha sido completamente engolido. Os restos indigestos foram expelidos pela máquina com nojo e caíram no chão. De sua boca voraz nasceu lenta e prazerosamente, qual um animal satisfeito que lambe os beiços, uma tira estreita com os dizeres: OK.

— Viu? — disse o advogado, satisfeito. — É muito simples! Nossa carta já está lá.

— Oh — fiz, impressionada.

— Tomamos mais uma dose?

— Como quiser.

Larguei-me novamente na poltrona de couro, e o Dr. Winkel encheu a minha taça. Agitamos as taças bojudas.

— E agora com relação ao outro assunto? — disse o Dr. Winkel pacientemente.

— Que OUTRO assunto?

— A senhora queria adquirir um imóvel.

— É claro — balbuciei —, é isso o que eu quero.

O advogado não parecia tão safo, afinal de contas!

— Certo — disse o Dr. Winkel com benevolência. — Mas a separação me pareceu ser mais importante. A senhora queria que ela se desse impreterivelmente ainda este ano.

— Que separação? — perguntei, surpresa.

— A sua separação — disse o Dr. Winkel e sorriu para mim com seus olhos verde-marrom-dourados.

— Acabamos de encaminhar a sua separação! Não era isso que a senhora tinha em mente?

Precisei de uns 11 segundos até conseguir esboçar uma reação.

— Sim — respondi. — Agora que o senhor mencionou...

Agitei minha taça de conhaque e fiquei calada.

Até que aquela não era uma má idéia. Justo agora, pertinho do Natal... O caro Dr. Winkel bem que sabia como proporcionar uma alegria ao seu semelhante. A cara da mãe.

Sorri para ele com ar encantado.

— Saúde, meu caro doutor!

O caro doutor sorriu.

— À sua saúde, cara cliente! E, por favor, pare de me chamar de doutor!

Era um dia de inverno tão encoberto que parecia uma foto em preto e branco. Na verdade, não chegara a clarear durante o dia todo. Eu ainda estava bastante atordoada quando fui pegar o meu mais velho no jardim-de-infância. Os casaquinhos e as capinhas de chuva estavam pendurados nos ganchos baixos formando um caos multicolorido. Pertenciam às crianças que ainda estavam lá, "órfãs" de mães que trabalhavam fora e dos pais que criavam seus filhos sozinhos.

— E então, queridinho, tudo bem?

— Sim — disse Franz. — Meu amigo se chama Patrick, e meu outro amigo se chama Kevin. Temos uma caverna de piratas, mas é um segredo só nosso.

Concluí que ele não sofrera nenhum dano psicológico até aquele momento.

— Sabe de uma coisa? — perguntei enquanto colocava nele o cinto de segurança do banco de trás. — Agora vamos buscar Willi e depois vamos sair para comer. Você também está morrendo de fome?

— Oba, estou sim — disse Franz. — Vamos ao restaurante com o escorrega! Lá tem um carrossel onde podemos girar enquanto comemos!

Eu não estava com a menor vontade de girar enquanto comia, muito menos de ir para o escorrega de boca cheia com aquele tempo horrível e molhado. A visão das bandejas engorduradas, empilhadas entre alunos que copiavam seus deveres de matemática e aposentadas friorentas com seus casacos surrados levando seus cachorrinhos para passear não era nem um pouco tentadora.

Agora que iríamos em breve nos mudar para uma área mais nobre achei pedagogicamente recomendável passarmos a comer somente com garfo e faca.

— O Wienerwald também serve? — perguntei, portanto, ao meu companheiro, sentado na sua cadeirinha enquanto empurrava um bombardeiro de brinquedo pela minha nuca.

— O Hühnerwald é o mais legal. Lá a gente sempre ganha um Kinder Ovo.

Fomos buscar Willi na casa de Else Schmitz. Ele estava sujo de chocolate e fedia horrivelmente. Enquanto lutava para arrancar suas calças molhadas e manchadas, fiquei imaginando o galeto crocante que logo estaria no prato à minha frente.

Com minhas últimas forças arrastei as crianças para o banheiro antes de enfiá-las no carro e amarrá-las nas suas cadeirinhas do banco traseiro. Minhas costas ameaçavam quebrar ao meio. Joguei-me no assento do motorista.

Nesse meio tempo escurecera completamente sob as nuvens carregadas. Filas acinzentadas de automóveis se espremiam em meio de uma névoa fantasmagórica.

Antes que Franz e Willi pudessem me perguntar POR QUE o sinal ficara vermelho, POR QUE o caminhão na nossa frente tinha ligado o pisca-pisca e POR QUE o Mazda na frente à esquerda era um idiota, coloquei a fita cassete de Papai. Logo ouvimos os sons de ônibus amarelos, ouriços ariscos e fantasmas da geladeira congelados. As crianças ouviam atentamente. Papai era realmente insubstituível.

Meus pensamentos voltaram satisfeitos a Enno Winkel. Que advogado simpático. Que gargalhada gostosa soltara ao se dar conta do nosso pequeno mal-entendido! Ele se oferecera imediatamente para enviar um novo fax para o Caribe anulando o primeiro! Mas eu insistira na nossa primeira versão. Que idéia mais feliz, enviar o pedido de divórcio! E como foi divertido! Bastou enfiar um pedaço de papel numa fresta, e eu estava livre!

Eu já ansiava pelo nosso próximo encontro.

Tínhamos dois motivos para voltarmos a nos ver ainda antes do Natal. Em primeiro lugar, ficara de relacionar para ele tudo que fosse relevante sobre o meu casamento. E, em segundo, ele iria procurar um imóvel. Bem rápido. Porque era um assunto urgente. Que homem simpático e prestativo!

— Aqui estamos! — exclamei cheia de animação quando saltamos do carro no estacionamento lotado. Normalmente, vínhamos até aqui a pé.

Arranquei Willi da sua cadeirinha e pedi a ele com jeito que parasse de chafurdar nas poças de água para não irritar a mocinha simpática que distribuía os Kinder Ovos. Pedi também que Franz deixasse sua metralhadora no carro para não atrapalhar o sossego dos prováveis freqüentadores aposentados no local.

A mocinha simpática que distribuía os Kinder Ovos perguntou, como de hábito, com seu inimitável sotaque da Saxônia, se o papai não tinha vindo, e encomendei o de sempre, frango com batatas. Felizes, desfrutamos dos prazeres terrenos. As crianças colocaram de lado, atentamente, as bandeirolas que estavam espetadas nas costas da penosa.

Enquanto eu removia cuidadosamente os ossinhos dos seus pratos, os dois observavam com atenção o ambiente em volta. Ao nosso lado estava sentada uma senhora de idade, solitária, da estirpe dos huguenotes, ou de alguma outra ainda mais exclusiva; de qualquer forma, ela estava tão coberta de correntes, anéis e brincos, que me perguntei quanto tempo ainda levaria até desabar sobre o próprio prato com toda aquela sobrecarga. Ela também não tinha tirado a estola, e uma ridícula raposa vesga a observava a minha refeição com seus olhos de vidro. Enquanto eu aguardava que o animal morto abrisse a boca para mastigar um pouco da comida do prato da sua ama, Willi disse, impressionado:

— Mamãe, por que o rei trouxe um cachorro morto?

Precisei me recompor antes de conseguir responder:

— Meu querido, trata-se de uma senhora de idade, e ela está com uma raposa nos ombros porque está sentindo frio.

Rapidamente, tomei um gole de água mineral e empurrei o prato do mais novo para baixo do seu queixo. Willi começou a comer, bem-comportado.

Franz olhava fixamente e boquiaberto para a velha senhora. As centenas de rugas do seu rosto moviam-se num sincronismo fascinante enquanto ela mastigava.

— Mamãe, ela tem cem anos? — sussurrou, respeitosamente.

— Eu tenho 94 — respondeu a senhora subitamente, sem alterar a expressão.

— E eu tenho 4 — disse Franz, sentindo-se importante.

— Então temos quase a mesma idade — disse a senhora e continuou comendo impassível seus miúdos com arroz.

Eu a achei fantástica.

— A raposa também tem 94 anos? — perguntou Franz.

— Não — disse a senhora da mesa ao lado. — Ela está morta. Logo, logo também estarei morta.

— Por quê? — perguntou Franz, e empurrei seu prato para perto dele, avisando que a comida iria esfriar.

Naquele momento a porta se abriu, e entrou uma rechonchuda senhora, de meia-idade. Ela sacudiu a sombrinha e retirou o chapéu elegante da cabeça. O penteado não se desfez, dando a impressão de que acabara de fazer uma permanente. Dirigiu-se com determinação até a mesa da velhinha com a pele de raposa e disse:

— Olá, tia Trautschn.

Em seguida sentou-se alegremente à mesa, fazendo um sinal para a garçonete da Saxônia.

Parei de mastigar.

Era a Sra. Winkel, a mãe do advogado que cuidara de minha separação, além de corretor de imóveis e conselheiro financeiro!

A Sra. Winkel também me reconheceu.

— Nossa, mas que coincidência! Nós acabamos de falar no seu nome!

— Nós, quem? — perguntei.

— Ora, Enno e eu! Ele acabou de chegar em casa e preparei alguma coisa para ele comer antes de ir para a sauna. Sim, às terças ele costuma ir à sauna, o jovem; é a única coisa que ele faz pela saúde!

— Não diga — disse eu, surpresa.

Que advogado versátil! Até freqüentava saunas!

— Estes são os seus pequenos... — disse a Sra. Winkel, encantada.

— Nós não somos pequenos, mas você é gorda — disse Willi de boca cheia.

Achei que aquele era um ótimo começo para uma maravilhosa amizade.

A Sra. Winkel riu.

— Você não é nada tímido, não é mesmo?

— Não — disse Willi satisfeito e mastigou fazendo barulho.

— Tia Trautschn, esta jovem senhora é uma cliente do Enno! — berrou ela para a velha senhora. — Ela vai se SEPARAR!

— Isso não é da conta de ninguém — disse tia Trautschn, impassível.

— Mamãe, POR QUE você quer se separar? — perguntou Franz. O pobre coitado não fazia idéia do que se tratava. Ele não via o pai havia oito meses e provavelmente já o tinha esquecido completamente.

Nós não precisávamos de um pai. De qualquer forma, não um pai daqueles. Fiquei feliz por finalmente ter chegado àquela conclusão.

Veja só para que serve uma ida ao cabeleireiro! Seria bom fazer algo em nome do próprio bem-estar emocional com mais freqüência. É o que sempre dizem em *Nós Mulheres*.

E elas devem saber do que estão falando.

Vinte anos antes daquilo, à noite, uma discreta aluna de internato estava junto à janela, preocupada, colando a testa quente contra a vidraça. Viktor Lange, o popular e adorado professor de teatro, estava de bicicleta lá fora. Ele pedalava na direção de uma vida particular, a qual Franziska jamais compartilharia. Portanto, ela se satisfazia em sonhar sonhos maravilhosos com ele durante o dia e admirá-lo à distância.

Viktor Lange aquecia a alma da aluna carente e reprimida ao decorar textos com ela, estudar papéis e ensiná-la a falar no palco. Era a única pessoa verdadeiramente importante em sua vida. Ela queria seguir a carreira somente para agradá-lo. Só para que ele finalmente reparasse nela! Estava obcecada por uma ambição que não era voltada para o teatro em si, e sim para a pessoa a quem ela tentava impressionar.

Em seu tempo vago estudava com afinco todos os papéis que lhe pudessem servir. Apesar de cursar as aulas de Viktor Lange com uma compenetração inigualável, ela nunca extraía o suficiente dele. Quando anoitecia, ficava desesperada junto à janela, vendo-o afastar-se pedalando, sentindo-se infinitamente só e abandonada.

Chegou o dia em que ela se apaixonou ainda mais intensamente por Viktor Lange: as alunas do internato foram levadas de ônibus escolar para a aula de dança na cidade. Nenhum dos rapazes se deu ao trabalho de tirar a pequena e discreta Franziska para dançar.

Todas as outras meninas eram tiradas para dançar, com exceção da pequena e discreta Franziska! Ela permaneceu só e pálida num canto da pista de dança. Aquele foi um dos momentos nos quais jurou que iria desabrochar do seu isolamento assim que o destino lhe proporcionasse a menor chance.

Aconteceu algo maravilhoso! Viktor Lange aproximou-se dela! Ele sugeriu que freqüentassem juntos um curso de dança, já que ele nunca tivera a oportunidade de fazê-lo.

A gata borralheira transformou-se imediatamente em uma princesa radiosa. Sob os olhares invejosos das outras, flanava pelo salão nos braços do príncipe encantado. Aquele foi o dia em que ela deixou de ser a pequena e discreta Franziska. Pelo menos temporariamente.

Pouco antes das provas finais, ela escreveu uma dissertação sobre um tema difícil, sob a supervisão severa de Viktor Lange, comparando vários poetas da segunda fase do Romantismo. Para agradar a Viktor Lange, a não mais tão pequena e nem mais tão discreta Franziska decorara tudo o que estava relacionado ao pré-Romantismo, ao pós-Romantismo ou a qualquer coisa ligada ao

Romantismo. Com entusiasmo, esvaziou seu lixo intelectual nas folhas dobradas ao meio e carimbadas pelos inspetores de ensino. Não olhou para a direita nem para a esquerda, e só abandonou o seu intelecto recém-aliviado, saindo para o pátio, depois de transcorridos os seis tempos de aula e da sua mão direita ficar rija e espasmódica em torno do lápis.

De noite, cansada e morta de sono junto à janela, na esperança de talvez ver Viktor Lange, ela abriu a pasta escolar para pegar a sua caixinha de balas. Um susto glacial na noite: a prova de alemão caiu da pasta!

Franziska resolveu entregar o trabalho imediatamente na sala dos professores. Apesar de não esperar que acreditassem nela, pôs-se a caminho, descalça, de pijama e com uma bala na boca. Não tinha tempo a perder! Bateu na porta da sala dos professores com o coração aos pulos. E quem abriu a porta para ela?

Ninguém mais do que o próprio Viktor Lange!

Ele ficara ali corrigindo as provas. Muda pelo embaraço, ela entregou o exame para o professor de aparência cansada.

Viktor Lange não disse nada. Recebeu a prova, acenou rapidamente com a cabeça e deixou a porta fechar-se atrás dele.

Foi só.

Mais tarde, ela recebeu a prova de volta, como se nada tivesse acontecido. Tirara a nota máxima.

Mas o que a deixara mais contente foi que Viktor Lange não disse uma só palavra sobre o ocorrido.

Com ninguém.

Nem mesmo com ela.

— Willi, poderia me fazer o favor de devolver a faca?

— Não, também quero descascar batatas.

— Faca, garfo, tesoura e luz...?

— ...não são brinquedos para crianças.

— Pode me devolver a faca agora?

— Não.

Ele agarrou teimosamente o objeto pontudo.

Morri de medo. O que a revista *Pais e Filhos* aconselharia numa hora dessas? Desviar a atenção, é claro. Desviar sua atenção de forma lúdica, dando-lhe um brinquedo adequado para crianças. Uma peça de jogo de montar ou um caderno de desenho.

— Olha aqui, Willi, uma torre de Lego.

— Eu não quero isso. Brinca *você* com isso. Preciso descascar batatas agora.

Suspirei fundo, resolvendo exercitar minha paciência, quando o telefone tocou. Willi deixou a faca cair e foi engatinhando com o seu traseiro de fraldas até a sala. Peguei a faca do chão e a coloquei a uma distância segura, em cima do armário. Em seguida, fui atrás de Willi até a sala.

— Alô! — disse Willi no fone. — Felicidades.

— Quem é? — perguntei, tentando pegar o fone.

— Não sei — disse Willi em tom de lamento e apertou o fone no ouvido.

— Me passa o fone, por favor — disse num tom amigável.

Mas Willi não quis me passar o fone. Já que eu não tinha permitido que descascasse batatas, agora pelo menos queria usar o telefone em paz. Por que as mães têm que ser sempre tão chatas? Chateado, grudou o fone no ouvido.

— Mamãe está descascando batatas — contou ele para a pessoa do outro lado.

Abaixei-me até o meu filho num ímpeto comunicativo.

— E o que você está fazendo agora? — ouvi uma voz masculina perguntando.

Era Enno Winkel.

— Estou falando ao telefone — disse Willi.

Em seguida, resolveu fazer um minuto de silêncio e ficou brincando com a orelha do seu coelhinho de pelúcia.

Resoluta, exclamei que iria atender logo e fui correndo fazer uma mamadeira para o pequeno Willi na cozinha.

— Como vai você? — perguntou Winkel pacientemente do outro lado da linha quando eu entregava a mamadeira para Willi.

— Bem — respondeu ele, levando prazerosamente o bico à boca.

— Como você se chama?

— Willi — disse Willi.

— Mas que nome bonito — elogiou Enno Winkel. — Posso falar com sua mãe agora?

— Mamãe está descascando batatas — disse Willi sem se abalar.

Achei aquilo o cúmulo da sem-vergonhice. Afinal, eu já estava havia bem mais que um minuto ajoelhada ao seu lado tentando pegar o fone.

Coloquei-o no colo com delicadeza e determinação, entreguei-lhe o coelhinho e a mamadeira; na confusão, ele deixou o fone cair (enganei o bobo, hahaha!), e cumprimentei alegremente o advogado. Em meio à gritaria indignada do meu rebento, perguntei, elevando o tom de voz, o que havia de novo!

Winkel pareceu levemente preocupado em relação às minhas aptidões pedagógicas; de qualquer forma, não estava mais interessado em saber o que Willi estava fazendo e exclamou várias vezes que o meu marido tomara conhecimento do pedido de separação com aparente estranhamento!

— E daí? — gritei, apertando meu filho, que se debatia violentamente. — O que faremos agora?

— Preciso urgentemente das suas anotações! — exclamou Enno. — Sem elas, não temos nenhum argumento em mãos!

Ele estava certo.

— Sim, claro! — exclamei. — Mas o senhor não está ouvindo o que está acontecendo aqui!

Winkel apiedou-se momentaneamente.

— Tome o seu tempo, cara e prezada Sra. Herr-Grosskötter, tenho plena compreensão da sua situação. Mas leve em conta o seguinte: o quanto antes eu tiver suas anotações, mais cedo poderei agir no seu interesse.

— E quanto ao imóvel? — interrompeu a cara e prezada Sra. Herr-Grosskötter.

— Estou procurando. Acho que tenho algo em vista!

— Mas isso é maravilhoso! — disse eu.

Willi se acalmara e mamava prazerosamente. O silêncio foi um bálsamo indescritível.

— O que é que o senhor tem em vista, caro e prezado Sr. Advogado?

— Eu lhe direi assim que puder. E no mais, como vai?

— Mamãe — meteu-se Willi na conversa —, por que o caro Sr. Gado tem algo na vista?

— O caro Sr. Gado tem uma casa em vista! — respondi, emendando: — Bem, muito bem, e o senhor?

Enno riu.

— Estou me referindo a como a senhora vai emocionalmente, agora que está disposta a dar o passo decisivo em direção à sua independência.

— POR QUE ele tem uma casa na VISTA!!!???

Eu imaginava o Sr. Advogado na minha frente, confortavelmente sentado na sua poltrona de couro, abrindo sobre a escrivaninha o lanchinho que a mãe lhe preparara pela manhã com todo o carinho.

— Caro Sr. Advogado — disse tentando me controlar ao máximo —, *EU* já sou independente há muitos e muitos anos, apesar de ser somente uma mulher que perde o dia inteiro cuidando de duas crianças pequenas!

— POR QUE ele tem uma CASA NA VISTA???!!!

— Mas minha caríssima e prezada Sra. Herr-...

— E agora queira me desculpar! A água das batatas já está fervendo!

— POR QUE ELE TEM UMA CASA NA VISTA!!!???? — gritou Willi, partindo para cima de mim com seu coelhinho.

— É SÓ UMA FORMA DE FALAR!!! — berrei de volta. — VAMOS PARA A COZINHA QUE EU TE EXPLICO!

— Tenha um bom dia! — exclamou Enno antes de eu desligar na cara dele.

Franz já ia regularmente ao jardim-de-infância e Willi freqüentava alguns grupos de atividades infantis para implementar a sua socialização. Eu circulava muito de carro, o que me irritava, mas repetia para mim mesma que aquela era uma situação provisória e que logo nos mudaríamos para uma região mais nobre. Afinal, Enno já tinha algo em vista.

Uma mulher muito elegante me dirigiu a palavra durante a ginástica para mães e filhos. Ela já chamara minha atenção da última vez, pois pulava no trampolim com seus filhos usando uma blusinha de babados impecavelmente passados e um saiote de pregas extremamente feminino. Seu corte de cabelo tipo chanel, modelado com secador, mal se despenteava. Todas as outras mulheres ali também andavam bem-arrumadas. Naquele círculo seleto não havia ninguém como eu, uma atriz desempregada, malvestida, com dois filhos sem pai.

Pessoalmente, achava bem mais prático andar por ali, assim como em qualquer outro lugar, de jeans e meias soquete. Afinal, tínhamos de levantar as crianças durante uma hora, e ainda demonstrar com entusiasmo convincente como se faz um polichinelo.

Enquanto deixava o filho Rafael balançar nas argolas, a mulher bem-arrumada me convidou com voz suave para visitá-la, pois Rafael queria brincar com Franz. Observei aquela criaturinha franzina, que mal devia ter quatro anos, balançando no ar, e me perguntei como aquele moleque de ar intelectual tinha conseguido combinar alguma coisa exatamente com o meu Franz com seu jeito displicente. A mulher perguntou se eu gostaria de passar na sua casa para tomar um cafezinho. O Natal estaria ótimo para ela. Aliás, seu nome era Susanne, disse-me, bem-intencionada, a mulher de cabelo chanel impecável. Naquele ambiente era comum que as pessoas se chamassem pelo primeiro nome.

Imediatamente me lembrei da OUTRA Susanne que eu conheci na aula de ginástica para mães e filhos que freqüentara antes. Aquela academia sempre me parecera suspeita, e não somente porque tínhamos que passar por um monte de cacos para chegar à entrada malconservada. As paredes daquele contêiner de concreto estavam cobertas desde tempos imemoriais com pichações ilegíveis, e desde que tinham aparecido as suásticas e as estrelas-de-davi eu amadurecera a decisão de mudar imediatamente o local onde meus filhos se exercitavam para uma região mais adequada. E qual seria o melhor bairro, se não exatamente o da floresta, para onde certamente nos mudaríamos em breve?

A OUTRA Susanne tinha longos e desgrenhados cabelos negros, sempre com um leve e saudável odor de suor materno. Ela nunca usava algo tão supérfluo quanto um sutiã, o que se percebia facilmente, já que amamentara seus dois filhos ininterruptamente durante uns cinco anos. Seus seios nunca se recuperaram completamente daquela bela atividade natural. Pelo menos nem o tifo nem outras moléstias foram capazes de acometer suas duas filhinhas de nariz rosado, cujos rostinhos estampavam as vicissitudes de uma vida espinhosa de filhas bastardas da cidade grande. Fiz contato com a OUTRA Susanne no dia em que consegui convencê-la a aceitar uma fralda descartável, o que ela fez contrariada, já que não conseguia encontrar nenhum pedaço de pano seco dentro da mochila. A OUTRA Susanne detestava fraldas descartáveis e toda sorte de produtos artificiais, nocivos ao meio ambiente, que outras pessoas enfiavam nos seus filhos. Ela adorava as dádivas da natureza, e, se fosse possível, teria enrolado as filhas em folhas de figueira.

A OUTRA Susanne também me convidara durante uma aula de ginástica para mães e filhos a ir até sua casa porque suas filhas queriam brincar com os meus filhos. A OUTRA Susanne morava num quarto-e-sala num conjunto habitacional, ao lado de um terreno baldio onde de vez em quando se montavam quermesses e picadeiros de circo. A OUTRA Susanne fazia bicos numa livraria para o público feminino (a OUTRA livraria) desde que o pai de suas filhas, de quem estava separada e que trabalhava como voluntário num suspeito hebdomadário de extrema-esquerda, se dispusesse a tomar conta delas.

A OUTRA Susanne era uma garota e tanto. Depois que vi o pai da sua filha (o OUTRO pai), com cabelos desgrenhados e óculos sem aro, chegar com sua postura curvada ao apartamento que ficava no quarto andar, trazendo granola, cerveja e o jornal alternativo *TAZ* numa sacola de lona, passei a admirar seu bom humor. Na sua morada sem mobília havia sempre um leve cheiro de mijo de rato. Reconheço que me sobressaltei quando vi pela primeira vez as peles de ovelha sobre as quais ela dormia com as filhas. Fiquei imaginando-a pela manhã, de cócoras, catando piolhos nas meninas, e portanto sugeri que talvez fosse melhor irmos brincar fora, ao ar livre. Enquanto bebíamos chá de urtiga nas canecas rachadas e sem asas, sentadas nos degraus da escada do seu prédio de oito pavimentos, conversamos descontraídas sobre os nossos maridos de merda, que, egoístas, haviam nos abandonado. Wilhelm, o meu marido, era consideravelmente mais bonito do que Egon, o marido dela, mas Egon certamente já tivera ótimas qualidades humanas algum tempo atrás, disse-me a OUTRA Susanne, enquanto sua roupa, lavada com sabão neutro, secava balançando ao vento e os nossos quatro filhos se esbaldavam na lama.

A OUTRA Susanne me contou sua história com Egon. Depois de se conhecerem durante uma manifestação, ocuparam um apartamento. Pouco tempo depois, a OUTRA Susanne engravidou.

— Comigo foi bem parecido — deixei escapar.

— Vocês também se conheceram durante uma manifestação?

— Não, durante o evento Abertura e Revolução.

— Não deixa de ser uma manifestação.

— Wilhelm era diretor de uma oficina de teatro. Estava à procura de estudantes que estivessem dispostos a entrar nus em cena, engajando-se pela causa. Você está me entendendo?

— Claro — disse a OUTRA Susanne, indiferente. — Representar nua é um barato. Eu também teria feito.

— Um verdadeiro profissional não teme nada — disse eu, para explanar pelo menos um pouco o viés artístico do meu ato e eventualmente impressioná-la um pouquinho.

— E aí vocês transaram — disse a OUTRA Susanne, nem um pouco impressionada.

— Como é que você sabe?

— Óbvio — sorriu a OUTRA Susanne. — Eu teria feito a mesma coisa.

Passei bons momentos com a OUTRA Susanne. Nós nos entendíamos sem falar muito.

Pena que nos perdemos de vista.

E agora: Susanne dois.

Sua mansão ficava protegida dos olhares curiosos por um jardim imenso. Assim que tocamos a campainha no portão, que tinha puxadores em forma de cavalos, ele foi aberto discretamente e sem ruído com um apertar de botão da governanta de Susanne dois. Eu deveria ter percebido que havia inúmeras minivans de luxo estacionadas na frente da propriedade. Devido à minha incontrolável ânsia de exercícios, tinha ido a pé, o que explicava o nosso atraso de uma hora e meia. Desde que Willi descobrira o prazer de andar sozinho, era praticamente impossível caminhar numa única direção. Enquanto Franz berrava impaciente em cada esquina, "Posso atravessar?", eu tentava convencer o pequenino, mantendo o meu bom humor, a não enfiar sua vara em cada lata de lixo, já que certamente iríamos encontrar muitas outras mais. Quando finalmente chegamos à casa principal, já estava escuro.

Totalmente inebriada com tanta riqueza e brilho, arrastei meus rebentos ao longo do largo caminho de cascalho que levava à mansão rodeada de roseiras.

Apertei o presente que levava para a anfitriã, um buquê de flores, amassado, feito com saquinhos de chá exóticos, enquanto observava o jardim-de-inverno. Os móveis do jardim estavam cuidadosamente cobertos, e a piscina estava coberta com uma lona. O ranário ficava protegido por uma grade de segurança e podia-se ver uma névoa que surgia da respiração dos anfíbios que lá hibernavam. No lago de carpas boiavam algumas plantas aquáticas. O chafariz de pedra em forma de boca de leão estava seco. Havia uma árvore de Natal ornada com centenas de velas elétricas em frente à entrada da casa.

Susanne dois aguardou discretamente no hall de entrada, enquanto eu tentava convencer meus rebentos com as promessas mais tentadoras a percorrer os vinte metros que faltavam até a porta de entrada.

Larguei discretamente sob os galhos de um chorão o carrinho de bebê imundo e forrado com uma pele de carneiro encardida (havia alguma semelhança com o travesseiro da OUTRA Susanne).

A porta de bronze estava ornada com uma guirlanda de galhos de pinheiros, luzes e fitas vermelhas. Do interior do palacete ouvia-se o som abafado de vozes.

— Você tem outras visitas? — perguntei, surpresa.

— Estávamos apenas esperando por vocês — disse Susanne dois com um sorriso que não se deixava abater. Até mesmo em casa ela usava blusa de gola com babados e saia de pregas, além de um colar de pérolas de duas voltas. Escarpins de couro selvagem com lacinhos de verniz completavam o visual elegante.

Arrastei os meus filhos pelos últimos degraus que faltavam até a porta principal, tirando imediatamente suas botas sujas e seus anoraques e calças molhadas. De meias e cuecas, os dois entraram alegres pelo salão. Uma governanta de avental branco pegou discretamente as nossas coisas e guardou-as num armário com portas espelhadas que ficava no hall de piso branco. Depois de limpar discretamente o nariz e arrumar um pouco os cabelos, segui hesitante a anfitriã, usando somente as minhas meias.

— Esta é a Sra. Grosskötter com Franz e Willi — anunciou Susanne dois ao abrir a porta da sala. Cerca de vinte e cinco mães, usando roupas de viscose e de tricô, estavam sentadas com suas três dúzias de filhos limpinhos e coloridos debaixo de uma enorme árvore de Natal, tomando ponche ou bebericando café em minúsculas xícaras, enquanto me observavam alegremente.

Elas provavelmente haviam imaginado alguém exatamente assim — uma marginal do subúrbio.

— Sente-se, por favor.

Que merda, pensei com os meus botões, mas para uso externo disse com um sorriso:

— Boa noite a todas.

Juntei-me descontraída à roda, olhando esperançosa para o ponche que iria me tirar do estado de choque.

Franz e Willi tinham sumido no meio das outras crianças, o que achei ótimo, já que poderia me sentar e me embebedar.

Mal aproximara aquele elixir dos lábios, quando surgiu na janela São Nicolau com sua roupa de veludo pomposa, tendo ao lado o seu ajudante, o duende. Meus filhos, que em sua breve existência até então tinham sido poupados de semelhante estresse, vieram correndo na minha direção, agarrando-se nas minhas pernas. Mal tive tempo de me livrar daquela bebida quente antes que transbordasse, e eles me suplicaram com um fio de voz que voltássemos imediatamente para casa. Devo admitir que também achei toda aquela apresentação inusitada bastante tediosa, mas todas as outras mães e crianças estavam visivelmente encantadas. Entusiasmadas, rodearam o santo homem. Pequeninas filmadoras digitais eram sacadas das suas bolsinhas de couro, os flashes pipocaram, e São Nicolau começou a falar com as crianças com voz grave.

Na meia hora que se seguiu, consegui convencer meus filhos a voltar para a sala nos meus braços e a observar São Nicolau de uma distância segura. Aquilo acabou com a minha coluna. Depois que o santo homem finalmente se retirou, pude recolocar meus filhos no chão. Joguei-me no chão com uma careta de dor. Na casa da OUTRA Susanne eu teria me deitado sem cerimônia na cama de pele de carneiro para tirar uma soneca. Mas aqui só havia almofadas de tecido brocado, sobre as quais uma soneca reparadora evidentemente não seria bem-vinda.

Uma lástima. De resto, o ambiente era bastante confortável. Lamentavelmente, não consegui participar das conversas das jovens senhoras ali presentes. Na condição de forasteira, eu não podia me imiscuir nas conversas, e sem dúvida teria confundido os nomes dos professores de equitação, instrutoras de balé e esgrima.

Imaginei por um instante se alguma das mães que tomavam cafezinho poderia estar interessada naquela história da Abertura e Revolução.

Mas como já era tarde desisti de apresentar-me daquela forma e deixei o burburinho agradavelmente monótono pairar à minha volta.

Ninguém me dirigiu a palavra.

E por que deveria?

Era óbvio para todas que eu era a esposa de um joão-ninguém.

Naquela noite eu estava mais cansada do que nunca.

Foram necessários muitos esforços até que as crianças finalmente adormecessem. Willi não tinha compreendido a relação entre as figuras celestiais. Ele perguntou se São Martinho também usava tênis como São Nicolau usara. Franz quis saber por que São Nicolau não dividira caridosamente o seu manto de veludo com o mendigo que o acompanhava. Tentei explicar a eles todas aquelas relações para que pudessem cair sossegados no sono dos inocentes.

Quando me sentei totalmente exausta no sofá da sala, às nove e meia da noite, só tive forças para pegar a revista com a programação da TV.

Ansiava por um velho e bom filme alemão em que a mãe se perde no mau caminho, o pai é um músico de alma nobre e extremamente decente que, no desespero, contrata uma babá. Esta passa a tomar conta, abnegada e sem remuneração, do pequeno Oskar, um garotinho de cachos dourados com uma estridente voz de soprano.

A mãe, porém, só se desencaminhara por sofrer de alcoolismo, e isso por se sentir incompreendida, mal-amada e oprimida no seu círculo social (!!!). O nobre músico é suficientemente esperto para reconhecer na histeria da esposa um grito de socorro vindo do fundo da sua alma, presenteando-a com um cruzeiro de navio até Veneza para que ela possa se reencontrar. Enquanto isso, ele se apaixona pela casta babá Gerda, que convence pela simplicidade, humildade, pelos cabelos impecavelmente repartidos e pela fala extremamente mansa. Tudo isso faz com que o pequeno Oskar adoeça. Ele tem febre alta, fica coberto de suor e parece ir de encontro a uma morte prematura. O médico da família troca olhares profundos com a Srta. Gerda, que tira a temperatura a todo o instante e faz compressas frias. Desesperado, o diretor musical bebe, e no exato momento em que ele vagueia pelo recinto, com o olhar perdido e os cabelos despenteados, a sala começa a pegar fogo. Eis que surge a esposa vinda de Veneza, completamente sóbria, arranca o marido em chamas da frente da lareira. Banhada em lágrimas, ela cai sobre o leito de Oskar, que abre os olhos e gane "mamãe" em lá maior, já que fica imediatamente curado e mantém sorridente suas mãozinhas entre as mãos dos pais debulhados em lágrimas até os créditos finais do filme, enquanto a babá Gerda e o médico da família saem discretamente pelos fundos.

Mas esse filme não estava passando em nenhum dos 23 canais da TV a cabo. Li cuidadosamente todas as sinopses dos filmes, destinadas a tornar a televisão atraente para o consumidor médio alemão.

"O fracassado advogado Marcello (na foto com seu filho Enrique) arrisca um recomeço...". Oh não. Isso eu mesma estava fazendo.

"Um mineiro da Lapônia encontra uma empregada doméstica em Helsinki..." Todo homem acaba conhecendo uma empregada doméstica em algum momento da sua vida. Em vez de empregá-la como tal, casa-se com ela, achando que vai sair mais barato. Que mineiro mais burro!

"Um fiscal da alfândega encontra dentro do carro do seu superior, major Fitzgerald...", provavelmente drogas, dinheiro falso, armas ou qualquer outra coisa sem graça. Isso não consegue comover uma DONA-DE-CASA!

"A ciumenta Fanny Moll trai o professor de educação física, Specht, com o zelador Hugendubel...!" Ah, isso sim! Isso eu também sei fazer! A atraente atriz Franziska se apaixona pelo seu professor Viktor Lange, fato que este não percebe. Anos mais tarde, frustrada, ela se entrega ao primeiro homem que cruza o seu caminho...

Tomei um gole grande da garrafa de vinho!

Na verdade, estava mais do que na hora de começar a fazer as minhas anotações, já que Enno Winkel estava tão interessado na minha vida. Talvez eu devesse começar o relato com a turnê pela Rússia, no mínimo tão bombástica quanto a história com o capelão em chamas.

Éramos oito no compartimento. O trem serpenteava pela noite escura. O pequeno Franz, com um ano e meio, dormia no meu colo. Eu me sentia como a mulher de um fugitivo durante a Segunda Guerra Mundial, principalmente por estar no final da gravidez de Willi e porque o meu legítimo esposo estava no front. Willi Grosskötter divertia-se no corredor com a bela Dorothea, protagonista do seu filme. No meio artístico, não chegava a ser uma coisa fora do comum carregar a esposa grávida com uma criança de colo durante as turnês pela Europa Oriental, quando a temperatura girava em torno de –16ºC, e o clima era de pura alegria. Eu estava um pouco cansada, mas e daí? Para manter o bom humor, improvisávamos encenações, na medida em que o exíguo espaço da cabine o permitia. Depois passamos a contar casos da nossa juventude. Eu contei a história de Viktor Lange com o maior capricho.

— Você nunca mais o encontrou? — perguntaram os outros.

Eu estava certa de que ele não ligaria a mínima caso eu aparecesse na sua frente, grávida ou não. O mais provável é que já me tivesse esquecido há muito tempo.

Alguém contou uma história de terror, sobre um crime passional, segundo a qual os policiais sem saber comem a arma do crime, pois a esperta esposa tinha assassinado o marido com uma paleta de coelho congelada.

Achei a idéia da paleta de coelho fascinante.

No decorrer da viagem senti seguidamente ímpetos de experimentá-la em Wilhelm. Ele insistira em que eu o acompanhasse nessa viagem com Franz e Willi na barriga. Não queria de jeito nenhum perder a chance de filmar o parto ao vivo. Sem dúvida, teria sido o auge da sua trajetória profissional! Um parto natural no Expresso Transiberiano! Um filme de Willi Gross!

O talentoso jovem diretor apaixonara-se perdidamente por aquela atriz já na viagem de ida, como era do seu feitio artístico. Compreendi perfeitamente a situação, já que a sua cortejada Dorothea não estava grávida nem andava carregando um bebê tresnoitado.

Wilhelm Grosskötter a cortejava e a presenteava com as únicas 12 flores disponíveis na imunda estação de trem de Varsóvia. Em seguida, sentou-se com ela no bar do hotel, onde ambos ficaram arrulhando. Eu permaneci no imundo quarto de hotel com o pequeno Franz, para que o pobre coitadinho estressado conseguisse dormir. Os colegas não conseguiam entender como eu podia agüentar um canalha daqueles! Eu fingia indiferença. Meu Deus, ele era tão bonito e talentoso, não me casara enganada. Além disso, flertar com a protagonista é uma das ferramentas do diretor, eu tinha total compreensão para isso! EU também flertaria com Willi Gross, se fosse a protagonista do seu filme!

É claro! Totalmente compreensiva!

A partir da segunda noite, o marido e pai amoroso e dedicado já não voltou mais para o quarto que compartilhávamos no hotel. Rolei horas a fio na cama, sem conseguir pregar o olho. Será que eu deveria dar uma de Amélia-grávida e me esgueirar pelo corredor do hotel, espionando por trás das portas até encontrar o meu marido gemendo de prazer nos braços de outra? Deveria irromper no ninho de amor aos gritos, arremessando o aparelho de esquentar mamadeira em Dorothea e lembrando ao meu marido seu juramento de fidelidade? Deveria assassinar o belo Gross? Por falta da paleta de coelho eu não possuía uma arma adequada. Poderia arrancar uma das torneiras enferrujadas da parede, elas já estavam congeladas mesmo. Mas imaginar o interrogatório é que me impedia de matá-lo. Eu, numa cela sem janelas, com soldados siberianos bebendo vodca e urrando perguntas ininteligíveis, enquanto me cegavam com uma lâmpada e me acuavam num canto com suas risadas.

Será que, tolerante e compreensiva que era, deveria sentar-me na beira da cama deles, ou talvez até entrar debaixo das cobertas junto com eles, já que fazia tanto frio naquele hotel, e solicitar uma conversa esclarecedora a três? Querida Dorothea, não me leve a mal por estar te incomodando, mas você não acha que, tendo em vista a minha gravidez, uma escapadela tão provocativa quanto esta não poderia eventualmente ter sido adiada para um momento mais oportuno? Ah, você não está ovulando hoje! E não poderia haver um momento mais oportuno para você do que este? Posso compreender isso, desculpe Dorothea, vou voltar para o meu quarto e tomar conta do meu pequenino. Não se incomodem comigo.

Poderia ignorar completamente Dorothea e dirigir-me exclusivamente a Will Gross. Querido, você precisa mesmo fazer isso? Logo hoje? Você sabe que tenho tendência à depressão no nono mês. E aí começo a sentir as contrações.

Não. Eu não queria ser uma estraga-prazeres.

Pálida e tresnoitada, após uma noite de vigília, sentei-me para tomar o café-da-manhã com o pequeno Franz no horrível restaurante do hotel, que necessitava urgentemente de reforma. Fazia frio e ele engatinhava pelo chão imundo com duas colheres de chá nas mãos, enquanto eu sentia Willi chutar minha barriga, sem saber se devia rir ou chorar.

Dorothea e Wilhelm apareceram por volta das 11h, os olhos brilhando. Aproximaram-se da minha mesa de mãos dadas.

— Dormiu bem?

Olhei para eles.

— Não. E vocês?

— Sim. Esplendidamente.

Ele lançou um olhar agradecido para Dorothea. Ela retribuiu.

— Estamos tremendamente felizes!

Vieram à minha mente, espontaneamente, as possíveis respostas:

— Mas não por muito tempo! Bang!

— Mas não por muito tempo! Bang, bang!

Preferi não responder.

Dorothea colocou sua mão com as unhas bem-feitas sobre o meu ombro.

— Precisamos conversar.

Impossível deixar de perceber um certo ar de consciência pesada ou até mesmo um acesso de remorso.

— Tem mais alguém na mesa? — perguntou Will, apesar de não haver mais ninguém por perto. Sentaram-se.

O pequeno Franz começou a berrar. Estava com fome, frio, cansado e com diarréia. Peguei sua chupeta no chão, lambi-a e enfiei-a na sua boca. Enquanto o ninava, iniciamos a nossa memorável discussão.

— Olha, Franziska, eu me apaixonei pelo seu marido à primeira vista. Assim, do nada.

Acenei com a cabeça. Afinal, acontecera o mesmo comigo.

— E agora temos que vivenciar isso tudo — disse Will.

— Vocês já estão fazendo isso — respondi.

— Não faz sentido reprimirmos os nossos sentimentos só por você estar grávida ou coisa parecida.

— Sim, nós assumimos os nossos sentimentos.

— Daremos vazão a eles.

Silêncio de expectativa. Franziska! Agora! É a sua deixa! Absolvição! Bênção! Ide em paz!

Recusei-me a dizer a minha fala, o que incitou Will e Dorothea a continuarem despejando seu lixo sentimental em cima da mesa de café-da-manhã já tomado.

— Sem nenhum porém. Desempenhar o papel.

— A vida nos oferece essa chance. Vamos agarrá-la. É a nossa vocação.

— Em algum momento, teremos superado isso. Mas quando? Infelizmente ainda não dá para prever o final!

Eu seguia sem dizer palavra. E, o que era mais insólito: porque eu os compreendia! Quem diz que pertencemos a alguém? Compra-se, aluga-se, arrenda-se, acorrenta-se alguém só pelo fato de ter se casado com aquela pessoa?

E se aquela pessoa não QUISER mais? E se ela amar outra pessoa?

— Queria me desmanchar no ar — disse eu, com voz fraca.

— De forma alguma! Temos que enfrentar isso juntos, os três!!

— Exatamente! Nós nunca faríamos uma coisa dessas pelas costas!

— Seria totalmente desleal!

— Temos que passar juntos por isso.

— Sim, vamos ter que conversar, conversar, conversar.

— Estou achando isso um pouco cansativo no momento — disse eu, ensaiando um sorriso.

— Entendo perfeitamente bem, como se estivesse acontecendo comigo — disse Dorothea, sem tirar a mão do meu ombro, com a qual ao mesmo tempo acariciava a cabecinha de Franz.

— Se quiser, podemos dormir os três juntos esta noite — disse Will. — Já conversei com Dorothea sobre isso. Ela compreende perfeitamente a sua situação.

— Obrigada — respondi, quase chorando.

Quanta bondade, quanto calor humano, quanta demonstração de boa vontade!

— É que eu preciso de muito espaço na cama.

— Tem um sofá no quarto da Dorothea — disse Will, prestativo. — No momento, está abarrotado com os utensílios de maquiagem dela, mas ela o liberaria para você.

Fiquei comovida.

— Mas e o pequeno Franz?

— Ih, nem pensei nisto — disse Dorothea. — Com certeza ele chora durante a noite!

— Ah não, não vai dar — disse Will. — Afinal de contas, Dorothea tem que estar em ótima forma para representar. E eu também, é claro. Sabe, precisamos dormir direito. Ontem e hoje já dormimos muito pouco...

Os pombinhos se entreolharam com um sorriso maroto. Não, não. Estava certo. Eu não queria atrapalhar o merecido sono dos dois. Afinal, eles não estavam a passeio, como eu.

Um diretor como Will Gross só não poderia deixar passar a questão do parto ao vivo no Expresso Transiberiano.

Quando estava no embalo, perto da meia-noite, para minha surpresa ligou Enno Winkel. Provavelmente ele escolhera aquele horário para poder conversar comigo em paz. Ou talvez por se sentir solitário. Sua mãe certamente já estava deitada.

— Alô — balbuciei, contente.

— Estou atrapalhando ou podemos conversar sobre a sua separação?

— Não está incomodando de forma alguma! Neste momento estou fazendo algumas anotações sobre o meu casamento, conforme pediu!

— Tenho novidades interessantes — disse ele.

— Sobre Wilhelm Grosskötter?

Desliguei a máquina de escrever.

Enno Winkel me explicou que Wilhelm Grosskötter também contratara um advogado, como era de esperar. E que o tal advogado, Hartwin Geiger, era um bom amigo dele. Os dois freqüentavam a mesma sauna, sempre às terças-feiras.

Imediatamente imaginei Enno Winkel sentado na banheira de hidromassagem com o seu colega, contando para ele o caso da sua cliente retardada que dera entrada no pedido de separação por engano quando na verdade apenas pretendia aplicar dinheiro não declarado em um imóvel!

A própria loura burra, hahaha!

O colega caía numa gargalhada sonora.

Batendo com as mãos nas coxas nuas, ainda se sacudindo com as risadas incontroláveis, os dois seguiram abraçados, com as toalhas sobre os ombros, para a próxima sessão de sauna.

Devia ser por causa do vinho tinto, mas o fato é que pude ver a cena nitidamente na minha frente.

— OK — respondi. — E o que disse o seu colega?

— O seu marido...

— Esquece essa história de "marido" — sugeri, jovial.

— Pois bem, ahn, o Sr... Grosskötter...Will... Gross... ganhou com os seus dois últimos filmes uma soma... uma soma considerável...

— Sim, e daí? — perguntei, cheia de esperança.

— Deve ter sido um sucesso e tanto, três seriados consecutivos no horário nobre...

— Sim, e daí? — perguntei com cobiça. — E então? Tenho direito a alguma coisa disso?

— Bem, na verdade... sim — disse Enno Winkel. — Mas a senhora não vai me dizer que não sabia nada desse lucro adicional!

Como soava mal aquilo! Como se eu fosse uma mulher calculista, que esperara o marido faturar alguns milhões para pedir a separação e depois receber friamente três sétimos daquela quantia, conforme o parágrafo tal e tal do Código Civil!

— Caro Dr. Winkel — comecei a falar, esvaziando o resto do vinho na minha taça —, a idéia do divórcio me veio no exato momento em que o senhor me informou sobre o assunto! Até então nunca escutara o termo lucro adicional! O que pretendo é uma separação amigável! Sem lavação de roupa suja e disputas por causa de dinheiro.

— Muito bem — retrucou Enno Winkel. — Então a senhora não deve ter interesse em saber quanto o seu mari... o Sr. Grossköt...Will Gross... faturou com a bilheteria.

— Tenho, sim — respondi —, já que tocou no assunto...

— Pode vir amanhã ao meu escritório?

Eu não queria esperar tanto tempo. Queria saber AGORA do Dr. Winkel e o seu lucro adicional de cinco milhões de dólares.

Olhei para o relógio. Meia-noite.

— O senhor aceitaria uma taça de vinho?

— Como?

— Quer dizer, seria possível agendar essa reunião para agora mesmo? Aqui em casa? As crianças estão dormindo. Seria um momento oportuno!

— Sim — respondeu ele —, acho que isso seria possível.

Não há nada de errado com a visita de um advogado à meia-noite, pensei, principalmente se ele trouxer uma sacola cheia de "lucro adicional". Naquela noite, era simplesmente o que eu queria.

Imaginei Enno Winkel vestido de São Nicolau na frente da minha porta, despejando dois sacos cheios de maços de notas no meu hall. Caramba!

— Então! — berrei empolgada. — O que ainda está esperando?

Vinte minutos depois escutei o carro de Enno Winkel estacionando em frente à minha casa. Abri a porta contente e quase pulei no seu pescoço. Ele recebeu aquilo agradavelmente surpreso.

— Olá — disse eu com contida cortesia.

— Bom dia, bela senhora — disse Enno Winkel. Ele trajava um casaco de couro cinza-claro um pouco engordurado e carregava uma pasta de trabalho debaixo do braço.

— Tire esse casaco — disse eu, fingindo acanhamento. Meu Deus, o cara parecia um vendedor ambulante!! Sua mãe não poderia ter-lhe dado um toque? Ou será que ela achava aquele casaco de couro de baleia chique?

Enno Winkel despiu a sua lontra e pendurou-a na chapeleira, fazendo com que ela se desequilibrasse. Provavelmente seríamos encontrados mortos no dia seguinte (o destino pode ser terrível: advogado e cliente morrem cinco minutos antes da abertura do testamento) se Enno não tivesse tido a presença de espírito de segurar o móvel a tempo.

— Este sobretudo é muito pesado — constatou objetivamente e colocou o urso polar pelancudo na escada.

"O engenheiro nunca erra o cálculo", o ditado popular me veio à mente enquanto oscilava à sua frente, tentando manter a compostura, indicando o caminho para a sala.

— Cuidado! Não pise nos trilhos!

Enno Winkel equilibrou-se sem jeito por entre os trilhos de madeira e as casas de Lego até chegar ao sofá, onde se sentou com um gemido.

— O que gostaria de beber? — perguntei, severa.

Todos os meus neurônios estavam adormecidos em sua prisão na hipófise. Alguns poucos despertaram com dificuldade, lembrando-me das minhas atribuições de dona-de-casa.

O advogado abriu o fecho da pasta e tirou de dentro uma garrafa de champanhe. Infelizmente, não se podia ver maços de dólares.

— Taças! — disse, com um sorriso largo.

Havia algo no seu olhar que me deixava intrigada. Ele me olhava de outro jeito no escritório, quando Beate estava por perto. Voltei me equilibrando cambaleante por entre a paisagem de Lego com duas taças de champanhe. Ele abriu a rolha com um estampido e eu segurei as taças sob a espuma sibilante, olhando frívola para os seus olhos verde-marrom-dourados. Nossa! O vinho tinto.

Certamente, ele iria afastar as taças num ímpeto e exclamar "Franziska, eu te amo" e me agarraria, deslocando uma vértebra da minha coluna. Nos apoiaríamos na lareira, tontos de desejo reprimido, nos daríamos as mãos ao som desabrido de violinos invisíveis, fitando encantados o teto da sala, antes de afundarmos sobre sua pele de urso, arrancando as roupas ardendo de desejo.

— Por que me olha assim? Não... está se sentindo bem?

Enno Winkel segurava as taças sem saber o que fazer.

— Estou ótima, obrigado — balbuciei.

Bebemos.

A última coisa que eu queria beber depois de uma garrafa inteira de vinho tinto era champanhe. Mas fingi que estava adorando. Afinal, meus neurônios tinham passado a pão e água anos a fio nas suas celas escuras. E nenhum advogado os tinha visitado.

— Humm — disse eu, afastando a taça.

— Humm — disse Enno também, lançando-me olhares encorajadores.

— Muito bem — disse eu, escorregando impacientemente para lá e para cá no meu sofá. — Vamos partir para a abertura do testamento!

Enno me observava divertido. Ele não podia nem de longe imaginar que uma dona-de-casa sobrecarregada, de pé desde as 6h, à 1h não tivesse condições de conversar racional e objetivamente sobre algo tão profano quanto um "cálculo de lucro adicional".

Ele provavelmente dormira até as 11h, lera o jornal durante umas duas horas enquanto se fartava com um lauto café-da-manhã.

— Você está especialmente encantadora hoje à noite — disse Enno Winkel, reconhecendo o meu estado etílico.

Pensei no Dumbo quando alguém disse para o elefante na cabine telefônica: "Você hoje está especialmente horroroso!"

Deixei escapar uma risadinha.

Enno Winkel interpretou aquilo de forma errada.

— Não é verdade? A senhora também está sentindo? — disse ele, roçando o meu antebraço.

— Estou sentindo O QUÊ também? — perguntei num tom provocativo. Anda, vai logo!

— Que estamos gostando um do outro — ronronou Enno, continuando a acariciar o meu antebraço.

Devo confessar, sinceramente, que havia meses, talvez anos, eu não sentia uma ligação com um ser humano do sexo masculino acima de 4 anos de idade tão forte como a que estava sentindo naquele momento.

Sim, eu ESTAVA GOSTANDO de Enno Winkel, tivesse ele os dois milhões de dólares ou não.

Ele se debruçou na minha direção, o que não foi muito fácil, já que a mesa de centro com as taças estava no meio do caminho, e segurou meu rosto manchado de vermelho com as suas patolas úmidas de alegria.

— Franziska — disse ele.

— Enno — respondi. O que mais eu poderia ter dito?

Nós nos beijamos, primeiro cuidadosamente, depois fui tomada por uma paixão há muito adormecida, que por sua vez despertou a paixão dele. Ficamos assim despertando a paixão um do outro até não mais poder. Milhares de garrafinhas de vinho tinto e de champanhe martelavam na minha cabeça, meus olhos se transformaram em cifrões, minhas mãos tocavam cabelos e barba, minha boca sentia os lábios mornos, suaves e doces de champanhe de Enno. Achei fantástico quando ele me abraçou, apertando-me como se fosse me partir ao meio. Era exatamente assim que eu imaginara os beijos do Enno Winkel, exatamente daquele jeito!

Depois de nos beijarmos por um bom tempo, quase caindo do sofá, Enno Winkel ajeitou a gravata e ergueu sua taça com um gesto animador.

— A uma boa parceria — disse formalmente, retornando ao seu lugar no sofá. Fiquei olhando para ele, fazendo um esforço para me recompor.

— Você queria me dizer alguma coisa sobre o acerto do "lucro adicional" — incentivei-o.

— Pois bem — começou Enno Winkel, pigarreando. — O último... sucesso do seu marido rendeu a fantástica quantia de dois milhões de marcos.

— Não me diga!? — deixei escapar.

Tive que morder o lábio para não dar uma risada. Achei muito engraçado o fato de ainda estarmos nos tratando com formalidade, apesar dos amassos no tapete sujo de patê, no meio das peças de Lego e blocos de montar.

— Isso significa que você poderia contar com algumas centenas de milhares de marcos — disse o Sr. Winkel. — Provavelmente quase um milhão.

— Mas que coisa agradável! — disse eu, e não consegui me controlar mais. Caí na gargalhada. Enno me lançou um olhar irritado. Ele provavelmente não estava acostumado a tamanha desinibição por parte da sua clientela.

— Arredondando para cinco anos... acrescentando um ano de separação de corpos previsto em lei... — Ele tentava recuperar o fio da meada. Estava um pouco admirado com sua cliente, que rolava de rir em cima do tapete. Pegou a calculadora de bolso e franziu a testa. — Posso pedir um pouco mais de compostura, prezada senhora?

Mas os neurônios embriagados sacudiam as barras que os aprisionavam. Fuga! Liberdade! Separação! Lucro adicional!

O doutor mencionou muitos números, fatos, percentuais e teorias de probabilidade, e admirei-me de que ele ainda conseguisse enumerar aquilo tudo com tanta sobriedade. A cada novo número que mencionava, eu caía novamente na gargalhada. O pequeno resultado de quase sete dígitos, se realmente me coubesse, seria sem dúvida um bom motivo para uma felicidade duradoura.

Comemoramos, esvaziando a garrafa de champanhe. Depois o Sr. Winkel voltou a beijar-me, mais apaixonadamente, com mais umidade e causando mais danos à minha coluna vertebral do que antes.

Aparentemente, aquilo fazia parte dos seus serviços. Ele compartilhava irrestritamente a minha felicidade.

— É melhor o senhor ir embora — disse eu, depois de perceber que, além dos dois olhos castanhos já conhecidos, ele estava com mais um na testa e outro no queixo. O do queixo era enorme e estava começando a se duplicar.

— Que pena — disse ele —, sua casa é tão aconchegante.

— Pode dormir no sofá-cama de hóspedes — respondi — mas eu preciso ir imediatamente para a cama. Não posso nem pensar que dentro de no máximo três horas a noite se acaba.

— Daqui a três horas serão seis e quinze — respondeu Enno, embriagado. — A noite estará mal começando!

— No seu caso, talvez; no meu, não — balbuciei, cambaleando até o banheiro.

Ele veio atrás de mim, provavelmente para me segurar caso eu não conseguisse fazer a curva. Nossos olhares se cruzaram no espelho do banheiro, entre adesivos e as cerdas esgarçadas das escovas de dente dos meninos.

— Será que já não está na hora de passarmos a nos tratar por "você"? — perguntou o advogado por sobre o meu ombro.

— Por mim, tudo bem — balbuciei e beijei o espelho. O doutor me imitou. As marcas dos nossos lábios formaram uma bela composição no meio dos respingos de pasta de dente. O dinossauro da embalagem do banho de espuma infantil fez uma careta irônica e sorriu.

Céus, eu precisava dormir logo!

— Quando sair, apague a luz; se ficar, também! — sussurrei, despedindo-me.

Empurrei-o para fora do banheiro sem mais nem menos e chutei a porta para fechá-la.

Não foi mais possível ouvir sua resposta, pois tinha puxado a descarga do vaso sanitário.

Não há nada mais cruel do que uma ressaca depois de três horas de sono. Aliás, existe algo mais cruel: uma ressaca MAIS duas crianças pequenas depois de três horas de sono. Eu teria preferido qualquer outra coisa — limpar um vagão de trem, datilografar uma tese de doutorado, reorganizar um supermercado ou entregar jornais de manhã cedo. Sim, a última opção, de preferência. A única coisa que ajuda a curar uma ressaca, principalmente às 6h10, é exercício ao ar livre.

Vesti as crianças, na medida em que o meu mal-estar o permitiu (principalmente quando precisava me abaixar), entrei debaixo do chuveiro gelado e tomei entre quatro e cinco xícaras de café. Eu me contorcia de dor a cada barulho mais alto ou estridente das crianças.

Enfiei os anoraques na minha prole, que se debatia com veemência, soquei Willi no carrinho prendendo-o com o cinto com minhas últimas forças.

— Hoje iremos a pé para o novo jardim-de-infância — disse eu, decidida. Eram quase 8 quilômetros de distância, mas, como ainda não eram 7h, calculei que chegaríamos por volta das 9h. Nem em sonhos poderia pensar em dirigir. Tentar fazer alguma brincadeira de cunho pedagógico, como, por exemplo, construir uma bela torre ou tentar limpar o ovo grudado no tapete teriam me causado ânsia de vômito na hora.

É claro que Franz se recusou a andar assim que chegamos à primeira esquina. Gemendo e reclamando, eu também o coloquei no carrinho, o qual passou a gemer e reclamar também, e continuei empurrando os 40 quilos de peso vivo no veículo que rangia pela manhã afora.

Embora provavelmente todas as pessoas em suas celas fedorentas e poluentes me considerassem uma sem-teto, consegui avançar mais rapidamente do que os cavalheiros e as damas naquele engarrafamento matinal.

De fato, o movimento e a oxigenação ajudaram.

Ensopada de suor, cheguei à creche às 9h15.

Como não estava adequadamente trajada para aquele bairro nobre, entreguei Franz na porta do estabelecimento. Meus joelhos tremiam com o esforço. Mal parei de andar, tudo voltou a rodar. Decidi voltar a pé, como espécie de autopunição.

— Depois volto para te buscar de carro — prometi a Franz, que desapareceu com naturalidade no pequeno cômodo para construir sua toca de piratas com os Kevins e os Patricks.

Quando estava tentando desaparecer sem ser notada, a moderna minivan da Sra. Flessenkemper-Hochmuth parou para despejar o filho Sebastian, sempre com roupinha moderna.

— Diga-me, Sra. Grosskötter...

— Herr-Grosskötter — corrigi.

— Como?

Ela olhou espantada para mim.

— Herr-Grosskötter — insisti.

Embora ela própria fosse dona de um sonoro nome duplo, a ficha não caía.

— Por que *Herr* Grosskötter, se estou dizendo *senhora* Grosskötter?* — deixou escapar.

— *Senhora* Herr-Grosskötter — disse eu. — Será que é tão difícil assim?

Diante das circunstâncias, sugeri que ela desligasse o motor, pois supus que a nossa conversa demoraria mais um pouco, e eu já voltara a ficar enjoada. Em pânico, imaginei que pudesse vomitar o vinho tinto do dia anterior junto com o champanhe de Enno e quatro xícaras de café no pára-lamas de seu belo carro esporte.

Depois que Sebastian tinha entrado, expliquei à gentil senhora o meu nome composto e que, com o meu divórcio, eu passaria a me chamar apenas "Herr", o que era cômico, mas ainda melhor do que usar a vida inteira um sobrenome que ornava um marido divorciado, possivelmente sua futura esposa e, pior ainda, a minha ex-sogra.

A Sra. Flessenkemper-Hochmuth, uma dondoca de luzes nos cabelos (Salão Lauro?) e que quase explodia de desejo de se comunicar, algo que já chamara a minha atenção durante a eleição do conselho de pais, começou me explicando a origem do SEU nome composto: Flessenkemper era um tradicional padeiro de Colônia (ela me lembrou da filial Flessenkemper ao lado da loja de artigos esportivos, e, de fato, eu conhecia a loja, mas a mera idéia de sonhos engordurados e outras iguarias açucaradas me provocou imediatamente ânsias de vômito) e que, para honrar o avô e a bisavó ainda viva, continuaria usando este nome (compreensível, compreensível). Hochmuth, por sua vez, era aquela famosa agência imobiliária na periferia, perto da floresta, e essa

*Herr, em alemão, significa "senhor". (*N. do T.*)

era a razão pela qual ela tinha aquele nome tão comprido, recheado de tradições e conhecido por todos (coitadinha). E o pobre Sebastian!

Fatigada depois de tantas explanações, ela se recostou no estofamento do carro e já ia pisar no acelerador quando se lembrou que ELA tinha me abordado.

— Ia lhe dizer mais alguma coisa! — a Sra. Flessenkemper-Hochmuth tentava lembrar-se. — Aquela casa na rua Mendelssohn-Bartholdy. Isso mesmo!

Meu Deus, pensei, mais um nome composto.

— Sim? — indaguei, esperançosa. — O que tem?

— Pois é — disse a Sra. Flessenkemper-Hochmuth, medindo-me com olhar de desprezo —, a mãe daquele advogado Winkel que defende sua causa me pediu... achei que poderia lhe interessar... mas acho que é muito...

— Sim? — perguntei, gentil.

— Oh, nada, o assunto já se resolveu, pois você vai se divorciar — disse a Sra. Flessenkemper-Hochmuth. — Certamente não está mais interessada.

Ela ligou o motor.

— Me interessa muito — gritei contra o ruído do seu escapamento, e adoraria ter colocado o pé na frente das rodas, mesmo sabendo que, em última análise, isso não a teria impedido de partir.

— Bem, você... — ela voltou a olhar para mim com aquela arrogância provocadora — pode dar uma passada lá sem compromisso. Se gostar, pode agendar uma visita na agência Hochmuth.

— Número? — perguntei, também arrogante, já arrependida de ter que fazer negócios com aquela firma.

— Número nove — disse a Sra. Flessenkemper-Hochmuth. — Fica a menos de três minutos de distância daqui.

— Obrigada pela indicação — disse eu, antes de o carro elegante partir.

Adorei a casa, do mesmo jeito que a Branca de Neve adorou a casinha dos sete anões. Se pudesse, teria me deitado dentro dela para curar minha ressaca. Infelizmente, ela estava trancada, como era de esperar.

A casa ficava numa ruazinha tranqüila e ótima para brincar, exatamente no meio. Nem mesmo os raros carros que cruzavam essa ruazinha atrapalhariam as crianças que estivessem brincando. Quase não havia trânsito, e logo atrás das casas começava a área verde. Do outro lado, a rua desembocava no Salão Lauro. Portanto, eu conhecia bem aquela região! A casa devia ter uns 200m² de área construída e era muito bem dividida. O jardim era pequeno porém simpático, e as casas vizinhas também causavam uma impressão simpática. Mais de um milhão de dólares esta casinha de Branca de Neve não podia custar.

— OK, fico com ela — disse eu a Willi, que dormia. — E o restaurante Wienerwald está bem perto.

Uma profunda sensação de felicidade me invadiu. Que localização ideal! Eu não queria nem saber como era a casa por dentro, mesmo que tivesse um papel de parede horroroso. Para isso — não seria difícil encontrar um gentil operário de Colônia de macacão!

Finalmente! Finalmente iria morar na casa dos meus sonhos, com os filhos dos meus sonhos ao lado do restaurante dos meus sonhos, e mais: no bairro dos meus sonhos. Eu iria comprar a casa e estaria livre. E feliz para sempre.

Se não tivesse ainda com a maldita ressaca, teria saído saltitando pela ruazinha, mas assim limitei-me a soltar alguns arrotos discretos, confirmando que compraria a casa logo.

Orelhão. Lista telefônica. A Sra. Kesselflicker-Hochmuth poderia ter me deixado um cartão de visita.

Exatamente no momento em que estava partindo, feliz, a janela se abriu na casa em frente.

Olhei, simpática, bom-dia, dona vizinha, nós vamos nos conhecer, mas não hoje, não estou apropriadamente vestida, vamos deixar para uma outra oportunidade.

Algo se mexeu atrás das cortinas.

Acenei cordialmente e acelerei o passo. Não queria que neste bairro tão nobre achassem que eu era uma indigente e mandassem a polícia atrás de mim! Se bem que uma cela individual teria sido excelente para a minha ressaca... Se um dos simpáticos guardas penitenciários se dispusesse a brincar com Willi, teria adorado fazer uso desse serviço...

A janela se abriu com ímpeto, contra o emaranhado de cortina e plantas.

Socorro! Será que a mulher da casa ao lado faria comentários ofensivos, tipo "Se manda, sua mendiga suja"?

A mulher atrás da cortina berrou alguma coisa que soava como:

— Franziska!

Parei. Seria uma miragem? Franziska? Virei-me lentamente. Não, devia ser engano.

Provavelmente, a dona-de-casa gritava "se manda".

Avancei mais uns passinhos. Willi acordou.

— Franziska.

Agora eu não tinha mais dúvida.

Voltei até a casa.

A porta se abriu e saiu Alma Winkel, a mãe do meu advogado e companheiro da noite anterior, com quem eu beijara, totalmente bêbada, o espelho do banheiro.

— Oi — cumprimentei, contente.

— Oi — disse Alma Winkel. — Que coincidência!

— Pois é — retruquei, com sentimentos mistos. — É mesmo uma coincidência! Sempre nos encontramos por aqui!

A Sra. Winkel deu meia-volta e gritou para o interior da casa:

— Enno, você já acordou?

Um frio percorreu minha espinha.

— Enno! Quer dizer... ele está... aqui?

— Sim — disse a Sra. Winkel, alegre. — Pelo jeito, ontem acabou ficando tarde?

— Mais ou menos — respondi, reprimindo uma certa necessidade que se fazia sentir com toda força.

Também pudera. Uma garrafa de vinho, meia garrafa de champanhe e cinco xícaras de café. Tudo isso a uma temperatura de 3ºC.

— Quer entrar? — perguntou a Sra. Winkel, fazendo um gesto convidativo.

— Não, obrigada — respondi, cansada, embora ansiasse por conhecer o seu lavabo. — Enno, digo, o Dr. Winkel, ainda está dormindo.

Eu invejava Enno ardentemente, pois já eram 10h. Eu estava acordada havia quatro horas, lutando contra muitos incômodos.

— Vou acordá-lo — disse a Sra. Winkel, entusiasmada. — E você vai tomar café conosco.

Achei a idéia excelente. Especialmente, por causa de Willi. Ele precisava tomar agora uma mamadeira e trocar de roupa.

— Se não for incômodo...

— Mas claro que não! Adoro juventude na minha casa.

— Por favor, desculpe meus trajes — disse.

— Imagine — disse Alma Mater, apertando minha mão. — Você devia ver como eu era depois da guerra.

Pouco tempo depois estávamos sentados à mesa de café, vovó, mãe e filho. A fralda de Willi já fora depositada na lata de lixo dos Winkel, e ele estava radiante no alto de uma montanha de almofadas colocadas por Alma Mater numa cadeira.

Enno vestira um roupão às pressas e eu observara o rolo de reserva de papel higiênico na capinha de crochê no lavabo, para onde fora resolver minhas questões urgentes. O ambiente recendia a sabonete floral e a desinfetante com odor de primavera. Depois de lavar as mãos e tirar os sapatos, nos sentimos quase em casa.

— E você está aqui por coincidência mesmo?

Pela terceira vez, a Sra. Winkel me serviu café e me ofereceu torrada quentinha.

Obviamente, ela suspeitava que, depois de eu ter me abraçado com o advogado à noite, rondaria sua casa em surdina com o meu filho órfão de pai como um gato vadio para que ele me chamasse para tomar café-da-manhã e me pedisse em casamento! Não tinha certeza se a querida mãe do advogado tinha conhecimento do meu estupendo lucro de milhões de dólares.

— Vim dar uma olhada na casa em frente — respondi rapidamente. — Imagino que ela seria perfeita para nós.

Lancei um olhar sorrateiro ao advogado, que tomava seu café em paz.

— Quero Nescau — disse Willi.

Imediatamente, Alma Mater saltou da cadeira e correu para a cozinha.

— Devo tratá-lo por senhor ou por você? — sussurrei para Enno.

— Ontem deixamos as formalidades de lado — disse Enno. — Apenas não acharia conveniente nos tratarmos assim nos tribunais.

— Hahaha — disse.

— Quero Nescau — disse Willi, molhando uma torrada no meu café.

Tirei-o abruptamente da sua torre de almofadas e mandei que fosse até a cozinha ver o que a simpática Alma estava fazendo.

— Juro que só vim ver a casa — disse eu. — A dona da imobiliária tem um filho que está no jardim-de-infância com Franz.

— Então Hochmuth está cuidando deste caso — falou Enno.

Sem refletir se Hochmuth também freqüentava a sauna às terças-feiras com Enno, apressei-me em elucidar o contexto para desfazer qualquer mal-entendido.

— Sim, e a mulher dele deixou o filho Sebastian na escola hoje de manhã...

— Olha seu Nescau, pequeno — disse a Sra. Winkel, a jarra em uma mão e puxando o meu filho com a outra. Era uma cena comovente. De repente, entendi que o maior desejo da Sra. Winkel era ter netos. E talvez de quebra uma nora, para manter a ordem. Alegre, ela se intrometeu:

— Pois é, a Sra. Flessenkemper-Hochmuth agora dirige um carrão, desde o nascimento do filho...

E, voltando-se para mim:

— Antes ela tinha um conversível, mas deixou de ser prático.

— Logo depois do café vamos tratar do imóvel — disse Enno com aquele tom de voz profissional que eu já conhecia do trato com sua secretária no escritório.

— Eu... ficaria muito grata a vo... ao senhor — disse, lançando um olhar furtivo para a mãe que, com zelo de avó, levava a xícara à boca de Willi, limpando-a logo em seguida.— Infelizmente, não tenho a menor experiência com corretores...

Muito menos com aquelas peruas maquiadas como a Flessenkemper, pensei com os meus botões. Da próxima vez vou negociar com ela vestida de Dior, não sem antes depilar as pernas no salão do Lauro.

— Quero um sanduíche — disse Willi.

— Por favor — corrigi.

A Sra. Winkel saltou da cadeira imediatamente. Willi escorregou da sua cadeira e seguiu.

— Esses dois se gostam — constatou Enno, contente.

— Enno, eu... — disse, empurrando a torrada, sem apetite —, imagino o que o senhor deve estar pensando de mim.

— Por que não continuamos nos tratando por você? — perguntou Enno.

Concordei. Achava ele extremamente simpático. Mesmo em estado sóbrio. Aliás, principalmente quando eu estava sóbria. Ele era um homem prático. Eu percebera isso logo.

— Você marcaria uma visita para que eu possa ver a casa? — perguntei, engolindo em seco. Ainda não me acostumava a tratar o advogado sem formalidade. Mas me parecia um pouco absurdo tratar formalmente um homem com quem tinha rolado embriagada pelo tapete da minha sala, ainda mais considerando que sua mãe naquele exato momento preparava um sanduíche de queijo para o meu filho na cozinha.

— Vou ligar para a imobiliária logo depois do café — disse Enno olhando para o relógio. — Daqui a pouco são 11h. Já deve ter gente no escritório. Provavelmente, Flessenkemper também está lá.

A Sra. Flessenkemper-Hochmuth ficaria admirada com o fato de eu ter encontrado logo a casa que, segundo ela, não era muito adequada para mim, e ainda por cima já tivesse incumbido o advogado que morava em frente com o caso.

— Seu filhinho é um encanto — disse a Sra. Winkel, encantada, ao voltar da cozinha com Willi.

"O seu também", gostaria de ter retrucado, mas não tinha certeza se essa observação teria sido bem-interpretada naquelas circunstâncias.

Enno já se erguera e sumira no seu gabinete de trabalho para se ocupar da aquisição da casa. Com certeza, voltaria em cinco minutos e me entregaria um molho de chaves inteiro. A única coisa que faltava para minha completa felicidade era uma boa soneca. Na presença de Enno eu sempre relaxava. Bocejei sem a menor cerimônia.

— Você deve estar cansada, querida — disse Alma Mater, libertando-se da mãozinha de Willi. — Sabe de uma coisa? Vou preparar a cama de visitas!

— De jeito nenhum — gaguejei, enquanto tudo dentro de mim suplicava: "Ótima idéia!"

Alma Mater era exatamente o tipo de mulher que eu gostaria de ser aos 60 anos, depois de ter superado a fase mais difícil. Sem falsa pretensão, ela compreendia qual era o meu maior desejo naquele momento.

— Mas claro que sim! Você nem sabe o quanto a entendo — declarou ela, enquanto tirava uma muda de roupa de cama do armário. — Enno também foi pequeno um dia. Nem faz tanto tempo assim! E esses pequenos são terrivelmente extenuantes! Eu também precisei criá-los sozinha, e isso no pós-guerra, meu Deus, eu vivia cansada.

Sua voz estava abafada, provavelmente por causa de uma colcha.

A única coisa que eu desejava era uma cama macia e quentinha e alguém que pudesse tomar conta de Enno enquanto eu dormisse!

Minha mãe ainda era viva e, sabe, apesar de tudo, foi uma época tão boa, e se nós mulheres não nos uníssemos o mundo seria muito pior...

Ela voltou a aparecer na porta e agarrou a mãozinha de Willi.

— Vou dar um jeito de distrair o pequeno enquanto você dorme. E hoje à tarde você apanha o outro na escolinha, traz para cá e visita a casa com toda a tranqüilidade. Hochmuth virá com certeza.

Sorri contente.

— Mas a esposa dele insinuou que outros candidatos visitarão a casa hoje à tarde. Lamento muito!

— Enno, você não pode permitir de jeito nenhum que esses outros candidatos fiquem com a casa.

A Sra. Winkel estava visivelmente alterada.

— Seria tão bom se Franziska fosse nossa vizinha.

Ela era fantástica. Se Enno não tomasse as devidas providências, ela seria capaz de atravessar a rua à tarde munida de seu espanador de pó para espantar o casal interessado.

Engoli em seco. Nem tinha pensado ainda sobre o preço daquela mansão situada neste bairro calmo e arborizado.

— Qual seria o preço da casa? — perguntei, tentando ser casual, enquanto Willi roía sua torrada como se fosse uma coxa de frango.

— Depende da negociação — disse Enno, misterioso.

Bocejei novamente.

— Agora Franziska vai tirar uma soneca — determinou a mãe de Enno. — Acabei de fazer a cama de visita para ela.

Enrubesci.

— Sua mãe acha que eu...

— Nem pensar, ela não vai dormir na cama de visitas. Ela é estreita e fria, não vou permitir que os meus melhores clientes durmam ali.

Eu queria assegurar-lhe que me sentia extremamente grata em poder recostar o meu corpo e as minhas idéias por alguns instantes, quando a mãe disse:

— Enno, você tem toda razão. Vá e arrume a minha cama com esses lençóis. É só abaixar o encosto dos pés, pois imagino que Franziska prefere dormir na horizontal.

Ai, que constrangimento. Aos poucos comecei a suspeitar de toda aquela hospitalidade. Imaginei-me envolta pela camisola cor-de-rosa de Alma Mater debaixo de seus lençóis preaquecidos e a bolsa de água quente nos meus pés, provavelmente com a cabeça para baixo, o que seria muito pouco oportuno no meu estado atual.

— Não, obrigada, eu...

— Mamãe vai agora para a SUA cama — disse Willi objetivamente, apontando com o resto do seu sanduíche para Enno.

Enno olhou agradavelmente surpreso para o sanduíche e para Willi.

— Você acha?

— Isso — sentenciou Alma Mater. — Boa idéia. Lá você não precisa baixar a parte dos pés.

Supus que a cama de Enno seria o mal menor. Entre uma apertada cama no quarto de visita e o sono em declive da cama com recosto de uma septuagenária, ainda havia outra alternativa: eu podia tirar uma soneca na cama do meu advogado, enquanto este resolvia a compra da minha casa, o meu divórcio e liberava meus filhos para a adoção. Eu estava realmente muito cansada. Nada mais me importava. Só queria dormir.

— Se não for incomodar...

— NÃO incomoda.

Com isso, tudo estava resolvido. Recebi a roupa de cama e fui trotando escada acima atrás de Enno. Em frente à porta do seu quarto, ele parou:

— Você se vira aí.

— Sim — respondi. — Suponho que não haja tantas camas ali dentro, senão simplesmente escolho uma delas.

Enno segurou os meus ombros e me deu um beijo. Não foi fácil, pois havia um edredom entre nós.

— Você é uma figura — disse ele.

— Não me diga — retruquei e desapareci dentro do seu quarto, cambaleando de sono.

Deixei o advogado do lado de fora.

A cama era perfeita. Larga, confortável e equipada com um monte de geringonças. Abri mão do despertador computadorizado e do controle da TV a cabo instalado na cama, ignorei a garrafa de conhaque sobre a mesinha-de-cabeceira de vidro e limitei-me a empurrar delicadamente para longe da minha vista a mesa de leitura automaticamente regulável com joguinho eletrônico embutido. Enrolei-me nos lençóis frios e cheirosos, esperançosa de que nenhum braço de aço ajeitasse o meu travesseiro ou sem querer batesse no meu rosto e nenhuma mão elétrica de massagem começasse a se ocupar de minhas escápulas ou outras partes enquanto eu dormia.

— Tudo bem, Franziska? — perguntou discretamente Enno, do lado de fora.

— Tudo bem — respondi, satisfeita. — E, pelo amor de Deus, compre a casa, está me ouvindo? E pergunte a Willi de dez em dez minutos se ele quer fazer pipi.

— Tudo bem, está tudo incluso no serviço — ouvi Enno murmurando, enquanto descia pesadamente a escada.

Infelizmente, a compra da casa acabou sendo tarefa mais complicada do que pareceu inicialmente. Não sei se o esperto casal Hochmuth mandou contratar pessoas que, contra um honorário acertado, fingiam interesse exagerado pela casa justamente naquela tarde ou se a casa realmente era um objeto tão cobiçado. Claro, ficava situada entre a floresta da cidade, o salão Lauro e o restaurante Wienerwald, mas quem é que podia estar tão interessado em frango assado, luzes nos cabelos e ruas bucólicas com quebra-molas?

Quando finalmente chegou a nossa vez de examinar a casa por dentro, o meu entusiasmo arrefeceu.

A mobília era marrom e pesada. Havia paredes por toda parte. Dava claustrofobia passar pelo corredor e esbarrar com uma divisória de vidro verde-escura, colocada ali pelos donos da casa num autêntico frenesi de instalação de paredes entre a entrada e a sala. A cozinha se parecia com o lavabo, ambos tinham azulejos verde-escuros. A única ligação entre a cozinha e o mundo exterior era uma minúscula bancada que achei uma afronta hostil e de mau gosto a uma dona-de-casa.

Por trás da divisória de vidro verde-escura ficava a sala com várias divisórias, provavelmente colocadas ali para não se olhar para a antiga escrivaninha e o jardim, que por sua vez ficava escondido atrás de pesadas cortinas marrom-escuras. Para não correr o risco de ter que fechar os olhos quando os raios do sol incidissem, as janelas ainda por cima tinham vidros coloridos. Todos os ladrões e assaltantes que fariam fila no jardim não teriam como vislumbrar nada através dessas vidraças. O canto com a mesa de jantar, que — é preciso mencionar — ficava atrás de uma divisória e, por isso, quase no escuro, dava vista para aquela bancada com o buraco que dava para a cozinha, mas não para a cela escura ladrilhada de verde onde ficava presa a dona-de-casa.

Uma escada de pedras negras levava até os aposentos do andar de cima. Ali havia três quartos, todos em madeira escura, atrás da qual se escondiam os armários embutidos realmente práticos, que a Sra. Flessenkemper-Hochmuth não parava de elogiar. Eu ficava imaginando quantos edredons mofados e colchões puídos, peças quebradas de bicicleta e álbuns de selos empoeirados estavam guardados ali dentro e mal contive o meu entusiasmo.

Os quartos das crianças pelo menos não tinham vitrais de igreja nas janelas, e sim vidraças normais. Quando se arrancassem as cortinas marrom-escuras que aqui também serviam para dividir e escurecer os cômodos, eu podia imaginar duas inocentes almas infantis amadurecendo com calma e sem maiores complicações.

O banheiro — quem diria! — era ladrilhado com azulejos verde-escuros e dividido com todas as divisórias possíveis, tornando o ato de urinar um exercício difícil por causa do teto inclinado. Resta mencionar um pequeno cômodo que, por ser estreito, nem poderia mais ser dividido, mas também não tinha janela, razão pela qual os proprietários não devem ter caído na tentação de colocar divisórias.

Profundamente decepcionada, resolvi que continuaria morando na casa de Else Schmitz, quando aquela incansável matraca da Sra. Flessenkemper-Hochmuth chamou a minha atenção para o apartamento no andar de baixo que, por fazer parte do imóvel, obviamente estava incluído no preço.

Eu não estava com a menor vontade de vistoriar um porão escuro que, com certeza, também estaria cheio de cortinas marrom-escuras e de tralha velha daquela família fotofóbica. Mas Enno observou que, segundo sua informação, ali morara um casal de estudantes. Isso acendeu em mim novas esperanças.

A escada que levava ao andar de baixo me pareceu um bom presságio. Era acarpetada de maneira moderna, em cinza e vermelho. A grande sala era toda em amarelo e vermelho, e só depois de examinar com cuidado foi possível ver um trilho de cortina no meio do teto que outrora, pelo visto, servira para que uma pesada cortina dividisse o ambiente. Os armários embutidos — antes marrom-escuros — tinham sido pintados de branco e vermelho e brilhavam, assim como o resto da decoração. Havia uma pequena mesa de madeira clara com cadeiras de vime vermelhas em volta. O tapete era azul, o sofá idem, e a colcha da cama, que ficava em diagonal — sem, portanto, ter a função de dividir o cômodo —, era amarelo-limão. Era fantástico! Só depois de uma olhada cuidadosa eu constatei que a janela gradeada permitia a visão para uma subida íngreme. Vários pequenos e discretos *spots* forneciam uma luz alegre. O meu ânimo se clareou como o céu depois de uma tempestade. Orgulhosa, a Sra. Flessenkemper-Hochmuth ainda me apresentou uma pequena cozinha toda em vermelho, o banheiro ladrilhado em vermelho e branco e o quarto de estudos dos estudantes, antes uma garagem. Quanto espaço! Eu poderia sublocar este apartamento, quem sabe para os funcionários da casa e mais tarde, talvez, para uma futura nora ou coisa do gênero. Ali tinha um sofá de visitas colorido, muitos quadros de bom gosto na parede e uma escrivaninha de madeira clara com armários e prateleiras. Naquele momento eu sabia que iria ficar com a casa, amá-la e ser feliz nela até o fim dos meus dias. Com os meus meninos. Era uma casa ideal para Branca de Neve e dois anões.

Era POSSÍVEL reformá-la, com muita paciência e imaginação!

Olhei para Enno.

— Quanto?

Enno não respondeu. Batia nas paredes, nos canos e nas tubulações, balançava a cabeça com cara de nojo ou levantava o assento do vaso sanitário, murmurando em seguida:

— Tudo padrão.

— E daí? — disse eu. — Por que não se sentar em assentos padrão?

Enno fingiu não ouvir essa observação ambígua.

Eu não queria nem saber de estragar a casa dos meus sonhos. Com voz firme, disse que queria comprar a casa.

— Existem tantas outras opções — disse Enno, cabeçudo.

— Mas a situação delas não é tão boa! — respondi, ríspida. Afinal, era ou não era uma decisão minha?

— Sei muito bem que há muito que fazer — disse eu, mal-humorada. — Mas a situação geográfica da casa é impagável.

Enno lançou-me um olhar envenenado e que teria matado na hora qualquer personalidade da vida pública. Mas não era o meu caso.

— Enno, posso reformar e mudar tudo — disse eu com ênfase. — Só não posso mudar a situação geográfica.

A Sra. Flessenkemper-Hochmuth olhou para o marido, feliz. Parecia uma aranha olhando para o marido quando uma mosca fica presa em sua teia.

— Então — insisti com a minha persistência inata. — Qual é o preço?

— Você pode comprar coisa bem melhor com o seu dinheiro — disse Enno, virando as costas.

— Sinto decepcioná-la — disse a Sra. Flessenkemper-Hochmuth. — O pessoal que veio hoje à tarde reservou o direito de compra, e ontem à noite também vieram outros candidatos.

— O quê? Mais? Mais gente? — disse eu, sem forças, sentando-me na cama de visitas colorida.

A Sra. Flessenkemper-Hochmuth olhou para o relógio.

— Desculpe, mas teremos que dar esta visita por encerrada — disse ela com ar de lamentação. — Müffi, você manda a planta baixa para o Sr. Winkel?

— Não sei se ainda possuo uma planta — disse Müffi. — Todas ficaram com os clientes interessados.

— Eu quero a casa mesmo sem planta baixa — exclamei, desesperada. — Afinal, não quero arrasá-la, apenas reformá-la um pouco.

Enno Winkel puxou-me pelo braço.

— Minha mãe está lá do outro lado com as duas crianças — explicou aos Flessenkemper-Müffi. — Precisamos ir ver se ela está conseguindo lidar com elas.

Contrariada, deixei que ele me arrastasse.

— O que está acontecendo? — bufei. — Quero a casa e estou em plena posse das minhas faculdades mentais.

— Aparentemente, não — retrucou Enno, furioso.

— EU vou comprar a casa, não VOCÊ — indignei-me. — Ou será que o dinheiro não é suficiente?

Enno parou abruptamente e segurou minhas orelhas.

— Você é a criatura mais ingênua que jamais cruzou o meu caminho — disse ele, com um tom em sua voz que não tinha nada a ver com ira.

Depois de dizer aquilo, ele me deu um beijo úmido e vigoroso na boca.

Fiquei impressionada com a sua fala e mais ainda com a sua reação estranha ao meu senso de negócios taticamente equivocado.

Claro, pensei, enquanto sentia o gosto de Enno, assim são os homens. Eles continuam gostando de mulheres burras, ingênuas e desinformadas.

— Acho que deveríamos atravessar a rua — disse eu, limpando o resto do beijo com a mão. — Vamos ver se sua mãe está conseguindo se virar com os meus filhos.

Alma Mater CONSEGUIRA se virar com os meninos. Muito melhor do que eu jamais fizera sem brinquedos, Sítio do Picapau Amarelo, anõezinhos ou fitas cassete.

Os meninos estavam de ótimo humor! Não estavam abandonados e gemendo para Alma depois de vomitarem quatro tabletes de chocolate e um pudim inteiro com passas. Ao contrário: estavam com os olhos brilhando, as bochechas coradas. Nenhum deles estava com as calças sujas ou com o casaco pelo avesso. Na falta de brinquedo, a mãe de Enno fora bem criativa, colocando um sem-número de barquinhos de papel para flutuar na banheira cheia d'água. Construíra um arco para o meu filho mais velho e deixara o pequeno fazer recortes com uma tesoura sem pontas. Ela fora com os dois até o laguinho de patos, onde os barquinhos acabaram adernando, mas onde se podia conversar com todos os patos da cidade. Depois de terem dividido fraternalmente um pão inteiro com as criaturas do lago e jogado todos os paus e as pedras na água, haviam retornado felizes e relaxados para a casa dos Winkel.

Caramba, que situação geográfica privilegiada!

Essa proximidade com o laguinho dos patos!

Para mim, era um mistério como a mãe de Enno conseguira manter as crianças e a si própria tão bem-humoradas durante tantas horas. Tive de me conter para não lhe perguntar imediatamente se ela queria ser minha sogra. Só parei diante da perspectiva de ter que me casar com Enno.

Pelo jeito, Alma Mater se divertira a valer.

— Nós nos veremos bastante daqui para frente — disse ela quando já estávamos na rua prontos para ir embora e Enno dava a partida no seu carro.

— Temo que não seja tão fácil — disse eu, buscando piedade. — Enno não quer comprar a casa.

— Enno — gritou a Sra. Winkel, batendo no vidro do carro. — Por que não quer comprar a casa para Franziska?

Ela estava prestes a falar seriamente com os Flessenkemper-Hochmuth, quando Enno gritou algo e apontou para a porta ainda aberta, onde Flessenkemper-Müffi e companhia estavam saindo.

— A casa é perfeita para Franziska e as crianças — gritou Alma Mater. — Você já viu que o jardim-de-infância é aqui ao lado?

Enno saltou do carro, furioso.

— Mama! Como vocês mulheres são parecidas! Não sabem fingir nem um pouco!

— Mas eu QUERO que você compre a casa para a Mami — gritou Franz, antes de Enno agarrá-lo e lançá-lo no assento traseiro do carro.

— Por que eu deveria fingir? — disse Alma Mater, enérgica. — Não posso dizer o que quero?

— Isso mesmo — disse eu, postando-me a seu lado. As meninas do meu cérebro em suas solitárias abriram os olhos, confusas

Willi começou a chorar.

— Quero comprar a casa — gemeu ele, e os Flessenkemper-Hochmuth nos lançavam olhares triunfantes. Alegres, trancaram a porta.

— Pois é, se a gente fosse fazer sempre a vontade das crianças... — dizia a Sra. Flessenkemper-Hochmuth com falsidade, enquanto empurrava o marido para sair.

Posicionei Willi, que ainda chorava, ao lado de seu irmão, que também chorava, e sussurrei:

— Nós VAMOS comprar a casa, eu prometo! — Em seguida, dei um sorriso adocicado: — Muito obrigada pelo belíssimo dia. Até logo, Sra. Winkel, espero que nos possamos rever apesar de tudo.

Vencendo minha timidez inata, abracei-a afetuosamente.

— Por favor, chame-me de Alma Mater — disse ela —, assim como Enno.

Que mulher fantástica! Ansiava por me tornar sua amiga e vizinha. Não necessariamente sua nora. Quem sabe, poderia evitar isso!

Acenamos, e Enno deu a partida no carro.

— Se você acha que vou desistir da casa só por causa de um assento de vaso sem brilho ou de uma tubulação velha, está muito enganado — disse eu, agressiva, quando deixamos a hospitaleira rua Mendelssohn-Bartholdy.

— A casa está caindo aos pedaços — reclamou Enno, impiedoso.

— Já ouviu falar em reforma? — perguntei, venenosa.

— Neste caso, é melhor quebrar tudo e fazer uma casa nova — observou Enno cinicamente.

— Você adoraria isso, não é?

— Sabe quanto esses caras da imobiliária querem pela casa?

— Não — resmunguei —, você não me disse ainda! É inacreditável como nós mulheres não somos levadas a sério neste país.

Imaginei como eu ficava sentada, tímida, junto com a mãe de Enno e a Sra. Flessenkemper-Hochmuth e mais uma dúzia de mulheres com crianças, enquanto Enno, assistido por Müffi Hochmuth, Will Gross e Hartwin Geiger, comprava uma casa para cada uma de nós para depois demoli-las... Comigo não, violão! Só porque ontem rolamos sobre a pele de lontra e beijamos o espelho do banheiro, você não tem o direito de me tratar como uma criança! Meu Deus, por que os homens sempre confundem tudo?

Enno assentiu.

— Claro que ficamos com o barraco — disse ele, sorrindo amavelmente para mim. — Mas vamos conversar diretamente com o proprietário!

"Nós" — por que "nós"? Afinal, ele estava falando na condição de advogado ou como futuro gestor da minha felicidade?

— E quem é, se não se importa que eu pergunte?

— Só sei que não é Hochmuth, esse cachorro. Ele vai ficar com pelo menos sete por cento.

Recostei-me. Ele sempre tinha razão. Meu Deus, por que eu nunca conseguia controlar meus sentimentos? Por que estourava sempre? Por que não era um pouco mais interesseira? Volta e meia eu me fazia essas perguntas. Para ser honesta, sempre me metera em enrascadas por causa desse meu jeito tão espontâneo. Pessoas razoáveis como Enno, por exemplo, lidavam com as questões de forma objetiva e ponderada. O êxito profissional era a maior prova: ele tinha um escritório de advocacia bem-sucedido e fizera novecentos divórcios amigáveis, sem jamais ter sido casado! Enno nunca se metia em furada.

— E então? — perguntei, tímida. — Quais são os seus planos?

— Você não estava querendo revogar a procuração para mim? — gracejou Enno.

Agora, depois de fisgar o peixe, ele deixava que o animal se agitasse no embate final em dispnéia aguda e espumando. Crueldade.

— Tudo bem — concedi —, fique com a porcaria da procuração. Onde vamos achar o tal proprietário?

— Ele mora em Sankt Baldrian — disse Enno, indiferente. — Minha mãe já o visitou uma vez.

Estarrecida, olhei para ele.

— Ele entrou para um mosteiro?

A suposição não era tão maluca, considerando a sua necessidade de reclusão e escuridão na casa.

— Não, sua burrinha. Está num asilo de idosos.

Portanto Enno tinha conhecimento o tempo todo de onde encontrar o velho. Mas não mencionara nada.

— E por que só me conta isso agora?

— Você preferiria que eu contasse isso na frente do agente imobiliário?

— Não — respondi secamente.

Este Enno! Que espertalhão!

— Mas a Sra. Flessenkemper-Hochmuth vai ficar chateada — objetei timidamente.

Eu temia que Sebastian, seu filho, deixasse de brincar com Franz e começasse a atirar bloquinhos de Lego nele no jardim-de-infância.

— São os riscos da profissão de corretor de imóveis — disse Enno. — Bem, e amanhã eu vou dar um pulo no asilo.

Ele parecia estar bem animado. Nem sinal de sua letargia habitual.

— Posso ir também? — disse eu, rapidamente.

Fui novamente invadida por aquele entusiasmo súbito que geralmente anunciava uma desgraça incontornável. Fiquei imaginando com todos os detalhes como abraçaria aquele vovô raquítico e o enrolaria com o meu charme irresistível, conseguindo a casa a preço de banana. Na despedida, ele choraria e contaria aos seus colegas de prisão sobre a visita daquela senhora encantadora que em breve se deleitaria entre suas divisórias.

— Não — disse Enno, severo. — Será uma negociação comercial, e eu prefiro me entender sozinho com ele.

Olhei para ele de soslaio, imaginando se ele também não seria um daqueles advogados pilantras que acabam ficando com os sete por cento da venda. Se assim fosse, seguramente ficaria rindo daquela mulher burra na próxima sessão de sauna, dando tapinhas nas costas do amigo Hartwin Geiger.

— Não vai fazer nenhum negócio escuso, combinado? — disse eu, lançando para ele um daqueles olhares de caubói na TV.

Enno olhou pelo retrovisor.

— As crianças dormiram.

Sem testemunhas, portanto. Muito suspeito.

— Claro que estão dormindo — disse eu. — De que jeito poderíamos ter tido uma conversa sem interrupções?

— Questão de educação — disse Enno.

— Besteira — disse eu. — Você pode ser um especialista em negociações e divórcios, mas não em educação infantil.

— Verdade — disse Enno. — Até hoje nunca me interessei muito pelo assunto.

Desconfiada, olhei para ele. Até hoje?

— Agora precisamos acelerar o seu divórcio — disse ele.

Por que estaria ele tão interessado assim no estágio do meu divórcio? Interesse comercial? Particular? Ou ambos?

— Enno — disse eu, depois de ter uma inspiração súbita.

— Sim, Srta. Herr?

Enno sorria, deliciando-se com a situação. Era isso: para ele, eu era uma femeazinha adorável e desamparada que precisava urgentemente de proteção masculina.

Em algum resto de massa cinzenta do meu cérebro um alarme começou a disparar. As minhas poucas células cerebrais que ainda estavam livres reuniram-se na Praça da Hipófise para iniciar uma marcha de protesto, levando faixas com os seguintes dizeres:

"Abaixo a nova dependência!"

"Mulheres livres, defendam-se!"

"Fora os véus!"

— Posso fazer uma pergunta para o meu advogado? — comecei, empenhada em manter a objetividade.

— Sim — disse Enno, colocando um braço em volta do meu ombro. Sua atitude de trabalho não ajudou muito na minha concentração.

— Gostaria de saber se você já comunicou ao meu marido que, mesmo tendo dado entrada no nosso divórcio, continuo querendo comprar uma casa.

— Isso não é da conta dele — disse Enno.

— Acho que é.

— Não foi ele que mandou dizer que seus filhos devem ser criados num bairro melhor? Então! Você obedeceu às suas instruções! O fato de ter decidido pedir o divórcio simultaneamente não tem nada a ver com o assunto.

— Verdade — disse eu.

— Então — disse Enno, estacionando o carro em frente ao meu prédio.

Juntos, carregamos as duas trouxas adormecidas até o apartamento e as depositamos nas respectivas caminhas.

— São bonitinhos — disse Enno, ainda ofegante.

— Concordo. Especialmente quando dormem — respondi.

Torcia para que ele não cogitasse passar uma noite de amor para celebrar os acontecimentos do dia. Por algum motivo insondável, eu não tinha a menor vontade.

— Minha mãe sempre sonhou em ter netinhos — disse Enno, me abraçando ainda mais.

— Sim — disse eu, sorrindo sem graça. — Não foi difícil de perceber.

— Mas eu sempre tive preguiça de me casar.

— Acho uma excelente decisão — disse eu, soltando-me de seus braços.

— Quando a gente gosta de alguém, não precisa casar logo — disse Enno, puxando-me de volta.

As garotas-neurônio na Praça da Liberdade Interior agitavam suas faixas furiosamente:

"Abaixo as noites de amor por gratidão!"

"Mulheres livres, defendam-se!"

"Toda mulher tem o direito de estar cansada!"

— Enno, preciso ficar um pouco sozinha — disse eu, desvencilhando-me de suas garras.

— Tudo bem — disse Enno. — Relaxe. Foi um dia comprido.

Na escada, ele se virou uma última vez.

— Não se esqueça de escrever seu relato. Preciso ter material.

— Tudo bem, cuidarei disso.

— Quer usar o meu gravadorzinho? — ofereceu Enno. — Eu poderia ter tido essa idéia mais cedo.

— Não, obrigada — disse eu —, prefiro escrever.

— Não consigo entender isso. Eu teria muita preguiça de escrever.

— E eu teria preguiça de entender como funcionam essas geringonças tecnológicas — respondi, exausta, apoiando a cabeça na fresta da porta.

— Mas é a coisa mais simples do mundo.

Enno reatou a conversa, abrindo a porta com o pé.

— Se quiser, empresto o manual.

Senti como ele estava entusiasmado.

— Obrigada. Quero escrever, nada mais do que isso.

A minha voz ecoava pela escada. Fiquei ouvindo o eco das minhas palavras.

Era exatamente o que eu queria.

Escrever, mais nada.

— Você pelo menos tem um computador? — indagou Enno, tentando mais uma vez entrar no meu apartamento. — Posso instalar um. Logo amanhã, bem cedo.

— OK — disse eu. — Sob uma condição.

— Qual seja?

— Você tem que comprar aquela casa para mim.

— Isso eu faria de qualquer maneira! — disse Enno. — Ou acha que vou deixar escapar uma vizinha como você?

Subi na pontinha dos pés e tasquei-lhe um beijo no meio da bochecha.

Ainda naquela mesma noite escrevi por seis horas, sem parar. Escrevi sobre a minha vida de casada.

Escrevi para Alma Mater.

Tinha certeza de que ela leria o meu relato.

— Você não pode levar as crianças quando for ao parque? Preciso trabalhar.

Will Gross achava uma impertinência inominável ter que gastar seu precioso tempo pela enésima vez com os bebês e me chamava ao dever, agressivamente.

— Não vou passear, vou só dar uma corrida.

— Então leve-os para a sua corrida, corra atrás do carrinho de bebê ou coloque-o ao lado da quadra de tênis, já que você precisa tanto se exercitar. Também adoraria ir jogar boliche, mas não tenho tempo para nada isso.

Protestei timidamente, dizendo que achava que tinha o direito de recuperar minha forma física e mental e que, afinal, os filhos não eram só meus, mas também seus.

Isso enfureceu Will Gross.

— Ultimamente você anda se ocupando demais com esses livros feministas. Parece ter tempo de sobra, caso contrário não os leria. Se continuar com essa ladainha feminista, vou me embora. Já! Seria o fim da nossa relação.

Era uma das suas fórmulas prediletas.

Não era a primeira vez que ele anunciava o "fim da nossa relação", sempre que eu protestava ou empregava a expressão "igualdade de direitos". Toda vez que eu sugeria que ele tirasse a roupa da máquina, que esvaziasse a lixeira com as fraldas sujas ou fizesse um sanduíche que não fosse para consumo próprio, o meu marido ficava uma fera:

— Se continuar falando comigo nesse tom, acabou a nossa relação.

Claro, Will Gross tinha sido criado como filho submisso em uma família pequeno-burguesa da Vestfália. Somente se recuperara de uma mãe dominadora e de um pai repressor depois de muitos anos de estudo, análise e terapia. E não era uma esposa qualquer que teria o direito de irritá-lo e querer que ele se comportasse como um marido educado. Não tinha cabimento ele ficar fazendo gugu-dadá com os filhos e brincar de Lego só porque a mãe queria dar uma voltinha por aí!

Foi assim que me habituei a desistir de Will Gross como pai dos seus filhos. Não me importava de sair sozinha com meus dois bebês, contanto que pudesse me exercitar! A única coisa que eu não conseguia era passar mais de uma hora com eles dentro do apartamento. Portanto, saía sempre, fizesse sol ou chuva, empurrando um no carrinho e puxando o outro. Andava quilômetros pelas ruas, e às vezes conseguia chegar até a floresta da cidade. Depois de chegar lá, eu me sentia feliz e equilibrada.

Eu freqüentava todo tipo imaginável de atividade para mães e filhos, conheci uma porção de jovens mães felizes que se contentavam plenamente com sua função de dona-de-casa. Não pude avaliar o quanto seus maridos participavam das tarefas domésticas. Nem me passava pela cabeça falar dos meus problemas conjugais, já que o assunto jamais era discutido nessas rodas.

Além do mais, achava que não ia levar a nada arremessar pratos ou xícaras contra o meu marido.

Ou aplicar-lhe uns tabefes com meus tênis.
Detesto brigas. Detesto dramas.
Apenas tiro as minhas conclusões.
E ajo no momento oportuno.

No dia seguinte Enno me ligou. Comprara a casa.

— Oh, Enno! Você é o melhor advogado do mundo, o mais bondoso, amável, tolerante e meigo! Obrigada, obrigada!

— Imagina. Não há de quê.

Enno perguntou a que horas deveria nos apanhar na noite de Natal.

— Como assim, Natal? Já vamos poder mudar para lá? Achei que antes iríamos fazer uma pequena reforma...

— Não estou falando da sua casa, e sim da MINHA.

— Mas por quê?

— Alma Mater decorou uma árvore de Natal e quer assar um peru.

— Sorte sua, Enno. Feliz Natal!

— Quer dizer que vocês não virão?!

— Eu também decorei um pinheirinho! Além disso, peru assado faz mal ao fígado. Vamos comer cachorro-quente.

— Alma Mater vai ficar inconsolável! Bem, e quanto a mim, a minha opinião nem conta!

Não gostei de me sentir pressionada contra a parede.

Por que deveria me sentir culpada só porque não queria passar o Natal com o meu advogado e sua mãe, vendo velhos álbuns de família?

As marchas de protesto na Praça da Liberdade Interior continuavam:

"Abaixo as esmolas para as mães solteiras!"

"Mais vale um cachorro-quente em liberdade do que um peru assado na gaiola dourada!"

Logo agora que eu estava gostando de ficar sozinha!

Antes eu não gostava de ficar só.

Agora, sim. Não podia deixar que isso me fosse tolhido, só porque era Natal.

Ficar sozinha com as crianças no Natal, era isso o que eu queria.

Nada de manobras dispersivas.

Estava em clima de despedida.

Despedida de uma fase da minha vida.

Simplesmente ainda não estava pronta. Havia tanta coisa a recuperar...

Para Enno, era diferente. Ele passara 42 anos com casa, comida e roupa lavada.

Não, nem queria que ele instalasse um computador para mim Nem valeria a pena antes de me mudar.

Este tempo seria meu e dos meus filhos. Empreendíamos intermináveis passeios na floresta quando chuviscava, respirando aquele ar fresco maravilhoso.

Quando chegávamos em casa, as crianças geralmente subiam correndo para o apartamento de Else e Kingkong Schmitz. Kingkong era um cachorrinho que vivia latindo e que fazia parte da vida de Else assim como suas palavras cruzadas, os cigarros e o seu pigarro.

Achava tudo aquilo muito bom. Assim como eu, as crianças também haveriam de se despedir. Mas tarde, nem se lembrariam mais de Else, de Kingkong e do pigarro.

Estava sentada à mesa da cozinha, escrevendo. Vivia um estado de espírito muito especial e não queria trocá-lo por nenhum dinheiro do mundo. Era o meu presente para mim mesma.

Enno e Alma Mater arrumaram um presente de Natal melhor ainda para mim: um carrinho para encaixar atrás na bicicleta!

Alma Mater sempre o usara para fazer as compras quando ia de bicicleta à feira.

Agora o bagageiro estava solitário e aposentado na garagem, à espera de uma nova missão!

Oh, Alma e Enno!

Foi o melhor presente de Natal depois da casinha de Branca de Neve! Eu recuperara a minha liberdade de ir e vir!

No instante em que recebi meu presente, voltei a ser arrebatada pela vontade de locomover-me ao ar livre! Coloquei as duas crianças no reboque, com cobertores e bolsas de água quente, e rumei até o laguinho onde as crianças se divertiram com pedras e galhos, enquanto eu perambulava incansavelmente ou ficava sentada no meu banco predileto com uma garrafa de água quente e um cobertor, continuando em pensamentos a relatar o meu passado.

As árvores desfolhadas formavam um desenho bizarro sobre as nossas cabeças. Mais uma vez constatei como é lindo um inverno em branco-e-preto, quando nos sentimos protegidos e aquecidos por dentro.

Na manhã do dia 31, Enno ligou. Franz acabara de subir com Kingkong Schmitz até o apartamento de Else para soltar uns fogos.

— Alô. O que está fazendo agora?

— Estou telefonando.

Eu aprendera essa resposta original com Willi.

Enno parecia acostumado a essa resposta por parte de pessoas menos favorecidas da vida pública.

— Quero dizer: o que está fazendo além de falar ao telefone?

— Estou tentando convencer Willi a fazer cocô no penico.

Willi nem conseguiu falar parabéns.

Meu advogado pigarreou do outro lado da linha.

— Como vai ser hoje à noite?

— Vou me deliciar com a insustentável leveza da solidão.

— De novo?

— Ainda.

"Pode? Não pode", gritavam histericamente as velhas na Praça da Hipófise debaixo de seus lenços de cabeça.

— Mas não posso dar um pulinho aí hoje à noite?

— Não.

Não tinha a menor vontade de comemorar neste réveillon. Não tinha saudade daquele sobretudo de pele. Não queria ficar com ele nem com ninguém. E dispensava bebida alcoólica. Queria era ficar a sós com os meus filhos e o êxito do primeiro cocô de Willi dentro do penico. Ficar só. Contemplar a vida interior dentro de mim. Sozinha.

— Você está esperando outra pessoa.

A voz de Enno soava dramática.

Lógico. Moças como eu saem por aí convidando o primeiro homem que lhes cruza o caminho a ir para casa, especialmente na noite do réveillon.

— Não, senhor doutor — informei —, juro pelo que há de mais sagrado.

— Você já juntou a documentação?

A voz de Enno assumiu um tom objetivo.

— Sim, senhor advogado. A minha história conjugal cresce e floresce. E ainda estou procurando o resto da papelada do imposto. Agora, se o senhor me dá licença... o meu filho está abandonando o seu posto de trabalho sem permissão.

Willi veio em minha direção com as calças arriadas e o pintinho sacolejando. Impossível saber dali como estava a sua bunda. Joguei o fone no gancho e voei para mergulhar sobre o tapete antes que Willi o fizesse.

Ufa, a bundinha dele ainda estava limpa.

— Por favor, Willi, volte para o penico.

— Não.

— Por que não?

— Estou sem vontade.

— Por favor, Willi! Mostre um pouco de boa vontade. Faça uma forcinha. Todo mundo faz isso, todos os dias.

Willi retomou sua posição e fez força. Seu corpinho começou a tremer. Deixou escapar um pum.

— Pronto — disse ele, satisfeito —, agora você pode jogar no vaso.

Ri para valer. Juntos, rolamos pelo tapete, Willi com o seu piu-piu e eu. Quando paramos de rir, tentei imaginar as artimanhas que, havia gerações, as mães aplicam para resolver esse problema pedagógico tão complicado.

A) Agarrar o pupilo rebelde, aplicar uma palmada na bundinha dele e colocar o filhote esperneante no penico até que se atinja o resultado desejado.

B) Evitar qualquer tipo de discussão com o pupilo, ainda que ele disponha de um vocabulário impressionante para a sua idade. Articular gentilmente, mas com ênfase, o objetivo da demanda, sem tolerar qualquer tipo de oposição. Se necessário, obrigá-lo com ênfase a livrar-se de suas necessidades.

C) Deixar o pequeno cagão apodrecer em seus próprios excrementos até que ele sinta o desejo natural por asseio. Obs.: Método inadequado para crianças em idade escolar.

Eu achava todos esses métodos meio ultrapassados. Os manuais de educação infantil recomendavam outros procedimentos. Na revista *Criando Filhos* havia uma coluna sobre educação infantil de um robusto septuagenário com o pseudônimo original de Fritz Feister.

Ele contaria a situação em que a criança não faz cocô no recipiente adequado em uma divertida crônica para animar a dona-de-casa frustrada, batizaria a criança livremente de "Joãozinho" ou "Mariazinha" e a distinta leitora de "mãezinha querida", antes de desaconselhar puxar o teimoso rebento pelas orelhas ou colocá-lo à força sobre o vaso, já que isso — e a essa altura faria referência a seus conhecimentos pseudomédicos — resultaria em contração do músculo anal.

Como tudo na vida de uma criancinha, ele aconselharia a transformar o processo do esvaziamento dos intestinos em uma aventura criativa e lúdica. Proporia à "mãezinha querida" que agrupasse uma manada inteira de bonequinhas e bichinhos de pelúcia em torno do penico, todos sentados em cima de cinzeiros, pratinhos e pires. Caso a "querida mãezinha" dispusesse de tempo e/ou mãos virtuosas — e por que não o papai também, quando chegasse em casa à noite? —, poderia montar uma espécie de móbile preso na descarga para despertar impulso empreendedor e estimularia o funcionamento do intestino do rebento.

Suspirei fundo. Desde que esse Fritz Feister soltava suas besteiras na revista *Criando Filhos*, eu nem comprava mais aquela publicação.

— Willi, preste atenção — disse eu —, mamãe quer que você consiga fazer cocô nesse penico ainda este ano, OK?

— OK — respondeu Willi, sem ter a menor idéia de quanto tempo o ano ainda duraria.

— Você sabe o que é preciso fazer aí dentro?

Não perguntar, não discutir. MANDAR!

— Não fazer pum, ele sai voando.

— Tudo bem, e onde não é para fazer o cocô?

— Nas calças.

— Isso mesmo, pois dali ele não sai mais. Se saísse, eu não o estaria aborrecendo com esse assunto.

Willi balançou a cabeça. Ele era mesmo muito fofo.

— O que te impede de fazer cocô no penico?

— Nada. É chato, só isso.

Viu, Fritz Feister? A criança tem as mesmas necessidades que você. Ou você nunca leu jornal no vaso sanitário? Provavelmente, é lá que você redige os seus péssimos artigos.

— Quer um livrinho?

NÃO perguntar, não discutir! MANDAR!! Isso mesmo, daqui para frente, o garoto terá um livrinho para olhar enquanto estiver tentando fazer cocô, sempre o mesmo. É o condicionamento pavloviano. Toda vez que o garoto vê uma determinada figura no livrinho, terá vontade de fazer cocô. Uma boa saída.

— Não quero ler. Quero ver TV.

Ignorei os gritos de protesto de Fritz Feister e liguei a TV. Apareceu um político discutindo veementemente a política econômica do governo.

No outro canal, a mesma imagem. O terceiro estava fora do ar. Nos quarto, quinto e sexto canais tocavam música de Mozart. No sétimo, um desenho animado com um dragão espetando um monstro horrendo com sua espada. Fritz Feister e eu concordamos: não era adequado para crianças. Meninos de 7 anos fazendo seus deveres de casa poderiam ver este desenho, mas não bebês de 2 anos sentados no penico. Mude o canal, rápido, para não correr o risco de travar a musculatura anal!

No oitavo canal, a imagem de uma idosa sendo empurrada na cadeira de rodas. A notícia era sobre a falta de lugares nas escolas de formação de profissionais de enfermagem. Supus que o tema não interessaria muito a Willi.

No nono canal, uma manequim de vitrine com cachos louros de Salão Lauro suplicava aos prantos que o tio milionário a perdoasse. O áudio estava mal sincronizado. O tio se bronzeava numa espreguiçadeira ao lado da piscina, com um copo de uísque na mão.

Pensei rapidamente se aquele tema era apropriado para o meu filho e decidi mudar mais uma vez de canal.

No décimo canal, vários membros de uma família negra se entretinham em uma sala de estar. Tudo o que diziam era seguido de risadas, fosse engraçado ou não. Willi riu algumas vezes efusivamente, mesmo sem compreender quase nada daquele produto da indústria do entretenimento norte-americana.

No décimo primeiro canal, um interminável trem cruzava uma paisagem invernal.

No décimo segundo, alguns sujeitos de esqui saltavam em intervalos regulares na neve. Depois do quarto candidato, o espetáculo se tornou maçante.

No décimo terceiro, alguns adolescentes de rosto contorcido dançavam em ritmo frenético numa edição tão atrapalhada que o globo ocular do espectador se contraía.

Essa era a nossa geração, minha e do Willi. Nenhum de nós dois tinha como compreender o espírito desse tipo de cultura. Lancei um olhar no penico, que continuava tão vazio quanto antes e decidi desligar a televisão.

— Sabe o quê? Vou ligar o som e tocar aquelas músicas de que você gosta.

— Oba — disse Willi. — Bota o disco do Papai.

— Claro — concordei. — Papai.

Naquela manhã do dia 31 aconteceu algo inacreditável.

Willi Sebastian Herr-Grosskötter fez cocô no penico.

E isso não era motivo suficiente para comemorar?

Comemorei a passagem do ano exatamente como tinha sonhado: tranqüila e totalmente sozinha. Os meninos dormiam como anjinhos, sem se deixar perturbar pelos fogos. Fiquei na varanda com um copo de vinho na mão, assistindo à queima de fogos e escutando os sinos badalando. Supus que no ano seguinte comemoraria de outro jeito. Talvez com Enno e Alma Mater. Numa daquelas mansões. Com novos amigos. E com muito champanhe e muito barulho. Quem sabe? Muito estava por acontecer ainda.

Mas este réveillon era só meu.

Minha despedida particular.

Quando o telefone tocou pouco depois da meia-noite, não atendi. Podia ter sido Will Gross. Mas ele não se daria ao trabalho de calcular a diferença de fuso. Não, não era ele. Tinha sido Enno, que queria levantar o meu ânimo com uma garrafinha de champanhe. Mas eu não precisava de ninguém para levantar o meu ânimo. Estava bem. Queria ficar sozinha — só eu e meus filhos.

Estranho. Quantas vezes me sentira sozinha, abandonada e estressada na primeira fase do meu casamento com Wilhelm. Quantas vezes amaldiçoei o dia em que conhecera Will, e prometia a mim mesma, assim que ele entrasse pela porta do apartamento, que deixaria ele cuidando das crianças. Quantas vezes olhara invejosa para aqueles superpapais na pracinha ou nas atividades familiares, carregando os filhos nos ombros. Perplexa, sem acreditar direito, eu observara pais que limpavam carinhosamente o nariz dos filhotes ou — mais surpreendente ainda — pais que conversavam horas a fio com os filhos. Ainda que meu marido nunca tivesse feito coisa semelhante, meu desejo de compaixão e reconhecimento se reduzira cada vez mais, dando lugar a um tipo de orgulho:

Eu, supermãe de dois filhos, sabia me virar sozinha.

Não precisava de marido — pelo menos não para sobreviver.

Para me divertir, talvez, mas este já era outro assunto.

Mas hoje não.

Em outro momento.

O tempo dirá.

Amanhã começa um novo ano.

No primeiro dia do novo ano o sol brilhava num céu límpido de um azul profundo. A época cinzenta de pesadas nuvens terminara. Ansiosa por um bom passeio ao ar livre, coloquei meus filhos no reboque da bicicleta. Sentei-os de frente um ao outro para garantir o equilíbrio do veículo de duas rodas. Assim eu poderia empurrá-lo com uma única mão sem problemas. Aliás, com menos esforço do que se tivesse que empurrar um carrinho de neném! Ou um triciclo. Este último nem poderia se comparar com o reboque, que era bem mais aerodinâmico e não podia ser desmontado. O reboque da bicicleta se adaptava a qualquer tipo de terreno e era ótimo nas curvas. Eu não perdia de vista os meninos e podia conversar com eles durante a caminhada. Claro, eles também podiam conversar entre si. Estavam enrolados confortavelmente em cobertores de lã, cada um com uma bolsa de água quente no colo, aquecendo-se um ao outro. Durante o percurso, davam um cochilo ou se entretinham com carrinhos de brinquedo. Era a solução perfeita para o meu irrefreável desejo de me exercitar. Comecei a sentir pena das mães que não conseguiam sair do lugar, porque tinham que arrastar os filhos pequenos, o carrinho de neném, o triciclo e todo o resto da tralha. Ficava arrepiada e mal-humorada só de pensar nesse estilo de passeio. Um mau humor aliado a uma certa dose de frustração doméstica.

Naturalmente, meus filhos também precisavam se mexer. Eu os tirava do reboque nos trechos do percurso mais interessantes e menos perigosos para eles. Tirava a pele de cordeiro do reboque, colocava-a num banco ou em um tronco de árvore e arrumava nosso cantinho. Assim, todos nos mexíamos e podíamos relaxar.

Ninguém precisava passar frio. Meus filhos tinham as bochechas mais coradas da cidade. Já mencionei que a única coisa que eu não suportava era ficar mais de uma hora trancada dentro do apartamento com eles.

Anos mais tarde eu ainda tinha utilidade para o reboque. Mesmo quando Franz já andava de bicicleta sem rodinhas, eu sempre levava o reboque. Primeiro Willi ficava ali dentro sozinho, depois o reboque se tornou ideal para qualquer tipo de bagagem. No verão, acoplava o reboque na bicicleta, e no inverno empurrava-o a pé. Dava para transportar todas as compras de supermercado sem levar aquele monte de sacolas plásticas. A parte de cima do reboque podia ser removida com facilidade, cabendo em qualquer porta-malas. Nas viagens de carro, nas férias, servia para guardar brinquedos e ia entre as crianças no banco traseiro do carro. A base de rodas era facilmente dobrável e cabia em qualquer lugarzinho do carro.

Desculpem-me pela descrição minuciosa.

Enquanto outras escritoras falam exaustivamente de papéis de parede floridos, lustres de cristal e estampas de tapete, eu quis dar dicas práticas para outras jovens mães.

Voltando àquela manhã límpida de céu azul no ano-novo, estava eu dando a volta no lago com o tal reboque. Sentia-me totalmente feliz: caminhar, caminhar, caminhar. Na hora do almoço comeríamos um cachorro-quente e tomaríamos um chocolate quente.

O ano-novo começava bem.

Um presente da natureza! Céu azul, um friozinho gostoso, ar puro e saudável!

Nenhum Wilhelm Grosskötter ao meu lado resmungando que tinha mais o que fazer do que ficar passeando. Eu não devia satisfação a mais ninguém. Contentes e coradas, as crianças olhavam para a paisagem.

Ali estava o lago, com seu espelho d'água tranqüilo e azul. A casa no lago ainda dormia. Só a fumaça que saía da chaminé sinalizava os preparativos para o almoço. Naquele sol matinal, parecia uma casinha feita de açúcar. Eu adorava aquela paisagem.

— Mamãe, quero sair e caminhar.

Forcei-me a parar. Com cuidado, tentamos ir até a margem do lago, que estava coberto por uma fina camada de gelo. Quebramos alguns pedaços de gelo e os jogamos sobre a camada que cobria o lago.

Franz entregou-me um grande pedaço de pau que ele achara na margem do lago. Ninguém para nos atrapalhar.

— Tome aqui, mãe, para segurar.

Deve ter sido uma imagem muito curiosa: dois menininhos encapuzados que seguravam a mãe para que ela não escorregasse no gelo e caísse no lago. Eu estava tão concentrada em quebrar o gelo que só parei quando ouvi uma voz que conhecia bem:

— Sua mãe terá que trabalhar muito para quebrar todo o gelo deste lago.

Esperando dar de cara com o meu zelador ou o meu dentista e lhe desejar um feliz ano-novo, levantei-me.

Engano. Não conhecia aquele homem. Nem a ele, nem sua esposa, nem seus dois filhos. Uma família totalmente desconhecida, do tipo que faz tudo junto. Ele, o pai, fazia o tipo jovem, de calça jeans e botas e corte de cabelo de bardo. Bem interessante. De onde eu conhecia a sua voz? O garotinho tinha os mesmos cabelos espetados e um nariz escorrido. Automaticamente, puxei um lenço de papel e limpei o seu nariz. O pai riu. De novo aquela voz!

A menininha loura, cujas tranças escapuliam por baixo do gorro, devia ter uns 5 anos. Tinha um rosto meigo e delicado. A primeira coisa que saltou aos olhos era que ela tinha uma deficiência mental. Provavelmente síndrome de Down.

Eu jamais vira aquela família.

— Aham, aham... — fiz, meio sem jeito, sem saber por que não conseguia dizer nada. Era raro eu ficar sem resposta. A esposa de sobretudo de pele era bonita, morena e calada. Tinha os cabelos brilhantes presos num rabo-de-cavalo com laço de fita. Parecia um daqueles cavalinhos meticulosamente escovados. Estava toda maquiada, vestia calças próprias para equitação bem-passadas e escarpins de salto alto. À primeira vista, algo me incomodava, mas eu não sabia o que era. Ela simplesmente não combinava com aquele homem simpático com rosto de menino. Com o meu casaco velho, em cujos bolsos eu metera as luvas sujas dos meninos, sentia-me como um trapo velho.

— Me empresta esse galho — disse o bardo. — Isso é trabalho de homem.

Ainda impressionada e muda, entreguei-lhe o graveto. O bardo começou a trabalhar energicamente. A mulher deu um passo atrás para que a água não respingasse nos seus sapatinhos de couro.

— Muito frio hoje, não? — disse para ela.

Ela balançou a cabeça, enquanto acendia um cigarro. Os filhos estavam agarrados na manga da camisa do pai, observando sua atividade. Eu preferiria ter continuado a minha caminhada, e no fundo adoraria agarrar-me também na manga da camisa daquele homem, mas ninguém estava muito interessado na minha opinião! Franz e Willi ficaram ao lado do homem com naturalidade. Willi também agarrou um pedaço da camisa dele.

Aumentara o fluxo de pessoas que estavam caminhando. O mundo inteiro parecia ter despertado naquele primeiro dia do ano e resolvido ir caminhar no lago. A pista estava cheia de gente, crianças, cachorros, triciclos, trenós e carrinhos de bebê. Meu reboque de bicicleta brilhava ao sol.

Como a vida era bela!

E eu parada ali ao lado de uma mulher completamente estranha, segurando o gorro do meu pequeno, o qual, por sua vez, segurava a manga da camisa do marido dela, enquanto o estranho pai de família quebrava pedaços de gelo com o meu bastão e os entregava ao meu filho mais velho.

As quatro crianças e o homem estavam gostando da brincadeira, mas a mulher, não.

Pensei se eu deveria levantar o seu ânimo, talvez comentando que o ano estava começando bem, mas preferi participar da brincadeira do gelo. O lago congelado respondia com ruídos estranhíssimos quando se mexia na camada de gelo, um tipo de assovio sibilante que dava arrepios. As árvores sem folha se erguiam como silhuetas contra o céu de um azul esmaecido, enquanto o sol baixo iluminava de forma pitoresca aquela cena de ano-novo.

— Martin, você pretende criar raízes aqui? — indagou a mulher, lançando a ponta do cigarro no lago e trocando de pé em seus delicados escarpins para não congelar. — Estou morrendo de frio.

Então ele se chamava Martin. Nunca ouvira falar. Por que eu continuava com a impressão de conhecê-lo? Mentalmente, passei em revista todos os caras que conhecera na faculdade, todos os cursos, todos os workshops... Não, não me lembrava de ninguém.

Fiquei de cócoras e tirei um pedaço bem grande de gelo da água. Enquanto tentava passá-lo para Franz, o tal de Martin tirou-o das minhas mãos. Suas luvas tocaram as minhas, e percebi aquilo como um gesto erótico.

— Bacana — disse ele, sorrindo para mim, como se eu tivesse inventado aqueles pedaços de gelo. — São as peças que a natureza prega na gente.

As peças que a natureza prega...?

De onde eu conhecia essas palavras?

Claro, a canção do porco-espinho.

De repente, lembrei-me de quem era ele.

Só podia ser ele. Aquela voz.

"São as peças que a natureza prega..."

Papai.

Era Papai, o cantor das minhas manhãs de domingo, o homem que me fazia companhia na minha cama com a sua voz e que sempre nos acompanhava no carro. Papai, que sempre embalava o nosso sono.

— Martin, vamos embora?

Pelo jeito, a esposa estava enfurecida com o fato de Martin ter dado uma pista sobre a sua identidade.

Sorri, solidária.

Papai.

Com sua ajuda, o meu pequeno conseguiu começar a fazer cocô no penico. Obrigada!

Ele entendeu que eu entendera. Sorriu de volta. Tinha uma linda covinha no queixo. E aqueles cabelos negros de bardo! Adoraria poder tocá-los!

Martin!!

O cavalinho de sobretudo de pele começou a relinchar mais alto.

— Fique à vontade, não se prenda por nossa causa — disse eu.

— Sim — disse Franz —, quero que ele se deixe prender.

Rimos todos. Menos a mulher. Ela não achou graça nenhuma.

Continuamos quebrando gelo, jogando os pedaços na superfície congelada do lago e nos divertindo com o barulho...

Papai.

Casado, dois filhos, uma covinha.

A mulher começara a caminhar um pouco. Com certeza, batera à porta da loja às margens do lago, mas ainda estava fechada. Claro, ela não tinha o menor interesse pelas nossas atividades infantis.

Quando nossas mãos estavam congelando, colocamos as luvas nas crianças.

— Você mora por aqui? — perguntou Papai, enquanto estávamos acocorados lado a lado, cada um colocando as luvas dos seus filhos.

— Ainda não, mas em breve. Adoramos vir passear por aqui. É a parte mais linda da cidade.

— É mesmo — disse o homem com sua jaqueta de couro, me olhando novamente com aquele seu jeito de tirar o fôlego. — Também achamos. No verão, dá até para andar de barquinho.

— E jogar minigolfe — exclamou Franz.

— Enno comprou uma casa para a gente logo ali — disse Willi.

— Puxa, que legal. E onde está seu pai hoje?

— Papai está filmando no Caribe, e Enno está na cama na casa da tia Alma — explicou Franz.

Engoli em seco. O resto da história ele teria que imaginar sozinho. Mãe de dois filhos pequenos, sem pátria, abandonada, quebra gelo para preparar uma sopa. O pai da criança fugiu ou foi para a casa de outra mulher.

Papai colocou outra luva em outra mãozinha.

Nós nos levantamos ao mesmo tempo.

— Enno é o advogado da mamãe e o papai é o marido da mamãe — disse Franz. — Mas ele está no Caribe gravando um filme.

Suas bochechas coradas brilhavam, assim como o seu gorro vermelho. Estava lindo de morrer. E por que diabos ele dava todas as informações sobre a nossa família para aquele homem estranho?

— Quer dizer que vocês estão sozinhos hoje?

— Não estamos sozinhos, estamos em três — corrigiu Franz.

— Mas aquela é a mamãe de vocês, não? — observou Papai, achando graça.

— Sim, sou a mãe deles — respondi rapidamente. — Ou você tem alguma dúvida sobre isso?

Nós nos olhamos.

— Não — disse ele. — Nem sombra de dúvida.

As crianças brincavam com os seus gravetos. Willi e o outro menininho tentavam tirar as luvas. Para impedir tal coisa, disse que íamos embora. Na verdade, eu estava louca para ir embora.

— Então... — disse eu.

— Foi bom conhecê-la — disse Papai.

Foi estranho ligar aquela voz tão conhecida com aquele rosto. De repente, o rosto dele também se tornou íntimo. E a covinha. Lamentei não poder levá-la comigo de lembrança.

— Tenha um bom dia — desejei.

— Tenha um bom ano — respondeu Papai, afagando a cabeça dos meus meninos na despedida.

Papai me ajudou a colocar os meninos no reboque da bicicleta.

— Genial — comentou.

— É, não é mesmo? — devolvi, radiante.

Eles partiram. Seus cabelos de bardo balançavam.

Parti em direção oposta.

Quando me virei para olhar uma última vez para ele, ele também se virou.

Ele acenou. Acenei de volta.

— Beate, traga os copos e não passe mais ligações.

Enno estava diferente. Olhei para ele durante um bom tempo até perceber que ele raspara a barba. Enno sem barba! Não estava mais com aquele ar bonachão. Parecia agora um filhinho da mamãe.

— Como foi a passagem de ano?

— Tudo bem. E você?

O senhor doutor contorceu o rosto recém-barbeado e disse:

— Me senti muito sozinho!

— Mas por quê? E sua mãe?

Eu quis atiçá-lo um pouco.

— Você sabe o que quero dizer. Senti sua falta.

Eu já suspeitara daquilo.

— Enno, pelo amor de Deus, espero que você não tenha se apaixonado por mim.

— Não — disse Enno, emburrado —, não fique se gabando.

— Desculpe — disse eu, tentando permanecer séria. — O que você fez durante o feriado?

— Pensei em você.

— Claro que por motivos puramente profissionais, — disse eu. — Você por acaso leu o meu relatório?

— Não. Minha mãe o leu, daqui a pouco falamos disso. Primeiro quero saber por que não deu notícias durante quase duas semanas.

Caramba. O que eu fizera? O senhor doutor considerava a nossa ligação mais estreita do que eu gostaria naquele momento.

— Achei que não seria de bom tom ficar incomodando o meu advogado durante o feriado com briguinhas domésticas bobas — disse eu, hipócrita.

— Mas nós temos outros assuntos — disse Enno, emburrado.

— Por exemplo?

— Minha mãe se divertiu a valer com o seu relatório

— Ótimo.

Ao menos eu conseguira alegrar uma senhora idosa com a minha historinha.

— Ela diz que você tem um grande talento para escrever.

— Nada disso — fingi humildade. Na verdade, tinha gostado de ouvir aquilo.

— Minha mãe teve uma idéia meio maluca... não sei ainda como devo te contar.

Pigarreei. Será que ele ia me dizer agora como seria prático se pudéssemos nos casar, já que brevemente seríamos vizinhos?

— Bem, Enno, acho que deveríamos conversar com objetividade.

Buscando apoio, procurei minha taça de conhaque.

— Talvez minha mãe tenha sido algo onipotente...

Agarrei a taça, nervosa. Pelo amor de Deus! Quem sabe, ela já comprara o vestido de noiva. Tamanho 40, com mangas de princesa, babados, um decote e um enorme laço no traseiro! Ou dado entrada na documentação! Ou ambas as coisas!

— Enno, por favor. O QUE que sua mãe fez?

Quase engasguei.

Enno Winkel soltou a bomba.

— Ela enviou o seu negócio... o seu relatório para uma editora.

Olhei fixamente para ele.

— Ela fez O QUÊ?

— Você devia ter entrado em contato conosco! Ela teve bastante tempo para ler e quando terminou resolveu publicar o relato.

— E você não a impediu de fazer isso?

— Não. Ela só me contou essa manhã.

Pronto. Lá estava eu, estarrecida na poltrona de couro, sem reação.

Só de pensar que qualquer fulaninho de uma editora poderia folhear o meu relato, achando aquilo uma grande besteira, antes de meter tudo numa gaveta, me fez corar de vergonha.

Decidi ficar furiosa. Quanto mais pensava no assunto, maior me pareceu o desaforo.

— Decididamente, essa história foi longe demais. Como advogado, você sabe muito bem que existe algo chamado sigilo profissional. Já que decidiu emprestar aquilo para sua mãe ler, você, como advogado, é responsável para que não caia em mãos de terceiros. Isso fere os direitos de privacidade, sei lá, acho que isso pode custar a sua cabeça! É um caso para o Supremo Tribunal! Vou abrir um processo contra o meu próprio advogado!

As meninas na Praça da Liberdade Interior protestavam enfurecidas, demolindo vitrines de lojas e destruindo carros. Mesmo os jatos d'água da polícia não conseguiram impedi-las de cometer seus atos incontrolados.

Eu estava ofegando de tanta indignação. Na verdade, nem sabia como me posicionar contra ele e Alma Mater. Enno já estava a par de toda a minha situação familiar, privada e financeira. E dominava todos os truques e todas as manobras de seu ofício. Acabara de comprar para mim a casa dos meus sonhos, sem taxa de corretagem ou comissão! Assumira a organização da reforma! E sua mãe, no fundo, era uma pessoa tão gentil! E, afinal, já rolá-ramos no meu tapete.

Mesmo assim — ou por isso mesmo!!

Enno estava perplexo. Nem se atreveu em dar a volta na sua mesa de trabalho para me agarrar e dizer "Pode gritar, meu bem", enquanto chamasse discretamente uma ambulância revestida de borracha e equipada com camisa-de-força pelo interfone.

Peguei a garrafa de conhaque e me servi com as mãos trêmulas.

— Eu sabia que você não iria concordar — disse o meu advogado quando emergi da minha taça de conhaque.

— Seu merda — disse, pensando ao mesmo tempo em como aquela cena poderia terminar. Quem chama o seu advogado de "seu merda", para ser coerente, teria que arremessar o copo na sua cara ou jogar o computador contra a parede ou lhe dar um chute com a ponta dos saltos nas partes sensíveis.

Enno começou a fuçar nos bolsos do paletó. Antes ainda de poder imaginar que ele pegaria uma arma para apontar contra mim, ele me estendeu um bilhete com um número de telefone com o DDD de Hamburgo.

— Você pode ligar para a editora. Veja, querida, é a editora Frauen mit Pfiff.* É a sua cara.

— Nem me passa pela cabeça ligar para essa editora e pedir de volta o resumo da minha vida conjugal. É problema seu. É o mínimo que você ainda pode fazer para salvar a sua honra e um pouco da sua reputação profissional! E não ouse me cobrar por esse serviço! — exclamei.

— Obviamente já liguei para eles — disse Enno.

— E daí?

— Querem publicar a história.

— Querem publicar?

— Sim. Querem publicar.

— Mentira sua.

— Não, é verdade. Vão publicar. Se você autorizar.

Fiquei boquiaberta. Enno se apressou a encher o meu copo novamente. Mecanicamente, peguei a taça, entornando-a de uma só vez. Meu advogado interpretou o fato de eu ter parado de falar como um gesto de extrema gentileza. As garotas na hipófise desabaram, exaustas.

Enno agarrou esta chance única e se animou.

— Obviamente, fiz uma minuta de acordo com um simpático doutor... peraí...

---

*Em alemão, "mulheres espevitadas". (*N. do T.*)

Ele procurou na papelada sobre sua mesa.

— Faust. Um senhor já mais idoso, muito gentil. Um editor da editora propôs a ele publicar o texto, e o Dr. Faust leu-o, sua esposa também, e todos se divertiram muito. Ele disse que se trata de um novo tipo de literatura para mulheres, esse simpático doutor...

Enno suava em bicas.

— Faust — disse eu, ainda atônita.

— Isso, Faust. Ele quer investir em um novo enfoque de literatura feminina. Algo mais divertido, leve e despreocupado, e não, ele disse, aquele texto pesado de sempre. O mercado está cheio disso e, segundo ele, você tem um estilo delicioso, e nós concordamos que a tiragem inicial poderia ser de 50 mil.

A Praça da Liberdade Interior estava em silêncio absoluto.

Uma mosca gorda zumbia no vidro da janela.

Enno olhou para mim, ansioso.

Cinqüenta mil. Eu não conseguia acreditar. Cinqüenta mil. Em outras palavras, CINQÜENTA MIL mulheres espevitadas leriam a minha história sobre Viktor Lange e Wilhelm Grosskötter?

— Não — disse eu, determinada. — Isso não é da conta de ninguém. Quero me divorciar e ficar em paz. Foi para isso que o contratei.

— Mas eles ainda vão revisar o texto — disse Enno, colocando suavemente a mão sobre meu braço. Energicamente, recolhi o braço. Não ouse me tocar, seu traidor!

— E isso quer dizer o quê? Não me diga que eles se darão ao trabalho de abreviar os nomes como naqueles romances de terceira categoria que você pode comprar na banca de jornal! A mãe abandonada Franziska H., da cidade de C., conta a história triste de seu casamento com o conhecido diretor Will G. de Münster-Bracklohe e na capa todos temos tarjas pretas tapando os olhos e os meninos estão sentados nos degraus sujos de um prédio, chorando. Por que não tenta logo nos inscrever num canal privado de TV, onde você pode me entregar ao vivo um buquê de flores na frente da câmara e cantar "Perdoa-me", enquanto Will Gross sai dos bastidores banhado em lágrimas e me beija e pede mais uma chance, enquanto Alma está sentada na platéia como convidada especial, comovida, enxugando as lágrimas?! Com certeza, isso lhe renderia um cachê melhor!

Enno se encolheu. Nunca um cliente fora tão agredido em sua mesa de trabalho. Pelo menos ninguém nunca despejara tanta ira contra ele, o advogado pacato! Maravilha! Finalmente um pouco de excitação naquele escritório.

Eu me achava o máximo. Finalmente uma cena em que eu podia desempenhar o meu papel preferido! As feministas na Praça da Liberdade Interior aplaudiram.

— Quando você se acalmar vou dizer o que o editor me falou — disse Enno, calmo.

Decidi me acalmar. Afinal, estava morta de curiosidade por saber o que o tal do editor propusera e como Enno reagira, na condição de meu advogado e empresário.

— Estou calma. O que ele disse?

— Quer se encontrar contigo. Disse que, com esse talento e senso de humor, você consegue transformar o material num divertido romance para mulheres. Segundo ele, é o que está na moda.

— É mesmo? — disse eu.

— Sim, e ele disse mais alguma coisa.

Enno procurou novamente nos seus bilhetes.

— ... o capítulo com o professor... onde coloquei isso agora? Era um professor de dança, se não me engano.

Era óbvio, Enno não lera uma só linha. Eu sabia, eu SABIA.

— Professor de alemão — disse eu.

— Bem, o capítulo com o professor de alemão foi o que ele mais gostou.

— Por quê?

— Sei lá, ele mesmo vai te explicar. Quer que você entre em contato com ele.

Mais uma vez, ele me estendeu o bilhete.

Dessa vez eu o aceitei, e, quando Enno pôs a mão sobre a minha, também aceitei.

Um romance, um romance!

Queriam que eu escrevesse um romance!

Era exatamente o que eu sempre sonhara!

Fui invadida por uma maravilhosa e irresistível sensação de triunfo. As meninas na Praça da Hipófise arrancaram as chaves do presídio do gancho e abriram as celas das irmãs. Em seguida, abraçaram-se, jubilosas.

Viva! Finalmente, nós, as aleijadinhas intelectualmente abortadas em seu papel de mulheres e colocadas contra a parede, poderíamos dar uma contribuição para melhorar a sociedade. Ampliamos nosso campo de ação, que até agora consistia de atividades criativas como preparar espinafre ou pendurar roupa no varal, para escrever um romance, cuidando, ao mesmo tempo, de duas crianças pequenas. O que recomendaria agora o sábio Fritz Feister? Claro: construa dois pequenos computadores para as pestinhas com ajuda de duas caixas de sapatos e 44 seixos. Abasteça-os com quantidades enormes de papel reciclado, lápis de cor não-tóxicos, clipes de papel arredondados e boas sugestões de temas, e organize um alegre convívio no gabinete do advogado, doravante denominado de requerido.

O requerimento não foi aceito. Indeferido!!

Então, que as adoráveis pestinhas sejam entregues à mãe do advogado, que afinal foi quem provocou isto tudo.

Achei a idéia genial. Fritz Feister nunca teria pensado nisso.

Suspirei profundamente.

Enno sorriu para mim, aliviado.

— Paz?

— Paz.

— OK — disse o meu advogado, apertando a minha mão com firmeza.

— Enno?

— Sim?

— Posso pedir mais uma coisinha?

— Claro.

— Deixe a barba crescer de novo, por favor. Eu já estava tão habituada a ela.

Três dias depois eu já estava no avião para Hamburgo. Era um aviãozinho pequeno e apertado que balançava à mercê das turbulências daquela manhã invernal. Aliás, ninguém aplaudiu quando o piloto decolou da pista em direção ao céu, e nenhuma aeromoça distribuiu bonés vermelhos, nem para mim, nem para ninguém. Tampouco foram distribuídos lápis de cor.

Eu estava espremida entre dois executivos. Eles não usavam camisas com estampas tropicais nem bebiam cerveja no gargalo da garrafa. Ao contrário, tinham espalhado documentos de aparência importante sobre as suas pastas, que examinavam com interesse. Ambos mexiam de vez em quando suas xícaras de café e pareciam não tomar conhecimento dos solavancos do avião. Agarrei discretamente os braços da minha poltrona, fechei os olhos e respirei fundo. Humphrey Bogart, ou um daqueles caras, poderia ter-me dito ao pé do ouvido com aquela voz masculina de fazer tremer: "Está tudo bem, boneca?" E teria me oferecido um lenço ou um copo d'água. Se fosse Charles Bronson, teria me oferecido uma garrafa de conhaque forrada de pele.

Mas aqueles executivos ao meu lado não davam a mínima para os meus suores frios e minhas preces aflitas. Quando me espremi entre os dois para me sentar, trajando o tailleur que comprara para a primeira reunião com Enno Winkel, limitaram-se a um casual bom-dia. Nada de assovios elogiosos, nada de perguntar se eu já tinha programa para aquela noite em Hamburgo. Fiquei espantada.

Nem quando o vento deu uma trégua, deixando o avião ganhar altitude, eles me deram a oportunidade de trocar dois dedos de prosa, algo do tipo:

— Permita que me apresente, meu nome é Björn Engholm, sou político aposentado e estou indo para uma pescaria.

— Muito prazer. Sou Franziska Herr, escritora. Tenho uma reunião com meu editor para falarmos sobre a primeira prova do meu livro.

Nem quando a aeromoça veio nos perguntar se gostaríamos de beber mais alguma coisa eles aproveitaram a oportunidade para tentar me convencer a beber uma taça de champanhe, o que foi uma pena, pois eu já nos imaginava na aterrissagem em Hamburgo cantarolando e cambaleando, despedindo-nos efusivamente na esteira das bagagens, tendo previamente trocado endereços. Tudo sob os olhares da comitiva da minha editora, que aguardava atrás da vidraça, o comovente e vetusto Dr. Faust à frente, acompanhado de esposa e mãe; depois o editor, a secretária, o motorista e, ao fundo, o carregador da malas.

Quando pousamos, o dia acabara de clarear.

Eu estava com uma sensação estranha no estômago. Alguém me entregou o meu sobretudo que estava no compartimento de bagagem, antes que caísse no chão.

— É seu?

— Sim.

Olhei para aquela pessoa e pensei rapidamente se poderia estar interessada no fato de eu ser uma escritora a caminho de uma reunião com o meu editor. Mas ele já se virara e voltara a ler seu jornal.

Então era assim que as coisas se passavam.

O cotidiano do mundo do *jet set*. Um bando de homens de negócios absolutamente normais de terno de risca de giz, olhando para frente ou para o jornal. Lembrei aquela brincadeira: "Vaca amarela, quem falar primeiro come a bosta dela..."

O taxista acenou secamente quando informei o endereço. Mas ele também não perguntou: "A senhora por acaso não é escritora? Como é o seu nome? Herr, minha senhora? Não vou esquecer! Vou contar para a minha esposa!" Limitou-se a encarar mal-humorado o trânsito matinal.

O prédio da editora ficava numa avenida pomposa, bem em frente ao Innenalster.

Adentrei o saguão de cabeça erguida. Oi, gente, cheguei. Meus neurônios tiveram que ficar do lado de fora, é claro. Eles ficaram se espremendo na entrada e cruzando os dedos. Torci para que não quebrassem a vidraça.

Dentro de um boxe de vidro havia uma moça bem-cuidada. Ao me avistar inclinou-se para frente e falou num microfone que ficava do lado de dentro da divisória:

— Pois não?

Fiz uma pausa estudada, olhei em busca de aplausos para os meus neurônios que espremiam seus narizes na vidraça e soltei a bomba:

— Franziska Herr.

Pronto. Ela saltará da cadeira, abotoará o casaco, pegará o buquê de flores no balde, sairá da sua casinha de vidro e me conduzirá até o andar da chefia, desmanchando-se em desculpas por não ter me reconhecido imediatamente.

Não aconteceu nada parecido. A moça ficou me olhando com ar de interrogação. Em seguida, inclinou-se novamente para frente para, em seguida, fazer a seguinte observação:

— Não tem ninguém aqui com este nome.

— Claro que não — respondi em voz alta diante do vidro. — Sou eu!

Olhei novamente para meus neurônios lá fora em busca de aplausos. Eles acenavam em sinal de reconhecimento, incitando-me com gestos ameaçadores para que não me deixasse intimidar.

— Ahã — disse a moça inclinando-se novamente sobre o microfone. — O que deseja?

— Tenho uma reunião com o Dr. Faust — expliquei àquela pobre e desavisada recepcionista, que pelo visto não tinha noção de quem eram as personalidades famosas que o diretor de sua editora costumava receber em sua sala.

— O Dr. Faust está de férias — disse a moça no microfone.

Para ela, o assunto estava encerrado. Retornou pachorrenta à sua ocupação anterior, ou seja, limpar as lentes dos seus óculos.

— Eu enviei o original de um livro — berrei, com vontade de esmurrar a vidraça, mas aquele olhar severo debaixo das sobrancelhas arqueadas me impediu de fazê-lo.

— Muita gente faz isso — respondeu, fazendo pouco-caso, sem querer me dar mais atenção.

— O Dr. Faust leu o meu texto! Ele quer publicá-lo!!

Que droga. Será que eu teria que tomar medidas mais drásticas? Os neurônios lá fora sacaram seus estilingues e me entregaram.

— Olha aqui, eu deixei meus filhos pequenos hoje às 6h na casa de amigos, e com certeza não foi para ser barrada na soleira do seu palácio! — berrei contra a vidraça do palácio de vidro no qual a moça residia. — Ou será que a senhora acha que estou aqui a passeio?!

Aquilo surtiu efeito. A moça apertou um botão. A porta da sua caixa de vidro se abriu.

— Como é mesmo o seu nome?

— Meu nome é e sempre foi Herr.

E agora, sua recepcionista ridícula, como é que vai sair desta?

A moça pegou o interfone e perguntou num alemão castíssimo:

— Annegret? Vocês estão aguardando uma senhora (*pausa*) Herr (*pigarro com pausa*)?

Nova pausa. Ela recolocou o fone no gancho.

Pelo visto, Annegret confirmara, já que a moça me deixou passar sem mais pretextos ou ofensas, apontando para o elevador no final do corredor e dizendo:

— Quinto andar.

— Muitíssimo obrigada — disse, correndo ao encontro de Annegret, que certamente estaria radiante à minha espera na porta do elevador.

No andar de cima, deparei-me com um vazio absoluto.

Vinte portas, todas fechadas.

— Annegret?! — exclamei à meia-voz.

Nada se mexia. Eu podia escolher. Podia descer novamente até a recepcionista idiota e tomar satisfações em tom áspero.

— A quem devo me dirigir, qual a sala? Levante-se quando falar comigo, sabe com quem está falando?!

Ou então ficar ali naquele corredor deserto, chamando "Annegret" em voz baixa, na esperança de que em algum momento ela saísse de detrás de uma parede tirando sarro da minha cara.

Ou ainda sair batendo em todas as portas e dizer: "Polícia Federal!", aumentando ainda mais o espanto geral com: "Todas as Annegret venham imediatamente e fiquem contra a parede."

Fritz Feister não tinha nenhum conselho para aquele tipo de situação. Portanto, me dirigi primeiro até a porta com o símbolo de banheiro feminino. Ali havia uma moça elegante que fora buscar água para a cafeteira elétrica.

— Olá — disse. — Por acaso a senhora é Annegret?

— Sou, sim — respondeu para meu espanto a secretária com ar alegre. — E a senhora é Franziska? Vou fazer um café para nós.

— Muita gentileza sua — respondi. — Estou morrendo de vontade de tomar um café.

Pronto. Etapa vencida. Fazer carreira exigia realmente muito esforço! Mas a culpa devia ser minha. Depois de cinco anos engatinhando, eu estava simplesmente fora de forma. Não estava mais habituada a andar ereta e a dialogar com adultos.

Chegamos à sala dela enquanto conversávamos amenidades do tipo: "A senhora chegou de Colônia hoje mesmo?" e "O vôo foi bom; não; porque não", e "Aqui em Hamburgo continua fazendo este tempo horrível."

Ela indicou uma cadeira para que eu me sentasse e continuamos o bate-papo. Aparentemente era hábito naquela empresa tratar as pessoas com formalidade, porém chamando-as pelo primeiro nome. Coisa aliás que já se faz em Dallas, Denver e Nova Jersey há muito tempo.

— Daisy, como gosta do seu café? Com açúcar?

— Sim, obrigada, Mildred. Que bela blusa a senhora está usando hoje. Esconde o seu pescoço enrugado.

— Ah, achei na Maxims. Lá também tem coisas ótimas em tamanho GG, certamente encontraria algo que pudesse usar. Leite, Daisy?

— Sim, por favor.

Antes que a tagarela da Annegret conseguisse me perguntar se eu queria sal e pimenta no meu café, e onde eu tinha conseguido aquele tailleur que me caía tão bem, antecipei-me, perguntando, curiosa:

— Dr. Faust não se encontra?

— Não faço idéia — respondeu Annegret, simpática. — Eu assessoro somente o departamento editorial do Dr. Lange.

— Ahã — disse, prosseguindo, ao perceber que ela não iria se aprofundar no assunto que eu havia mencionado.

— E ele está?

— Ainda não chegou — respondeu Annegret. — Na verdade, já deveria ter chegado há muito tempo. Creio que foi ao aeroporto, não sei bem por quê. A bem da verdade, não costuma ser muito pontual.

Ela deu um sorriso irônico.

— Está frio em Hamburgo, não acha?

Na verdade, ela pareceu ser uma pessoa legal, mas não parecia fazer a menor idéia de quais eram as minhas reais necessidades. O que os meus filhos estariam fazendo? Estavam desde as 6h com Alma Mater, morrendo de sono.

Enno me levara ao aeroporto. Não fizera mais do que sua obrigação, como meu advogado e... ahn, digamos... bom e velho novo amigo. Ele pedira que eu telefonasse assim que soubesse o vôo de volta. No fundo, quis voltar imediatamente, retomando as minhas atividades domésticas. Ninguém queria saber mesmo de mim por aqui. Não tinha viajado até aqui para ficar tomando cafezinho com Annegret, batendo papo sobre o tempo!

— Poderia dar um telefonema?

— Claro — respondeu Annegret. — Basta discar o zero.

Disquei zero, o código de Colônia e o número de Alma Mater.

Se escutasse gritaria de criança ao fundo, pegaria um táxi imediatamente. Estava decidida a ir embora.

Ouvi um ruído na sala ao lado.

O telefone estava chamando na casa de Alma.

— Creio que o Dr. Viktor chegou — disse Annegret, abriu a porta de comunicação para verificar.

— Alô — atendeu a mãe de Enno. Fiz um esforço para escutar. Nada de choro de criança.

— Sou eu, Franziska — disse, mesmo sem conseguir me concentrar.

— Sr. Lange, a Sra. Herr já chegou — disse Annegret para o chefe na sala ao lado.

— Olá, Franziska — exclamou Alma, satisfeita. — Chegou bem em Hamburgo?

— Mande entrar — disse o Sr. Lange. — Creio que me desencontrei dela no aeroporto.

— Sim — respondi ao telefone. — Só queria saber como estão as crianças.

— Muito bem — respondeu Alma Mater, enquanto Annegret dizia, ao mesmo tempo: — Ela está ao telefone.

Então a porta se abriu, e o Sr. Lange em pessoa adentrou a sala de Annegret. Era um senhor na casa dos cinqüenta, com um terno amassado e totalmente sem vinco. Olhei automaticamente para as pernas das suas calças. Não havia nenhum protetor para bicicletas nelas.

— Como estão as coisas por aí? — perguntou Alma Mater, animada.

— Não sei — respondi bestamente, e baixei o fone.

Olhei fixamente para o Sr. Lange.

Não era possível!

Não podia ser verdade.

— Alô, Franziska — exclamou Alma Mater ao telefone —, está me escutando ainda?

— Sim — balbuciei —, estou.

— Franziska — disse o Sr. Lange, olhando para mim de um jeito que quase me fez desmaiar.

— Que bom que você finalmente chegou.

Lentamente, coloquei o fone de volta no gancho.

Estávamos frente a frente, meu editor e eu, com as folhas do meu texto espalhadas pela mesa toda numa composição decorativa. Annegret retirou-se discreta e amavelmente depois de perceber que, pelo jeito, já nos conhecíamos. Assim como a assistente Beate, de Enno, ela segurou todas as chamadas telefônicas e outras eventuais interrupções.

— Não preciso nem perguntar como você vai — disse Viktor com aquela voz rouca que ainda, como outrora, me deixava arrepiada. — Já sei tudo sobre você.

— Sim — respondi.

Não me ocorreu mais nada, pois meu coração estava disparando. Era verdade! Ele já sabia tudo! Lera trezentas páginas sobre a minha vida!

— Mas que surpresa — consegui dizer, num rasgo de originalidade. — Como é que você soube... o senhor ficou sabendo?

— Se não se incomodar, podemos nos tratar por "você" — disse Viktor, condescendente. — Seria estranho tratar a minha Franziska de senhora.

Ao som das palavras "minha Franziska" o meu coração deu um salto, parando de bater. Meu Deus, como aquilo soava maravilhoso dito por ele! (Imaginei Enno dizendo tal coisa! Eu o teria alertado sobre as verdadeiras relações de posse na nossa relação de trabalho, e ainda por cima num alemão juramentado.)

— Pois bem — disse, com vontade de pigarrear.

— Não foi muito difícil de perceber — disse Viktor, sorrindo. — Aquela senhora que me enviou o texto, a princípio apócrifo, creio que se chama... — Ele folheou a carta de apresentação.

— Winkel — disse. — Alma Winkel.

— ... ela escreveu que estava enviando a obra inédita da sua... como é que ela chamou... provável, e ela assim o esperava... futura e adorável... nora, se bem que às vezes um pouco descuidada... que estava se separando de um famoso diretor de seriados (sobre automóveis e hotéis paradisíacos) com a ajuda do seu filho, o melhor advogado de família da cidade (ele já cuidou de mais de novecentas separações amigáveis)... um pouco confuso tudo isso... mas uma carta muito interessante!

— Essa história de nora está um pouco exagerada — disse rapidamente. Será que em vez disso eu deveria ter gritado: — Viktor, estou livre e desimpedida!?

— Esta senhora estava bastante incomodada com o fato de que a autora não tinha conhecimento de que o manuscrito havia sido encaminhado para terceiros. Eu falei com ela algumas vezes por telefone. Ela a elogiou muitíssimo...

Viktor me olhava de um jeito que me deixava de pernas bambas.

Pelo amor de Deus, Viktor, não me olhe desse jeito, senão vou me atirar por cima da mesa e me agarrar nesse terno amarrotado sem protetores para bicicleta!

— E quando foi que percebeu que era eu? — perguntei disfarçando o tom de voz.

— Já na terceira página — disse Viktor. — Seu estilo é inconfundível.

Continuei olhando para ele. Ainda era o mesmo e velho Viktor. Parecia que eu estava sentada na minha carteira escolar e ele me mandava recitar um trecho do *Fausto*, de Goethe.

Meu peito me impelia em sua direção.

— E o mais tardar no trecho sobre Viktor Lange — disse, contrita.

— Sim — disse ele —, o mais tardar nesse trecho.

Ele pegou a minha mão que estava sobre as folhas do manuscrito, gelada e molhada de suor. A pressão da sua mão, e ai...

Senti de imediato a firmeza e o calor da mão de Viktor dos tempos das aulas de dança. Eu tinha 14 anos naquela época. E agora tenho 34. Meu Deus, tenho 34 anos!!

Subitamente me dei conta de que não era mais sua aluna. Não precisava mais ficar corada quando ele me dirigia a palavra, não precisava mais gaguejar, balbuciar, nem emudecer, sonhar, tentar adivinhar o que ele poderia estar sentindo por mim.

Finalmente eu podia fazer o que EU sentia.

Eu podia finalmente segurar aquela mão fantástica e apertá-la contra o meu rosto, fechando os olhos e inalando o perfume da palma da sua mão.

Eu podia fazer aquilo.

Sem virar motivo de chacota. Se ele não quisesse, ele retiraria a mão.

E aí voltaríamos à ordem do dia.

Mas ele quis.

Nós queríamos, e podíamos. Os dois.

Ninguém sobre a face da terra iria entrar pela porta, arrancar a sua mão e me pôr para fora da sala com palavras rudes.

Seguimos nos olhando.

Ele envelhecera. Os cabelos estavam mais grisalhos, a pele mais enrugada e as mãos mais ásperas. Mas ainda era o meu velho Viktor, não importava se tinha 35 ou 55 anos. O que será que ele sentiu por mim naquela época?

Por que eu não perguntava a ele simplesmente?

— O que você sentia naquela época? — perguntei.

Não me foi difícil fazer aquela pergunta. Eu sabia que ele diria a verdade. Sabia que ele não zombaria de mim. Não havia o menor motivo para que ele o fizesse.

— Eu já gostava um bocado de você naquela época — disse Viktor —, mas é claro que não podia demonstrar.

— Não — respondi —, é claro que não.

— Você tinha 14 anos — disse Viktor.

— E você, 34.

— E agora é VOCÊ quem tem 34 — prosseguiu ele.

— Sim — respondi.

— Meu Deus — disse Viktor. — É incrível como o tempo passa. Veja você. O patinho se transformou num cisne.

— Você está dizendo que o patinho feio se transformou num cisne feio?

Viktor riu.

— Isso é você quem está dizendo.

— Você não mudou nem um pouquinho.

— Mudei, sim — disse ele. — O jovem cisne agora é um cisne velho.

— Um cisne grisalho — disse —, não velho.

Ficamos nos olhando.

Havia tanta eletricidade no ar que eu temi que as laudas fossem pegar fogo.

— O que achou do trecho em que conto o que aconteceu naquele exame final?

— É encantadora a forma como você descreve o incidente tanto tempo depois.

— Ele se deu de outra forma?

— A descrição está incompleta. Você consegue imaginar como me senti mal quando a deixei descalça naquele corredor? Que imagem comovente!

Eu sorri. Comovente! Com a boca cheia de balas!

— A única coisa que eu podia fazer era pegar a maldita prova e bater a porta na sua cara. Qualquer coisa diferente teria custado o meu emprego e a sua formatura!

— Eu sei — disse, obediente.

— E assim tivemos que esperar vinte anos — disse Viktor.

— Na verdade não é muito tempo, se considerarmos pelo que esperamos — disparei.

Aquela frase veio bem do fundo da minha alma de aluna. Uma alma que não morrera. Mas a frase desencadeou alguma coisa.

Viktor segurou a minha outra mão. Uma profunda e maravilhosa sensação de formigamento se apossou de mim. Aulas de dança, corredores de internato, provas de alemão, ensaios de teatro, sonhar acordada, bela adormecida a fiar!

Estávamos sentados face a face, as mãos entrelaçadas, entre nós a escrivaninha branca com aquele manuscrito horroroso, e os nossos olhos nos mantinham presos um ao outro.

Quis me aproximar mais daquele homem, desejei desesperadamente senti-lo novamente. Eu o beijava com os olhos, radiante, pois de repente ficara muito feliz.

— Agora você está me olhando do mesmo jeito que costumava fazer — disse Viktor.

Acariciei seu polegar. Senti sua perna encostando no meu joelho. Oh, Viktor, Viktor, finalmente! Que maravilha ter 34 anos, ser mãe de dois filhos e estar livre de todas as proibições e amarras deste mundo!

Inclinei-me para frente, aproximando-me do seu rosto.

Antes que ele conseguisse me beijar, soltei a minha mão da dele.

— Espere — disse. — Espere. Temos tempo.

Fiquei acariciando os seus lábios com o meu dedo indicador. Ele fechou os olhos e beijou o meu dedo, prendeu-o jocosamente com os dentes, libertando-o em seguida. Contornei as linhas do seu rosto, beijei fervorosamente a sua testa, as bochechas e as têmporas.

— Nós temos todo o tempo do mundo!

— Repita isso — sussurrou Viktor.

— Nós temos todo o tempo do mundo — disse, sorrindo para ele.

— Sim — disse ele. — Finalmente. Temos todo o tempo do mundo.

A pressão da sua mão, e oh... o seu beijo!

Em seguida, nos beijamos — quer dizer, nós só encostamos os lábios, aproveitando aquela proximidade, a possibilidade de nos tocarmos, a disponibilidade de todo o tempo do mundo.

Onde estava escrito que a gente tinha que se atirar em cima do outro daquele jeito, agora que aquela questão de poder, dever e querer fazer estava resolvida?

Ficamos inalando um ao outro. Dei-me conta do que significava matar a saudade. Era o mesmo que poder beber água quando se tem sede.

Fiquei brincando com os cabelos na sua testa. Eram macios, finos e tinham um maravilhoso e indescritível cheiro de Viktor.

Nem percebi que era eu quem estava ditando o ritmo. Ele me deixava fazer, esperava e não me pressionava. Era uma delícia indescritível, como um sonho interminável.

A certa altura levantei-me e girei a chave que dava para a ante-sala de Annegret, trancando a porta do corredor. Depois contornei a mesa, sentei-me perto dele na beirada da mesa empurrando seu paletó por cima dos ombros.

— Se você tiver um pouco mais de paciência, podemos ir para uma outra sala — disse Viktor. — Lá é um pouco mais confortável do que aqui.

— Eu já perdi a paciência — respondi desabotoando a camisa dele com infinito vagar.

— Quero te sentir todinha — sussurrou Viktor, inflamando-me com a sua excitação.

— Eu também quero te sentir todinho, pode acreditar — respondi.

— Aqui e agora?

— Aqui e agora.

— Não seria melhor empurrar o texto para o lado?

— Não.

— Sabe o que eu acho? — perguntou Viktor, e aquela foi a última coisa coerente que ele proferiu. — Aquilo vai virar um best seller.

— Você é quem sabe — murmurei, e também não consegui dizer mais nada que tivesse pé nem cabeça.

— E então? Como foi? — perguntou Enno, que me aguardava no portão de desembarque doméstico. — Que tal a sensação de ser uma escritora de sucesso?

— Maravilhosa! Eu jamais imaginava que seria possível me sentir assim tão maravilhosamente bem!

Eu saltitava em volta de Enno como uma criança travessa.

— Fico satisfeito que você esteja desfrutando do seu sucesso! O que foi que fez lá exatamente? Que tal esse teu editor? Velho, novo, gordo, magro...?

— Muito simpático — respondi, engolindo em seco.

Enno me abraçou carinhosamente e pegou a minha maleta.

— E como vão as crianças? — perguntei, mudando de assunto. Enno, me pergunte qualquer coisa! Só não me pergunte o que estou sentindo.

Enno tagarelou sobre os meninos e sobre Alma Mater. Tudo estava indo bem, eles estavam convivendo às mil maravilhas, Alma Mater tinha ganhado dois netinhos numa só cajadada. Disse isso me apertando um pouco mais contra o seu corpo.

— Vamos atravessar aqui, meu carro está ali atrás!

Enno abriu o guarda-chuva automático e me conduziu através do emaranhado de carros, táxis e ônibus até o seu carro, que, como era de esperar, estava estacionado em local proibido, e além disso torto e com duas rodas em cima da calçada.

Enno retirou uma multa do pára-brisa, enfiou-a displicentemente no bolso do casaco e deu a partida.

— O que houve, Franziska? Você está tão calada!

— Nada. Está tudo bem. Só estou um pouco cansada.

Por acaso eu deveria contar a ele o que tinha acontecido em Hamburgo? Por acaso eu deveria ter esfregado na cara do meu amigo, advogado, motorista, babá e encarregado da minha felicidade pessoal, que tinha ido para a cama com o meu editor? Primeiro ardentemente, em câmera lenta, em cima do manuscrito. E outra vez, após um longo passeio pelo rio Alster congelado, com a insustentável leveza da loucura, no seu apartamento.

De jeito nenhum. Enno não poderia ficar sabendo nem uma vírgula daquilo tudo.

— É. Posso imaginar. Uma reunião dessas com o editor deve ser muito cansativa. Você teve que se concentrar o dia inteiro. E além disso voar duas vezes com esse tempo ruim...

Enno compreendia totalmente. Para compreender ainda mais completamente, ele imediatamente começou a acariciar a minha nuca.

— Como é o jeitão desse teu editor? Ele se chama Faust, não é mesmo?

— O nome dele é Lange — respondi, engolindo em seco. — Dr. Lange. Faust é o diretor, mas não estava lá.

— O quê? Ele não estava lá? Mas ele a convidou pessoalmente!!

Enno estava visivelmente irritado. Como é que podiam ter tratado a sua protegida daquele jeito tão inconveniente?

— Está tudo bem — disse —, não se irrite. O editor é o responsável pela minha pessoa, não o diretor da empresa.

— E aí?

Pausa, carinho na nuca, concentração no trânsito.

— Conta logo. Sobre o que vocês conversaram?

Era exatamente isso que eu não podia contar a ele. Nem agora, nem em qualquer outro momento da minha vida.

— Sobre o manuscrito. O que eu posso fazer para melhorá-lo.

Silêncio. Viktor. Pensar de novo, sentir de novo.

Olhava fixamente pela janela, para aquela mistura típica de Colônia, morna, no cair de uma noite chuvosa de janeiro. As gotas brilhavam em frente aos faróis dos automóveis, dos capôs subia um vapor que se misturava à neblina. Lá, onde estava Viktor a temperatura era oito graus mais baixa. O rio Alster. Completamente congelado. Bares para se tomar ponche. Silhuetas bizarras. Narizes vermelhos, rostos radiantes. Ser jovem, despertar, vivenciar, conversar, calar, a dois. Brincar, rir, andar, beijar, acariciar e bater papo.

Sem crianças. Outra vida. Outro mundo.

— E então?

— Como assim, e então?

— O que é que você pode melhorar?

— Melhorar? Ah, sim, o trecho com o editor. Que besteira, quero dizer, com o professor. Vamos acrescentar um zelador... ora Enno, você nem chegou a ler o meu manuscrito! Para que entrar em detalhes agora?

— É claro que li — teimou Enno. — Talvez não tenha lido palavra por palavra, mas dei uma olhada por alto. Delicioso, realmente delicioso.

Olhei de lado para Enno.

— Você consegue mentir sem ficar vermelho!

— Ah, deixemos isso pra lá. Sabe o que quero de você agora?

— Não.

E ele tinha o direito de querer algo de mim? Como meu advogado?

Sim. Pensando bem, tinha. Ele satisfazia todos os meus caprichos, antes mesmo que eu conseguisse pronunciá-los. Caramba! A coisa estava ficando complicada.

— Eu gostaria de sair para jantar com você.

Os meus neurônios balançavam as cabeças, enfezados. NÃO! Por que eu deveria ir?

Nada de jantares de negócio fora do horário comercial.

— Sou o dono do meu estômago.

Eu não conseguiria engolir nada. Tinha a sensação de que nunca mais iria conseguir comer mais nada.

— Mas... e as crianças!

Eu queria resgatar as crianças, ir para casa e enterrar-me bem no fundo das minhas cobertas. Meus filhos eram os únicos seres que eu queria à minha volta hoje à noite.

— É mesmo, eles não conseguem dormir fora de casa?

— Não.

— Nós deveríamos colocar uma cama de armar na casa da minha mãe. Pelo menos até vocês se mudarem para a casa em frente. Depois não haverá mais problemas.

Enno estava completamente focado no futuro. Era evidente que iríamos formar uma grande família, sem compromissos rígidos, a partir daquele momento. Nós não precisaríamos nos casar assim de imediato. Isso comprometeria a sua imagem. E funcionaria muito bem daquele jeito! Mãe, pai, avó e as crianças, morando em casas que ficavam uma em frente à outra. Absolutamente normal. E absurdamente prático.

Enno. Um solteirão de 45 anos, que ainda morava com a mamãe, numa evidente ânsia de satisfação. Como poderia ele suspeitar que pessoas da idade dele tinham que tomar conta dos filhos?

— Vamos encomendar alguma coisa no restaurante de comida italiana.

— Não.

— Como?

— Não estou em busca de um noivado!

E se ele também não estivesse?

Talvez fosse a mãe dele quem estivesse querendo vê-lo amarrado. Não seria possível imaginar manter uma amizade maravilhosa com ele? Estava na hora de falar sobre aquilo.

— Enno?!

Enno seguiu dirigindo em linha reta. Retirou a mão da minha nuca bruscamente.

— Humm?

— Sinto muito, me desculpe! Não quis magoá-lo!

— Não sabia que a escritora tinha um humor tão suscetível!

Meu advogado estava certo. A escritora tinha um humor tremendamente suscetível.

— Você vai me cobrar por todos esses serviços?

Eu bem que preferiria. Não queria nem em sonho ficar lhe devendo algo. Mas a pergunta em si já tinha sido um novo insulto.

Àquela altura, Enno já não queria mais sair para jantar com a sua cliente.

— Tenho algumas novidades no caso Grosskötter *versus* Grosskötter — disse ele num tom profissional. — Caso não possa hoje à noite, peço que venha ao meu escritório amanhã.

Caramba. Eu ofendera o meu bom e velho novo amigo. Eu poderia ter desconfiado.

— Enno, por favor! O que há de novo sobre a minha separação? Você sabe muito bem que amanhã eu tenho que ficar com as crianças.

— O máximo que posso oferecer é que você as leve para a minha mãe.

Lógico. Só para aumentar a dependência no sentido de que "agora somos todos uma família feliz". E depois passar na minha cara que eu só estava me aproveitando deles.

— As crianças JÁ estão com a sua mãe. E então? O que há de novo com essa separação?

— Conversei com Hartwin Geiger — disse Enno.

— Ah, hoje é terça-feira? — deixei escapar.

— Hartwin acha conveniente adiarmos a separação.

Engoli em seco. Aquele merda de Hartwin. Aqueles companheiros de sauna só tinham titica na cabeça.

— Por quê?

— Seria mais conveniente por causa da compra da casa — respondeu Enno. — Já atingimos o limite do abatimento do imposto de renda do ano-base. Se vocês se divorciarem logo no princípio do ano, vão chamar a atenção da Receita Federal.

— E daí? Que chame a atenção! Estou pouco me lixando para a Receita Federal!

A Receita Federal! Um belo dia surgiria uma figura desmancha-prazeres, de pele acinzentada, com um casaco safári na nossa rua Mendelssohn-Batholdy. Ele iria fuçar a cerca do nosso jardim com uma lupa antes de usá-la para tocar a nossa campainha. "A senhora ainda tem relações conjugais regulares?", perguntaria pelo interfone, antes de enfiar por baixo da porta um formulário para pagamento de impostos atrasados.

— Sim, mas de qualquer jeito não seria muito esperto da sua parte. Afinal, você quer ganhar um lucro adicional razoável, não é verdade?

— Não — retruquei. — Quero ser livre. E o mais rápido possível.

— Mas você estava contando com esse dinheiro! Pretende dá-lo de presente à Receita?

— Isso significa que não poderei me mudar para aquela casa se me separar agora?

— Podem surgir complicações — respondeu Enno. — Vamos analisar o assunto com prudência. Você deveria cumprir oficialmente um ano de separação. Caso contrário, teríamos que arcar com um cálculo de imposto muito alto, que evidentemente seria abatido do lucro adicional.

Prudência! Devagar se vai longe! São coisas que não têm nada a ver com a minha pessoa. Preciso fazer tudo já. Já, e de forma impetuosa. Sou assim.

— Veja, a separação, no fundo, é apenas uma formalidade — disse Enno colocando a mão sobre o meu braço. — Isso não muda nada no que nos diz respeito.

Ai, Enno! Por que não compreende que não estou me separando de um cara para me atirar imediatamente numa relação com outro?! Por que não entende que não me sinto ligada a você? Ou será que já o estou há muito tempo? Que droga, as fronteiras são tão fluidas! É claro que nos damos muitíssimo bem, é claro que você apadrinhou a mim e a minha família da noite para o dia. É claro que ainda não me cobrou nada. Ah, se pelo menos você fizesse isso! Será que tenho que prestar contas a você? Eu lhe pertenço? Você tem algum direito sobre mim? Por favor, por favor, por favor não faça nenhuma cena agora. Não existe nada mais constrangedor do que um homem fazendo uma cena para uma mulher.

Enno não fez nenhuma cena. Enno era um homem vivido.

Está na cara, pensei, que, para uso externo, todas as aparências indicam que estou ligada há semanas a este homem. Alma Mater me chamava de futura nora. Noiva. Esse era o termo usado nos meios convencionais. Direito de compra. Opção para amor e fidelidade vitalícios.

Entrávamos e saíamos um da casa do outro, compartilhávamos a mãe, as crianças, o carro, a mesa e a cama (mesmo que não estivéssemos dentro dela simultaneamente) e passávamos grande parte do nosso tempo juntos. Discutíamos sobre os problemas cotidianos, discutíamos sobre os nossos benefícios fiscais, planejávamos juntos a reforma da casa que estávamos comprando juntos. Logo estaríamos comprando papel de parede e discutindo sobre a padronagem do carpete.

Enno iria junto à reunião de pais no jardim-de-infância e eu o acompanharia nas suas recepções no Palácio da Justiça.

Era natural que fosse assim.

Seria somente uma questão de tempo até que Enno, imbuído do seu senso prático, mandasse instalar um interfone ou, quem sabe, até mesmo uma passagem subterrânea entre as nossas casas.

Pois é, Franziska. Tudo se encaixava perfeitamente. Está na hora de você se enquadrar. Não dê uma de mula empacada, obstruindo essa dádiva do destino.

Outras moças estariam lambendo os beiços se tivessem um advogado bem-sucedido, com a sua mãe de quebra. Tudo o que você precisa é voltar para o caminho certo. E revogar discretamente a sua relação inconveniente com o editor daquela duvidosa editora de livros femininos. Seria melhor fazê-lo já. Pergunte a Alma Mater se você pode dar um telefonema para Hamburgo e peça a Annegret que transmita ao seu editor a notícia de que você declara nula a ligação pessoal com ele, de mútuo acordo. Seria ainda melhor se pudesse aproveitar para apimentar a ligação telefônica observando, com bom humor, que, por coincidência, o seu advogado estava ao seu lado e gostaria de usar aquele momento tão oportuno para negociar os termos de um contrato sobre a tiragem dos exemplares e os direitos de filmagem.

— Alô? Sr... Lange? Tomei conhecimento de que o senhor foi para a cama com a minha cliente. Assim não é possível! Devo adverti-lo sobre o parágrafo tal e tal do código de trânsito, que diz ser passível de penalidade praticar atos de luxúria com pessoas menos abastadas. O quê? O mesmo vale para mim, na condição de advogado? Ora, faça-me o favor. O meu caso é completamente diferente. Pretendo assumir a guarda desta pobre coitada, prejudicada emocional e intelectualmente, e, portanto, adotar os seus filhos semi-órfãos. O quê? O senhor não fazia a menor idéia? Pois bem, agradeceria se tivesse a bondade de tomar conhecimento deste fato agora mesmo. Pigarro, pigarro. E agora voltemos ao objeto das nossas negociações...

NÃO, berrou de repente um único neurônio que ainda andava à solta na Praça da Liberdade Interior.

Eles podem negociar a casa, a separação, o livro, tudo isso, enfim. Esse é o trabalho deles.

Mas não podem ME negociar.

Eu decido por MIM.

Não quero me tornar novamente um joguete da vaidade masculina.

Precisei completar 34 anos para me tornar finalmente livre!

Agora pretendo continuar sendo livre.

Ou não me chamo mais Herr.

Sou e continuarei sendo senhora de mim mesmo.

Pena que eu não tenha chegado antes a essa conclusão!

Desde então não se passava praticamente um dia sem que Enno desse uma passada sem compromisso lá em casa. Ora trazia um mostruário de carpetes, ora instalava rapidamente um prático laptop, tão fácil de manusear, e no qual era praticamente IMPOSSÍVEL fazer alguma coisa errada, para que eu passasse a trabalhar com entusiasmo no meu romance (Viktor, ai, Viktor!!). Ou me convencia a dar uma volta pela maior e mais moderna loja de móveis da Europa. Outra feita, me surpreendeu com dois ingressos para uma exposição de cozinhas planejadas, onde compramos sem pestanejar a cozinha mais cara, mais chique de todas, totalmente computadorizada. E todas as vezes ele nos surpreendia com a notícia de que Alma Mater ficaria muito feliz se as crianças fossem visitá-la e passassem pelo menos umas cinco horas com ela. Eu tinha a sensação de estar realizando um sonho acalentado havia muito. Pois fazia cinco anos que eu não conseguia botar um pé fora de casa sozinha, sem me preocupar e ficar me achando uma mãe desnaturada. Eu tinha a certeza de que com Alma Mater meus filhos estavam em excelentes mãos.

Claro, Enno achava insuportável a idéia de que a sua mãe tivesse que se arrastar por aquelas horas de entretenimento sem pelo menos um brinquedo moderno. Assim, sempre trazia coisas novas, achando que ele mesmo teria gostado delas quarenta anos atrás. Além de um autorama, um computador educativo, um submarino Rayce-Rallye-Rambo-Zambo de controle remoto, edifícios-garagem acionados por baterias, estacionamentos subterrâneos e lava-jatos ficaram apinhados de carros de corrida e caças a jato, que podiam ser acionados por controle remoto, andando para lá e para cá, batendo nos calcanhares de quem estivesse no meio do caminho.

Meus filhos achavam tudo o maior barato e disputavam cada um dos brinquedos a tapas, motivo por que Enno passou a comprar tudo em dobro.

Alma Mater não fazia a menor idéia de como se recarregava uma bateria, como se trocavam as pilhas ou como se consertavam os efeitos de luz dos brinquedos; assim, eles iam sumindo rápida e discretamente na despensa. Ela preferia construir brinquedos criativos, com carretéis de linha vazios, pregadores de roupas, pedaços de madeira e castanhas. Ou dobrar jornais incansavelmente, fazendo barquinhos, aviões e chapéus. Eu gostava cada vez mais dela, de uma forma calorosa e íntima. Ela era a melhor amiga, vizinha e sogra do mundo. Ela estava até mesmo um lugar na frente da Else Schmitz.

Enno comprara uma coleção inteira de vídeos, para aqueles momentos inevitáveis em que eu e as crianças estávamos sem

Alma Mater ou Else Schmitz por perto. Os vídeos eram usados quando Enno queria conversar com a mamãe sem ser interrompido. Como ele sempre, e sem exceção, queria falar comigo sem ser interrompido, as crianças entravam no modo de programa "assistir vídeos" assim que ouviam seu carro estacionando em frente ao prédio.

Eu curtia o tempo que passava com Enno, já que ele tinha sempre no mínimo uma solução imediata para qualquer problema. Isso sem mencionar que ele enriquecera o nosso lar com toda a sorte de aparelhos tecnológicos dos tempos modernos e estava sempre a meu dispor para me dar conselhos ou para fazer alguma coisa que eu precisasse.

— Pois é — comentou Alma Mater quando deixávamos novamente as crianças com ela, para irmos a uma recém-inaugurada loja de luminárias. — Você tem muita sorte, Franziska. Eu bem que poderia ter tido um amigo e ajudante desses naquela época do pós-guerra. Agora vão logo e aproveitem o tempo!

Ela disse aquilo sem uma ponta de inveja. Foi apenas um comentário. Em algum momento oportuno perguntarei a ela, entre quatro paredes, se ela me levaria a mal se eu resolvesse simplesmente não me casar com o seu Enno. Mas eu iria dar tempo ao tempo.

Não queria ficar mal nem com Enno nem com a sua adorável mãe. Levando em conta que eu passara minha infância e adolescência quase inteiras num colégio interno, era facilmente compreensível que eu não quisesse abrir mão tão rapidamente daquela mãe generosa, bondosa e meiga.

Quando retornamos da loja de luminárias, as crianças estavam brincando sentadas na mesa da cozinha com as suas bochechas rosadas. Que cena encantadora, quase igual aos livros ilustrados dos bons e velhos tempos.

Alma Mater subira no sótão e remexera nos caixotes e nas caixas de sapatos em que estavam guardados os simplórios brinquedos do pequeno Enno: cavalinhos de pau, peças de Lego, caixas de fósforo, castanhas, massinha de modelar, lápis de cor e elásticos. Meus garotos adoraram sobretudo uma lousa.

Achei aquela imagem maravilhosa. O que eu mais gostaria de fazer naquele momento seria juntar-me a eles e montar bonecos com as castanhas.

O que me impediu de fazê-lo foi o fato de Alma Mater tê-los metido em umas calças curtas de couro ressecado de Enno, velhas e empoeiradas, além de duas camisas antiquadas de flanela dos anos 1950 e meias três-quartos cinza.

O pequeno Willi estava boiando dentro daquelas coisas, mas em Franz elas cabiam direitinho.

Eles olhavam para mim inocentemente, pobres vítimas de um equívoco estilístico.

— Ha-ha-ha, que gracinha — disse, por delicadeza, e Enno emendou:

— Mamãe, você tinha que fazer isso?

Trocamos um sorriso, sem saber o que fazer.

— Encontrei essas roupas na mala marrom — disse Alma Mater, radiante. — Elas ainda estão exatamente do jeito que eu me lembrava. Meu Deus, como o tempo voa!

— Tudo bem — falei, e Enno aproveitou para comentar de passagem que a vida tinha aquela indesejável característica de nunca parar.

Soltei uma risadinha.

— Você gostou dessas coisas, não é mesmo, Franziska? — perguntou Alma Mater, satisfeita.

— Uma gracinha — respondi. — Extremamente encantadoras.

Mais um desafio à minha capacidade de representar. Acho que me saí muito bem.

— São um presente para você — prosseguiu Alma Mater.

A primeira coisa em que pensei foi num daqueles sacos enormes de lona azul. Enfiar os trapos neles. Sumir com elas. Para o sótão. Cruz Vermelha.

— Ainda tenho um monte delas. Venha comigo, venha ver!

Ela me levou até a sala, onde espalhara o guarda-roupa completo do seu rebento por cima das mesas, cadeiras, sofás e poltronas. Desde o roto macacãozinho manchado de papinha, passando pelo modelito de crisma, *stone washed* e com gola de marinheiro, até chegar ao conjunto anos 1970. O ponto alto da coleção eram as duas ceroulas laranja que ela mesma tricotara.

Senti as lágrimas querendo brotar nos meus olhos. Aquela criatura comovente cuidara daquilo durante quarenta anos para entregá-las espontaneamente para mim, Franziska Herr, a pequena arrivista, vinda de um meio menos abastado. Da forma como aquilo se apresentava, não poderia haver uma prova maior de confiança e de amor da parte dela.

As roupas só tinham um pequeno problema: elas não correspondiam mais aos padrões atuais daquilo que se considerava "na moda". Eu já podia ver os meus filhos sentados na beira da calçada, vestidos com a coleção de Enno, chorando porque nenhum Daniel, Sebastian, Alexandre ou Kevin queria mais brincar com eles. Fiquei pensando em que buraco do porão eu iria enfiar aquelas coisas para poder entregá-las num gesto magnânimo, daqui a quarenta anos, à minha ainda não nascida futura nora de nome Julia, Lisa-Marie ou Anne-Cristin. Eu já sentia até um indescritível prazer sádico por aquele ser embrionário.

Alma Mater fizera o jantar e, assim, depois de enfiar todos aqueles trapos de volta nos seus respectivos sacos, estávamos sentados na nossa velha e conhecida roda em volta da mesa de jantar redonda de Alma Mater, com vista para a janela, para a nossa casa nova e para dois mini-Ennos satisfeitos a mastigar.

— Tem bastante movimento aí em frente — comentou Alma Mater. — Todo dia de manhã, às 7h, chegam cinco homens. Eu os observo pela janela da cozinha. Eles fazem um intervalo às 10h, e aí eu levo um café para eles com alguns sanduíches. São uns rapazes simpáticos.

Os "rapazes simpáticos" eram todos antigos clientes de Enno, que ele salvara de suas terríveis esposas. Por isso trabalhavam com tanto gosto na nossa obra. Eles gostavam muito de Enno e lhe deviam gratidão eterna.

Depois do almoço, atravessamos a rua para inspecionar o andamento da obra. Assim que entramos no canteiro de obras sentimos o cheiro de reboco, argamassa e barro. Os agradecidos e felizes rapazes descasados do escritório de Enno não tinham deixado de pé nada digno de nota, com exceção das paredes externas. Os vitrais tinham sido arrancados e as divisórias estavam empilhadas no jardim depois de terem sido transformadas em tábuas manuseáveis. As crianças começaram imediatamente a sapatear dentro das caixas de argamassa e por cima dos pedaços de carpete.

— Mamãe, tire as crianças daqui! — pediu Enno.

Alma Mater obedeceu incontinenti. Willi ainda deixou uma furadeira cair no chão enquanto ela tentava seduzi-lo com doces promessas para afastá-lo dali. Franz furtou, de forma bastante profissional para os seus parâmetros, um metro dobrável, que ele transformou num revólver. Ao sair, atirou com o seu revólver no traseiro de Alma. Ninguém percebeu. Além de mim, é claro. Pisquei para ele, que se deixou levar com boa vontade.

Eu achava aquilo tudo magnífico. Tudo funcionava como um relógio. Cada um desempenhava o seu papel naquela comédia alegre e despreocupada.

A vovó afastava as crianças, o papai exercia o comando, os operários trabalhavam e a mamãe se admirava e comemorava. Uma cozinha planejada, uma cozinha planejada!

— Como ficou claro aqui dentro! — me admirei, comemorando. O som da minha voz ecoou nas paredes vazias.

— Aqui você terá um balcão com banquinhos de bar — disse Enno. — Assim os meninos e eu poderemos vê-la enquanto cozinha.

Claro. Eu já imaginava os três com suas camisas grossas de flanela e os seus chapéus de feltro empoeirados, junto ao balcão, batendo ansiosos com as colheres no tampo de mármore, e eu, com dedos trêmulos e numa pressa desvairada, preparava batatas fritas e picava cebola, enquanto as lágrimas da frustração de dona-de-casa simplesmente escorriam dos meus olhos.

— Isso SE eu cozinhar — disse então, com ambigüidade. Apesar de todos os sinais exteriores não quis dar a impressão de ter oferecido o meu consentimento silencioso para uma união que pudesse estar para acontecer em breve com o senhor meu advogado. Não, eu NÃO queria cozinhar. Pelo menos, não para Enno. Afinal, ele não tinha a mãe dele? Ela sabia fazer isso bem melhor! Além disso, eu tinha medo da gozação, caso não conseguisse utilizar o picador de cebola com controle remoto, no qual se podia FACILMENTE programar já na véspera a hora, o tempo de picagem, a força da lâmina e a espessura das rodelas. Até mesmo via fax, de Hamburgo, caso isso se fizesse necessário. Até a bordo do trem intermunicipal em movimento era possível utilizá-la, via telefax, utilizando este simples cabo de conexão (poxa, Franziska, você concluiu o ensino médio!!) desde que se tivesse programado antes o código com a espessura das rodelas no laptop, que já se estaria carregando de qualquer jeito. ENTÃO!!!

Lembrei-me do restaurante Wienerwald e em como a localização de um imóvel é importante, e me calei.

Passamos por cima de tábuas, fios e máquinas de furar jogadas pelo chão, batendo aqui, mexendo acolá, e aprovando tudo, acenando afirmativamente com a cabeça.

— Isso vai ficar ótimo — disse eu. O lavabo não tinha mais divisões, o lavatório padrão sem nenhum detalhe decorativo e o nojento vaso sanitário padrão jaziam junto com os azulejos verde-escuros no jardim, onde aguardavam uma coleta de lixo ecológica, dentro das normas vigentes.

Enno acenou.

— Venha comigo para o andar de cima.

O teto do banheiro estava sendo arrancado a marretadas.

— Bom dia a todos — gritei para os operários de macacão que balançavam bem-humorados as suas marretas ao som de guitarra que saía do rádio portátil sujo de cola de papel de parede.

— Bom dia, Sra. Winkel — disse um deles, enquanto os outros me olhavam com evidente alegria. Então, aquela era a futura esposa do senhor advogado. Bem diferente do que se teria imaginado uma mulherzinha novo-rica.

— Herr — respondi, provocando uma confusão generalizada.

— Franziska, venha ver isto! — disse Enno rapidamente, temendo que eu fosse começar a explicar para aqueles senhores as complicadas circunstâncias da nossa relação, do meu nome e, pior ainda, do nome do meu ainda verdadeiro marido diante da lei e de Deus.

— Vamos mandar construir uma mansarda aqui.

— Não é necessário ter uma autorização do departamento de edificações? — perguntei, e Enno me puxou pela manga até o canto onde antes ficava a banheira encardida com a ducha padrão.

— Ninguém aqui precisa ficar sabendo disso! — disse com os dentes cerrados.

Os homens olharam por detrás das suas furadeiras.

— Espero que você não tenha que mandar desmanchar, se o departamento de edificações não conceder a licença — retruquei com os dentes cerrados.

— Vou obter a licença — sussurrou Enno, arrastando-me gentilmente para fora do banheiro. — Conheço bem o cidadão responsável pelo departamento de edificações, entendeu?

— Certo — respondi, contrita. Era evidente que ele freqüentava a sauna com os rapazes do departamento de edificações, e lá negociava, bunda com bunda, pingando de suor, licenças de obra e coisas semelhantes. Envergonhei-me de ter novamente irritado Enno com perguntas idiotas e observações supérfluas. Garotas não entendem nada dessas coisas. Pois então.

— Temos que ver o boxe — disse Enno. — Tem que ter espaço suficiente para poder se virar lá dentro.

A coisa ficaria preta caso Enno resolvesse se virar ali dentro. Me lembrei imediatamente dos desenhos de Benjamin Blümchen, aquele elefante gorducho e bondoso que sempre arrebentava as cabines telefônicas.

Vai se virar dentro do seu próprio boxe, pensei, mas não quis provocar uma discussão na frente dos operários, que ouviam tudo, curiosos.

— Os quartos das crianças podem ficar assim mesmo, você não acha? — perguntou Enno.

— Acho esses armários embutidos deprimentes — retruquei, notando com alegria que ele pelo menos tinha pedido a minha opinião.

— Quer mandar arrancá-los? São de nogueira maciça!

Por mim, poderiam ser de sabugueiro, vinhático ou de roseira, eu os achava opressivos e grosseiros. As crianças não precisavam ter que olhar para aquela madeira escura nem na hora de dormir nem na hora de acordar.

— Se bem a conheço, você gostaria de colar um monte de figuras do Mickey neles — gracejou Enno.

— Boa idéia — retruquei. — Mas basta pintá-los de branco. E as molduras de vermelho. Igual ao apartamento dos estudantes lá embaixo no porão.

— Você pirou?

— Não — respondi, simpática —, mas tanto quanto eu saiba sou EU quem vai se mudar para cá, não você, não é mesmo?

Pronto, eu disse o que pensava. Talvez tivesse carregado um pouco na emoção.

— Você é quem sabe — respondeu Enno e foi para o quarto de dormir todo ofendido. — Aqui vai entrar um armário revestido com espelho — disse ele, retomando o fio da meada sem se deixar abater. — Vou mandar fazê-lo sob medida, de parede a parede, para ampliar o ambiente.

Que horror. Eu já me imaginava, noite por noite, com meu corpo enganchado no de Enno, rolando por cima daquela paisagem lamuriante e totalmente climatizada.

— Você pensou também em revestir o teto com espelhos? — perguntei casualmente. — Com certeza vai criar um efeito fantástico, principalmente quando desabar em cima de nós no meio da noite.

Enno me segurou pelos ombros, entusiasmado.

— Nós? Você disse NÓS?

Droga. Gol contra.

— Enno — respondi tentando manter a calma. — Foi uma piada.

— Mas você disse NÓS — disse Enno, feliz. — Você está partindo do pressuposto de que vamos ficar juntos?

Arriei em cima de um balde de cimento, mas tive que me levantar imediatamente, pois ele ameaçou virar.

— Enno — respondi, sentindo o meu traseiro ficar frio e grudento. — É você quem sempre fala desse jeito. Você acha mesmo estranho que eu me confunda de vez em quando?

— Você não quer mesmo que eu me mude para cá?

— Não existe nenhum motivo para você fazer isso! Você mora bem defronte daqui. Ennozinho! Seja razoável! — Sacudi o seu antebraço de forma conciliadora, exatamente como fazia com Franz quando ele encostava sua arma na bochecha do irmãozinho e dizia: "Vou acabar com a sua raça!"

Enno se calou amargurado. Como reagir agora, com uma atuação convincente? Eu não poderia de jeito nenhum dizer: "Senhor advogado, estou revogando a sua representação, pois o senhor seguidamente aproximou-se da minha pessoa de forma inadequada e referiu-se de forma capciosa ao status do nosso relacionamento. Envie-me oportunamente a prestação de contas e os meus filhos, com cordiais saudações à senhora sua mãe. E caso eu tenha dificuldade para manusear os carrinhos de controle remoto, o laptop, o videocassete, o interfone, o celular ou qualquer outra geringonça eletrônica, mandarei chamá-lo imediatamente. Obrigado, isso é tudo."

Não, eu não podia fazer isso.

As coisas já tinham ido longe demais.

Quando a primavera chegou aos campos, e os ventos doces e refrescantes despertaram, nossa casa ficou pronta para ser habitada. Ela ficara linda de morrer, clara, espaçosa e colorida.

Perambulei entre as paredes de um branco radiante, observando o carpete azul celeste ainda virgem que se espalhava pela casa toda. Vi o meu reflexo na cozinha americana planejada, toda vermelha, em cuja geladeira dúplex colocara um monte de cervejas para o pessoal da mudança. Os armários dos quartos dos meninos tinham sido realmente pintados com uma cor mais adequada para crianças, e o banheiro era um sonho em vermelho e branco. Enquanto caminhava pelos aposentos, escutava as risadas alegres das crianças no jardim de Alma Mater bem em frente.

Ah, se tudo pudesse permanecer assim desse jeito!

Meu novo lar! Gente, como ELE É bonito! A videoira verde-clara em frente ao quarto de dormir balançava suavemente ao vento primaveril, um avião cruzava contente o céu azul claro, e de vez em quando via-se uma dona-de-casa com ar alegre pedalando para o supermercado com uma sacola ecológica no bagageiro. Que idílio encantador e calmo! Em breve eu estaria usando um avental recém-engomado, pendurando, em meio a abelhas que zuniam pacificamente, as cuecas de Enno e das crianças no varal redondo dobrável. Andaria para lá e para cá, em total atribulação, entre a horta recém-plantada e a escada do porão, enquanto as crianças ficavam sentadas no canteiro, brincando com suas escavadeiras de controle remoto nas lajotas do terraço que eu acabara de varrer.

Sempre desejei isso para mim, exatamente isso.

Aos domingos iríamos todos comer carne assada à moda da Renânia na casa de Alma Mater, levando-a em seguida para passear no memorial de Adenauer. Franz iria na frente com a sua bicicletinha e Willi ia sendo puxado no seu triciclo, todos nós batendo um papo animadíssimo. No verão, viajaríamos os cinco para a costa, até a praia de Timmerdorf no mar Báltico. Enno e eu jogaríamos golfe, enquanto Alma Mater ficaria com as crianças construindo castelos de areia em volta da barraca de aluguel. À noite eu vestiria o meu pretinho básico e iria com Enno para o chá dançante.

O mais tardar no ano seguinte haveria um carrinho de bebê novinho em folha no nosso terraço, COM conteúdo, e eu iria pendurar ao lado das cuecas de Enno e dos meninos um monte de cueiros e macacõezinhos. Seria uma moleza. Afinal, eu concluíra o ensino médio E cursara uma faculdade! Sim, eu saberia programar a máquina de lavar e a secadora, o microondas e o ferro de passar roupa a vapor. Para dar uma relaxada das minhas atividades domésticas, eu iria dar conta das compras facilmente a bordo da minha minivan brilhando de nova e levaria os meus filhos alternadamente para o hockey, o balé, a esgrima, as aulas de música e de atividades criativas, com o bebê chupando a sua chupeta todo contente sentadinho na sua cadeirinha aprovada pelo código de trânsito. Os vizinhos iriam olhar com benevolência por cima das cercas dos seus jardins, exclamando:

— Bom passeio!

E eu conheceria muitas jovens senhoras simpáticas, mas muitas mesmo, todas tendo completado o ensino médio e cursado uma faculdade, para poderem carregar os seus filhos nas suas minivans pelas redondezas e ocasionalmente ficar congelando ao lado de uma quadra de hockey.

Ser mulher é realmente uma coisa ma-ra-vi-lho-sa!

Achei aquilo tudo meio sem graça e me dei conta de que eu NÃO estava disposta a imaginar o meu futuro DAQUELE jeito.

Não, daquele jeito, não.

Eu queria trabalhar com a ajuda do meu talento, e não contra as minhas aptidões.

Se não fosse como atriz, seria como escritora.

Queria viajar e conhecer pessoas que falassem sobre coisas diferentes dos acessos noturnos de vômito do seu Konstantin de quatro anos. E, APESAR disso, curtir os meus filhos. Eu simplesmente queria as duas coisas; desalmada, egocêntrica e ávida que era.

Aliás, os homens não são desalmados, egocêntricos e ávidos quando desejam essas coisas para si.

Só as mulheres.

Por que alguém com uma capacidade intelectual mediana, cujo único defeito era o de pertencer ao sexo feminino, não conseguiria se dedicar a um trabalho à altura do seu potencial intelectual e criativo? E que, com o dinheiro que ganhasse, criar um emprego para alguém que tivesse um prazer enorme em fazer um ninho aconchegante para dois encantadores menininhos, enfeitar bolos com confete, freqüentar grupos de recreação infantil, ler histórias infantis ilustradas, cozinhar espinafre, dobrar meias e arrumar camas, em resumo, disseminar o seu amor ao próximo.

Tinha que existir alguém assim.

Além de Alma Mater, é claro.

Senão, mais dia menos dia, seria impossível evitar o casamento com o filho dela, por pura delicadeza.

Não, tinha que haver métodos mais justos.

Pagar, por exemplo. Serviços de primeira mediante pagamento. Eu poderia arcar com aquilo. Logo. Se não fosse com o dinheiro de Grosskötter, seria com o meu.

Meu livro seria publicado em breve.

Feliz sem marido era o título, e eu tinha elaborado o ótimo pseudônimo "Franka Zis", a meu ver simplesmente o máximo.

Ninguém descobriria que era eu.

"A senhora já leu aquele livro engraçadíssimo de Franka Zis?", me perguntariam no jardim-de-infância. "Gente, ele está à venda em todas as livrarias!"

"Franka Zis está na pilha de best sellers, logo ali à direita da escada rolante."

"Infelizmente Franka Zis está novamente esgotada. Mas estamos aceitando reservas."

"Meu marido arrancou o livro das minhas mãos por que eu me recusei a ter relações com ele por três noites seguidas. Agora é ele quem está lendo o livro e chegou a esquecer de assistir à programação esportiva!"

"Dei Franka Zis de presente para a minha mãe, e ela reagiu de uma forma incrivelmente tolerante!"

"A editora organizou uma baita noite de autógrafos para ela. Tem uma foto dela com o editor no *Goldene Post*. Belo casal."

"Parece que ela TEM mesmo dois filhos. Com aquele diretor de cinema, como é mesmo o nome dele? Aquele que dirige os seriados idiotas para aposentados..."

Ouvi uma porta bater no andar de baixo.

O susto me fez voltar à realidade.

— Tem alguém aí?

Que pena, aquele sonho diurno estava muito bom.

— Olá? Quem está aí?

Ainda não podiam ser os homens da mudança. Eles ainda estavam embalando meus pertences no apartamento antigo, sob a orientação especializada do Enno.

— Alma Mater, é você?

Nenhuma resposta.

Alguém estava lá embaixo percorrendo os ambientes. Estava andando para lá e para cá com um vagar prazeroso. Agora a geladeira estava sendo aberta. Ei! Quem ousa mexer na MINHA geladeira americana? Que eu saiba não tinha autorizado ninguém a fazê-lo!

Esta é a casa da mamãe! E de Franz e de Willi, e de mais ninguém! Tudo pago com o dinheiro dos impostos do MEU ex-marido!

Portanto, fora daqui!

A Receita Federal!

Com certeza!

Era o sujeito de pele acinzentada, com o casaco safári, que estava confiscando cada uma das garrafas de cerveja da minha geladeira com uma satisfação maliciosa!

Corri de encontro ao inimigo.

— Olá! Quem está aí?!

A porta da geladeira encobria o intruso.

— Saia imediatamente da minha casa — falei com uma coragem mortífera, para os sapatos que despontavam por baixo da porta da geladeira.

— NOSSA casa — disse o homem da Receita Federal antes de fechar a porta da geladeira.

Era Wilhelm Grosskötter.

— Olá — disse eu com uma voz fraca.

— Você está bonita — disse Wilhelm Grosskötter.

— Eu sei — respondi, presunçosa.

Will Gross provavelmente achou que eu murchara na sua ausência e que bastaria dizer uma palavra, por mais baixinho que fosse, para eu cair do galho.

— De onde você está vindo? — senti-me na obrigação de perguntar, já que todas as esposas fazem essa pergunta quando passam sete horas sem ver a cara do marido. E eu não tinha visto a cara do meu marido por sete meses.

— Do Caribe — respondeu Will Gross.

— Ahan — falei. — Quer uma cerveja?

— Você não tem champanhe?

Que idiota, pensei. Você provavelmente esperava que eu lhe preparasse um drinque exótico, igual aos que as mocinhas de pele bronzeada e olhos amendoados do bar do hotel Sunshine-Club costumam fazer.

— Cerveja ou água da bica — respondi indiferente.

Will Gross dignou-se a aceitar uma cerveja. Abrimos duas garrafas e brindamos como velhos amigos.

— Saúde.

— Você é quem sabe.

— Você está se mudando para cá?

— Sim. Hoje.

— Então cheguei bem na hora.

Will Gross estava apoiado confortavelmente no balcão da minha cozinha americana recém-pintada. Ele estava tão esturricado pelo sol quanto aqueles galetos do Wienerwald que o balconista esquece de tirar da grelha, no afã do trabalho, e que depois tem que vender pela metade do preço.

Qualquer canibal teria deixado a pele dele na borda do prato ou, se o tivesse pedido num restaurante, estaria exigindo para falar com o gerente imediatamente.

— Você está querendo ajudar com a mudança? Creio que não será necessário — disse, esforçando-me por parecer indiferente.

Wilhelm olhou para mim com as sobrancelhas ironicamente arqueadas. A pele que apareceu sobre as suas pálpebras estava visivelmente mais branca que o resto.

— Isso foi uma piada?

— É claro — respondi.

— Onde estão as crianças? — perguntou Wilhelm depois de olhar à sua volta no ambiente vazio.

— Com a minha sogra — deixei escapar.

— Em Münster Bracklohe? — Wilhelm estava atônito.

— Não, ahn..., na verdade não estão com a minha sogra, estão com uma..., como posso dizer..., vizinha. Uma amiga muito prestativa... a mãe do meu advogado.

— Sei — disse Wilhelm, e não pareceu que iria ter um ataque de saudades do tipo: — Devolvam os meus filhos! Eu quero ver os meus filhos!

Em vez disso, falou:

— Isto aqui é bem simpático. Talvez um pouco pequeno.

— O tamanho é perfeito para nós três — respondi imediatamente.

— Como assim, nós três? Nós não somos... quatro? — Wilhelm parecia estar com algum problema de coordenação. Não tinha a história de um parto, que por algum motivo corriqueiro ele não tinha podido filmar? Foi porque ele estava numa mísera ilha do mar Báltico com uma atriz de nome Dorothea, apaixonada histericamente por ele, sob o pretexto de tomar medidas de autoconhecimento e fazer terapia? Wilhelm estava fazendo um enorme esforço para se concentrar. Estava estampado no seu rosto que ele não estava em condições de separar os últimos 13 capítulos do seu seriado de 13 capítulos da realidade.

— Você tem dois filhos — ajudei-o didaticamente. — Que se chamam Franz e Willi. Estou me mudando para cá com eles. Para nós três esta casa está de bom tamanho. Eu a escolhi por que o jardim-de-infância fica perto, assim como o lago com os patinhos, o parquinho e o Wienerwald. A localização é extremamente importante quando se tem filhos, você sabia? Além disso, aqui quase não passam automóveis.

Wilhelm bateu com a garrafa de cerveja em cima da bancada da cozinha fazendo um tremendo barulho.

— E como você pretende fazer isso? Hein? O quê? Com o meu dinheiro?

Senti um tremor subir dentro de mim, daquele tipo que cresce ao mesmo tempo com o medo de brigar e com uma raiva medonha. Por um lado, eu pretendia me separar daquele sem-vergonha bonitão com cabelos encaracolados de uma forma amigável e pacífica. Por outro, eu não poderia, em hipótese alguma, aceitar que ele viesse agora, só porque tinha resolvido dar o ar da sua graça, reivindicar algum direito sobre mim ou as crianças, ou mesmo um pedacinho desta casa, depois de ter concordado com a separação vários meses atrás.

Pigarreei discretamente e bati com a minha garrafa de cerveja ao lado da dele, dizendo com voz firme:

— Nosso dinheiro.

Wilhelm soltou uma gargalhada irônica.

— Nosso dinheiro?! Faça-me rir! Quando foi que você ganhou algum dinheiro nos últimos cinco anos, se é que posso perguntar?

Respirei fundo. Será que eu teria que começar a desfiar toda aquela lengalenga sobre emancipação feminina? Informando-o que eu tinha criado os SEUS filhos e por esse motivo INFELIZMENTE estive impedida de ganhar o meu próprio dinheiro? E que segundo informação do meu advogado — em quem, mencionando confidencialmente e cochichando com a mão cobrindo a orelha, eu confio cegamente, e com quem, diga-se de passagem, estou mantendo uma relação íntima e extremamente agradável — eu teria direito a no mínimo cinqüenta por cento do patrimônio acumulado por ele RETROATIVAMENTE. E que eu tinha investido aquela quantia sem pestanejar nesta encantadora casinha e que não pretendia, nem em sonho, acolher meu indesejado marido no mais remoto canto do sótão, num colchão de ar, enquanto ele ficasse bancando o machão aqui no balcão da MINHA cozinha! Achei melhor não dizer aquilo tudo. Eu detesto brigas. Já nos tempos do internato eu costumava evitar qualquer tipo de agressão física ou verbal, com um sorriso fortuito, me retirando em direção ao ar livre.

— Por que não deixamos Hartwin e Enno resolverem esses assuntos? — disse eu com ar simpático. — Afinal de contas, eles estão sendo pagos para fazer isso. Eles costumam freqüentar a sauna juntos toda terça-feira.

— Pagos com o MEU dinheiro — protestou novamente Will Gross.

Naquele instante ouvi o caminhão de mudança estacionar em frente à casa. Portas foram abertas e ouviram-se vozes.

— Chegaram — disse, aliviada.

— Pagos com o MEU dinheiro! — insistiu Will, indignado. Ele estaria se referindo aos advogados, à sauna ou aos rapazes da mudança? Claro! Na verdade, ele tinha razão. Tudo o que estava à nossa volta tinha sido pago com o dinheiro DELE. Vendo por esse lado, aquilo devia ser bastante desagradável para ele.

A porta foi escancarada e os primeiros móveis começaram a ser empurrados para dentro. Corri empolgada em sua direção, os MEUS móveis, comprados com o dinheiro DELE, e os MEUS rapazes da mudança, contratados com o dinheiro DELE. Causava-me uma sensação maravilhosa saber que eram MEUS os filhos gerados anos atrás quando num acesso de arrogância ele despejara o sêmen DELE. E que eram destes filhos os berços e cômodas que subiam pelas escadas naquele momento, em direção a um futuro que não tinha mais nada a ver com os jatos de sêmen, mau humor e seriados DELE.

A nossa primeira visita se aproximou naquele exato momento. A MINHA primeira visita. Ele estava ali, no meio dos homens da mudança, com seu adorável uniforme azul e um carrinho de mão amarelo que brilhava ao sol. Um homem robusto, com as bochechas rosadas que trazia um pacote nas mãos.

— Bom dia a todos — disse ele, amável, apertando a minha mão e em seguida a de Wilhelm. — Eu sou o carteiro. Von Rittershain é o meu nome.

Que loucura! Aqui até os carteiros pertenciam à nobreza!

— Bom dia, Sr. Von Rittershain — berrei, empolgada —, está dando tudo certo! Logo no primeiro dia!

— Trago uma encomenda para a Sra. Zis — disse o nobre carteiro. — Por acaso seria a senhora?

Fiquei vermelha. Sra. Zis! Que loucura! E tudo aquilo exatamente no momento em que Will Gross estava ao meu lado!

— Ahn, sim — respondi, pigarreando, ansiosa. — Neste endereço moram os Herr e os Zis.

— A senhora quer dizer o Sr. e a Sra. Zis? — perguntou o astuto cavaleiro Von Rittershain, olhando com um sorriso alegre para mim e para Wilhelm alternadamente.

— Não — corrigi rapidamente —, os Herr, e não o Sr. Herr. Eu me chamo Herr.

— Entendi, a senhora acaba de se casar com o Sr. Zis. Meus parabéns! — O amável carteiro quis apertar as nossas mãos outra vez.

— Não, muito pelo contrário — respondi. — Nós acabamos de nos separar.

— Não compreendo — disse o Sr. Von Rittershain.

— Eu tampouco — disse Wilhelm. — Em primeiro lugar ela é senhora, e em segundo lugar Grosskötter.

— VOCÊ se chama Grosskötter, Grosskötter — disse eu, carregada de emoção. — EU me chamo Herr. Pode perguntar! Ali! Meu advogado mora ali na frente!

— Não me encham — disse o nobre carteiro, virando-se para ir embora. Ele colocou a encomenda na minha mão e disse, irritado: — É melhor vocês usarem crachás nesta casa. Caso contrário, não volto mais!

— Sr. Von Rittershain! — exclamei atrás dele. — Não era minha intenção irritá-lo!

Mas ele não queria mais saber de conversa. Retirou-se com o seu carrinho amarelo, balançando a cabeça.

Fiquei ali parada olhando fixamente para o pacote. Remetente: Editora Frauen mit Pfiff. Hamburgo. Viktor.

Removi a fita adesiva marrom com os dedos trêmulos. Dentro havia uma folha de papel, na qual estava impresso o número 50.000 com letra de computador, seguido de uma longa lista de algarismos, números, impostos e zeros. Bem embaixo, depois dos maravilhosos símbolos D e M estava um número que tinha sido sublinhado duas vezes. Ele tinha cinco dígitos. Inspirei profundamente e depois expirei. Depois acabei de rasgar o embrulho. Eram cem exemplares do meu livro, grudados uns nos outros e embalados individualmente em papel celofane. A capa era colorida e engraçada; chamaria a atenção até mesmo da pessoa mais distraída que porventura entrasse numa livraria. Nela estava uma mulher que não se parecia nem de longe comigo, jovem, bonita e magra, equilibrando duas crianças pequenas nos braços esticados. O pé dela estava chutando um balde do qual caía um monte enorme de dinheiro que praticamente enterrava vivo um homem indefeso de cabelos castanhos encaracolados.

"*Feliz sem marido*" sobressaía em letras pretas bem grandes. Depois vinha "Romance". Embaixo da foto estavam escritos "Franka Zis" e "Editora Frauen mit Pfiff". Era maravilhosa. Meu coração quase saiu pela boca quando retirei o celofane do primeiro livro. MEU livro! MINHA vida! MEU Pfiff! E que cheirinho bom! Cheirava a novo! Olhe aqui Grossköttter, eis finalmente uma COISA MINHA!!

Antes que eu pudesse entregar triunfalmente, com um gesto arrogante, um exemplar ao meu ex-respectivamente-ainda-marido, ele já arrancara um outro do pacote.

— Fui EU quem encomendou isso — disse, ansioso. — A encomenda é para mim.

Febre amarela? Malária? Amnésia. Eu olhava para ele, atônita. Provavelmente era o que acontecia com quem fica o tempo todo debaixo de um sol escaldante, filmando seriados, enquanto todos lhe beijam os pés. O cara acaba ficando desse jeito.

Senti uma pena enorme dele. Pobre gato vira-lata, sem-teto, de cachos castanhos. Toma, pegue o livro e fique com ele. É claro que foi VOCÊ quem encomendou. Mas não tem ilustrações.

Os homens da mudança nos pediram que nos movêssemos uns dois metros para o lado, pois já estávamos um bom tempo no meio do caminho, e com certeza devia haver algum outro canto naquela casa onde se pudesse desembalar livros.

Wilhelm e eu voltamos para o balcão da cozinha, onde nos sentamos nos banquinhos, cada um munido de um livro. Tomamos o resto da cerveja, que já estava choca.

— Nunca imaginei que eles fossem mandar o livro tão rápido — disse Will depois de entornar um gole na garganta torrada no Caribe.

— Este armário vai para o andar de cima? — berrou um carregador balançando contrariado na escada.

— Pode ser! — berrei de volta.

Eu não entendia mais nada.

— Como assim, mandaram tão rápido?

Meu Deus, o pobre sujeito deve ter perdido muitos neurônios no Caribe!

Os meus neurônios estavam saindo trôpegos, aos pouquinhos, das suas celas escuras. Mas os dele estavam à morte, caídos na areia do deserto, muito longe de qualquer oásis. Abutres empoleirados em fios elétricos já espreitavam as células cerebrais do meu esposo idiotizado. Pobre Will.

— Além do mais, como é que eles sabiam o meu endereço novo? — perguntou Will, muito mais para ele mesmo do que para mim.

— Como assim o SEU endereço? — retruquei, desesperada. — Este é o MEU endereço, e esta encomenda é para MIM.

Wilhelm não me dava ouvidos.

— História engraçada esta aqui — disse ele, batendo generoso sobre a capa.

— Onde vai ficar a estante?

Ué! Ele já CONHECIA a história? Quer dizer, ele já conhecia a MINHA versão do nosso casamento? O livro ainda não tinha sido lançado oficialmente!

— Ei, dona fulana, onde vai ficar a estante?!

— Coloque em qualquer lugar — respondeu Wilhelm.

— O livro ainda nem foi lançado — disse eu. — Como é que você já conhece a história?

Wilhelm Grosskötter olhava absorto para a parede branca.

— Por que me mandaram este monte de livros? Eu só queria um exemplar!

Abstive-me de explicar mais uma vez que aquela encomenda era para MIM e que ELE não tinha nada a ver com o MEU livro, a não ser pelo fato de ter servido involuntariamente de exemplo para aquela figura masculina da capa, que estava sendo soterrada pelo dinheiro. E que talvez eu me dispusesse oportunamente a lhe dar um exemplar autografado, para o caso de ele resolver ler quando ficasse entediado na espelunca mobiliada para a qual iria acabar tendo que se mudar.

— Como assim, você só queria um exemplar? — perguntei, já perdendo a paciência.

— O piano?

— Ali atrás, junto à parede! Do que é que você está falando, afinal de contas?

— É mesmo — respondeu Will Gross objetivamente. — Você não tinha mesmo como adivinhar. Pois é, eu comprei os direitos de filmar esta história. Eu tenho um faro para este tipo de coisa. Vai ser um sucesso. Comprei a história antes que outro o fizesse.

Olhei fixamente para ele. Ele comprara a história? Mas era a MINHA história! E não estava à venda! A editora a havia comprado! Viktor! Socorro! O malvado do Will quer me tomar até mesmo a minha criatividade intelectual intrínseca!! Enno! Socorro! Assessoria jurídica!! Algemas! Prendam-no!

— Você não pode ter comprado a história — rosnei para o meu marido. — Ela pertence a uma editora. Olhe aqui! Está vendo? Editora Frauen mit Pfiff!

— O sofá vermelho?

— Na sala de estar!

— É só um modo de dizer no nosso ramo — disse Wilhelm, condescendente. — Eu comprei os direitos de filmagem. Dessa editora "Não sei o quê mit Pfiff". Entendeu?

— Não — respondi, tentando me segurar no banquinho.

Viktor! Você me traiu! Me traiu e me vendeu! Eu não esperava isso de você! Não depois de tudo o que aconteceu.

— Vou filmar a história! — disse Wilhelm. — Foi por isso que eu voltei! Você precisa lê-la! Finalmente uma história que não se passa no Caribe. Você não imagina como estou de saco cheio daquele lugar horroroso. Sempre aquelas histórias enfadonhas com um final feliz! Todos se amam, se dão bem e ficam olhando o pôr-do-sol... uma grandissíssima empulhação! Isto aqui, no entanto, é...

— ... o armário com espelho?...

— Dormitório!

— O espelho de teto também?!

— Sim, cara!!

— Como é? Você vai colocar um espelho de teto no quarto de dormir?! Tá certo, eu acho legal.

— Ah, cala a boca, Grosskötter! O que tem a história?

— Onde é que eu estava... ah sim, esta aqui é finalmente uma história que, do jeito como foi contada, é bastante verossímil. Ela é tão real, quer dizer, lida tão bem com coisas reais, que poderia muito bem ser uma história real. Simplesmente uma realidade real; como é que eu posso explicar, para que você entenda enquanto leiga? Isso acontece, entende, quando, ao ler, a gente pensa que estava lá...

— Não me diga — disse eu, tentando fazer de conta que estava acreditando naquela sua ladainha pseudo-intelectual.

— A transposição disso para o cinema vai ficar muito boa — disse Wilhelm. — É só achar os atores certos.

— É mesmo — respondi, controlando-me para não sugerir imediatamente duas pessoas com as características ideais para os papéis principais.

— Mas o mais importante é o roteiro. Se o roteiro for bom, nada mais pode dar errado.

— Sei — concordei, enquanto impedia o carregador de colocar o tampo do vaso sanitário com a escova de limpar o vaso e a cesta com os patinhos de borracha e os barquinhos de controle remoto dentro do meu escritório.

— E quem vai escrever o roteiro? — perguntei, tremendo de ansiedade.

— Estou pensando em fazer uma parceria com a autora do romance — disse Wilhelm. — Ela tem um jeito fantástico de escrever. O jogo de palavras, como é que eu posso dizer, é exatamente disso que o filme precisa. Diálogos e essas coisas.

— É mesmo — disse eu de novo. Já devia fazer uns cinco anos pelo menos que Will Gross não prestava mais atenção ao meu jogo de palavras. Desde então eu o perdera completamente. Estava na cara. Ele não estava blefando. Ele não fazia a menor idéia de que aquela autora com talento para fazer jogos de palavras estava bem na sua frente. A menor idéia de que era com a história do seu próprio casamento que ele estava pretendendo agraciar a nação cinematográfica alemã. A menor idéia. Típico de homem.

— E como... ahn, como é que você pretende entrar em contato com a autora? — perguntei com cuidado.

— Sem problemas. Basta ligar para a editora.

— Você tem que pedir para falar com o Sr. Lange. — expliquei.

— Como?

Enno surgiu naquele exato momento na porta da casa, suado e sem fôlego. Ele estava carregando um abajur e uma caixa com peças de Lego.

— Onde eu coloco isto? Oi, querida... Ah, temos visita?!

Enno também pareceu ter tomado Wilhelm pelo fiscal da Receita Federal.

Principalmente diante do fato de que aquele funcionário público, que aparentemente tirava muitas férias, já estava em vias de confiscar meus rendimentos não declarados, na forma dos cem exemplares.

— Enno, este é Wilhelm — disse rapidamente e levantei-me do banquinho. — Wilhelm, este é Enno.

Os dois se cumprimentaram com relutância e esperaram maiores explicações.

— Meu advogado, meu marido — disse, perdendo imediatamente a vontade de participar daquela reunião tão desagradável quanto supérflua.

— Enno, por favor, informe ao Sr. Grosskötter que, em primeiro lugar, eu não estou disposta a morar com ele e que ainda preciso pensar muito se estarei disposta a escrever o roteiro junto com ele — disse eu, saindo em seguida.

— Que roteiro? — perguntaram Wilhelm e Enno ao mesmo tempo.

— Isso vocês irão descobrir rapidamente — exclamei por cima do ombro, sem conseguir reprimir um certo prazer sádico. — Eu preciso dar um telefonema!

— Já está na hora de ela comprar um celular — ouvi Enno dizer. — Ela precisa estar acessível o tempo todo.

Alma Mater estava no jardim com os meus filhos.

— Oi, mamãe, você pode ficar conosco agora?

— Não, a mamãe tem que dar um telefonema!

Arranquei o fone rococó do gancho e disquei o número que por pouco não tinha dado a Wilhelm. As crianças vieram atrás de mim. Alma Mater veio atrás deles.

Depois de me cobrir com uma avalanche de palavras gentis e de felicitações, e de comparar as condições climáticas entre Colônia e Hamburgo, Annegret finalmente se dispôs a passar a ligação para o meu editor.

Enquanto isso, Alma Mater segurava os meus filhos, que disputavam o privilégio de poder sentar-se no meu colo e gritar "felicidades" no telefone.

Nem mesmo a boa nova "O pai de vocês está aí. Vão até lá dizer bom-dia" conseguiu fazer com que eles parassem de puxar o fio do telefone, emaranhando-se nele.

— Alô, Viktor — exclamei, tentando me livrar dos meninos que queriam segurar sozinhos o fone. — É verdade que você vendeu os direitos de filmagem do livro? Por que não me consultou antes?

Não consegui dizer mais nada, pois Franz finalmente me venceu e berrou no fone:

— Felicidades, seu cara de bobalhão.

Willi achou aquilo digno de ser imitado.

Os dois rolaram de rir, um tentando superar o outro berrando "bobalhão" e outras coisas piores no fone.

Alma Mater não sabia o que fazer. Seu pequeno Enno nunca se comportara assim, nem depois nem durante a guerra.

Mesmo levando em consideração que na época da juventude de Alma Mater não havia telefones dos quais o pequeno Ennozinho pudesse sentir ciúmes, ela não conseguiria imaginar que o seu menino pudesse ter sido capaz de usar um vocabulário tão descabido com algum interlocutor ou até mesmo alguém que não pudesse ser visto. Apesar de ela não ter tido um homem ao seu lado, que era exatamente o que nos aproximava, nunca jamais o seu rebento, no qual, saliente-se, ela nunca precisou dar uma palmada, teria se comportado daquela maneira.

Infelizmente, meus filhos tinham uma certa queda para se comportarem mal, principalmente em situações de estresse. Quando eu estava ao telefone, por exemplo, ou fechando algum contrato, entrando numa vaga de marcha à ré, pagando as compras no caixa do supermercado, ou ainda, o que acontecia com maior freqüência, quando precisava me sentar no vaso com uma certa urgência, sem ser incomodada.

Fritz Feister teimava em ficar calado, pois nunca tinha publicado nenhuma contribuição para o tema "mamãe precisa telefonar".

— Ligo novamente daqui a pouco — berrei no fone, batendo-o furiosamente no gancho.

Assim que desliguei, meus filhos desceram do meu colo, largando-me imediatamente, encaminhando-se com seus tanques de guerra de controle remoto para a horta de Alma Mater, mirando os pés de amor-perfeito que ela tinha acabado de plantar.

Disquei novamente o número de telefone de Hamburgo.

Annegret alegrou-se por poder bater mais um papinho e perguntou se ainda estava ventando muito em Colônia, e se a neve derretida e enlameada também não me deixava tão irritada quanto a ela, que estava louca para estrear no calçadão do Alster as suas meias-calças novas da Elbeo e o caríssimo escarpim que tinha acabado de comprar.

Perguntei se Viktor podia atender, e ela me disse que infelizmente ele estava ocupado na outra linha. Perguntou se eu gostaria de deixar algum recado.

Pensei. Na verdade, não queria deixar nenhum recado. No máximo, poderia dizer que estava morrendo de saudades dele e que adoraria arrancar a sua gravata, enquanto ele estivesse deitado sobre um manuscrito, para encostar a minha cabeça no seu peito e ouvir o seu coração batendo, enquanto a minha mão iria descendo lentamente, mas sem parar, provocando certas reações de prazer. E que toda a vez que pensava nos seus cabelos maravilhosamente macios, que costumavam lhe cair na testa nesses momentos, era tomada por um arrepio de prazer que me percorria as costas. Não, tinha certeza de que era melhor Annegret não transmitir esse tipo de recado a ele.

— Não, obrigada, acho que, quer dizer, volto a ligar mais tarde...

— Ah, Sra. Zis, quer dizer, Sra. Herr... não desligue! A linha dois liberou, vou passar a senhora.

Clique, chiado, estalo...

— Franziska...?

— Viktor! — Meu coração disparou.

— Você pode falar agora?

Pigarreei, olhando à minha volta.

— Sim.

Eu não sabia que a saudade podia doer tanto. Viktor! Meu querido, querido Viktor! Fechei os olhos e me afundei ainda mais na poltrona macia de Alma Mater.

— Como vai, minha pequena?

Pequena! Nunca ninguém me chamara assim! E ninguém mais podia dizer aquilo para mim. Só Viktor.

Dito por ele soava maravilhosamente bem!

— Estava tentando telefonar para você na outra linha. Você não está em casa?

— Não... Quer dizer, sim. Eu me mudei hoje.

— Coitada! Quanto estresse! Escrever livros, cuidar dos filhos, fazer mudança... gostaria de estar aí para poder te ajudar!

Ah, como aquilo me fazia bem! Coitada! Finalmente alguém me afagava! Nenhuma outra pessoa me dirigia palavras tão carinhosas, amáveis, solidárias, bondosas e paternais. Eu me enfiei um pouquinho mais dentro do fone.

— Franziska! Eu não paro de pensar em você!

— E eu também em você.

— Estou morrendo de saudades de você!

— E eu de você!

— Eu queria poder te sentir...

— Eu também!

— Sim, Annegret, o que houve?

Eu me encolhi.

— Viktor?

— Sim, eu estou sabendo da reunião com os representantes! Você não podia bater na porta antes de entrar?!!

Minha saudade de Viktor e daquilo que ele acabara de sugerir era tão enorme que me veio uma idéia maluca.

As crianças estavam ocupadas do lado de fora.

Alma estava ocupada na cozinha.

Do outro lado da rua estavam os carregadores, igualmente ocupados, assim como Enno e Wilhelm no balcão da minha cozinha americana.

E dentro de mim os hormônios começaram a se ocupar. Isso é uma coisa bastante normal na minha idade, pensei, quando me peguei dizendo:

— Olhe, Viktor... estou indo para aí agora.

— ... o quê...?

— Vou para Hamburgo agora.

— Agora, neste instante?

— Sim. Quando sai o próximo avião?

— Annegret vai fazer uma reserva para você... ANNEGRET!!... Você não tem que fazer a sua mudança?

— Não. Ninguém tem que fazer nada. Em primeiro lugar, já fiz muita mudança por hoje; em segundo, quem está fazendo a mudança para mim são os carregadores. Quem é que faz a própria mudança hoje em dia...?

— E você pode sair assim sem mais nem menos?

— Sim. Eu me permito tomar esta liberdade.

— Garota bacana.

— Sou mesmo, não é?

Ninguém podia me chamar de garota, ninguém. Só Viktor.

— Vou buscá-la no aeroporto.

— E a reunião com os representantes?

— Vai terminar no exato momento em que eu tiver que sair para o aeroporto...

— Viktor...

— Franziska...

— Eu te amo!

— Eu também te amo.

Ouvi um estalo no telefone.

— Sra. Herr? Ahn, Sra. Zis? Fiquei sabendo que a senhora está vindo para Hamburgo. Que ótimo, mas use roupas quentes, as ruas ainda estão cheias de neve. E é melhor usar botas forradas e impermeáveis, caso a senhora tenha... bem, seu vôo... será que a senhora vai conseguir? Tem um avião partindo às 13h30.

Olhei para o relógio de parede na sala da Alma Mater: 12h55.

— Eu consigo — respondi.

— A passagem estará no balcão da Lufthansa! — exclamou Annegret. — Como da última vez!

Corri ao encontro de Alma Mater na cozinha e beijei-a efusivamente. Ela estava descascando cenouras e quase cortou o dedo.

— Meu livro vai virar filme, e preciso ir imediatamente a Hamburgo!

Alma Mater limpou as mãos no seu avental verde, no qual certamente já limpava o nariz do Ennozinho quarenta anos atrás e me abraçou. Seus seios volumosos e macios cederam quando a abracei. Oh, Alma!

— Que maravilha, Franziska, eu sabia que você era uma garota bacana!

Garota. Viktor e Alma podiam me chamar de garota. Ninguém mais.

— O meu avião parte dentro de meia hora!

— Quando eu era jovem também fiz coisas parecidas — disse Alma Mater. — Pulava para pegar os trens já em movimento.

Ela riu.

Oh, Alma! É exatamente isso que eu estou fazendo agora! Pulando para pegar trens antes que eles partam! Antes que a melhor parte da minha vida tenha passado!

— Você poderia colocar as crianças para dormir, caso eu chegue muito tarde?

— É claro que sim — disse Alma Mater. — Onde estão as camas?

Alma Mater apagou o fogão se preparando para sair.

— Não faço a menor idéia!

Eu não sabia onde estavam as camas e por nada neste mundo queria ter que andar pela minha casa nova, tropeçando nas caixas e nos tapetes enrolados, e muito menos explicar a Enno e a

Wilhelm para onde eu estava indo e principalmente por quê. E eu também não queria que os meninos se jogassem em cima de mim, para me obrigar a fazer um castelo de areia com eles ou fazer qualquer outra brincadeira.

— Pode deixar, vou encontrá-las — disse rindo Alma Mater. — A casa não é tão grande assim! Vai logo, garota. Você está fazendo a coisa certa!

— Também acho!

Pendurei-me no seu pescoço e saí correndo para pegar o carro.

Eu estava indo me encontrar com Viktor! Sozinha e imediatamente! Estava VOANDO ao seu encontro!

— Estarei de volta hoje à noite, pode ser que chegue tarde! — exclamei ao entrar do jeito que estava, de jeans e tênis, na minha Kombi, onde cabiam todas as tralhas da família. Todo mundo iria pensar que eu estava indo às pressas para a casa antiga para fechar uma torneira de água.

Alma Mater acenou amigavelmente para mim, e observei-a pelo retrovisor limpando o nariz de Willizinho com o seu avental de cozinha. Oh, Alma!!

Meia hora depois eu estava sentada no avião para Hamburgo. Simplesmente largara o carro numa vaga no desembarque e passei pelo check-in no último minuto. Depois de mim, o dilúvio! Suspirei aliviada. O que será que me deu?! A alegria de viver, nua e crua. Agora era a minha vez. Reclinei o encosto da minha poltrona e tentei relaxar do mesmo jeito que fazem todos aqueles que vão tirar uma sesta em Hamburgo no meio da tarde. É bem verdade que desta vez eu não estava usando o clássico tailleur *prazer-em-conhecê-lo-doutor-Enno*, mas de resto tudo era igual: executivos à minha esquerda e à minha direita, a simpática aeromoça que, numa demonstração de toda a sua amabilidade, perguntou se desejávamos sal e pimenta no nosso suco de tomate, e o céu com nuvens cinzentas que passavam por nós como farrapos. Olhei sorrateiramente à direita.

Pasta de documentos, maleta executiva, jaquetão de risca de giz, duas espinhas no rosto mal-barbeado.

À esquerda: bigodes, óculos, careca adiantada. Sem espinhas, mas em compensação unhas roídas. Caneta-tinteiro dourada retirada do estojo de couro.

Olá, rapazes! Será que desta vez vocês não vão me perguntar por que estou indo a Hamburgo? Não é por que sou a... aham... promissora autora da Editora Frauen mit Pfiff, que está voando ao encontro do seu editor (tosse) por causa da filmagem do seu primogênito, mas por que eu... AHAM... prestem bem atenção!... estou com DESEJO pelo meu editor, sim, um desejo indomável e irrefreável, e por que (isto é uma novidade por sinal, meus queridos!) tenho a certeza de que devo ceder imediatamente a este indescritível desejo! Candidato número um, você precisa saber que eu crio dois filhos sozinha. E que estou mudando de casa precisamente hoje. Ah, isso não lhe interessa? Candidato número dois, o que acha disso? Poderia ser muito interessante se fosse analisado do seguinte ponto de vista: uma mulher está de mudança. Por dentro e por fora. Compreende? Ela está mudando de endereço para uma vizinhança melhor. Que bom, não é mesmo? E como eu poderia celebrar este dia de mudança de uma forma mais adequada do que com um passeio espontâneo para um espontâneo... como é que se diz isto nos seus círculos... um tête-à-tête? Uma pulada de cerca? Uma aventura amorosa?

Homens podem fazer essas coisas.

Desde tempos imemoriais.

Os senhores não sabiam?

Estou à sua inteira disposição para explicar-lhes tudo isso um pouco mais detalhadamente. Só para encurtar o tempo de vôo.

Viram, os senhores se interessaram ardentemente. Eu tinha certeza.

Pois bem. Uma mulher não pode fazer essas coisas. Quando ela finalmente encontra o homem da sua vida, ou seja, quando finalmente todo aquele esforço de ficar anos a fio fazendo dietas, praticando esportes e depilando as pernas surte o resultado esperado, ela normalmente acaba engravidando em pouco tempo. E fica tremendamente feliz. E ela engorda, fica lenta, aumentam os pêlos e a celulite. Ainda bem que as alterações hormonais fazem com que ela se satisfaça tão-somente com a chegada da criança.

Praticamente nenhuma mulher ousa subir numa passarela no nono mês de gravidez. É uma coisa prática e absolutamente normal.

E ela tem o filho.

Isto significa — e eu não quero em absoluto diminuir ou descartar toda a sorte de prazer maternal — que ela não tem mais nem tempo nem vontade de cortejar homem algum. Pelo menos nenhum outro além do seu próprio marido. E a este, cada vez menos. Principalmente quando ele não ajuda nas tarefas domésticas. E não cuida do bebê.

E aí ela engravida novamente. O que só aumenta o efeito de não ter nem tempo nem vontade.

Enquanto o homem por sua vez — que nunca engravidou nem sofreu alterações hormonais — mal consegue refrear os seus instintos naturais, e com a desculpa de que "ela não quer mesmo" ou "ela não pode mesmo", mergulha de cabeça em diversas aventuras, ela, a mulher, cuida da casa, das crianças, da cama e dela mesma.

E tem que se dar por satisfeita.

Ela volta a fazer dieta, corre toda a noite cinco vezes em volta do campo de esportes e sacode obstinadamente as pernas ao som da fita cassete da Beba para se livrar da celulite e da barriga flácida. Para agradar novamente ao marido. Bom, não é mesmo?

Sei do que estou falando. Eu passei por isso.

NÃO pensem os senhores, agora que meus filhos não me mordem mais os mamilos e têm condições de passar um dia sem a minha presença, que eu vou sentir algum tipo de remorso em relação ao meu marido, só por que ele acabou de chegar do Caribe e está desamparado, sentado no banquinho da minha cozinha americana. O senhor acha que só por uma questão de cortesia eu deveria ficar em casa hoje?

E que deveria preparar um saboroso prato de lentilhas para ele? Nada disso.

Meu advogado vai explicar a ele o que for necessário. E o Wienerwald fica ali perto. Não usemos dois pesos e duas medidas.

Lamento que os carregadores estejam lá exatamente hoje.

Pensando bem, não existe um momento adequado.

Naquela época, com Dorothea, o momento também não foi adequado.

Mas quem é que quer saber? Não se pode escolher as coisas do amor!

Os senhores conseguem imaginar que neste momento Enno e Wilhelm estão na minha cozinha, farejando um ao outro como dois gatos na disputa de território? Hahaha. Excelente comparação. O primeiro é um gato selvagem, sarnento e eriçado, que acaba de chegar à sua pátria, vindo de uma longa rapinagem, tendo vivido somente de ratos magros e outros bichos.

O outro é um gato doméstico, gordo, de pêlo brilhoso, que só come ração dada pela sua dona num pratinho de porcelana com uma folhinha de hortelã na beirada.

Os senhores não concordam que eu só iria atrapalhá-los?

Bem, eu acho.

Agora sou EU quem está indo caçar.

E como os senhores estão lendo o jornal, não quero incomodá-los mais. Acreditem se quiserem: eu acho que estou fazendo a única coisa certa, voando ao encontro de Viktor. Eu me arrependeria para o resto da minha vida se, por pura delicadeza, consideração ou covardia, não o fizesse. E levem em consideração que neste momento NÃO tenho celulite!

Foi muito agradável conversar com os senhores. A viagem passou voando! E agora me desculpem. Estamos nos preparando para pousar.

Alguns dias mais tarde eu estava perambulando com meus filhos no centro. Na verdade, queria comprar para eles umas malhas de verão antes que Alma voltasse a ter a idéia de espremê-los nos macacãozinhos desbotados de Enno. Era um belo dia de primavera e os cafés estavam cheios de gente. Senti que dentro de mim também era primavera. Mais do que isso. O verão estava próximo.

— Mamãe, quero sorvete — disse Franz.

— Também quero — disse Willi.

— OK — disse eu. — Mas, em primeiro lugar, é "por favor". Além disso, preciso ir a uma livraria. Depois de encontrar o que estou procurando, vamos tomar um sorvete gigante.

— Que livro você está procurando, mamãe?

— *Feliz sem marido*, de Franka Zis.

— Não conheço. Vou ver se acho um livrinho do Papai.

— Tudo bem. Leve seu irmão.

Como estava ansiosa por ver uma pilha do meu livro na estante dos mais vendidos! E como seria engraçado me misturar entre as pessoas que estariam engalfinhados atrás de um dos exemplares.

Contente, fui caminhando em direção à maior livraria da praça.

— Podemos ir para a seção infantil?

Franz adorava se sentar naquelas cadeirinhas com bichos de pelúcia empoeirados para folhear os livros ilustrados que ficavam ali.

Willi também arrastou seu coelhinho de pelúcia cinza de um só braço até aquele canto, largou o animal aleijado junto dos outros bichos e mergulhou nos livros infantis.

Esquivei-me, em silêncio.

Onde estariam os meus livros?

Ali na frente estava a estante dos best sellers.

Rodeei a estante como um ladrãozinho de loja. Discretamente, conferi cada título.

Temia que alguém pudesse escutar as fortes batidas do meu coração. Que suspense terrível!!

Ali estavam todos os romances daquele autor americano que escreve tratados de mil páginas como banhos medievais, sacerdotes judeus, curandeiros e figuras da Pérsia Antiga há muito esquecidas. Eram pilhas e pilhas!! Sem dúvida, deviam ser interessantes. Talvez um pouco longos e monótonos. Quando um daqueles sacerdotes judeus vinha para uma cidade pequena, levava bem umas setenta páginas até o primeiro vizinho aparecer no seu jardim para fazer uma observação sem graça sobre o tempo.

Ou mais adiante: pilhas e pilhas de romances bem-encadernados de uma velha senhora de Cornwall que, em cada uma de suas intermináveis histórias, fazia suas heroínas castas e corajosas caminhar através de rochedos durante tempestades, só porque se apaixonaram secretamente por um filho de latifundiário de difícil temperamento, a quem perturbavam depois no seu trabalho ou na sua garagem ou — como nesses romances, havia sempre tempestades ou momentos de escuridão — tomavam chá com ele em uma cozinha rural rústica, conversando de forma gentil, mas nunca comprometedora, para em seguida voltar pelo mesmo caminho difícil atravessando os rochedos. Essas heroínas eram sempre tranqüilas, não precisavam de TV, nem mesmo na hora de passar os seus lençóis duros de maresia, tinham tempo de sobra, não tinham de cuidar de crianças com nariz escorrendo, nem tinham um trabalho chato de operadora de caixa em um supermercado. Por isso podiam se dar ao luxo de perambular de um capítulo para o outro por paisagens de algas marinhas ou terrenos inóspitos para terminar tomando chá na penumbra com o herdeiro monossilábico ou com sua mãe, também monossilábica, que sempre oferecia biscoitos caseiros para acompanhar o chá. No final, essas heroínas abdicavam de sua existência despreocupada de andarilha para se mudar para a casa do herdeiro, casando-se com ele muito provavelmente por pura cobiça. E o desfecho terrível a autora de best seller costumava ocultar elegantemente de seus leitores.

SUSPIRO!

E, naturalmente, a imprescindível pilha de livros com mulheres com o rosto oculto pelo véu na capa e que narravam de forma comovente como eram raptadas até o Oriente Médio. Eu achava esses livros especialmente fascinantes. Ao devorá-los, sentia uma mistura de raiva com perplexidade. Quando estava entregue à leitura deles, ninguém podia me dirigir a palavra. Todos os dias eu agradecia ao destino por viver em liberdade e não ser obrigada a usar um véu.

Ao lado das pilhas de livros de literatura feminina, que tratavam da opressão do chamado sexo frágil, havia as pilhas de livros que tratavam sem o menor charme, sem a menor feminilidade e sem humor da libertação do sexo FORTE, ou seja, do feminino. Por uma questão de justiça, eu me torturei passando os livros em revista, cujo título já era uma afronta. Afinal, é mais fácil uma mulher acima de 35 anos encontrar um peixe em seu estojo de maquiagem do que uma bicicleta masculina em sua cama. Bocejei sem a menor cerimônia.

Gente, era mesmo preciso tudo aquilo?

Outro livro de mulheres prolixo porém bastante popular tratava da reforma de um hotel. A heroína trabalhava lá como faxineira. No final, casa-se com o dono do hotel. A autora recomendou expressamente que o livro fosse lido mais de uma vez a fim de encontrar nele idéias sobre a emancipação feminina ou encontrar algum entretenimento. Estava escrito ainda na capa que a autora não permitia ser fotografada. Mas não explicava por quê.

Mais um bocejo!

O MEU livro — *Feliz sem marido* — traria uma certa renovação a essa coleção de livros empoeirados.

Sim, senhora.

Olhos ágeis em busca da pilha.

Feliz sem marido não estava entre os mais vendidos. INACREDITÁVEL!!

Que frustração enorme!

Depressão profunda!

Vergonha das vergonhas!

Infeliz de mim.

Comecei literalmente a sentir os olhares de escárnio das pessoas à minha volta.

Franziska? Procurando pelo seu livro? Hahaha. E quem leria uma coisa dessas? Já virou papel reciclado faz tempo!

Procurei os meus filhos. Pelo menos, eu tinha os meus filhos. Ao menos alguma coisa. Eles engatinhavam pela seção infantil sem chamar muita atenção. Ir embora? Desistir de tudo? Não. Hora de lutar.

— Boa tarde, alguém pode me atender?

— Em que posso ser útil?

Uma moça simpática, pálida e de óculos se dispôs a me ajudar.

— Bem — disse eu, sem saber o que dizer.

Foi um momento memorável aquele, quando pronunciei pela primeira vez o título do meu livro.

Para dizer a verdade, fingi que acabara de me lembrar do nome do livro, como se uma amiga me tivesse incumbido de comprá-lo para uma colega doente.

— Acho que é *Feliz sem marido* — disse eu, já desmanchando de vergonha.

— *Feliz sem marido*? — perguntou a moça com olhar inquiridor. — Deve ser novo, se é que existe.

Se é que existe! Assim que ela se referia ao meu primeiro livro! Ela deu a volta num grande balcão, perguntou várias vezes — Zis? Tem certeza? É mesmo com Z? Ah, espere...

Depois de folhear várias vezes num catálogo imenso, deixando seu dedinho escorregar pelos mais de mil títulos que ficavam em uma página, ela encontrou.

— Achei, veja, *Feliz sem marido*, de Franka Zis. Bem, não temos em estoque, precisamos encomendar.

Gentil, achou um bloco de encomendas, quis saber o meu nome (obviamente eu disse "Franziska Herr", não "Franka Zis, sua besta!", e me animou com a observação de que o "livrinho" com certeza já chegaria no início da semana seguinte na livraria. Custava 12,80 marcos e ela agradeceria se eu deixasse um sinal, porque ela não imaginava que mais alguém se interessaria por aquela obra — ela disse "obra", e que, caso eu não fosse buscar, ela ficaria com o mico na mão. Compreende, o chefe não gosta muito disso.

Claro, compreendo. Onde posso me enforcar sem chamar muita atenção?

Enquanto aquele ser de óculos ainda preenchia o cupom de encomendas escrevendo com a canhota, forcei-me a não informá-la do fato de que era EU a autora do livro ao qual ela se referia com tanta falta de respeito e cujo filme ela faria fila para assistir brevemente. Oh, sim, enfrentaria uma fila enorme! Jurei isso cerrando os punhos por baixo da mesa. Como Scarlett O'Hara. Nunca mais iria encomendar o meu próprio livro tão tímida e gaguejante, soletrando o título! Nunca mais!

Ruborizada, larguei os 12,80 marcos no balcão e decidi na mesma hora que só voltaria àquela livraria quando *Feliz sem marido* tivesse estourado na lista dos mais vendidos. Depois fui sorrateiramente até a seção infantil, pus os meninos no meu colo e li para eles todos os livros de Papai que encontrei. Isso embora estivesse com uma vontade danada de chorar.

À noite, contei aquela passagem lamentável para Enno. Ele dera um pulinho lá em casa, como quase todas as noites, só para ver se estava tudo bem. Na verdade, morava bem perto, nem 30 metros adiante. Até deixava o carro em casa antes.

Por causa da volta inesperada de Wilhelm, ele prudentemente desistira de se mudar para o lado direito da minha cama, junto com todos os seus equipamentos de controle remoto.

Obviamente, Wilhelm também desistira de se mudar para a minha casa. Os dois homens se controlavam mutuamente. Eu achava aquilo extremamente prático.

Portanto, Enno passou com mais um pacote embaixo do braço. Enquanto eu ainda tentava adivinhar se era uma máquina de suco de tomate com controle remoto computadorizado ou um fantástico jogo com impressora a laser para Franz e Willi, resolvi contar-lhe o meu fracasso comercial, para que ele assumisse suas tarefas de advogado e empresário.

— A mulher na livraria NÃO me reconheceu — comecei, mal reprimindo as lágrimas de frustração.

— Ué, achei que você era uma das clientes preferenciais? — disse Enno e começou a desembrulhar o pacote, suando em bicas.

— Não estou dizendo como cliente, e sim como AUTORA — disse eu, pedindo compaixão.

Enno sentou-se e esticou o braço atrás da garrafa de conhaque.

— Eles não sabem que você é Franka Zis? Mas como vão saber, se você não anda com crachá, hahaha?

Pensei na autora que não quis se deixar fotografar e resolvi não insistir mais nesse aspecto particular.

— Ah, Enno! Quero dizer que ela nem tinha ouvido falar no meu livro. Foi procurar numa lista imensa — comecei a gaguejar — e só encontrou o título depois de penar muito.

Enno largou o pacote e me lançou um olhar penetrante.

— Precisamos resolver isso.

— Você está querendo dizer: com um processo?

No mesmo instante, a prima-dona temperamental parou de chorar.

Fiquei imaginando como Enno adentraria a livraria no dia seguinte, me segurando pelo cangote, berrando "Vocês ofenderam minha cliente?". Ele instruiria a moça gaguejante e ruborizante sobre os seus direitos e deveres e mandaria chamar o gerente. Colocaria a situação com todo aquele palavreado jurídico e, sob ameaças de conseqüências jurídicas, o forçaria a colocar centenas de exemplares do meu livro na vitrine, fazer elegantes torres, decorar a escadaria com os livros e oferecer a cada cliente um folheto — obviamente feito pelo próprio Enno no computador — falando da bem-sucedida autora Franka Zis que acabara de catapultar seu romance de estréia no mercado e que cada cidadão alemão teria que contar com terríveis conseqüências jurídicas, caso deixasse de comprá-lo imediatamente.

— Não, não temos meios para tal — respondeu Enno. — Mas precisamos urgentemente aparelhar você com equipamentos técnicos básicos.

Obsequioso, continuou desembrulhando a caixa misteriosa. Apareceu um aparelhinho preto metálico com vários botões pequenos, todos com abreviações em inglês.

— O que é isso?

— Uma secretária eletrônica.

— Mas eu já tenho uma secretária — disse eu, apontando para o meu amado monstro ao lado do telefone com um recado tão original dos meninos, que ninguém jamais deixou uma mensagem, limitando-se geralmente a deixar boas risadas.

Aqui fala... Mamãe, EU quero falar! OK, Franz, fala você! Não, me passa o microfone! Quero SEGURAR... Bem, aqui fala... EU quero falar alô! Não, seu bobo... ME DÁ AQUI! Parabéns... Ai! Seu chato! ... Você pode deixar o seu rec... click."

Que mensagem mais esdrúxula.

Mas Enno era de opinião de que essas brincadeiras infantis e nada profissionais deveriam acabar, já que agora eu era uma personalidade conhecida. Ele comprara a secretária mais moderna e de vanguarda da firma Nixtaugi, tão incrivelmente fácil de manusear que até eu, Franziska, a ignorante, não teria a menor dificuldade. Um texto absolutamente profissional informaria meus clientes 24 horas por dia em três línguas — inglês, japonês e coreano (!) — sobre o meu paradeiro. Com ajuda de um dispositivo bem simples eu poderia responder aos recados mesmo estando com as crianças na pracinha, dependendo da minha vontade.

— Minha vantagem é de jamais querer responder mensagens da secretária eletrônica na pracinha — disse eu. — Além disso, ninguém me liga mesmo.

Entediada, não dei mais bola àquele monstrengo japonês.

Mas o entusiasmo de Enno não arrefeceu.

— Eu instalo o negócio para você. Onde você prefere? Ao lado da cama?

Me perguntei se, futuramente, eu pretendia mesmo passar minhas poucas horas de sono falando em três línguas com um empresário de olhos puxados que estaria numa pracinha japonesa.

— Não, muito obrigada — disse eu. — Não preciso disso. Leve e dê para a sua mãe. Assim, ela pode deixar mensagens em japonês para a tia Trautschn.

— Mas eu já dei um desses para minha mãe, para a tia Trautschn idem.

Achei aquilo comovente. Significava que eu era a terceira na seqüência de suas mulheres favoritas aquinhoadas com um aparelho em três línguas da firma Nixtaugi.

Enno começou laboriosamente a separar fios, cabos e outras pecinhas. Pus minhas habilidades técnicas à prova, descongelando para ele uma embalagem de comida congelada no microondas.

— É preciso proceder estrategicamente — disse Enno, abrindo o manual de instruções de oitenta páginas na mesa da cozinha.

— Em primeiro lugar, a editora precisa fazer o seu marketing. Claro, é interesse deles próprios. Deveriam fazer um belo folheto sobre você, com uma bela foto etc., currículo, outras obras, bem, essas eles poderiam esquecer inicialmente, e depois deveriam organizar leituras e palestras. Qualquer editora faz isso. Você deveria falar amanhã mesmo com aquele — como era mesmo o nome dele — Lange.

A bem-sucedida autora estava ao lado do fogão prestando atenção nos saltos incontroláveis do seu coração. Como era mesmo o nome dele?!

— Você acha que eu deveria falar com ele pessoalmente?

Eu já me via embarcando no primeiro avião para Hamburgo no dia seguinte, enquanto tentava tirar o prato do microondas.

— Não, isso não; é muito ineficaz. Já sei: EU falo com ele, na condição de seu empresário — disse Enno.

Que pena. Tomara que os dois senhores conversem com objetividade e não caiam em uma conversa muito íntima entre homens. Mas eu não estava preocupada: Enno jamais se tornaria mais íntimo do que normalmente. Talvez conversasse intimidades sobre o seu computador. Mas nunca sobre a minha pessoa. E Viktor? Um cavalheiro não fala.

Enno estava à mesa da cozinha com expressão séria, ajeitando com muita habilidade todas aquelas pecinhas japonesas mínimas na parte de trás da secretária eletrônica.

— Bem, isso quanto ao item número um. Deixe comigo. É melhor. Item dois: o seu Wilhelm deveria fazer a divulgação. Afinal, ele não quer filmar o troço?

— O troço — disse eu, falsamente indignada, servindo a comida descongelada que exalava fortes vapores. — Bom apetite. Cuidado, o prato está quente!

Enno recuou, pois já queimara a ponta dos dedos no prato.

— Droga — disse ele. — Você errou alguma coisa ao usar o microondas.

Mas, antes que ele se levantasse para me explanar mais uma vez as vantagens do microondas com tom professoral, consegui fazer com que ele voltasse à vaca fria.

— E o que fazemos com Wilhelm? — perguntei

Oh, sim! Enno o obrigaria a fazer propaganda para a sua pobre mulher e a sua parca auto-realização com o seu romancezinho. Já que era um homem tão conhecido, Enno o obrigaria, usando todos os caminhos da lei! Enno sempre se lembrava de alguma solução.

— Momento — disse Enno, levantando-se com muito esforço. — Se este troço aqui ficar no vapor quente, os fios podem ser danificados, com conseqüências para a qualidade da mensagem gravada.

Não, isso não podia acontecer.

Eu não queria nenhum japonês anasalado com problemas de pronúncia na minha casa.

Enno levou o aparelhinho até o telefone e o plugou na tomada.

— Bem, agora posso jantar tranqüilamente.

Animado, começou a engolir aquela massa que, segundo a embalagem, era uma lasanha ao forno.

— Não acredito que Wilhelm esteja disposto a fazer publicidade para o meu livro — comecei.

Preocupada, observei como Enno queimava a boca com a comida.

Ele nem vai querer pronunciar o título do meu livro publicamente. Antes de começarem as filmagens, as pessoas poderiam relacionar o título do livro comigo, algo que o ego dele não agüentaria. Ele é muito sensível, sabe...

Enno se torturava com queimaduras de terceiro grau.

— Não compreendo. Só pode ser do interesse dele.

Eu o observava enquanto comia, fascinada. Provavelmente, ainda havia um bloco de gelo no meio da massa, e Enno arriscava perder um dente na hora de mordê-lo.

— Bem, nem todos os homens são fortes como você. Isso depende muito do ambiente familiar. Wilhelm teve muitos problemas em casa. Uma mãe dominadora, um pai militante, etc... Veja você. A sua mãe sempre te amou e apoiou e cozinhou para você e passou a sua roupa e te deixa dormir de manhã. Você nunca teve uma mulher e dois filhos pequenos que acabam com os seus nervos. Nunca teve de fugir de casa, nem para o Caribe, nem um só metro para longe da sua mãe. Afinal, contra quem você precisa se afirmar? — alfinetei.

— Contra você — respondeu Enno de boca cheia.

Neste momento, uma outra voz se misturou à nossa conversa. Era uma voz completamente desconhecida, que vinha do corredor.

Estremeci e fiquei paralisada.

— "It's tuesday, nine twenty nine, pi em" — disse a voz atrás das minhas costas.

Em seguida, um assovio.

Antes de podermos esboçar qualquer reação, ouvimos algo como "tschong heng ping pong pi eme", e depois de mais um assovio, a mesma coisa em coreano: "Shin shu zanbiony nanzen teilti kaz!"

— Tire este cara da minha casa — disse, mal-humorada.

Aquilo me lembrou das piores visões futuristas das séries de TV japonesas que Franz e Willy assistiam aos domingos, às seis da manhã. Desde que Enno instalara um televisor no quarto das crianças com controle remoto diretamente ao lado da cama de Franz, aquilo funcionava perfeitamente bem. Eu sempre podia dormir mais um pouco enquanto os meninos assistiam àquele lixo.

— Oh, foi apenas um mau contato — disse Enno, engolindo seu mingau quente para depois se dedicar durante três horas à engenhoca coreana.

Não voltamos mais ao assunto da minha estratégia para conquistar o mercado universal. Claro, aquela secretária eletrônica era muito mais importante.

Assumi meu papel de dona-de-casa e passei algumas pilhas de roupa. Que idílio! Era exatamente como eu sempre imaginara a vida em família. Ele, realizando sua inteligência e seu instinto de construtor, ela encontrando profunda satisfação espiritual dobrando suas cuecas. Crianças dormindo para poderem assistir à programação infantil na TV no dia seguinte, e todos são felizes para sempre.

Para combater o empobrecimento intelectual absoluto, comecei a assistir a um filme em branco-e-preto. Passava-se numa época em que as pessoas ainda usavam chapéus e, quando não perambulavam para lá e para cá, gritavam naqueles telefones antigos, batendo sempre no gancho para acordar a mocinha da telefônica, dizendo: "Moça, ainda está escutando?"

Enquanto eu passava a roupa e Enno se realizava instalando aquela secretária eletrônica indesejada na minha vida particular, algumas idéias pipocaram na minha cabeça.

Este short está ficando pequeno, deveria dar para os pobres.

A camiseta encolheu.

Não consegui usar o programa que mantém as cores das roupas que Enno instalou na minha máquina de lavar.

O ferro de passar está grudando nos tecidos.

Não sei lidar com esse ferro a vapor ultramoderno.

Droga, não tenho o menor talento.

Sempre quando passo uma roupa do lado certo, amasso a parte de baixo.

Sempre. Não consigo dobrar roupa direito. Sempre parece que está errado.

Tudo parece desajeitado.

Nunca nada fica bem dobrado.

Mesmo quando eu faço o maior esforço.

Na verdade, só falta a dobra decisiva. As camisas sempre ficam amassadas e a gola parece um pedaço de queijo.

Simplesmente não consigo fazer como sempre mostram na TV, dando uma cheiradinha na roupa depois de passada e demonstrando entusiasmo depois de vê-la bem dobrada.

Simplesmente, não sinto razões para júbilo ao sentir o cheiro de sabão em pó. Nem fico dançando por entre os lençóis num varal, só porque consegui lavar os uniformes de um time de futebol inteiro.

Com certeza careço de alguns hormônios femininos decisivos.

Na verdade, nunca funciono como deveria. E no entanto voltou à moda ser uma dona-de-casa perfeita. É só assistir TV e ver os comerciais!

Os comerciais mostram moças que já não fazem mais parte daquela geração de donas-de-casa com permanentes em seus cabelos louros metidos em delicados chapeuzinhos e com blusa branca e saia plissada, que abraçam intempestivamente seus amados maridos quando estes chegam em casa para apreciar o saboroso jantar que elas passaram algumas horas preparando, antes de vestir a blusa branca e a saia plissada.

As moças de hoje vestem jeans e ficam dançando nos móveis que acabaram de limpar com spray sem CFC. Cumprimentam docemente Herbert, o amigo dos tempos de escola, porque farejam a oportunidade única de provar ao marido e ao amigo que não oferecerão uma bebida QUALQUER, e sim uma autêntica Veuve Clicquot!

As moças de hoje conversam na cozinha, ao lavar a louça, comentando a festa de casamento de Yvonne. As moças de hoje dirigem pequenos carros modernos e vão às compras acompanhadas de três pequenos filhotes no banco de trás, tirando meleca do nariz, e um enorme cão peludo, cujas patas sujas limpam com um pacote de lenços de papel perfumados.

As moças de hoje informam cinco milhões de espectadores sobre o fato de que o absorvente Dromeda funcionou até mesmo durante a prova do departamento de trânsito, e que elas não passaram na prova, mas que o absorvente passou no teste de segurança.

As moças de hoje ficam observando seu filhote mal-educado que sai correndo da mesa do café e se consolam com o fato de ele ter acabado o seu suco de laranja Dr. Becker, pressionando languidamente a garrafa do suco contra a bochecha, enquanto vêem as árvores que balançam no vento matinal, para logo depois libertar o filho completamente emporcalhado de sua roupinha, colocando-a na máquina de lavar com aquele sabão em pó que dá uma saudável sensação de auto-estima, para finalmente pressionar a roupinha perfumada e limpa contra a bochecha como fizeram com o frasco do suco!

Portanto, é lícito supor que as moças de hoje não têm mais o que fazer na vida do que se alegrar com o fato de que cuidam da melhor maneira do filho, do cachorro, do tapete, da roupa das crianças, do amigo do marido, SEM ESQUECER — afinal, a moça de hoje é muito segura — de administrar a própria região genital.

Enquanto a lourinha na TV com o chapeuzinho e a blusa branca bem abotoada teme pela sua vida em um saveiro exposto à intempérie, tento dobrar uma daquelas camisas mal passadas com inúmeras pregas pensando se há como escapar a este tipo de existência nos próximos anos.

Item número um: jamais voltarei a me casar. Nem com um advogado, fazendeiro ou dono de hotel.

Item número dois: contratarei uma governanta. Daquele tipo que usa avental passado e touca. A governanta passará o dia inteiro a fazer tudo aquilo que eu acho tão chato e que eu desempenhava com tanta falta de jeito.

Ela aparecerá às 7h em ponto, irradiando calor humano e tranqüilidade, dará banho nos meninos, escovará seus dentinhos de leite, os vestirá com roupinhas que combinam e deixará Franz no jardim-de-infância. Será gentil, porém enérgica. Em seguida, ensinará Willi a não mais fazer xixi nas calças, costurará o braço do seu coelhinho de pelúcia, levará o menino bem-arrumadinho com o coelhinho limpo até a feira e preparará uma refeição saudável para todos nós.

Enquanto as crianças dormem depois do almoço, ela arrumará a casa, cantarolando, lavará roupa e arrumará as camisas bem dobradinhas simetricamente nas gavetas previamente forradas com papel-manteiga.

Ela fará tudo isso!!

E eu poderei estar na minha mesa de trabalho, escrevendo os romances mais engraçados no meu computador, com cujo rendimento eu pagarei o salário desta supergovernanta!!

Assim, todos seremos felizes — a governanta, os meninos e eu, principalmente face ao fato de que às três da tarde eu os pegarei para um passeio até o parquinho na floresta e todos aproveitaremos a tarde.

Não vejo a razão por que só homens podem se permitir a ter uma vida assim. Afinal, os homens não são tão parentes de seus filhos como as mulheres?

Tudo bem, não precisam passar o dia inteiro dentro de casa. Mas por que se exige que só as mulheres desempenhem as tarefas domésticas?

OK, devem existir seres femininos cuja maior fonte de alegria são os filhinhos queridos e a casa própria bem-arrumada. Elas merecem passar dias e noites regando as plantinhas na janela da cozinha ou assando tortas deliciosas.

Mas não é TODA mulher que precisa fazer isso. Se uma mulher não estiver disposta, deve poder ter a oportunidade de resolver sua vida de outra forma, sem ter que automaticamente ser considerada uma mãe desnaturada ou uma pessoa relaxada com a casa.

Muito bem, pensei, enquanto me dedicava ao fascinante jogo de procurar meias — onde está o outro pé desta meia? Quem achar duas meias iguais pode faze um rolinho. E quem primeiro juntar todas as meias do mesmo tipo pode guardar tudo na gavetinha das meias —, muito bem, no meu caso a coisa é mais complicada.

Não tenho marido.

Quer dizer, não tenho marido definido.

Nem quero!

Não quero um marido definido.

Will Gross no máximo é o pai biológico.

Enno cuida de comprar os game-boys e os vídeos, o que também é ótimo.

E Viktor, este eu nem quero ter por aqui. Com ele eu quero passar belos momentos sem que ninguém nos atrapalhe. Jamais queria ter que pedir ajuda a ele para raspar um chiclete do carpete. Jamais.

Bem, então será difícil.

Que tipo de marido a senhora quer? Fatiado ou inteiro? Passou um pouco do peso. Pode ser?

Sim, pode.

Um marido que brinca com as crianças, ajuda na cozinha, freqüenta os grupos de pais e adora descascar batatas? Este modelo está esgotado. Mas nós receberemos mais. Quer deixar sua reserva feita?

Sim, claro, por que não? Pode reservar um quilo e meio disso.

Com alegria concupiscente joguei as últimas cuecas no cesto.

Para dizer a verdade, um homem desses não me fascinaria tanto assim.

Gostaria de poder admirar um homem.

Ah, bem, isso é impossível. Homens que ajudam em casa trabalham praticamente o tempo todo encurvados e engatinham pela casa.

Espere, não terminei ainda. O que há mais em estoque?

Temos aqui um homem prático e com habilidades técnicas, veja se não é bonito!

Olhei para Enno, dedicado aos fios da minha secretária eletrônica japonesa.

Recomendo altamente este tipo de homem, é bastante requisitado. Um homem de ação que resolve bem a vida e tem sempre uma solução técnica à mão para os probleminhas do dia-a-dia. Ele dispõe de muitos pontos no QI e sabe ler manuais de instrução em todas as línguas. Só tem uma desvantagem: não dá muito para o papel do gourmet fino. Além disso, não podemos vendê-lo separado, só em pacote, com a mãe.

Tudo bem, também quero um quilo e meio disso.

Mais alguma coisa?

Sim. Lá naquele canto, atrás da vitrine. Parece bem interessante.

Oh, aquilo é uma iguaria importada: fino, sábio, romântico e erótico. Bem maduro, mas só pode ser saboreado em porções pequenas. Seus filhos não gostarão daquele, senhora, ele só apetece aos paladares educados e sofisticados. Além disso, é bastante caro, um luxo, por assim dizer.

Um quilo e meio de luxo, por favor. Afinal, nunca compro nada para mim. A senhora poderia prepará-lo em pequenas porções para congelar? Obrigada.

E mais o quê? Tenho que pensar economicamente. Voltemos às ofertas.

No balcão estão os restos de ontem, pela metade do preço. Ainda temos um quilo e meio. Digo, é importante saber aproveitar os restos e não desperdiçar, minha senhora, sejamos honestos. De alguma forma, esses restos ainda contêm nutrientes. Ainda mais se considerar que esse resto vai ficar durante anos pagando pensão.

Claro! Não devemos desperdiçar nada. Por favor, me dê um quilo e meio.

Mais alguma coisa?

Sim. Vocês têm supermães dos anos 1950?

Não, não temos não, e vai ser difícil a senhora encontrar isso no comércio.

Logo imaginei! Sabe, conheço uma e já me acostumei a ela. Mas infelizmente ela também só se vende em pacote...

Lamento...

Não, nada disso, estou procurando uma espécie de supergovernanta que se ocupará de todas as minhas tarefas domésticas sem que eu precise casar-me com ela ou com o filho dela. Uma supermãe, responsável pelo lar, pelo calor humano, pela paciência, alegria, o cotidiano, escutar minhas histórias, ritmo, amor, humor, comida rica em vitaminas e bons brinquedos para as crianças na banheira.

Lamento. São artigos muito raros, não existem no varejo. Estão ameaçados de extinção.

Já imaginava.

Pois é, são exceções, senhora. Não existem no mercado livre.

Compreendo, obrigada.

Quer uma sacola?

Sim, mas uma sacola biodegradável. Posso pagar com cheque?

Naturalmente. Também aceitamos todos os cartões.

Tanto melhor. Pago com o meu bom nome. Muito obrigada. Quem sabe a senhora tenta sua sorte aqui ao lado.

Sim, vou tentar.

Estou à procura de uma mulher.

Afinal, é o que os homens também fazem.

No dia seguinte encontrei essa supermulher.

A mulher da minha vida.

— Franziska? Oi, é Wilhelm, estou ligando de Berlim.

Bem, pelo menos não era do Caribe. Não fiquei especialmente impressionada.

— O que foi?

— Bem, antes de mais nada, bom dia. Como vai?

— Franz e Willi e eu estamos brincando com massinha.

— Bacana, bacana, agora escuta. Encontrei uma produtora e...

— Mãe, continua brincando com a gente.

— Consegui apoio financeiro para o filme. Cinco milhões! Agora precisamos dar um gás nesse roteiro. Alô? Está ouvindo?

— Sim — disse eu. — Faz outro, amor.

— O quê?

— Mamãe, esta árvore está despencando.

— Você precisa enrolar a massinha entre os dedos para fazer um tronco mais grosso.

— Franziska...?

— Estamos brincando de massinha, já disse.

— Chego amanhã no primeiro vôo.

— Tudo bem!

Minha consciência ficou pesada. Acabara de me forçar a organizar uma tarde criativa e lúdica para as crianças e já vinha a primeira interrupção comercial. Afinal, o que eram cinco milhões de marcos contra aquele instante de felicidade de grudar um montão de pênis na mesa da sala?

— Alô? Escuta, você precisa IMEDIATAMENTE arranjar alguém que possa ficar tomando conta dos meninos. Eles só vão atrapalhar.

— Ah, isso vai ser facílimo — disse eu. — Vamos amarrar os meninos numa árvore ou abandoná-los num shopping.

Wilhelm ainda não tinha o menor senso de compreensão para o meu humor.

— Hahaha — fez, seco. — Bem: esta é a sua chance. Leve as crianças para alguma babá e trate de termos tranqüilidade em casa para trabalhar. Não sei como você vai fazer isso. Preciso cuidar do essencial. Posso morar aí?

— Não sei, preciso perguntar ao meu advogado.

Pensei que Enno ficaria furioso se eu agisse contra a sua ordem de passar um ano inteiro separada de cama e mesa.

— OK, então resolva essa questão. Acharia bem mais prático se pudéssemos ficar trabalhando juntos dia e noite. Mas os meninos não podem ficar dentro de casa.

— As crianças moram aqui e vão ficar aqui.

— Bem, se você quiser mesmo ser co-autora do roteiro, espero da sua parte uma certa contrapartida.

— Mamãe, olha, ele está em pé de novo!

— Maravilha, filho! Pena que ele esteja assim tão azulado.

— Como? Franziska? Me busque no aeroporto amanhã de manhã, assim poupamos tempo. Até lá, um abraço!

Clic! Telefone desligado!

Meu esposo, meu senhor e amo. Nunca mais voltaria a viver com ele, nunca, mesmo que o mundo estivesse se acabando. Ficaria com Franz e Willi na nossa pequena casinha à margem da floresta.

E com o coelhinho de pelúcia, é claro.

Adoraria receber visitas de vez em quando. Afinal, era para isso que tínhamos um quarto de hóspedes.

Mas Wilhelm Grosskötter definitivamente não era mais uma daquelas pessoas com quem eu dividiria a pasta de dente. Não, ele não.

Mas eu queria escrever o maldito roteiro com ele. Pela primeira e última vez.

Mais uma vez Alma Mater me socorreria. Só mais aquela vez.

Peguei o telefone.

— Alô, Alma Mater, estou incomodando? Desculpe!

— Imagina, querida, você sabe que nunca incomoda! Gosto tanto quando você telefona!

— Tenho um probleminha urgente...

Ah, como aquilo tudo me constrangia. Mas eu estava encurralada. Ou participava do roteiro ou ia ficar brincando de massinha o resto da minha vida.

— O que há, gente? Obrigada por estarem ligando! Isso me distrai um pouco! Acabamos de falar de vocês!

— O que está acontecendo, Alma Mater, não está se sentindo bem?

— Sim, estou ótima. Mas tia Trautschn morreu essa noite.

Isso não tinha sido muito gentil da parte de tia Trautschn. Por que ela precisava ter morrido justo naquele dia, mesmo tendo chegado a quase 94 anos? Bem, o destino decidira: roteiros. Não. Bem, brincar com massinha era muito melhor. Agora e sempre.

— É melhor não irmos aí.

— Sim, mamãe, eu QUERO ir na casa da tia Alma! Eu QUERO!

— Não, Willi, não vai dar hoje! Tia Alma está triste hoje!

— Então vou lá dar um abraço nela — disse Franz, tentando desgrudar sua obra da mesa. — Vou mostrar isto para ela. Ela vai ficar alegre de novo.

— Não, Franz, tia Alma não vai querer ver árvores de massinha hoje — disse eu, cansada, embora tivesse quase certeza de que a visão daquela coisa azulada, levemente inclinada para a frente, a alegraria. Alma Mater era uma pessoa jovem de espírito.

— Sim, venham, claro que eu quero ver sua árvore de massinha! Além disso, não estou só! Estou com Paula, a amiga de tia Trautschn, estamos tomando café e comendo biscoitos. Ainda tem bastante para vocês!

Era só o que faltava. Teria preferido encontrar Alma Mater sem outras pessoas em um momento tranqüilo para perguntar-lhe se ela poderia imediatamente passar a tomar conta dos meus garotos. E se ela dissesse "não", teria sido bem mais fácil para mim passar a brincar com massinha pelo resto da minha vida. Pelo menos eu teria feito uma *tentativa*.

Mas agora eu não iria nem poder fazer essa pergunta.

Logo agora ela estava na companhia de alguma senhora chorosa tomando café e resolvendo o enterro e o texto do anúncio no jornal. Provavelmente ela pediria o meu conselho e, na pior das hipóteses, me convidaria para o enterro.

— Não, deixa, não quero incomodar! Um abraço e saudações para a sua amiga.

Eu estava pronta para desligar o telefone.

Wilhelm Grosskötter continuaria sua carreira sem a minha ajuda.

O lugar das mulheres é na cozinha.

Os neurônios na Praça da Hipófise caíram do muro que elas vinham tentando escalar e ficaram deitadas na poeira.

Mas Alma Mater percebera um quê de frustração na minha voz.

— Querida Franziska! Insisto em que você venha para cá. Ou quer que eu vá buscá-la?

As crianças puxavam a minha roupa.

— Quero ir na casa da tia Alma! AGORA!!

Dei-me por vencida.

— Mas só vamos passar um minutinho.

Jurei não falar nem uma palavra sobre o telefonema de Will Gross e do financiamento de cinco milhões de marcos para o filme, muito menos sobre os meus planos de passar a escrever o roteiro com Wilhelm.

Que Alma Mater se entregasse a seu luto, mesmo que a tia já tivesse 94 anos.

— Quero que Alma Mater faça um aviãozinho para mim!

Os meninos foram caminhando saltitantes na minha frente.

Em homenagem à tal da tia Paula, que certamente era mais idosa, ainda fiz os meus filhos irem ao toalete, limpei suas boquinhas sujas e passei creme Nivea nos dois, deixando-os bem perfumadinhos. Penteei seus cabelos e passei um pouco de Nivea nas franjinhas, o que parecia gel. Esperava que aquilo distrairia tia Paula de sua tristeza.

— Oi, chegaram!

Alma Mater estava visivelmente contente por nos ver.

— Quanto tempo, você sumiu, Franziska! Já estava achando que você estava chateada conosco!

— Mas o que é isso, Alma Mater! Pensei que A SENHORA estava chateada COMIGO!

— Isso nunca vai acontecer. Se algum dia houver algum mal-entendido, vamos conversar, OK? Nós, mulheres, precisamos estar sempre unidas!

Alma Mater abraçou nós três na porta da casa e nos empurrou gentilmente para dentro.

Parei, surpresa. No lugar da gralha velha e chorosa, vi uma mulher um pouco rechonchuda, de seus quarenta e poucos anos, com um rosto simpático e ar de moleque.

Era Paula?

A amiga de tia Trautschn?

Onde é que aquelas duas poderiam ter-se conhecido?

— Oi — disse Paula, abrindo os braços para cumprimentar os meninos. — Então vocês são Franz e Willi.

Ela tinha mãos tão bem-tratadas e pequenas, que faziam crer que ela tinha ascendência nobre. Provavelmente usava sabonete líquido Palmolive o tempo todo.

— Sim — respondeu Franz. — E você, quem é?

— Sou Paula — disse Paula. Seu tom de voz era gentil, porém determinado. Uma mulher vivida, sem sombra de dúvida.

— Herr — apresentei-me, ainda confusa, estendendo-lhe a mão.

Ela se levantou, o que me deixou constrangida, e disse, radiante:

— Rhöndorf.

Fiquei me perguntando se seus dentes alvos eram autênticos ou não.

— A Sra. Rhöndof é amiga de longa data de tia Trautschn — disse Alma Mater, empurrando a cadeira para que eu me sentasse.

— Ah, sei — fiz, indagando-me como uma tia velha de 94 anos podia ter uma amiga tão jovem e gentil. Onde poderiam terse conhecido?

Paula riu.

— Sei o que está pensando! Eu explico: fui acompanhante de tia Trautschn durante muitos anos.

— Interessante — observei, sem muito interesse.

Então eram assim as acompanhantes de hoje em dia. Nada de aventalzinho branco engomado e uniforme e bonezinho branco no cabelo grisalho.

De repente, meu pobre cérebro abandonado se animou.

Os neurônios na Praça da Hipófise, que já tinham rolado na poeira, frustrados, levantaram-se, sacudiram a poeira, esfregaram seus olhos e começaram a andar, cambaleantes. Umas sacudiam os ombros das outras e berravam: "Acompanhante? Ouviram, suas bobonas? Não a deixem escapar. Vejam que maravilhosa ela parece ser!!" Jogaram beijos para o céu, onde ainda se viu tia Trautschn flutuando numa nuvem cor-de-rosa: "Obrigada, irmã! Tenha bons tempos no céus!"

— Bem — disse eu, na esperança de que Franz e Willi mostrassem o seu melhor lado. — Bem, em que consiste o trabalho de acompanhante de uma senhora idosa?

Pensei em jogos do tipo Banco Imobiliário e Ludo e Mau-Mau, mas isso não enche um dia inteiro de trabalho.

Alma Mater piscou o olho para mim.

Nós mulheres temos que ser unidas.

Teria ela espertamente armado o nosso encontro do terceiro grau? Claro! Certamente Enno lhe falara do projeto do roteiro.

Mas tia Trautschn? Será que ela partira voluntariamente...?

Nós mulheres temos que ser unidas?

Antes que Paula Rhöndorf pudesse responder, Alma Mater se antecipou, inclinando-se sobre a minha poltrona e a de Paula:

— A vida com tia Trautschn certamente nunca foi muito chata.

— Não, não — concordei —, nem existem tantos jogos assim para brincar.

Paula concordou.

— Sim, é verdade que nesses últimos anos não tive muita diversão — disse ela. — Adoraria agora ter um novo desafio profissional.

Agora, Franziska, é agora!!

— Bem — disse eu, escorregando na minha poltrona, impaciente. — Que tipo de desafio está imaginando?

Se ela respondesse "aeromoça" ou "vendedora em uma butique masculina", eu teria tido um ataque. Gritaria tanto que todos os cristais na cristaleira de Alma Mater quebrariam.

As mocinhas na Praça da Hipófise já estavam ficando roxas.

— Gostaria de voltar a trabalhar com pessoas mais jovens — disse Paula.

— De que idade mais ou menos? — perguntei, temerosa. Pessoas de oitenta também eram bem mais jovens do que tia Trautschn.

Mas o que eu tinha a oferecer para ela? Acompanhante? De dois moleques com nariz cheio de meleca? Bastava que eles acertassem uma vez a bola de futebol em seus peitos e adeus acompanhante. Educadora? Muito rígido. Cozinheira? Dona-de-casa? Babá? Tudo muito segmentado! Vice-mãe? Não, não queria chamar ela assim. Afinal, *eu* ainda existia, e não estava a fim de entregar o bastão.

Mas como é que eu poderia designar aquela função?

— Queria que fossem pessoas BEM mais jovens — disse Paula, pegando a taça de Prosecco. — Quero que, de qualquer maneira, sobrevivam a mim.

Senti uma ligeira pressão nas costas.

Alma Mater estava me empurrando para o palco. Era a minha deixa!

Respirei fundo. Antes que ela pudesse pôr a taça na mesa e dizer "preciso ir agora", levantei-me, cerimoniosa.

— Franziska tem algo a lhe dizer, Paula!

Alma Mater pigarreou, ansiosa.

Paula me olhou, gentil. Na verdade, as duas já sabiam o que eu ia dizer. Mas, já que é hábito tilintar com a taça antes de dizer alguma coisa importante, eu o fiz.

Pronto, Franziska. Agora, vamos. Meu Deus, quanto custaria uma acompanhante tão nobre? Como eu a designaria? Simplesmente não me lembrei do termo correto!

Respirei mais uma vez.

— Cara Paula, não considero uma coincidência que nós tenhamos nos encontrado aqui e agora. Acredito na previdência e na solidariedade de mulheres de todas as idades...

Baboseira! Não era do meu feitio falar daquele jeito. Como faria para chegar ao ponto logo?

As duas senhoras me olharam com expectativa.

— Provavelmente, você sabe da minha situação... Hoje preciso tomar uma decisão importante que vai influenciar todo o resto da minha vida, e não só apenas a minha, mas também a vida dos meus filhos...

— Sim?

Coloquei a taça na mesinha de centro e me ergui.

— Você quer ser... a minha mulher?

Fiquei vermelha. Droga.

Franziska!

Você estragou a cena!

Pano rápido!

Mas Paula não riu.

— Muito bonito como a senhora disse isso — falou ela, olhando-me com gentileza. — Há muito tempo que eu não ouço algo assim. Bem! Tentemos! Sob uma condição.

— Qual é?

Pensei que ela ia falar de dinheiro. Mas não falamos de dinheiro naquele dia. O problema era tempo. Ela tinha as mesmas demandas que eu.

— Quero poder sair todos os dias às 14h30.

— Todos os dias?

— Bem, as exceções confirmam a regra.

— OK — disse eu —, fechado.

Em seguida recostei-me e esvaziei a taça de um só gole.

No dia seguinte fui buscar Wilhelm no aeroporto, conforme o combinado. Para ele, isso parecia a coisa mais normal do mundo. Ele tampouco me perguntou onde estavam os meninos. De ótimo humor e repleto de vigor criativo, falou-me do projeto e o que ele já tinha feito.

Tinha feito muita coisa. Tinha o financiamento, a produtora. Só faltava o roteiro. E para isso ele tinha a mim.

— Também já estou de olho em alguns atores.

Homens sempre estão de olho em alguma coisa! Uma casa, alguns atores ou qualquer outra coisa.

— Oh! Quem seria?

— Não conto.

— Por que não?

— Você saberá oportunamente.

Isso era típico de Wilhelm. Pequenas demonstrações de poder para demarcar os limites desde o início. Eu sou o chefe, você é a recepcionista.

— Outra coisa — disse Wilhelm. — Posso morar na sua casa?

— Não. Enno acha que devemos respeitar um ano obrigatório de separação.

— E onde eu vou dormir?

— Não conto. Você saberá oportunamente.

Permanecemos um tempinho em silêncio. E no entanto teria adorado contar-lhe que ele passaria uns tempos no quarto onde tia Trautschn morrera! Enno e Alma Mater tinham encontrado essa solução genial.

Wilhelm não procurara uma mansão representativa? Bem, agora ele estaria hospedado lá. Sorte a dele.

Mesmo assim, senti uma tensão desagradável enquanto cruzávamos a cidade no nosso carro tamanho família.

Seria assim o início de uma maravilhosa amizade?

Para que todo aquele mistério?

Pequenos jogos de poder? Mas já não tínhamos idade para isso.

— Por que não quer me dizer quem são os atores que você tem em mente?

— Porque nesse caso você escreveria o roteiro para eles. E, se depois não conseguirmos aqueles atores, você teria que reescrever tudo.

Tudo bem. Me dei por satisfeita.

— Agora vamos falar da divisão do trabalho — disse eu. — Você pode chegar todos os dias às 8h. Tenho uma babá para os meninos até as 14h30.

— Oito horas é muito cedo para mim — disse Wilhelm. — Só posso às 10h, na melhor das hipóteses.

— Problema seu — devolvi.

— Sou da noite — disse Wilhelm, com tom importante. — Você deveria saber disso.

— E eu tenho filhos — devolvi de bate-pronto. — Você deveria saber disso.

— Então vamos trabalhar à noite — sugeriu Wilhelm.

— Não — disse eu. — À noite, eu durmo. Sou assim.

Voltamos a mergulhar no silêncio.

Eu sabia que Wilhelm se arrependera profundamente de ter comprado os direitos do meu romance. Mas de onde ele poderia imaginar que aquela espevitada Franka Zis com um texto tão maravilhoso era a sua própria pobre mulherzinha?

A dona-de-casa é um ser que se veste de cinza e fica geralmente em sua toca, de onde sai apenas para buscar alimento. Cuida de sua cria e obviamente do macho, mas não tem outras necessidades próprias. Muito menos consegue criar algo que possa interessar à opinião pública.

Como ele poderia ter imaginado?

Tarde demais. Agora ele tinha que resolver o seu duplo engano. E o fato de tê-lo enganado com esperteza tipicamente feminina.

Tinha que pagar pensão para mim, não podia morar em sua própria casa, tinha que trabalhar comigo em harmonia, mas era obrigado a ir embora às duas e meia.

Tudo isso para filmar o MEU livro e para ME alçar à fama e ao sucesso.

Concordo que aquilo era demais para um homem como Wilhelm Grosskötter de Münster-Bracklohe.

As meninas na Praça da Hipófise dançavam histericamente em torno de sua fogueira.

E, além de tudo, aqui Wilhelm Grosskötter estava completamente isolado de seus contatos habituais. Não conhecia ninguém!

Bem diferente do meu caso, que contava com uma família tão grande e tinha um lar tão ensolarado.

Decidi deixar de ser sempre chata e ser um pouco mais gentil.

Num sinal vermelho eu lhe estendi a mão.

— Vamos, Will. Sejamos civilizados.

— OK — grunhiu Will.

O sinal ficou amarelo.

— Afinal, vamos continuar amigos, não?

— OK — disse Will. — Mas quem manda no filme sou eu.

O sinal abriu.

— OK — disse eu, pisando no acelerador.

A partir desse momento começou uma vida maravilhosa. Para resumir: Paula foi um grande achado. Nunca imaginei que pudesse existir alguém assim.

Na prática, ela custava o dobro da pensão que Wilhelm Grosskötter me pagava para os dois filhos.

Fifty-fifty.

Afinal, não era justo?

Enno Winkel estimara uma pensão bastante generosa para o primeiro ano de separação, balizado pelos honorários dos últimos cinco anos do diretor de cinema bem-sucedido.

E o advogado da contraparte, Hartwin Geiger, não conseguira nenhum argumento contrário convincente.

Ele freqüentava muito a sauna com Enno.

Agora eu era uma escritora de sucesso e também ganhara um montão de dinheiro.

Achei que era um bom acerto. O pai dos meninos paga para a mãe dos meninos para que ele tenha liberdade criativa, e a mãe dos meninos paga a babá para ter sua liberdade criativa. Questão de justiça. Por motivos justos. Afinal, a mãe está escrevendo um roteiro com o pai sobre o casamento fracassado. E a nação terá motivos para dar boas risadas!

Pela primeira vez na minha vida vivi uma situação que os homens consideram perfeitamente normal. Eles contratam uma mulher que cuida dos seus filhos, passa a sua roupa, atende seus telefonemas, faz a comida e resolve todas aquelas tarefas domésticas chatas.

Os homens procuram uma mulher que se adapte a esse papel.

O contrato que eles costumam assinar com as mulheres é um contrato de trabalho, mas costuma ser festejado com muitas flores e um vestido branco para que o início da cooperação seja mais saborosa.

É um rito antiquado, mas as pessoas ainda o apreciam.

A assinatura que fazem diante de testemunhas e uma autoridade judicial costuma ter conseqüências piores do que um contrato de trabalho. Custa muito tempo, dinheiro e nervos para anular esse contrato. As partes sabem disso, mas vestem uns óculos cor-de-rosa e o fazem de qualquer jeito.

Os homens têm o álibi para fazer uma atividade que corresponde aos seus talentos e os diverte, não se interessando muito pelo que as mulheres fazem.

Eu fiz o mesmo. Só que eu pagava a MINHA mulher para todos os seus afazeres.

Era uma sensação maravilhosa.

Finalmente, eu me permitia ser eu mesma sete horas por dia.

Às 7h, Paula entrava sorrateiramente com sua própria chave.

Escutar sua chave girando na fechadura era, para mim, o melhor ruído da vida.

Acompanhada do perfume de pãezinhos frescos, Paula subia a escada, tirava os dois moleques da minha cama, às vezes com o traseiro encharcado, e fechava a porta do quarto sem fazer barulho.

Era o segundo melhor ruído da minha vida.

Eu me virava para a parede, bêbada de bem-estar, envolta nos meus travesseiros, dormindo mais duas horas, até Paula me acordar pelo alto-falante.

— Bom dia! São 9h!

E eu me despedia da deliciosa fase dos sonhos.

Em seguida, os três, em coro:

— Bom dia, mamãe!

Notem bem: pelo alto-falante.

Eu cambaleava até o chuveiro, tomava um banho gelado e me vestia, cantarolando, diante do largo espelho do quarto.

Minha imagem sorria para mim.

Estava descansada.

Em seguida, sentava-me à mesa de café já posta. O jornal estava ao lado dos pãezinhos frescos. Escutava como as crianças riam e cantavam alegres no andar de baixo. De vez em quando, o ruído de uma descarga, ruído da escova de dentes batendo no copo. De resto: esquilos na frente da janela da cozinha, um sabiá, donas-de-casa indo de bicicleta até a feira.

E a máquina de lavar ronronando baixinho e decentemente.

Parecia um sonho!!

Depois, passinhos na escada. Eram eles. De banho tomado, penteados, vestidos, cheirando a pasta de dente. Beijinhos carinhosos.

Uma conversa rápida, Willi no meu colo, Franz passeando com os seus carrinhos pelo meu jornal.

Uma paz absoluta, harmonia total. Como naqueles filmes xaropíssimos de família de Will Gross.

Só que, desta vez, ao vivo. Inacreditável.

— O que vamos comer hoje. Algum desejo especial?

— Ah... qualquer coisa.

— O Sr. Gross fica para o almoço hoje?

— É bem provável que sim.

— Então vou fazer bifes. Por falar nisso, as crianças precisam ir ao médico. Falta a segunda vacina.

— OK. Paula, quer o meu carro?

— Não, obrigada, vou com o meu mesmo. Supermercado? Lavanderia?

— Preciso de cem selos. Este pacote precisa ser mandado registrado.

Eu virara colunista da revista infantil *Criando Filhos*, para desgosto de Fritz Feister.

— Tudo bem. Posso dar um pirulito para os meninos depois do médico?

— Claro, até dois.

Em seguida, ela partia, o pacote sob o braço, acompanhada dos meninos. Franz com sua mochilinha do jardim-de-infância e Willi com o seu coelhinho de pelúcia acenavam para mim, entravam no carrinho de Paula, enquanto ela os amarrava com o cinto de segurança.

Eu também acenava.

— Tchau, queridinhos. Amo vocês!

— Nós também te amamos!

E eles partiram.

Terminei o meu café com toda a calma do mundo, coloquei minha xícara na pia e sentei-me ao computador.

Eram dez em ponto.

Era quando chegava Will Gross, meu colega de trabalho.

— Pois ele morava bem pertinho, na mansão cor-de-rosa de tia Trautschn. Claro que só provisoriamente.

Eu trabalhava com ele até 14h. Depois almoçávamos com Paula e os meninos.

Foi a melhor vida em família que jamais tivemos. Devíamos ter encontrado Paula mais cedo. Talvez.

Paula saía às 14h30. Will também. Por causa do prazo de um ano de separação.

Depois disso, eu tinha tempo para os meus filhos. As tarefas domésticas estavam resolvidas. A pracinha chamava. Quase todos os dias íamos passear no laguinho.

Os meninos jovagam minigolfe. Eu ficava sentada num banco e sentia um cansaço saudável percorrer o meu corpo. Comíamos um cachorro-quente com muita mostarda, observávamos as árvores que balançavam majestosas ao vento e eu deixava meus pensamentos correr.

Era meu próximo romance que se anunciava.

Quando o sol se punha, ainda dávamos uma voltinha de barquinho ou andávamos a pé. Os meninos subiam em troncos caídos. O lago era amplo e tranqüilo e brilhava ao sol do entardecer.

Encontrávamos mutias pessoas gentis que tinham a mesma necessidade de calma e ar puro, e jogávamos uma conversa fora de vez em quando. Depois continuávamos nossa caminhada.

Eu me sentia livre.

Era muito simples.

E a solução era de gênio.

Por que eu não a encontrara antes?

— Bem, essa bobagem da sua infância nós simplesmente vamos cortar. Não rende na tela.

Will Gross falava com um sotaque tipicamente berlinense. Isso queria dizer que ele se achava um artista.

O tom com que se dirigia a mim mostrava que não me considerava mais do que uma simples datilógrafa.

Decidi afirmar minha posição.

— Acho que fica bom na tela, sim — disse eu, rebelde.

Afinal, ele não podia simplesmente varrer para baixo do tapete os meus episódios românticos com Viktor!

— Tudo bobagem — disse Wilhelm. — Coisa de adolescente com o professor no colégio, isso não rende nada no cinema.

Eu era de outra opinião.

— Por que não? Poderia ser um belo início!

Eu queria de toda forma que Viktor tivesse a oportunidade de ver a nossa linda história de paixão no telão. Comigo. Numa sessão das duas, com pipoca e um Prosecco. Além de nós dois, mais três donas-de-casa com sacolas de C&A, que me reconheceriam e diriam "Olá, Sra. Zis, acabamos de falar do seu livro", e pediriam o meu autógrafo no ingresso do cinema. Eu devia isso a Viktor, mostrar a nossa história no cinema. Eu já conseguia ver toda a cena!

O início do filme: uma cena romântica, talvez em preto e branco, que fizesse todos os espectadores perceberem que se tratava de um flash back. Achava este início bem artístico! Uma garota de seus 15 anos, de tranças, saia escura e meias até os joelhos, atravessando o pátio do colégio para entregar a pasta ao novo professor que chegara de bicicleta e deixara cair seus pertences. Eles se entreolhariam, e o público compreenderia: este é o início de um grande amor que precisa ser vivido. Era assim que o filme tinha que começar.

Will Gross não quis nem saber.

— Se há alguém aqui que tem experiência com filmes, sou eu — disse ele. — O início tem que prender a atenção, tem que ter muita ação, entendeu? Eu te digo o que você vai escrever.

Era assim que ele imaginara nossa parceria? Fiquei decepcionada.

— Você tem talento para datilografar — disse Wilhelm, me cutucando. — Você não entende nada da técnica cinematográfica. De onde, também? Passou anos isolada do mundo. Bem, isso está resolvido. E agora você vai para a cozinha passar um café para nós.

Levantei-me e fui para a cozinha, menos preocupada em passar um café e mais ansiosa por ligar para Enno. Precisava de aconselhamento jurídico urgente.

Enno estava em seu escritório.

— Você pode falar agora?

— Com você, sempre.

— Você não teria aí um candidato a se divorciar?

— Tenho, mas acabei de emprestar um fone de ouvidos para ele. Está escutando Tchaikovski.

— Você costuma fazer isso?

— Claro. É para isso que temos a tecnologia. É preciso apropiar-se dela. Bem, minha cliente predileta, o que posso fazer para você? Wilhelm não está se comportando bem? Não quer manter as regras do ano de separação?

— Ele quer que eu passe um café para ele — grunhi. Com certeza, o artigo 213 proibia fazer café para o ex-marido, e isso punha em risco o ano de separação.

— É um caso claro de pressão — disse Enno.

Viram? Imaginei que em seguida ele me mandaria um fax dispondo, até prova em contrário, que a sua cliente estaria proibida de fazer café ou coisa do gênero para a contraparte.

Enno era ótimo. Um homem de ação.

Confiante, colei meu ouvido no fone.

— Você apertou o botão para porções menores?

— Como?

— Se você quer fazer pouco café, deve apertar o botão onde está escrito "de duas a quatro xícaras". Nesse caso, o café vai passar mais devagar e o aroma se mantém por mais tempo. Eu já te expliquei tudo isso!

— OK — respondi. — Apertei o botão. E o que faço em relação à disposição de não ter que fazer café para o meu ex-marido?

— Eu acho que você deveria ter acertado previamente a forma e a dimensão da sua cooperação com ele — disse Enno, formal.

— Não seja sempre tão insuportavelmente prático — sussurrei. — Will Gross, o pensador, e Franziska, a datilógrafa? Não, isso eu não topo. Nesse caso, ele pode contratar uma profissional. Não é para isso que eu vendo os meus filhos!

— Regulamentar tudo retroativamente agora não tem graça.

— Por quê?

— Porque vocês pelo jeito já encontraram uma forma de cooperação informal — falou Enno com tom professoral. — Apenas te peço que cumpra o ano obrigatório de separação.

— No seu interesse ou no meu? — alfinetei, mal-humorada.

— O café já está passando? — disse Enno, ignorando minha alfinetada. — Está pingando ou escorrendo?

— Está pingando — respondi, azeda.

— OK, então você acertou. Sabia que a sua inteligência era bastante para isso. Você é uma mulher de classe.

— Enno — gritei no fone. — Você foi contratado para prestar assessoria jurídica no caso Gross contra Zis, não para dar conselhos domésticos ou redigir certificados de personalidade.

— OK, se você não consegue lidar nem com a cafeteira nem com Gross, terei que passar aí pessoalmente — respondeu Enno, satisfeito.

— Isso não pode. Pensa em Tchaikovsky.

Eu achava que o cliente com o fone de ouvido deveria ter atendimento prioritário.

— Ele pode esperar mais um pouco.

Pelo jeito, Enno estava contente por eu estar precisando de sua ajuda.

— Mas sob uma condição: espero que você esteja presente durante as negociações. Nada de desaparecer na hora.

Era exatamente o que eu pretendia fazer. DETESTO brigas.

— ..., eu passo aí só para ver os meninos...

— Os meninos estão ótimos com Paula.

Enno já me conhecia bastante bem. Toda vez que ele vinha com seus sermões objetivos ou técnicos, eu preferia ficar com os meninos. Para mim, eles eram infinitamente mais importantes do que acordos, secretárias eletrônicas, informadores digitais, decisões financeiras, cafeteiras e computadores.

— Só posso negociar o acordo na sua presença — disse Enno.

— OK — concedi. — Então aproveito e faço um café para você também.

Já estava prestes a desligar, quando ouvi a voz de Enno:

— Neste caso, você tem que apertar o outro botão da cafeteira. Aquele que diz "quatro xícaras ou mais". Está escutando? Senão ela desliga automaticamente depois de passar quatro cafezinhos.

Wilhelm entrou na cozinha.

— Por que está demorando tanto? Vamos, vamos, é preciso trabalhar e não ficar telefonando.

Enquanto eu procurava uma resposta à altura, Will disse:

— A propósito, só tomo café espresso. Preste atenção, vou te mostrar UMA ÚNICA VEZ como se faz para que você aprenda de uma vez por todas.

Tendo dito isso, ele começou desajeitadamente a buscar a máquina de espresso na prateleira mais alta do armário embutido e começou a limpá-la com um pano de prato.

— Não — disse eu, teimosa. Não estava com a menor vontade de escutar as instruções de uso de mais um equipamento doméstico.

— Preste atenção — disse Wilhelm, mostrando-me o aparelho recém-polido.

— O pó de café entra aqui.

Ele trouxe à luz uma latinha dourada com alguma inscrição em italiano. Presso presso, eu sou o cafajeste mafioso que seduz todas as mulheres bonitas em italiano.

— Esta é a marca que eu tomo sempre agora.

— Muito bem — disse eu. — Podemos começar a trabalhar agora?

— Sem um espresso não consigo raciocinar direito — disse Wilhelm, preparando com cuidado e devoção seu caldo negro. Impaciente, fiquei de pé a seu lado.

— Quanto tempo isso vai demorar ainda? Paula sai às 14h30.

— Um bom espresso leva seu tempo. É a arte de viver italiana: lidar com as boas coisas da vida com tempo...

Não consegui mais aturar tanta arrogância.

— Me avise assim que terminar e nós pudermos começar!

Furiosa, desci até o porão.

Meu Deus!! Esses homens!

Paula ajeitara o subsolo.

A sala fora transformada em um centro de comunicações e brincadeiras. Os meninos estavam sentados bem-comportados à mesa, desenhando ao som de historinhas de fita cassete. Paula separava as roupinhas na tábua de passar.

— Olá — disse eu, buscando consolo e conforto.

— Olá — disse Paula, olhando para mim gentil. — Espero que concorde que eu organize o guarda-roupa dos meninos.

— Claro!

— Olha, mamãe, estou fazendo o Pato Donald na máquina do tempo — disse Franz.

Fui até a mesa e, comovida, observei os rabiscos marrons, verdes e azuis.

— Está lindo — disse.

Radiante, Franz continuou desenhando com devoção.

Paula plugou o ferro a vapor na tomada.

Esperei em vão que o ferro a vapor explodisse. Nada disso. Paula passou a roupa. Oh, que idílio!

— Também estou desenhando o Pato Donald na máquina do tempo — gritou Willi, balançando as perninhas gorduchas.

Seu desenho era ainda mais surrealista. Com uma caneta amarela, desenhara ainda sobre a metade do tampo da mesa.

— Essa tinta sai fácil — disse Paula com objetividade.

Ela empilhou as roupas no sofá, colocou algumas em uma sacola plástica e pegou minha blusa vermelha. Enquanto eu esperava, curiosa, se ela também iria parar na sacola, Paula pegou novamente o ferro. Sem sombra de dúvida, ela dominava aquele troço sibilante e arquejante.

— Espere, não precisa fazer isso — fingi.

— Por que não? — perguntou Paula, sem interromper sua atividade. O ferro a vapor passeava lentamente pela minha blusa sem deixar marcas negras ou de gordura. E um leve perfume de amaciante se levantou.

— Tem medo que eu possa estragar a sua blusa?

— Não — gritei. — Ao contrário. Mas isso não está no nosso acordo.

— Sim, tudo isso faz parte das tarefas de uma acompanhante. Ou a senhora esperava que eu passasse horas ao lado dos meninos? Eles têm que aprender a se entreter sozinhos.

— Isso mesmo — concordei, e nada mais me ocorreu para dizer.

— Tchau, mãe — disse Franz. — Quando eu terminar o desenho, você pode voltar!

— OK, meu amor — respondi, comovida, voltando a subir.

Do lado de fora, escutei o ruído da porta do carro de Enno batendo. Tudo estava dando certo.

Ainda na escada, ouvi Paula dizendo:

— A mamãe volta às 14h30. Onde é que o ponteiro grande vai estar?

— Lá em baixo — respondeu Franz.

— E quem vai me ajudar a preparar o almoço?

— Eu — gritaram Franz e Willi em coro.

Nenhuma dúvida: Paula tinha o controle total da situação.

Rezava um rosário inteiro pela gloriosa ascensão de tia Trautschn. Três vezes por noite.

— Oi — disse Enno, dando-me um rápido beijo na boca. — Ele está aí?

— Sim.

Wilhelm ainda estava ocupado em preparar a sua beberagem italiana. Enno cumprimentou-o com cordialidade formal. Eles se deram as mãos. Notei que Wilhelm não olhou para os olhos de Enno.

Os dois homens eram totalmente diferentes. Enno era alto e forte, tinha uma cor saudável. Parecia que ele acabara de comer um bom suflê de cenouras de sua mãe. Seu terno era antiquado, porém estava impecável. Ele irradiava os cuidados esmerados da mãe.

Em comparação, Wilhelm era magro e pálido. Vestia um moletom, jeans desbotados e meias ortopédicas. Roupa fácil de lavar. Claro. Ele não tinha nem uma Alma Mater, nem uma Franziska, muito menos uma Paula para passar suas roupas ou preparar uma comidinha para ele comer lendo o jornal. Wilhelm vivia de granola e café espresso. E tinha que fazer tudo sozinho.

— Muito bem — disse Wilhelm. — O que posso fazer para ajudá-lo?

— Estou aqui representando os interesses da minha m... mandatária — disse Enno.

Tive certeza de que ele quase falou "minha mulher", não tivesse se lembrado no último momento de que eu ainda era esposa de Wilhelm.

As moças na Praça da Hipófise saltitavam entusiasmadas, soltavam risadinhas adolescentes e esfregavam suas mãos. Que divertida comédia de equívocos!

Enquanto os dois homens mantinham um diálogo totalmente objetivo e sem emoções sobre os meus direitos, recostei-me na poltrona para assistir e relaxar.

— Então o senhor é de opinião que sua mu... sua mandatária deveria assinar um contrato de trabalho comigo para garantir legalmente a sua parceria como co-autora do roteiro, sendo eu o diretor.

— Isso mesmo — respondeu Enno. — E eu trouxe uma minuta de contrato que prevê que a minha mulher... a sua mulher... quer dizer, a Sra. Herr... (e as moças na Praça da Hipófise estavam morrendo de rir a essa altura) participe no mínimo com cinqüenta por cento dos honorários por seu trabalho como roteirista. Sobre os DIREITOS de filmagem eu já elaborei outro contrato com a editora, do qual lhe enviaremos uma cópia. Minha mu... minha mandatária está sendo muito bem assessorada pelo seu editor, um tal de Sr. Lange (e que companhia!!). A parceria de trabalho não deveria se estender por mais de três meses. Quero lembrá-lo do fato de que minha mulher tem dois filhos pequenos que precisam ficar aos cuidados de uma pessoa contratada.

A essa altura, Wilhelm estava pasmo.

— A que mulher está se referindo o tempo todo? — perguntou, irritado. — Caso esteja se referindo à MINHA mulher, sei que ela tem dois filhos. Por acaso, são meus.

Enno deixou os parágrafos do contrato de lado.

— Mas não por muito tempo — disse, sombrio. — Minha mulher não vai recuar um centímetro sequer dos planos de divórcio. Solicito que respeite o ano de separação, sem interrompê-lo com assuntos que extrapolam a parceria no roteiro.

— Quem decide isso é a minha mulher — disse Wilhelm, atrevido. — É difícil definir previamente a dimensão de uma cooperação artística. Minha mulher sabe disso melhor do que ninguém!

Enno deu um sorriso azedo.

Eu também sorri, divertida. Por mim, briguem a valer. Enquanto isso, a MINHA mulher está lá em baixo com os meninos, passando roupa, cozinhando e desenhando máquinas do tempo.

A vida pode ser tão bela!

Pouco tempo depois, tudo estava correndo às mil maravilhas.

Progredíamos muito bem, Wilhelm e eu.

Ele chegava sempre às 10h, preparava sua beberagem italiana e ia se encontrar comigo no escritório, onde eu já estava sentada ao computador.

Enno instalara um programa com ajuda do qual, com poucas teclas, aparecia um belo layout de roteiro.

Havia barras grandes com molduras limpas e barras pequenas para as cenas intermediárias. Na margem direita superior era preciso indicar se era uma cena externa ou interna, noite ou dia. Eram indicações importantes para a iluminação. Também era importante numerar as cenas, pois na hora da filmagem quase nunca dava para proceder de forma cronológica. Além disso, havia abreviações para todos os nomes, para evitar trabalho desnecessário nos diálogos breves, como por exemplo:

Tom Köttelpeter: — Aham.

Neste caso, bastava digitar TK para abreviar Tom Köttelpeter e apertar a tecla F3 para que o nome aparecesse por extenso.

Enno se dedicou durante horas e programou abreviações para cada personagem que aparecesse no filme, todas salvas na tecla F3. Toda vez que eu apertava a tecla F3 e escolhia, por exemplo, um C maiúsculo, o nome Charlotte Kleeberg surgia na tela.

Charlotte Kleeberg era o nome da personagem principal do meu romance.

Era impressionante a rapidez com a qual o computador entendia isso.

Incrível as refinadas artimanhas inventadas pela rapaziada do software.

Enno estava animadíssimo com o nosso roteiro — dele e meu.

À noite, quando os meninos já estavam dormindo e eu passava a limpo o que Wilhelm e eu havíamos esboçado pela manhã, Enno vinha se certificar de que eu estava fazendo tudo corretamente.

Eu gostava do seu interesse.

Ele nunca se interessara especialmente pelo meu livro — não pelo conteúdo, e sim pela sua comercialização.

— Veja — mostrei —, o que você acha disso?

Em busca de aplauso, mostrei-lhe uma cena que Wilhelm e eu tínhamos escrito de manhã dando muitas risadas e que era a melhor parte do roteiro até então.

A platéia inteira não se conteria de tanto rir. Enno leu a cena diagonalmente e riu bastante. Fiquei feliz. Enno tinha algum senso para o meu humor. Mais ainda: nutria um interesse sincero pelo meu roteiro!

— Você está rindo — observei. — Por favor, me diga o que acha tão divertido nessa cena?

— Você não usou a ferramenta de separação das palavras. Está vendo que as três primeiras linhas estão muito mais compridas do que a quarta? E por quê? Por que você não usou a ferramenta de separação. Ficou engraçado assim, três linhas compridas e uma curtinha no meio. Parece um queijo roído.

— E você está achando graça DISSO? — perguntei, sem inspiração.

— Claro — gritou Enno, entusiasmado, exaurido de tanto rir. — E no entanto lhe expliquei DETALHADAMENTE como funcionava...

Antes de continuar lendo, Enno explicou-me mais uma vez como acionar a ferramenta SUPERFÁCIL de separação das sílabas.

— Olhe aqui, Franziska. Afinal, você não é tão burra.

Sou, sim. As garotas na Praça da Hipófise, que havia pouco ainda estavam dançando animadamente, olharam para o chão envergonhadas, de ombros caídos.

Burra como uma porta. Tipicamente mulher. Só pensa em bobagem, sem a menor sensibilidade para as coisas essenciais e práticas.

— Você aperta aqui — e toda vez que Enno se debruçava sobre mim, sua boca ficava tão próximo do meu ouvido que sua barba me arranhava, e ele gritava como se estivesse falando com um vovozinho surdo que procura sua ajuda para resolver alguma questão desagradável de divórcio.

— Você aperta esta tecla — ele apertou, ou melhor, *socou* seus dedos fortes nas minhas pobres teclas de computador — e tecla ALT, e pronto, aparece o programa. Em seguida, você tecla

EDITAR, não, FERRAMENTAS, viu, é um programa sofisticado, o melhor do mercado, só existia nos Estados Unidos antes! Qualquer idiota consegue usá-lo. Viu, o que você está vendo agora?

Meu belo texto original estava completamente coberto por um campo cinza.

— Ortografia e gramática, idioma, contar palavras, numerar, controlar alterações, contar palavras, contar sílabas, contar toques, fazer linhas, marcação, aperte F1 para ajuda — rosnei como um aluno irritado.

— Então, o que MAIS você quer? — gritou Enno no meu ouvido, exaltado.

Paz e tranqüilidade, pensei, mas não era justo depois de tanta dedicação por parte de Enno.

— Separar sílabas — disse, obediente.

— Muito bem — gritou Enno, eufórico. — Apenas isso. Então tecle a opção "separar silabas".

Teclei o comando "separar sílabas". Imediatamente, a quarta linha ficou do tamanho das outras, e a palavra "parafernália" ficou dividida entre "para" e "fernália". Agora, a palavrinha "fernália" estava sozinha na quinta linha, mas isso não parecia incomodar Enno.

— Pronto — exclamou ele, e eu me virei para o lado, discretamente, para que meu tímpano não estourasse. — O computador dá outras opções. Ele pergunta se você prefere separar em "pa" e "rafernália" ou em "parafer" e "nália". Eu pessoalmente não acho isso bom do ponto de vista estético, porque só "nália" na quinta linha fica esquisito, sendo que "fernália" fica melhor, e o computador reconheceu isso automaticamente. Não é inteligente?

— Aham — fiz, sem emoção.

Enno novamente ficou eufórico.

— Você ainda não parece estar convicta das vantagens deste equipamento eletrônico tão valioso. Então volte para a sua velha máquina de escrever pré-histórica, com a qual você começou o seu romance. Se eu não tivesse te dado um laptop, você não teria terminado até hoje. E agora o seu livro vai ser até mesmo filmado. E quem te ajudou com isso tudo? EU. Imagine que você tivesse que escrever um roteiro na máquina de escrever. Imagine!

Tentei imaginar essa catástrofe, essa atrocidade. Não consegui. Sem Enno, eu não era ninguém. Seria um pobre, miserável, minúsculo e desamparado ninguém. Mais uma razão para jamais me unir a ele definitivamente num cartório qualquer. Jamais.

— Você também pode substituir *a posteriori* qualquer nome que queira mudar — prosseguiu Enno, no auge de sua excitação. — Quer mudar algum nome?

— Não — respondi, desinteressada.

— Mude qualquer nome — insistiu Enno. — Este aqui, por exemplo. Tom. A partir de agora Tom vai se chamar Hans.

Eu não queria substituir Tom por Hans, mas tampouco queria ser uma estraga-prazeres.

— Preste atenção — gritou Enno próximo do meu tímpano, voltando a batucar nas minhas pobres teclas, fazendo com que eu sentisse as dores do meu computador.

— Você tecla — veja — ALT — localizar — substituir, viu, é tão fácil, e agora ele pergunta, quer substituir por?

— Nada — respondi, baixinho.

— Sim, você quer substituir Tom por Hans. Então vamos lá. Ele pergunta... Tom... substituir por Hans — substituir próximas — todas...

Enno estava satisfeito. A partir do mesmo momento, Tom se chamava Hans, e o computador nos demonstrou um por um os trechos modificados. Mostrou-nos cada uma das cenas, e Enno mal conseguia esconder o orgulho que sentia pelo seu leal companheiro.

Mas a máquina idiota falhara em um trecho. Mesmo assim, ela nos mostrou:

Auhansaticamente, ele a abraçou... e *auhansaticamente*, ela estremeceu.

O que ninguém tem coragem de dizer é que os computadores são mesmo uns imbecis ignorantes.

Wilhelm tinha por hábito caminhar de um lado para o outro enquanto eu datilografava. Sempre que sua mente brilhante exteriorizara uma idéia, meus dedinhos treinados galopavam pelas teclas para não desperdiçar nem um tiquinho de sua valiosa criação intelectual, e quando Wilhelm revogava sua idéia anterior eu teclava um backspace e o computador jogava o lixo intelectual fora. Assim, fazíamos rápidos progressos e tínhamos muito prazer em trabalhar.

Enquanto eu constantemente lembrava das imagens do meu — nosso! — casamento, Wilhelm via nascer um filme completamente novo. Em momento algum ele se identificou com Tom — perdão, Hans —, o marido infiel, e pelo jeito não notara ainda que se tratava de uma história verídica.

Às vezes, eu lhe perguntava como ele pretendia filmar este ou aquele acontecimento, mas ele sempre me recolocava em meu modesto papel de digitadora.

— Deixe isso comigo. Você não entende nada de filmagens.

Nossa parceria transcorria melhor do que todo o nosso casamento anterior. Às vezes, eu chegava a gostar dele. Ele parecia um garotão, andando pelo escritório em suas meias ortopédicas, revendo algumas cenas e alegrando-se com as minhas risadas. No fundo, era um showman encantador. No fundo, continuava o mesmo. E às vezes eu entendia como, seis anos antes, eu me apaixonara por ele durante a performance "Relaxamento e Revolta".

Mas ele mudara em alguns aspectos. Desde a sua temporada berlinense, ele gostava de fazer o papel de humorista. Eu me divertia, ria, provavelmente também por querer manter o seu bom humor. Havia cenas que ele representava cinco ou seis vezes seguidas só por causa das minhas risadas. Embora eu soubesse muito bem que suas habilidades mímicas e lingüísticas eram — infelizmente — bem limitadas, continuava rindo. Assim são os homens. Gostam de ser ludibriados.

Quando parávamos de rir, nos esforçávamos por encontrar uma linguagem compreensível. Generoso, ele deixava para mim esse trabalho de redação.

Eu tinha total consciência da importância da minha tarefa e trabalhava até tarde da noite redigindo falas rápidas e engraçadas, de acordo com as instruções de Wilhelm. Mal os meninos tinham dormido, pegava uma lata de cerveja na geladeira e começava.

Enno aparecia de vez em quando, dava risadas sobre a minha incapacidade de grifar um parágrafo ou de salvar uma cópia de segurança no disquete, mas mesmo assim eu progredia.

Eram dias maravilhosos: de manhã eu trabalhava com Wilhelm, às 14h30 em ponto Paula me entregava meus filhos de banho tomado e bem-educados, à tarde eu passeava com eles, e à noite tinha encontros íntimos com o meu computador e com Enno.

Duas vezes fui a Hamburgo à noite para me encontrar com Viktor.

Nessas ocasiões, Paula ficava à noite. Discretamente, sem fazer muitas perguntas.

Não me lembro de ter sido mais feliz em qualquer outra época.

Enno criara um folheto para mim com a ajuda do seu computador e de seu equipamento fotográfico. O folheto ficou bem profissional. Havia uma foto minha em preto e branco com o crédito "Fotografia de E. Winkel".

A mulher espevitada — Franka Zis. Não rimava, mas eu tinha certeza que Enno nem notara esse detalhe.

Abrindo o folder, aparecia a capa do meu livro e, em letras diagonais, a inscrição: "Tiragem: 10 mil exemplares."

Em seguida, havia algumas palavras dizendo que eu estava lançando o meu livro em toda a Alemanha e que ele estava virando filme, estrelado por um elenco famoso e que minha agenda ainda tinha alguns dias livres para quem quisesse marcar palestras e leituras, bastando entrar em contato com o meu empresário, Dr. Enno Winkel, em Colônia, ou com o meu editor, Dr. Viktor Lange, em Hamburgo.

Achei aquilo fantástico!

Um dia, o primeiro jornalista me procurou.

Era da revista *Nós Mulheres*, de Hamburgo.

Não consegui descobrir se ele soubera de mim através do meu empresário Dr. Enno Winkel ou do meu editor Dr. Viktor Lange. Mas tinha certeza de que *Nós Mulheres* jamais soube da minha existência antes.

Seja como for, o jornalista apareceu um dia logo depois do almoço, acompanhado de um fotógrafo.

Eu estava redigindo o roteiro com Wilhelm.

As crianças estavam no subsolo com Paula. Eram duas e pouco da tarde.

O jornalista se chamava Böck e o fotógrafo, Bölk. Provavelmente, tinham virado uma dupla por causa dos nomes tão parecidos.

Böck e Bölk eram jovens simpáticos de jeans e bigodes. Convidei-os a entrar como se fossem bons e velhos amigos. Haviam chegado juntos em um Citroen velho. Depois de um curto intervalo passeando pelos cômodos do andar térreo da minha casinha, Böck começou a preparar o seu gravador, enquanto Bölk foi buscar seu equipamento fotográfico no carro. Mal tomaram conhecimento de

Will Gross, embora naturalmente eu o houvesse apresentado quando os dois fizeram o tour pela minha casa.

— Acho que você pode ir para casa — disse eu. — Não vamos mais conseguir produzir nada no roteiro hoje. Paula sai daqui a pouco, às duas e meia.

Mas Will Gross não quis ir embora.

Pensei se devia ligar para Enno, mas ele teria se limitado a conversar com os dois homens sobre as especificidades técnicas de seus equipamentos, e eu estava sem vontade de escutar aquilo. Além disso, tratava-se de algo que eu podia resolver sem a assessoria jurídica de Enno: uma simples entrevista! Se quisesse, Will Gross podia ficar sentado no escritório.

Chamei Paula pelo alto-falante e pedi que ela pusesse umas roupinhas coloridas nos meninos e subisse com eles para uma sessão de fotos.

— Tudo bem — disse Paula. — E já tem café e bolo na mesa.

O quê? Sem que eu tivesse pedido, ela assara um bolo e pusera a mesa. Viva tia Trautschn no céu!

Chamei os dois jornalistas para tomarem um café e pedi que se servissem. Corri até o banheiro para me ajeitar.

Será que eu era suficientemente fotogênica para *Nós Mulheres*? A revista não me acharia muito feia? *Nós Mulheres* está habituada a mulheres lindas, sem rugas, com pele de pêssego e penteados à la Lauro. *Nós Mulheres* não quer ver rostos medianos e cansados.

Mas o "espelho, espelho meu" não objetava nada, nem dizia que a outra autora de livros femininos da editora concorrente era mil vezes mais linda do que eu.

Não, tudo estava na mais perfeita ordem. Eu estava esplendorosa. Era porque, havia algum tempo, eu voltara a dormir direito. Qual a jovem mãe que pode se dar a esse luxo?

Minha imagem refletida olhou para mim cheia de iniciativa, resplandecente e feliz.

A mulher promissora, no auge da sua vida. *Nós Mulheres* estava contente.

Uma bela autora.

Eu, Franziska.

Franka Zis.

Algumas vezes basta mudar de nome para poder começar tudo de novo na vida.

A maioria das moças faz isso simplesmente se casando.

Mas existem muitas outras possibilidades!!

Hahaha! Por que tão poucas *Nós Mulheres* se dão conta disso?

Bölk nos surpreendeu com a idéia muito criativa de tirar uma foto de família no jardim tomando o café-da-manhã. Segundo ele, isso agradaria bastante aos leitores da sua revista. Eu pensei naquilo. Era verdade. Em todas as revistas com reportagens sobre personalidades de maior ou menor interesse sempre apareciam esses desjejuns informais em família, no jardim, com suco de laranja, pães frescos e uma boa margarina SOBRE a mesa, e um cãozinho de olhar satisfeito SOB a mesa. À mesa estavam papai, mamãe, de dois a quatro filhos trajando roupas com as cores combinando, todos sorrindo para a câmera, e com o seguinte comentário logo abaixo da foto: Rosie Porzellan dá muito valor a uma alimentação saudável e sempre dedica parte do seu tempo aos seus Benjamins, Júlias e Alexandres. Aqui com o seu marido Jörn (à esquerda) e o cão Axel (à direita) tomando o café-da-manhã no jardim.

Achei a idéia genial. Imediatamente começamos a tirar as coisas do café de cima da mesa para levá-las até o jardim, apesar de estar começando a chuviscar. O fotógrafo lamentou não poder fotografar a bela mesa de café-da-manhã, já que tinha de oferecer um café-da-manhã no jardim para *Nós Mulheres*, e não uma mesa de café-da-manhã na sala de jantar. Segundo ele, uma mesa de café posta na sala era uma coisa muito burguesa; sem ofensas. Perguntou se não tínhamos uma toalha de mesa. Paula discretamente procurou uma toalha de mesa por toda a casa. Eu nunca tive toalhas de mesa por achar aquilo um detalhe desnecessário, principalmente com dois filhos pequenos. Com seu comportamento irrequieto, eles estariam sujeitos a queimaduras graves, ou no mínimo jogariam toda a louça no chão junto com a comida na hora em que dessem um puxão na toalha. Além disso, uma toalha de mesa fica sempre um pouco pegajosa. Sempre se pode identificar o cardápio de ontem e de anteontem, e, mais ainda, o lugar dos respectivos porquinhos. E, além disso, toalhas de mesa são uma coisa simplesmente burguesa. Sem ofensas.

Mas o Sr. Bölk estava convencido de que uma toalha amarela iria contrastar incrivelmente bem com a cerca verde com as flores de cor lilás na frente.

— Temos lençóis amarelos — disse Paula, demonstrando presença de espírito.

Cobrimos a mesa debaixo da chuva com o lençol amarelo. Depois, levamos os meninos, que aguardavam bem-comportados o momento de aparecer, vestidos com as suas roupinhas de marinheiro iguais, junto com as suas cadeiras de criança para fora e nos agrupamos num semicírculo em frente à cerca. Paula trouxe pão, manteiga, geléia, frios, queijo e guardanapos e distribuiu tudo graciosamente sobre a mesa. O Sr. Böck, que naquele momento não tinha nada para fazer, ajudou arrumando os pratos e xícaras sobre o lençol.

— Eu quero a xícara vermelha! — gritou Franz.

O Sr. Böck colocou a xícara vermelha diante dele, desculpando-se por não estar familiarizado com as relações de posse na nossa casa.

— Eu quero a xícara marrom! — berrou Willi. O Sr. Böck ficou procurando uma xícara marrom. Expliquei que Willi ainda era daltônico e que estava se referindo à xícara azul. O Sr. Bölk achou aquilo extremamente interessante. Ele ainda não tinha tido filhos — pelo menos não que ele soubesse, hahaha que piadinha mais original! — e perguntou, impressionado, se Willi realmente ainda não conseguia distinguir as cores.

— Não — respondi do alto dos meus conhecimentos femininos —, Willi até o momento só enxerga em preto e branco.

— De que cor é a toalha da mesa? — perguntou o Sr. Bölk, pois não acreditava naquela coisa incrível.

— Preto e branco — respondeu Willi, rindo, satisfeito.

Quando viu que todos estavam rindo, sentiu-se impelido a complementar sua declaração:

— Preto e branco, seu bestalhão!

O Sr. Böck e o Sr. Bölk ainda o testaram, perguntando as cores de vários objetos, e Willi os xingou com todos os palavrões do seu considerável vocabulário nessa área.

Solicitei uma pausa naquela brincadeira e sugeri que tirassem algumas fotos antes que começasse a chover de verdade. Então Bölk pediu a Paula e Böck que segurassem juntos um grande rebatedor de pano, que se parecia com aquelas coisas que os bombeiros colocam embaixo dos prédios em chamas para que as pessoas pulem do décimo sétimo pavimento. Mas eles o seguraram na vertical e não na horizontal, dando a impressão de que iriam atear fogo naquilo para que os leões começassem a saltar ali no meio.

As crianças acharam aquele programa diferente tão divertido quanto o programa de TV com o ratinho.

Começaram imediatamente a comer, já que, quando assistiam ao programa de TV com o rato, era a hora do lanche. O colunista Fritz Feister não achava aquilo pedagogicamente adequado, mas eu já não dava mais ouvidos aos seus conselhos. Era melhor assistir ao programa com o rato na TV na hora da comida do que falar de boca cheia.

— A senhora por acaso tem suco? — perguntou o Sr. Bölk por detrás da câmera.

— Não. Os meninos só bebem água mineral.

— Mas isso não dá um efeito legal.

— Temos leite — disse Paula.

— Certo. Leite dá um efeito legal. Tem uma jarra de vidro ou algo parecido?

Certamente que não. Por que eu deveria ter uma jarra de vidro? Cacos de vidro dão sorte ou coisa parecida? Paula largou o rebatedor de pano e telefonou para Alma Mater, pedindo que trouxesse rapidamente uma jarra de vidro, alguns ovos e um açucareiro amarelo que combinasse visualmente com o resto.

Alma trouxe a jarra, o açucareiro e os ovos e ficou nos observando, contente. Colocamos os ovos nos suportes de ovos que combinavam com a cor amarela e sorrimos contentes para a câmera. Paula segurou novamente a sua metade do rebatedor. Alma Mater também quis ser útil e ajudou a segurar o rebatedor. A coisa começou a ficar parecida com uma dança típica tirolesa. A qualquer momento as duas moçoilas iriam dançar uma ciranda com o Sr. Böck. Ele iria bater com força nas coxas e rodopiar alternadamente as moçoilas pelo ar. E aí então o Sr. Bölck iria focalizar a sua câmera no grupo folclórico, deixando-nos sentados ali, pálidos e passivos, debaixo da chuva, diante dos nossos ovos crus.

Um estrondo de trovão cortou aquela cena alegre.

O Sr. Bölk olhava através da lente como se estivesse procurando alguma coisa.

— Falta algo?

— Os senhores não têm um cachorro ou algum outro animal?

— O coelhinho! — berrou Willi descendo da sua cadeirinha para ir buscar o seu petardo roído. Bateu energicamente com aquele farrapo cinza de sujeira ao lado do seu ovo de café-da-manhã.

— Estava me referindo a um animal vivo — disse o Sr. Bölk.

— Tem que ser amarelo ou combinar de alguma forma com a cerca? — perguntei, imaginando onde poderia arranjar rapidamente um canário.

— Não — respondeu o Sr. Bölk por trás da câmera. — Ele tem que dar a impressão de que faz parte da família.

Avaliei a possibilidade de pedir emprestado o cachorro grandão do número oito para fazer uma foto de família, mas concluí, devido à chuva que estava engrossando, que aquilo nos faria perder muito tempo.

— Alma Mater e Paula fazem parte da família — disse.

— Não, não — recusou o Sr. Bölk. — Não quero mais mulheres! *Nós Mulheres* precisa de um contraste forte. Um animal ou um homem.

— E aquele homem lá dentro? — perguntou o Sr. Böck. — Ele não pertence à família?

— Não — respondi rapidamente.

— Mas nós poderíamos colocá-lo na foto — insistiu o senhor Böck. — Um desjejum em família sem um animal ou um homem não vai surtir nenhum efeito.

Isso me irritou de verdade. Will Gross já NÃO tomava café-da-manhã conosco havia cinco anos, nem debaixo de sol nem de chuva. E logo agora queriam colocá-lo na foto para que pudesse bancar o pai ideal diante da opinião pública. Não.

— Isso não será possível devido ao ano de separação que temos que cumprir — disse. — O Sr. Gross e eu estamos nos separando. Se o meu advogado souber pelos jornais que tomei café-da-manhã com ele ao lado da cerca do jardim, debaixo da chuva, ele poderia abandonar a causa.

Alma Mater baixou o seu pedaço do rebatedor e acenou confirmando:

— Ela tem razão. Não pode de jeito nenhum. Por motivos jurídicos E pessoais não é possível.

Paula também baixou o seu pedaço do rebatedor e sorriu. As crianças começaram a ficar inquietas. Começaram a brincar com os seus garfinhos, batendo com eles nos pratinhos, cheios de fome.

— Poderíamos pelo menos colocar a avó junto na mesa — sugeriu o Sr. Böck, enquanto enxugava os pingos de chuva na lente dos seus óculos. — Já que não tem um homem nem um animal, pelo menos a avó. *Nós Mulheres* precisa de um contraste forte.

"Meu Deus", pensei, "como *Nós Mulheres* somos idiotas."

Mas Alma Mater estava entusiasmadíssima com a idéia de sentar-se conosco à mesa coberta com o lençol amarelo em frente à cerca. Ela não queria privar a opinião pública daquele momento único de reunião familiar. Começou imediatamente a ajeitar o cabelo.

— Na verdade, preciso ir ao salão de cabeleireiro...

Rapidamente, avaliei as conseqüências daquela cena. Alma Mater posando de avó na foto do café-da-manhã? Isso equivaleria a uma declaração de noivado com Enno com repercussão nacional. Partiria o coração do Viktor. E o meu também.

— A Sra. Winkel não é a avó — disse rápido. — Ela é apenas uma vizinha muito, muito querida...

Bölk pediu a fronha que fazia jogo com o lençol para poder cobrir a sua câmera em caso de emergência.

Paula largou o rebatedor e correu para dentro de casa. Olhei rapidamente para o meu relógio de pulso e constatei que já eram três e cinco.

Primeiro mandamento: santificarás o horário de saída de Paula!

— Paula — exclamei. — Pode ir para casa!

— A senhora acha que vou deixá-la na mão? — retrucou Paula. Ela entregou a fronha a Bölk.

— Bem, precisamos tirar logo umas belas fotografias — exclamou o fotógrafo. — A minha câmera é muito boa para ficar pegando essa chuva! Quem se candidata para sair junto na foto?

Na verdade, Böck teria combinado muito bem na fotografia com sua suéter azul. Willi achava que era amarela, provocando muitos risos.

Mas Böck tampouco poderia sair na foto, pois iria levantar suspeitas de que ele realmente já tinha filhos, e que até mesmo tinha conhecimento disso, hahaha.

— Vou telefonar para Enno — disse Alma Mater, solícita. — Ele pode chegar aqui em cinco minutos.

Antes que eu conseguisse descobrir um jeito de me livrar daquela desgraça, meu lindo Willi me salvou. Ele já havia ficado tanto tempo sentado que não agüentou mais. Sem saber que os ovos estavam crus, pegou o seu e bateu com ele em cima da toalha da mesa. O conteúdo viscoso do ovo se espalhou rapidamente sobre o lençol amarelo e sobre os utensílios de café-da-manhã cuidadosamente arrumados sobre a mesa. E sobre a camiseta limpinha do Willi também, é claro. Ele começou a chorar desapontado. Como é que o coitadinho poderia diferenciar o que era falso e o que era real?

Franz, que também já pegara o seu ovo cheio de entusiasmo, deixou-o cair, enojado. Ele se espatifou do outro lado do lençol amarelo.

Os ovos gosmentos escorriam pelas mãos e no colo dos dois meninos. Alma Mater morreu de rir. Paula e eu também rimos.

Cada uma de nós pegou um menino para limpar, enquanto mal conseguíamos ficar de pé de tanto rir. Bölk e Böck ficaram perplexos. Com esta eles não contavam! *Nós Mulheres* não queríamos ver gosma de ovos e crianças chorando na nossa revista feminina! *Nós Mulheres* já estávamos cheias desse tipo de coisa no nosso dia-a-dia.

Paula e Alma Mater levaram as crianças para o porão. Bölk desmontou sua câmera, enquanto Böck dobrava o rebatedor de pano. Lá dentro, as fotos seriam tiradas com flash, o rebatedor não seria mais necessário.

Böck começou com a sua entrevista: fez uma infinidade de perguntas, deixou o gravador ligado e, além disso, fazia anotações. Contei a ele, alvoroçada e de bom humor, várias peripécias da minha vida. Böck riu muito e ouviu atentamente.

Passado algum tempo, Will Gross saiu do escritório e preparou cerimoniosamente um café espresso.

— Para que revista é isso, afinal? — perguntou mal-humorado.

— *Nós Mulheres* — responderam Böck e Bölk em coro.

— Mas vocês não vão escrever nada sobre o filme! — determinou Wilhelm.

— Por que não? — fiquei surpresa. Uma divulgação dessas só poderia nos favorecer!

— Enquanto não fizerem uma entrevista COMIGO, não vão escrever nada sobre o filme — teimou Wilhelm. — Nem uma só palavra.

— Nós estamos fazendo um perfil sobre Franka Zis — respondeu Bölk objetivamente. — Ela escreveu um best seller, e certamente *Nós Mulheres* o lemos e *Nós Mulheres* iremos assistir a ele no cinema.

— Escrevam o que quiserem sobre Franka Zis — disse Will Gross condescendente. — Mas nenhuma palavra sobre o meu filme. O momento da divulgação será decidido oportunamente por MIM.

Naquele exato instante Paula apareceu na escada, trazendo Willi pela mão.

— Sr. Grosskötter? A Sra. Winkel e eu temos um horário marcado no cabeleireiro!

— Por que você tem que sair agora? — esbravejou Wilhelm.

Eu também fiquei surpresa. Paula não tinha acabado de me dizer que não me deixaria na mão? E Alma Mater? Ela SEMPRE tinha tempo para nós!

— Já marcamos isso há semanas no Salão Lauro — disse Alma Mater, sem disfarçar uma certa malícia na voz. — Se perdermos o horário, não conseguiremos outro antes de Pentecostes!

Paula acenou com ar imensamente desolado.

Pentecostes era dentro de quatro semanas! Olhei perplexa para as duas.

Então percebi uma leve piscada no olho direito de Alma Mater.

Ou será que eu tinha me enganado? Olhei para Paula. O olho direito dela piscou também.

De repente percebi aonde elas estavam querendo chegar!

— Até logo, e muito sucesso com a entrevista! — exclamou Alma Mater, enquanto Paula se abaixava para falar com os meus filhos:

— O seu papai vai brincar com vocês agora, isso não é legal?

— Poxa, se é! — berraram Franz e Willi, pulando empolgados pelo corredor.

— Que família mais simpática — comentou Bölk. — É uma pena que agora não possamos mais fotografá-la!

— Se fotografarmos a autora já será suficiente — disse Böck.

— Mas vocês não vão escrever nada sobre o filme — grunhiu Will Gross num tom ameaçador. Ele bateu o bule do café espresso com raiva no aparador.

A porta da casa bateu.

As nossas boas almas tinham saído voando.

Por um breve momento tive medo de que meus filhos fossem me confiscar. Mas Paula tinha feito uma boa imunização neles.

— Papai, papai! Anda, vem brincar conosco! Eu tenho uma máquina do tempo no porão! Ela pode voar! Eu serei o piloto e você será o Pato Donald!

Foi então que ocorreu o incompreensível: Will Gross pegou seus dois filhos pela mão e desceu com eles.

Para o porão.

Foi a primeira e última vez que presenciei algo semelhante.

Recostei-me relaxada, instei os senhores a se servirem do espresso fresquinho e continuei com a entrevista.

Enquanto a saraivada de flashes de Bölk me fulminava, eu sorria de forma encantadora e natural para a câmera.

Fiquei pensando que existe justiça nesse mundo, afinal de contas. *Nós Mulheres* só precisávamos dar uma forcinha de vez em quando.

Wilhelm mergulhou numa crise profunda.

Não só porque eu conseguira construir uma vida nova para mim e para as crianças sem a sua interferência. Não só porque escrevera um best seller e passara a viver do meu próprio dinheiro! Eu agora estava também sob os holofotes da vida pública! Franka Zis, a mãe solteira de dois filhos pequenos!

Começou de forma inofensiva.

Estávamos novamente na garagem, debruçados sobre o roteiro do *Feliz sem marido* que estávamos escrevendo a quatro mãos.

Tínhamos acabado de começar a atacar a cena mais difícil de todo o filme: o parto.

Will Gross estava sentado no sofá com a sua xícara de café espresso e encenava o momento das contrações para mim, enquanto eu devia transpor para o computador, em alemão fluente, tudo o que ele fazia e expressava.

— Enfermeira, está na hora — exclamou ele gemendo. — As contrações do parto começaram!

Parei de digitar.

— As contrações do parto começam quatro semanas antes do nascimento — disse eu. — Ninguém chama a enfermeira numa hora dessas.

— EU sou o diretor — disse Will. — Enfermeira! Traga-me um pano frio!

— Não vou escrever isso — falei.

Mas Will não queria de jeito nenhum deixar que alguém interferisse em sua concepção artística. Sem prestar atenção à sua volta, ele continuou sentado no sofá com a sua xícara de café espresso, encolheu as pernas e gemeu.

Olhei para ele, penalizada.

— Está doendo?

— Tremendamente — agonizou Will. — Chame o meu marido!

— O seu marido está na cama com Dorothea — disse eu, friamente. — Se o senhor largar sua xícara de espresso, talvez EU possa lhe ajudar.

Will Gross levantou-se, ofendido.

— Se você está a fim de escrever essa cena sozinha, vá em frente! Vou dar um passeio no jardim enquanto isso!

— Tudo bem — respondi, esforçando-me por manter a paz. — Eu nunca ousaria escrever uma cena sem o meu diretor artístico. Só que no tema nascimento eu provavelmente tenho um pouco mais de experiência!

Porém Wilhelm insistiu dizendo que ninguém no mundo tinha mais experiência na observação de partos do que ele.

— De qualquer forma eu estive presente uma vez! — vanglo-riou-se. — A enfermeira me disse depois que, se não fosse por mim...

— ... a criança estaria dentro da barriga até hoje! — ajudei.

Wilhelm ficou realmente magoado.

— Você não faz a menor idéia do que eu fui capaz naquela ocasião! Enquanto você estava mais pra lá do que pra cá, fui o único a manter a calma! O médico disse depois...

— ... que o melhor teria sido se você mesmo tivesse tido o filho.

— OK — disse Will. — Vou dizer umas verdades. Só porque você escreveu este maldito livro e só porque você é uma mulher, acha que pode decidir tudo por aqui.

Antes que eu pudesse responder que ELE já tinha decidido um bocado de coisas por ali, ele anunciou repentinamente:

— Estou pensando em mudar o título. *Feliz sem marido*; isso soa totalmente sem-graça. É muito inexpressivo. Estou pensando num título mais impactante, tipo: "Charlotte — o filme" ou... aliás é claro que nós vamos mudar o nome Charlotte, caso contrário a história será automaticamente ligada a você... basta que a titia se chame desse jeito no seu livro. Para o filme eu poderia imaginar algo mais picante... Elisabeth, sim, Elisabeth. É um nome mais atual. Saiba que são as pessoas entre dezoito e vinte e cinco anos que vão ao cinema à noite. O título tem que ser tremendamente instigante. Algo bem marcante, que todos consigam lembrar.

Eu não cedi.

— *Feliz sem marido* é o título perfeito!

— Não — berrou Wilhelm, apoplético. — O filme tem que obrigatoriamente ter um toque intelectual, e o título é o cartão de visitas. Você não entende nada disso.

Olhei para ele, perplexa. Mudar o título!

Isso significava que ninguém faria a conexão entre o filme e o livro!

E este era declaradamente o intuito de Wilhelm!

Que tática mais pérfida e descarada!

A vingança do homem pequeno!

A humanidade não presta mesmo!

Saí furtivamente para a cozinha, temendo que Wilhelm percebesse as lágrimas que me brotavam nos olhos.

Paula estava na cozinha, com os seus seios fartos debruçados sobre uma tigela com massa de bolo. Willi estava sentado satisfeito sobre o aparador, aparentemente apreciando a proximidade de Paula e da massa de bolo.

Senti inveja dele.

— Olá — disse Paula. — As coisas estão indo bem? Ouço vocês rindo à beça...

— Que droga — respondi com um nó na garganta.

— Problemas? — Paula parou de bater o bolo.

— Ele quer mudar o título — consegui dizer com dificuldade.

— Ele quer mudar o título *Feliz sem marido*? Para ficar como?

— Para ficar com um ar mais intelectual — murmurei, frustrada.

Paula me examinou por cima da cabeleira do Willi. Willi passou o dedo no misturador.

— O que ele ganha com isso?

— Não sei — respondi.

— Franziska — disse Paula, e eu percebi como me fez bem ela me chamar pelo primeiro nome —, posso dar uma opinião?

— Por favor.

Esperava que ela fosse dizer que ele era um cretino. Eu queria muito ouvir isso.

— Crise de identidade — disse Paula simplesmente.

E continuou a bater o bolo. Deixou que Willi segurasse a batedeira.

— Você acha mesmo? — gritei tentando sobrepujar o barulho da batedeira.

— Cem por cento de certeza! — exclamou ela de volta. — Eu tomaria o maior cuidado com o senhor Grosskötter. Vocês estão rindo muito! Isso vai deixando ele confiante!

Ela desligou o aparelho novamente:

— O que é que o Dr. Winkel acha disso?

— Crise de identidade — respondi.

— Crise de identidade — disse Willi feliz da vida.

— Era óbvio — disse Paula. — Não se dê por vencida! *Feliz sem marido* é um título excelente.

A batedeira voltou a fazer barulho.

Paula sorriu para mim encorajadoramente.

— E pense nisto! Você está VIVENDO o título do seu livro! Você tem que se manter à altura dele!

Senti-me imediatamente melhor. Assoei o nariz e subi até o meu quarto para telefonar para Enno. Era o único lugar em que estava a salvo de Wilhelm.

Enno tinha mandado instalar textualmente dez aparelhos de telefone na minha casa. Até mesmo na caldeira havia um. Dois eram sem fio para que se pudesse falar ao telefone no jardim ou no banheiro sem ser incomodado.

Enno não estava no escritório, segundo me informou, pesarosa, Beate-traga-me-copos. Tentei a casa de Alma Mater.

— Alô, Franziska, sim, Enno está aqui. Está almoçando, hoje tem batatas cozidas com arenque em conserva! Não, você não está incomodando, absolutamente! Enno vai ficar contente! Como vai você? Como vão as coisas com Paula?

— Ah, Sra. Winkel, estou com vontade de lhe dar um abraço!

— Então faça isso — riu-se Alma Mater. — Vou passá-lo adiante para Enno!

Ah, o amor maternal! Uma mãe nunca consegue guardar nada para si mesma!

Enno veio ao telefone. Senti o cheiro do molho do arenque em conserva.

— Enno! Socorro! Wilhelm quer mudar o título!

— *Feliz sem marido*? Mas ele nem pode fazer isso — disse Enno tranqüilo. Pude ouvi-lo engolindo o arenque. — *Feliz sem marido* está assegurado contratualmente!

Ah, como aquilo soava maravilhosamente bem, vindo da boca cheia de cebolas e arenques do meu advogado! *Feliz sem marido* estava assegurado contratualmente!

Por que Wilhelm não me dissera isso? Ele só queria me torturar um pouquinho, aquele proletário mau-caráter!!

— Ah, Enno, estou com vontade de te dar um abraço agora! — bafejei no telefone cega pelas lágrimas.

— Pois faça isso — disse Enno. — Eu não tenho nada contra!

A propósito, ELE não repassou o beijo para a sua mãe.

— Oportunamente — respondi. — Tchau, e muito obrigado pela informação.

— Esse Wilhelm tenta de todos os modos — comentou Enno do outro lado da linha. — Como é que você foi casar com um cara desses...

— Nunca mais farei isso de novo — respondi alegre.

Quando retornei ao escritório, não deixei que Wilhelm percebesse nada. Sentei-me em frente ao computador com um sorriso.

— Podemos continuar com as contrações — disse, sucinta.

— Agora não estou mais com vontade — respondeu ele acidamente. — Você ficou exatamente 12 minutos lá fora!

— Este costuma ser o intervalo entre as contrações — respondi.

Já que Wilhelm não estava com vontade de encenar as contrações, resolvi sugerir algo.

— Por que não fazemos um passeio juntos? Vamos conversar um pouco sobre qualquer coisa. Aqui nesta garagem parece que o teto vai desabar na cabeça da gente!

— Temos pouco tempo — disse Wilhelm. — Não podemos nos dar ao luxo de passear.

— Você pelo menos anda pra lá e pra cá enquanto trabalha — tentei gracejar — mas eu fico com o traseiro grudado na cadeira horas a fio.

— É exatamente isso que todas as digitadoras fazem — disse Wilhelm. — É por isso mesmo que elas têm um traseiro tão grande!

Engoli em seco. Como foi mesmo que Paula havia dito: não se dê por vencida.

Levantei-me, decidida.

— Já fiquei sentada tempo demais hoje — resolvi. — O ar aqui está irrespirável.

— Você vai ficar! Temos que terminar a cena do parto impreterivelmente hoje! Você mesma disse que entende mais deste assunto do que eu. Então sente o seu traseiro novamente, diabos.

Eu já ia respondendo, quando ouvi ruídos no corredor.

— Vou emprestar o meu ditafone para vocês — ouvi a voz de Enno dizendo. Aquele, sim, é que era um amigo de verdade! Tão solícito e confiável quanto a mãe!

— Olá, Enno! — cumprimentei efusiva e abracei meu advogado com um pouco de emoção demais.

Wilhelm virou-se, enojado. Ele detestava situações encenadas. Tudo tinha que parecer sempre muito natural e real.

— É muito fácil de usar — disse Enno. — É à prova de idiotas. O mais novo de todos. IMPOSSÍVEL errar!

Então voltou para buscar o ditafone. Lancei um olhar triunfal para Wilhelm. Não pense que pode me deixar insegura tão facilmente. EU tenho amigos.

— Tudo bem, vamos dar uma volta! — disse Will.

— Você nem PODE mudar o título — disse para ele no corredor enquanto calçávamos os sapatos. Senti vontade de mostrar a língua para ele.

Passamos por Paula com Willi. Ela sorria encorajadoramente para mim.

— Ele está assegurado contratualmente.

— Eu sei disso — disse Wilhelm, inabalável. — Só estava querendo te irritar um pouquinho.

E saiu pela porta afora.

Paula lançou-me um olhar inconfundível.

— Mostre a ele, irmã.

— Pode deixar comigo — respondi, cheia de garra. Fui até o pequeno-Willi-nos-braços-da-Paula e tasquei-lhe um beijinho. Gostaria de ter dado um beijinho em Paula também, mas ainda não tínhamos tanta intimidade. — Até logo.

— Sucesso — disse Paula, e eu sabia exatamente o que ela estava querendo dizer com isso.

Ouvi Enno gritando com Wilhelm do lado de fora. Será que ele iria pegá-lo pelo colarinho, cheio de raiva e de orgulho ferido, e esbofeteá-lo pra lá e pra cá, qual um Obelix (você-não-deve-tratar-Franziska-assim-seu-traste)?

Fui dar uma olhada.

Nada disso. Estava tudo ótimo. Enno estava apenas explicando como funcionava o ditafone.

Já mencionei que ele sempre grita quando explica alguma coisa? Wilhelm estava diante dele, os ombros caídos, fazendo que sim com a cabeça.

— Sucesso — disse Enno depois que terminou.

No seu caso, eu também sabia o que ele queria dizer com isso.

— Obrigada — disse eu, beijando a sua bochecha. Só para que Wilhelm visse a relação amigável que eu tinha com o meu advogado.

Enno acenou e gritou, ao arrancar com o conversível, que podíamos contactá-lo a qualquer momento pelo celular ou pelo rádio, caso tivéssemos alguma dúvida!

Wilhelm e eu partimos.

Esticar as pernas, finalmente!

Clima de verão! Movimento! Céu azul! Respirar fundo!! Logo todo o mau humor se dissiparia no céu azul. Nós iríamos finalmente ter uma conversa esclarecedora.

De mulher para homem.

Na hora em que ia dirigir-lhe a palavra, percebi que ele já estava uns dez metros para trás.

— O que foi? — perguntei por cima do ombro, quase estourando de ânsia de ação. — Estou caminhando depressa demais para você?

— Você está novamente com aquela passada militar — reclamou Wilhelm. — Eu não chamo isto de passeio. Chamo isto de marcha forçada!

— O que VOCÊ está fazendo não é passear — retruquei mal-humorada. O meu tom de voz estava pior do que já tinha estado nos momentos mais tensos da confecção do roteiro. — Mexa-se um pouco! Você está se arrastando!

— Você está correndo!

— Você está rastejando!

— Você está marchando por aí cega de raiva!

— E você anda como um frouxo de ombros caídos!

— Sua militante feminista insensível!

— Seu aposentado inútil!

— Sua pseudo-emancipada nojenta!

— Seu adolescente tardio com complexo de grandeza!

— Cuidado para não morder a língua!

— Cuidado para não te caírem os dentes! Só come granola e toma café espresso, nunca se exercita!

— Você nunca cozinha para mim! — gritou Wilhelm vindo atrás de mim.

— Nem em sonhos! — berrei de volta lasciva.

Os transeuntes paravam e olhavam irritados para nós.

— Você nunca cozinhou nada para mim! Sempre senti falta de aconchego contigo!

— Você nunca parava em casa! GRAÇAS A DEUS!

— Alguém TINHA que ganhar dinheiro! Foi com o suor do meu rosto! E como foi que você me agradeceu?

— EU... AGRADECER?!? Pelo quê? Por ter me ENGRAVIDADO?

— Aiaiai — disse um vovô, sacudindo a cabeça.

— Você é burra demais para tomar a PÍLULA!! — berrou Wilhelm no horizonte.

Janelas se abriram.

— Você acha que eu ia me entupir de hormônios para VOCÊ poder descarregar o teu instinto irrefreável em cima de mim?!

— Você bem que gostava, admita!!

— Eu posso fazer comparações: NÃO!!

— Você está querendo dizer que os teus orgasmos eram FINGIDOS?!

— Ei, vocês PRECISAM fazer isso?! — reclamou uma esposa que passou pedalando a sua bicicleta com cesta de compras e um bebê no bagageiro.

— Eu sou uma ATRIZ! — berrei com as forças que me restavam. Nós estávamos produzindo o melhor bate-boca cinematográfico desde que tínhamos começado a escrever o roteiro em conjunto.

Feliz sem marido — era exatamente aquilo.

A primeira cena do filme!

E justo hoje não poderíamos mais acrescentar as nossas idéias verbais e mímicas ao roteiro. Em primeiro lugar, não fazia sentido esboçar as nossas formulações amadurecidas, por mais que fossem viscerais, a uma distância de cinqüenta metros um do outro. E, em segundo, nenhum de nós dois sabia utilizar aquela porcaria de ditafone.

A primeira viagem de divulgação do livro me levou até a Suábia. A encantadora dona da livraria, que disparou, incansável, uma rajada de elogios para externar a sua satisfação com a minha leitura, iria me buscar na estação. Fiz a viagem de trem com os meus sentimentos divididos.

Lá fora tudo verdejava e florescia, o Reno parecia uma faixa azul correndo entre os vinhedos e os barcos de passeio brancos navegavam pacificamente rio acima e rio abaixo. Era a primeira vez que eu viajava sem os meninos, exceto as viagens de uma noite para Hamburgo.

Agora eu tinha que viajar sozinha por duas semanas.

Uma sensação rara e extremamente estranha! A tão esperada alegria não apareceu. A consciência pesada, a falta da minha casa com Paula e a saudade dos meus filhos espalharam-se pelo meu coração assim que o trem partiu da estação de Colônia.

Em vez de me dirigir ao vagão-restaurante para juntar-me a um viajante solitário e beber com excelente humor uma tacinha de champanhe, enfiei-me junto com minha maleta bem no fim do trem, onde não havia ninguém que pudesse me arrancar dos meus pensamentos sombrios.

As crianças estavam órfãs de mãe.

De pai e de mãe!

Eu as tinha abandonado pela primeira vez na vida! Por causa da minha maldita carreira! Só para poder me auto-incensar na longínqua Suábia!

Bem, na verdade eles não estavam sozinhos.

Eles estavam com Paula, Alma Mater e Enno.

A bem da verdade, eu os havia deixado com uma família inteirinha. É incrível como o papel materno pode ser substituído tão rapidamente! E ainda tem gente dizendo que as pobres crianças saíram prejudicadas! Muito pelo contrário. Os meninos tiveram um lar tão intacto durante quatro semanas que nem mesmo o Fritz Feister da pedagogicamente valiosa revista *Criando Filhos* teria nada a acrescentar.

Paula ficou mais íntima de nós do que qualquer outra pessoa. Curioso. Ela se tornou indispensável para todos nós em apenas quatro semanas. Não podíamos mais imaginar as nossas vidas sem Paula. Nem mesmo Wilhelm. Assim como nós, ele também buscava consolo e abrigo nas suas proximidades.

No dia anterior eu o flagrara raspando a vasilha de pudim de chocolate com o dedo. Ele estava na cozinha, encostado na bancada, onde todos ficamos quando queremos nos aproximar da Paula, contando-lhe suas aventuras no Caribe.

Enquanto isso, Paula preparava um sanduíche e passava duas camisas para ele.

Depois Wilhelm voou até Berlim, para finalmente escolher os atores ideais.

À noite Paula e eu nos sentamos completamente sozinhas à mesa da cozinha. Entreguei-lhe, junto com o salário do mês, um presente de despedida e de agradecimento, meu e das crianças: um lenço da Hermès.

Juntei ao presente uma foto das crianças com os seguintes dizeres: "Obrigada, querida Paula, por você existir."

— "Você"? — perguntou Paula.

— É claro — respondi. — Ou acha que as crianças iriam te chamar de senhora?

— Eu gostaria que todos nós passássemos a nos tratar por você — disse Paula.

— OK — respondi. — Vamos todos nos tratar por você.

Ficamos sentadas na mesa da cozinha tomando uma tacinha de champanhe.

— Eu tenho mesmo a sensação de que já nos conhecemos há muito tempo.

— Sim — respondeu Paula. — Eu tenho a mesma sensação. Aliás, Alma Mater já havia me falado bastante sobre vocês.

— E como é que você acabou parando naquela família? — perguntei, curiosa.

Paula contou-me que antes havia trabalhado em inúmeras casas interessantes de comerciantes abastados, desembargadores, embaixadores e políticos. Criara 13 crianças no total.

Quando o filho mais novo dos seus últimos patrões foi para a escola, não restando mais nada para Paula fazer a não ser a faxina, os patrões sentiram-se tão culpados que colocaram o seguinte anúncio na revista *Nossa Época*:

"Procura-se uma nova colocação para a nossa governanta, que nos agraciou durante anos a fio com as suas excelentes qualificações em todas as áreas da economia doméstica e da educação infantil. Favor só responder a este anúncio quem se sentir à altura das suas pretensões..."

É claro que ninguém respondeu ao anúncio.

Só tia Trautschn.

Tia Trautschn achava que nunca era tarde para começar com a educação infantil.

Ela vivia sozinha numa mansão coberta de hera junto da floresta da cidade. Seus únicos parentes vivos eram Alma Mater e o pequeno Enno. Assim, ela desenvolveu um relacionamento estreito e carinhoso com eles e com Paula.

Eu compreendia aquilo muito bem. Apesar de só conhecer Paula havia quatro semanas, eu já estava em vias de desenvolver um relacionamento bastante estreito e carinhoso com ela. A única questão era se Paula seria suficientemente flexível para esquecer as manias de tia Trautschn e se acostumar com as nossas. Eu presumia que tia Trautschn e eu não tínhamos as mesmas manias — no máximo a nossa predileção pelo mesmo restaurante.

Não sei o que Paula fazia exatamente naquela enorme mansão coberta de hera além de matar aranhas, é claro, e de ler alguma coisa para tia Trautschn. Na nossa conversa da véspera ela demonstrara ser extremamente discreta e pouco falante. A discrição era certamente uma qualidade muito valorizada por políticos e embaixadores. Uma característica que eu ainda tinha que aprender a valorizar e gostar.

— Mas quais eram as tuas atividades? Quer dizer, você tirava o pó dos lustres da mansão ou cavucava a horta em frente à janela da cozinha?

— Não — respondeu Paula. — Tia Trautschn tinha uma faxineira e um jardineiro.

— Sim, é claro — disse, tomando rapidamente um gole de champanhe.

— Aqui nós também precisamos mandar fazer umas coisinhas no jardim — disse, sonhadora, enquanto Paula enchia novamente as nossas taças de champanhe.

Era verdade. A cerca, o gramado e o mato vicejavam bem-dispostos. Eu mesma não tinha nem tempo nem vontade de me ocupar com o jardim. Ficar parada no mesmo lugar, remexendo a terra para ver se não tinha uma minhoca por ali, não era para mim. Fiquei imaginando o senhor diretor de folhagens e grama, com a sua excelentíssima esposa, na minha modesta casinha e no meu jardinzinho.

E por que não?

Agora eu finalmente tinha dinheiro.

Para que cobrir-se de peles e colecionar duzentos pares de sapatos de designers italianos numa vitrine se era possível fazer alguma coisa útil com aquele dinheiro?

— Você acha que poderia perguntar a eles, se talvez eles pudessem nos...

— É claro — respondeu Paula. — Eu já havia pensado nisso.

— O que é que esses... quer dizer, do que esses senhores da nobreza camponesa francesa estão vivendo, agora que tia Trautschn se foi? — perguntei cautelosamente.

— Eles continuam cuidando da casa e do jardim — respondeu Paula e bebericou o seu champanhe.

— Nós entregamos a casa a uma imobiliária.

— A Flessenkemper-Hochmuth, decerto — disse eu.

— Sim — respondeu Paula.

E depois acrescentou tão casualmente quanto modestamente:

— A família Winkel, o casal Ville e eu herdamos a casa em partes iguais. Mas nenhum de nós quer ir morar lá.

— O quê?

O champanhe entalou na minha garganta.

Paula era proprietária de um terço de uma mansão? E trabalhava para mim como babá?

Levantei-me involuntariamente. Ela agora ia pegar o ridículo lenço Hermès, usá-lo para limpar a mesa e depois bater com ele na minha cabeça às gargalhadas.

— Paula — disse —, você não precisa trabalhar! Por que veio trabalhar aqui?

Com um gesto abrangente mostrei minha simplória casinha, com as peças de Lego espalhadas pelo chão, com os pedaços de biscoito em cima do piano, com os livrinhos infantis espalhados pelos cantos, com o escritório na garagem e o triciclo enferrujado em frente à porta.

— Porque me dá prazer trabalhar aqui — respondeu Paula. — Gosto dos seus filhos. E gosto de você. Você também me impressiona. Você também não precisa trabalhar! Você poderia muito bem viver do dinheiro que recebeu!

— Ah, não.

— Muitas mulheres divorciadas fazem isso!

— Seria entediante!

— Eu também acho. Quer que diga o que nos une?

— Por favor.

— Nós duas fazemos aquilo que sabemos fazer bem e que nos dá prazer.

Ela sorriu, desarmando-me.

— Mas mesmo assim você não precisa do salário — insisti.

— E daí? Você também não precisa escrever livros, fazer filmes e viajar para fazer divulgações...

— Wilhelm faz filmes — interrompi. — Eu só o ajudo um pouquinho.

— Mas aqui é igual — respondeu Paula. — Você é a mãe. Eu só ajudo um pouquinho.

— E, afinal de contas, o que é que você faz quando chega em casa? — perguntei, curiosa.

— Você acaba de me lembrar de uma coisa. Tenho que ir para casa.

Paula olhou para o relógio.

Nós nos abraçamos.

— E então, amanhã de manhã às 8h? — perguntou Paula. — Vou trazer minha roupa de cama.

— Sim — respondi. — Amanhã de manhã às 8h. Boa noite. Gosto muito de você.

— Também gosto de você.

E naquela manhã ela me levara até a estação de trem. Simples assim.

Agora só faltava chegar o estado de espírito de júbilo.

Estados de espírito às vezes demoram mais do que os neurônios.

Os meus já estavam completamente bêbados. Eu, ainda não. Olhava fixamente pela janela tentando compreender as mudanças na minha vida.

Há meio ano eu ainda andava de jeans amarrotados e pulôveres manchados, engatinhando num apartamento de três quartos, alugado, com a cabeça baixa, procurando peças de Lego, migalhas e chupetas coladas embaixo do sofá.

Agora eu estava em vias — de cabeça erguida! — de viver a vida em toda a sua plenitude! E — isto é o mais importante — eu construíra a escada sozinha. Subi a escada degrau por degrau, no começo com muito cuidado, porque ela ainda balançava. Enno e Alma Mater me ajudaram a segurar a escada. Mas agora eu já estava espreitando para fora da clarabóia da minha vida de mãe e dona-de-casa.

Pular para fora? Fazer uma tentativa? Se algo desse errado eu poderia entrar novamente, por cima da cumeeira estreita. E se eu sentisse vertigens e caísse?

Paula iria me ajudar. Ela me ajudaria a entrar novamente.

Filhos pertencem às suas mães, ensinava Fritz Feister.

Talvez tivesse sido melhor simplesmente trazer as crianças comigo?

Não. A viagem seria estressante para todos os participantes, e havia muitos compromissos a serem cumpridos.

Mas as crianças estariam comigo!

Era somente a saudade deles que estava gerando esses pensamentos? Ou seria meramente a consciência pesada? Eu queria mesmo que as crianças estivessem comigo? Não seria melhor que elas ficassem num ambiente ao qual já estavam acostumadas? Paula. Ela era o ambiente delas. Ela já estava se tornando uma segunda mãe para os meninos. Recostei-me relaxada. Tudo estava bem daquele jeito. E, além disso, aquelas duas semanas passariam rapidamente. E aí eu estaria de volta à minha casa. Resolvido.

Mainz.

Abri a janela e fiquei olhando o movimento na plataforma. Preciso pensar em outras coisas!

A porta da cabine se abriu, e uma jovem senhora vestindo um minitailleur preto todo cheio de bossa entrou com suas meias com costura atrás. Ela carregava um maço de cigarros amassado numa das mãos e uma maletinha de grife na outra. Sua juba cuidadosamente penteada cintilava numa tonalidade preto-azulada. Contrariada, peguei o jornal que estava no assento à minha frente e recolhi as minhas tralhas. Uns dez a doze anéis pesadões reluziam nos dedos daquela dama. Várias pulseiras de latão chacoalhavam nos seus pulsos.

Para minha completa surpresa ela puxou um neném que estava dentro de um moisés para dentro da cabine.

Levantei-me com um salto para ajudá-la. Veja! Um bebê. Era exatamente isso que eu estava precisando naquele momento. Estiquei minhas mãos instintivamente para o moisés. A maletinha de grife, a toda-cheia-de-anéis poderia colocá-la sozinha no compartimento de bagagem. O bebê estava com a pele do rosto esfolada e engordurada. Um monte de farelos de biscoito amolecido tinha se misturado com restos de suco e leite e estava grudado no rosto dele. O moisés parecia estar apertado e emanava odores que me remeteram automaticamente ao cheiro de xixi de rato da casa da OUTRA Susanne.

— A senhora vai seguir viagem para mais longe? — perguntou a bela sem fôlego, jogando-se naquele assento surrado de segunda classe, apesar do alto risco de amarrotamento das suas roupas.

Eu ainda estava de pé, perplexa, segurando o bebê apertado e frio.

— Até Stuttgart — respondi.

— Ah, que ótimo — disse o tailleur preto. — Preciso urgentemente de cigarros.

— Mas a senhora está com o maço aí na sua mão! — disse apontando para a caixinha dourada da marca Extravagant.

— Mas esse é o problema! — gemeu a torturada. — Ele está vazio!

Ela apertou a caixinha com as suas enormes unhas com esmalte azul.

— Então vá buscar os seus cigarros — disse. — Fico aqui com a criança. É menino ou menina?

— Menina — respondeu a acossada, sem conseguir mais conter a síndrome de abstinência. — O nome dela é Jennifer.

E lá se foi ela. Pude ouvi-la abrindo o compartimento ao lado para implorar uma guimba de cigarro. Como estávamos num vagão de não-fumantes, ela não teve sorte. Os seus passos barulhentos foram se afastando.

O trem partiu novamente. Ele se pôs em movimento com um solavanco, e nós, Jennifer e eu, afundamos para trás no banco. Aquele bebê úmido e frio enterneceu o meu coração e o meu colo.

— Oh, Jennifer, olha só o teu estado — disse, enojada.

Balancei-a diante dos meus olhos com os braços esticados.

Toda e qualquer vontade de agarrá-la, beijá-la ou acariciá-la esvaiu-se diante do medo justificado de estar fedendo a xixi de rato naquela noite durante a minha primeira leitura.

O monstro das migalhas não protestou. Ele ficou pendurado como se fosse um saco molhado, olhando desinteressadamente por baixo dos seus restos de comida.

— Quando foi que a tua mamãe te trocou pela última vez? — perguntei.

Jennifer não respondeu. Ela tinha no máximo uns nove ou dez meses. O meu Willi teria me batido ou gritado comigo se eu tivesse deixado ele ficar naquele estado.

De qualquer jeito, a madame bem-penteada não retornava. Meus braços foram ficando dormentes. Que droga, mal pensei na saudade que estava sentindo dos meus filhos, e já estava segurando um neném carente de assepsia nos braços. A saudade desapareceu! Viva!

Decidida, libertei a criança do moisés, do macacãozinho e — ai, que horror! — da fralda que estava se desmanchando. Catei os últimos pedaços de algodão e plástico que estavam grudados no bumbum de Jennifer. Aquele bumbum tinha uma forte semelhança com o traseiro de um babuíno.

— Mas que droga — murmurei.

Jennifer começou a chorar. Com a ponta dos dedos deixei que os restos de fralda caíssem no chão e os empurrei com o pé para baixo da poltrona, para evitar que eu pisasse sem querer em cima deles. Abri a janela e segurei Jennifer para pegar o vento que entrava. Qualquer passageiro que por acaso estivesse passando pelo corredor naquele momento e nos visse daquele jeito, teria puxado o freio de emergência.

As lufadas de ar fresco fizeram bem a Jennifer. Ela parou de chorar. Quando já estava quase seca pelo vento, coloquei-a cuidadosamente sobre o assento, segurei-a com a coxa e remexi a bolsa do neném. Lá estavam todos os utensílios que eu precisava. Inclusive cigarros. Quatro maços da marca Extravagant. E um macacão limpinho. Por que a bela viciada em nicotina não trocara a fralda da sua filha?

Passei cuidadosamente o talco no bumbum de Jennifer. Quando coloquei a fralda nova, o rostinho-de-monstro se contorceu.

— Não tenha medo — falei —, não vou te machucar.

Depois libertei-a do seu agasalho molhado com as pontas dos dedos e vesti um limpo nela.

Limpei o seu rostinho com um lenço umedecido. Pronto. Agora já se assemelhava mais a um neném. Na verdade, era uma gracinha.

Enquanto estávamos aguardando sua mãe, conversamos. Jennifer e eu.

— Eu também tenho dois filhos lá em casa — disse. — Eles se chamam Franz e Willi.

Jennifer sacudiu os bracinhos, alegre.

— Mas que diabos de mãe é essa tua? — perguntei. — Por que não voltou até agora?

Ela não podia ter pulado para fora do trem. Mas e se eu ainda estivesse sozinha naquela cabine com o bebê no colo quando chegássemos a Stuttgart?

— Franz e Willi têm uma babá — contei. — O bumbum deles fica limpo o tempo todo, e eles nunca ficam com migalhas grudadas no rosto. Talvez tua mamãe devesse pensar em adotar a mesma solução. Dinheiro não parece ser o problema.

A mulher voltou naquele momento. Ela estava com um cigarro aceso na boca e três maços da marca Gosto de Fumar nas mãos. Ela se jogou num assento vago com as suas últimas forças e sugou o aroma do mundo maravilhoso de Marlboro.

— Esta não é a minha marca — foi a primeira coisa que ela conseguiu dizer. — Mas é melhor do que nada.

— Eu limpei um pouco Jennifer — falei.

Jennifer olhava contente pela janela e chupava o dedo. Ao que parecia, estava se sentindo excepcionalmente bem.

— Não tem nenhuma máquina de cigarros neste trem — respondeu a mãe da Jennifer cruzando as pernas. — E o sujeito no minibar só tinha estes aqui!

Ela apontou com ar de desprezo para o maço, que aparentava ser de péssima qualidade, que tinha sido obrigada a comprar.

— Para onde está indo? — perguntei, para desviar a sua atenção do seu problema de dependência.

— Para Hamburgo, ver o pai da pequenina — respondeu a bela fumante, soprando a fumaça na nossa ensolarada cabine de não-fumantes.

— A senhora vai via Stuttgart? — testei cautelosamente.

— Por quê? Este aqui não é o trem certo?

— Bom, este trem vai para o sul — respondi. — E Hamburgo fica no norte.

— Que merda — disse a senhora se levantando. — Então precisamos saltar.

Expliquei a ela que a próxima parada seria em Heidelberg e que ela poderia tranqüilamente fumar mais um cigarrinho.

— Bem que eu estou precisando — disse a moça, pisoteando a sua guimba no chão, rente aos restos de fralda. Depois retirou um cigarro novo do maço e levou-o aos lábios com os dedos trêmulos.

— Eu trabalhei a noite toda.

— Fazendo o quê? — deixei escapar. Enquanto isso, esforçava-me por ignorar o aviso de proibido fumar na nossa cabine.

— No ramo de negócios — devolveu a bela de meias brilhantes. — Controlo jogos eletrônicos.

Ela deu uma tragada profunda. Seu batom violeta ficou marcado no filtro.

Logo imaginei em que tipo de negócios ela atuava quando não estava controlando jogos eletrônicos.

— E Jennifer?

— Não tem problema nenhum — respondeu ela. — Jennifer é muito bem-comportada. Eu a levo sempre comigo. Mais tarde, quando ela começar a andar, terei que pensar em alguma coisa.

Imaginei que ela não teria pressa alguma em ensiná-la a andar e que continuaria a carregá-la naquele moisés encharcado e apertado, deixando-a largada pelos cantos.

Depois ela me contou que estava precisando relaxar um pouco e por isso estava indo ver Johnny, o pai da pequenina. Ele trabalhava em Hamburgo e tinha uma namorada, Lolita, de apenas 16 anos. Mas agora era a vez deles cuidarem da criança, pois ela estava completamente acabada.

Também achei que ela estava com a aparência horrível, magérrima e pálida por baixo daquele bronzeado artificial.

Toda aquela fachada ruíra em questão de segundos.

Uma mãe solteira como eu.

E ao mesmo tempo tão diferente.

Ela investia o seu dinheiro em roupas caras e cigarros.

Eu pagava para ficar livre da condição de dona-de-casa. Eu estava comprando um pedacinho de liberdade.

Qual de nós seria a pior mãe?

Completamente deprimida, ajudei Jennifer e sua mãe no desembarque. Pedi ao condutor que as colocasse no trem certo. Não havia mais nada que eu pudesse fazer por elas. Voltei para a minha cabine, me agachei por baixo do assento, peguei o lixo fedorento com a ponta dos dedos e o coloquei na lixeira do corredor.

Depois fui até o banheiro e lavei demoradamente as mãos.

Quando desembarquei em Stuttgart, procurei a irrequieta dona de livraria cujo nome eu não conseguira entender ao telefone. Vi uma figura num casaco de verão cinza, com um lenço voando por cima do rosto, vindo na minha direção com um carrinho de bagagem vazio. Parei e fiquei aguardando. A mulher chegou correndo e sem fôlego, e com um chiado freou o carrinho. Ela me examinou por um momento e exclamou animada:

— Vamos logo!

Ela não podia estar falando comigo! Continuei procurando. A mulher me segurou pela manga do casaco.

— Sra. Zis?

— Sim — respondi, surpresa.

— Vamos logo! — exclamou energicamente a mulher apontando para o carrinho de bagagem.

Não sou besta, pensei. E, além disso, aquilo era jeito de falar comigo?!

— Temos que correr um pouco — arfou a esvoaçada de cinza, tentando impedir o lenço de cobrir os seus óculos. — Estou estacionada em local proibido!

— Um momento — disse eu, irritada —, a senhora é da livraria de Sabbach am Neckar?!

— Sim — disse a mulher, enquanto manchas vermelhas começavam a surgir no seu pescoço. — Witzbold! Nós nos falamos ao telefone!

Enquanto eu ainda estava tentando entender por que ela tinha me chamado de "engraçadinha",* me xingando daquele jeito tão mal-educado, caí em mim: Witzbold é o *nome* dela! Ou "Wird's bald" (Vamos logo!). Que droga, Franziska, ela se apresentou três vezes! Ela veio correndo com um carrinho de bagagem, e você nem ao menos sorriu para ela! Você nem ao menos a cumprimentou efusivamente, nem apertou a mão dela com entusiasmo!!

Confusa, fui-me arrastando atrás daquela bomba energética suábia. Ela me fez lembrar de "Tootsie" enquanto se esgueirava pelo meio dos outros pedestres com o carrinho de bagagem. Ela se parecia muito com "Tootsie"! Mas só quando estava correndo. É claro que deixava de parecer assim que começava a falar naquele inconfundível dialeto suábio.

Seu Renault branco conversível estava estacionado em frente à estação de trem, em cima da calçada e com o pisca-alerta ligado. Um policial expedito já tinha se apercebido daquele contratempo na via pública e estava chamando o reboque pelo rádio.

---

*Em alemão, "witzbold" significa "engraçadinha". (*N. do T.*)

— Até que o reboque chegue já estaremos bem longe! — exclamou Tootsie Witzbold, jogando a mala no banco traseiro pela capota aberta e pulando no banco do motorista. Sentei-me apressada ao seu lado.

O carro desceu da calçada cantando pneu e entrou no meio do trânsito.

— Que bom que a senhora conseguiu chegar. Nós já estávamos preocupados, sem saber se iria dar certo com o trem, pois às sextas-feiras ele sempre vem lotado. Então a senhora teria que vir de carro e não chegaria a tempo — disse a Sra. Witzbold, excitada. — E como foi a viagem?

— Boa, obrigada! — Lembrei-me da gata dos jogos eletrônicos e de Jennifer. Será que estavam no trem certo? E será que John iria buscá-las com tanto entusiasmo assim?

— Nós passamos a tarde toda arrastando cadeiras e distribuindo convites a todos os leitores; também penduramos cartazes por toda a cidade, portanto estamos contando com uma platéia expressiva!

Tootsie enfiou o pé no acelerador do Renault. Subiu a montanha estalando com um rangido de dor.

— Aqui há muitas ladeiras — alegrou-se a mulher corajosa. — Não é tão plano como na sua Hamburgo!

— Colônia — corrigi.

— Ora, pensei que a senhora morasse em Hamburgo! Mas quem mora lá é o senhor... fulano... o sujeito da editora, como é mesmo o nome dele?

— Lange — respondi.

— Exato — disse ela. — A senhora o conhece?

— Sim — respondi, e o meu coração foi tomado por um calor agradável.

— E como a senhora chegou até ele? Quer dizer, como é que se faz para que um editor leia um manuscrito desses?

— Fui para a cama com ele — respondi calmamente.

O Renault de Tootsie deu um solavanco nervoso.

Tootsie soltou uma gargalhada sonora.

— Sabe, no primeiro momento eu caí direitinho nessa! Mas trata-se da senhora, Sra. Zis, este é o seu humor, ele é bem característico!

Ela rolou de rir.

Seguimos para Sabbach am Neckar, e a falação da Tootsie ia passando pelos meus ouvidos. Ela me mostrou aquela montanha e aquela fábrica, deu informações sobre a data de construção daquela estrada. Falou também sobre as instituições de ensino da Suábia, das livrarias e dos centros de formação. Enquanto isso, fiquei pensando intensamente em Viktor. Pena que Hamburgo ficasse tão longe dali!

Ela lamentou profundamente não poder me mostrar sua cidade natal. Ela vinha de Renigen. Por isso é que ela estava sempre correndo, será que eu já tinha notado? Achei a piada engraçada, e respondi que de qualquer maneira Renigen era bem melhor para a saúde do que Esslingen.* Tootsie riu com tanto gosto que esqueceu de passar a terceira. Como eu era espirituosa. Ela iria me levar para uma pensão muito simples mas muito limpa, na beira da cidade, de onde se podia avistar Ludwigsburg com bom tempo.

Assegurei-lhe que nada me daria maior prazer do que ficar o resto do dia olhando para Ludwigsburg.

Quando a dona de livraria faladeira me deixou na frente de uma simpática pensãozinha, senti-me subitamente sozinha. O mundo acabava ali, não havia nada além dos campos de cereais balançando ao vento do início do verão.

---

*Jogo de palavras utilizado pela autora. Em alemão, "renigen" significa "correr"; e "esslinger", "comer". (*N. do T.*)

— A leitura vai começar às 20h. Virei buscá-la às 19h30 — disse a Sra. Witzbold alegremente excitada. Tootsie afastou-se com seu Renault sem capota, enquanto buzinava e acenava vivamente. O lenço cinza seguia batendo em cima dos seus óculos. E lá fiquei eu, sozinha na entrada de carros da pensão.

A porta de entrada estava encostada. O piso de ladrilhos no interior era bem limpo. Na frente de um espelho sobre o balcão, havia uma vasilha com maçãs verdes. Peguei uma e coloquei dentro da bolsa, para que no futuro eu continuasse conseguindo morder com força!

Uma escada e três portas marrons fechadas. Numa delas havia uma placa de "privativo" e nas outras duas "WC". Entrei e senti o cheiro de desinfetante floral para vasos sanitários. No peitoril da janela havia um rolo de papel higiênico sobressalente, dentro de uma capinha de crochê.

Voltei para o corredor. Que silêncio fabuloso!

Tive a sensação de que uma porta iria se abrir, e os meus filhos viriam correndo para cima de mim. Nada. Um silêncio de doer.

— Olá?

Minha voz reverberou nos ladrilhos reluzentes.

Olhei para o espelho que ficava acima das maçãs verdes. Franka Zis, a autora de sucesso. Que recepção mais calorosa.

Então reparei num papel ao lado da vasilha, sobre o qual estavam três chaves.

"Sr. Schäuberle, quarto 3

Sra. Zis, quarto 4

Sr. Waiblinger, quarto 5",

constava lá com uma caligrafia cuidadosa.

Aparentemente o Sr. Schäuberle e o Sr. Waiblinger ainda não haviam chegado.

A casa estava completamente vazia. Peguei a chave do quarto 4 e subi a escada trotando. No primeiro pavimento tudo era "privativo", porém no segundo tive mais sorte.

Além do banheiro e do WC, havia mais três portas: quartos 3, 4 e 5. Sobre uma mesinha estavam várias revistas antigas, bastante manuseadas. Junto à parede ficava uma geladeira. Abri a porta só para dar uma checada. Lá dentro estavam três garrafas de água mineral, cada uma com uma etiqueta: quarto 3, quarto 4, quarto 5. Ora, pois. Pelo visto, hoje ia ter uma festa de arromba!

Meu quartinho era claro e amistoso e tinha vista para o já mencionado campo de cereais. Ao fundo viam-se chaminés de fábricas e a tela de um drive-in. Agora eu poderia ficar olhando para Ludwigsburg o quanto quisesse. O céu estava azul, e andorinhas suábias voavam através do firmamento.

Tirei minhas roupas empoeiradas e fui tomar uma chuveirada. Depois me deitei um pouquinho sobre os lençóis alvíssimos que cobriam a cama. Ninguém me perturbava. Ninguém gritava: "Mamãe, quero um leitinho." Ninguém se esgueirava debaixo das minhas cobertas, enfiando o canto de um livrinho infantil no meu olho dizendo: "Mamãe, agora lê um pouco do 'Papai' para mim." Ninguém dizia: "Anda mamãe, levanta e vai buscar o meu coelhinho!" Ninguém chorava. Ninguém gritava. Nenhum passinho de pés descalços de criança no corredor. Silêncio. Eu podia ouvir o meu coração batendo. Desde os tempos do internato que eu não tinha mais ouvido aquele som. Olhei fixamente para o teto do quarto. Ele era branco, e as vigas eram de madeira escura. O quadro sobre a cama mostrava um cervo bramando, com uma aparência ofendida. Sobre a cômoda que ficava encostada na parede, havia uma pequena televisão. Sobre a mesa-de-cabeceira, muitíssimo bem limpa, havia um telefone.

Saudade. Melancolia. Uma dor no coração de tirar o fôlego.

Liguei para casa.

— Residência da Sra. Franziska Herr — atendeu Paula.

— Alô — disse, desgostosa —, sou eu!

— Alô, minha querida — disse Paula, satisfeita. — Que bom que ligou! Como vai?

Contei-lhe sobre a viagem e sobre a dona de livraria faladeira e que no começo não tinha entendido que o nome dela era Witzbold.

— O nome dela é Wirz-Polt — disse Paula.

— Como é que você sabe?

— Ela telefonou hoje de manhã! Queria saber se você tinha vindo de carro ou de trem e eu disse que você tinha ido de trem.

— E você entendeu o nome dela assim de primeira? — me admirei.

— Não — respondeu a Paula. — Pedi que ela soletrasse para mim.

— É mesmo? — fiz, espantada.

— Eu me acostumei a fazer isso na casa de tia Trautschn — disse Paula. — Eu sempre atendia os telefonemas e anotava os recados para tia Trautschn. Aliás, estou fazendo o mesmo para você. Hoje já ligaram dois donos de livraria para você, um de... — ouvi ela folheando — Bad Harzburg e outro de Magdeburg.

— Oh — respondi.

— Além disso ligou também o Sr... Weidler, da Rádio Colônia.

— Que bom — respondi.

Paula me passou o número. Eu já estava ansiosa por bater um papo com o Sr. Weidler.

— E chegou também uma carta da Editora Frauen mit Pfiff — disse Paula. — Devo abri-la?

— Se estiver escrito à mão, feche o envelope novamente — pedi.

Ouvi Paula mexendo no papel.

— Foi impresso no computador. É uma lista de vendas.

— É mesmo?!

— Segundo o relatório, o teu livro está no 27º lugar dos mais vendidos — disse Paula. — Com tendência a subir! Na semana passada você ainda estava no 33º lugar, na semana retrasada no 49º, e antes disso você nem aparecia na lista!

— Veja só — disse prazerosamente. — Em 27º lugar! Nada mal!

— Aqui consta mais uma coisa — disse Paula. — Exemplares vendidos por dia! Está sentada?

— Fala logo! Estou deitada!

— Novecentos e oitenta e sete exemplares por dia — disse Paula. — Em média. Muito legal, não acha?!

Fiquei olhando para o cervo ofendido. Quase mil exemplares! Por dia! Era uma maravilha! A coisa finalmente estava acontecendo!! MINHA coisa, como diria Will Gross!

— Soa realmente muito bem — respondi, tentando fazer de conta que não estava dando bola.

— E como vão os meninos?

— Estão lá fora, brincando na areia — respondeu Paula. — Está tudo correndo muito bem. O porão ficou inundado com água. Mas Enno e eu já demos um jeito.

— O QUÊ?

— Enno me passou as instruções pelo rádio de como colocar a bomba novamente em funcionamento. E limpei o porão com a Sra. Ville. O Sr. Ville já andou consertando umas coisinhas.

— Você não existe mesmo! E os Ville também. E Enno também.

— Quer falar com os meninos?

— Não, acho melhor não.

Eu sabia que eles iriam começar a chorar, pedindo que eu voltasse imediatamente. E eu também iria chorar. De pura consciência pesada por não ter limpado o porão eu mesma. E o quartinho apertado e limpo iria me deprimir.

— E você, como vai, Paula?

— Muito bem — respondeu ela. — Não se preocupe conosco e aproveite a viagem!

— Não é assim tão simples aproveitar a viagem.

— Terá que aprender a fazê-lo.

— Meu quarto é tão silencioso!

— Aproveite o silêncio!

— Tenho medo de ficar deprimida!

— Então saia e dê uma caminhada! Você adora fazer isso!

— Está difícil para me adaptar com esta mudança! Sinto tanta falta de vocês!

— Tudo leva um tempo — respondeu Paula. — Agora trate de aproveitar a liberdade. O que acha que eu faço toda tarde depois das duas e meia, quando não preciso ficar direto duas semanas na sua casa?

— Não faço a menor idéia.

— Aproveito a minha liberdade, caramba!!

— Tudo bem, é o que eu farei — respondi.

Desligamos. Afundei a cabeça novamente no travesseiro e fiquei olhando fixamente para o teto. Tudo em ordem. O porão ficara inundado, mas isso foi contornado em questão de minutos. Ninguém sentia a minha falta. Os livros vendiam como água. Eu ganhava dinheiro enquanto estava ali deitada na cama! (Algumas mocinhas também ganham dinheiro desta forma, mas não era bem o meu caso!) O sol brilhava lá fora. E eu estava livre! Eu estava completamente livre!! Por que não conseguia finalmente compreender aquilo? Por que a alegria pela qual eu batalhara tanto não queria dar o ar da sua graça? Franziska, você PODE aproveitar, berrou a Franka, puxando as cobertas. Já para fora, vá encarar a vida! O verão está começando lá fora! E na sua vida também! Agora os dias são mais longos! E as noites são curtas! Não se pode passá-las em branco! Isso para não falar de ficar deitada num quarto de pensão olhando para o teto, com o dia claro lá fora!

Pulei para fora da cama.

Vesti roupas limpas e saí pela porta da pensão.

Como o ar era gostoso e puro! E como as andorinhas suábias eram bem-humoradas!

Inspirei profundamente algumas vezes.

Depois caminhei com passos firmes para dentro dos campos.

Aquela acabou sendo uma viagem de leitura altamente interessante e digna de nota. Conquistei os corações de cinqüenta donas-de-casa suábias logo na primeira noite. Sentei-me no canto da mesa da livraria e fiquei balançando as pernas enquanto lia cinco capítulos que tinha selecionado do meu livro. Na verdade, Tootsie arrumara carinhosamente a mesa com flores, água mineral e um microfone. O microfone foi supérfluo. Afinal de contas, eu aprendera a declamar na escola de teatro! O mais importante era que todos conseguissem me ver. Eu não queria fazer somente uma leitura. Queria contar, interpretar e cativar. Finalmente, colocaria o meu talento artístico à prova, finalmente! As donas-de-casa suábias não estavam acostumadas àquele manejo informal do idioma alemão, muito menos com o manejo de maridos supérfluos. Mas, passada a surpresa inicial em relação à forma como manejava ambas as coisas, a empolgação foi crescendo. Houve aplausos depois de cada um dos capítulos. Fui longamente ovacionada após o término da leitura. Sorri feliz para o público. O meu primeiro aplauso! Como elas aplaudiam carinhosamente! Como todas sorriam para mim! Como se fôssemos conhecidas de longa data!

Oh, meninas, como eu gosto de vocês todas!

Então Tootsie resolveu fazer a primeira pergunta, para incentivar todas as presentes.

— Onde a senhora aprendeu a escrever?

Num primeiro momento pensei em responder:

— Na escola!

Mas não quis afrontá-las.

Contei a história com Enno.

— Meu advogado aconselhou-me a fazer algumas anotações sobre o meu casamento. Eu nunca soube ser concisa. Esse é o meu jeito. Acabei escrevendo trezentas páginas. Foi durante o inverno, eu estava sozinha com as crianças, e à noite ia derramando a minha alma sobre o papel. Algumas pessoas fazem isso indo ao psicoterapeuta, mas para mim foi mais prático daquele jeito. Claro que o meu advogado teve preguiça de ler aquilo tudo e deu para sua mãe ler. Ela tem mais de 70 anos e dispõe de bastante tempo para ler. Ela achou a minha história ótima e enviou-a secretamente para uma editora.

Risos empolgados de cinqüenta gargantas de donas-de-casa.

— E eles aprovaram a história assim de primeira?

— Sim — respondi, tentando parecer modesta. — Também custei a acreditar. Mas foi assim mesmo.

— Mas essa é a história da Gata Borralheira — disse uma delas, alvoroçada. — Só que adaptada aos dias de hoje!

Achei aquele aparte muito apropriado.

Fiquei pensando se deveria contar a história com Viktor. Como tínhamos nos reencontrado depois de vinte anos, olhado nos olhos um do outro e feito amor, incontinenti, em cima dos manuscritos. Me abstive de fazê-lo, pois não estava muito certa se a Gata Borralheira tinha feito coisa semelhante com o seu príncipe em cima da canjica. Além disso, eu não queria estressar demais as donas-de-casa suábias, assim de cara.

— A vida é quem escreve as melhoras histórias! — disse uma na última fileira. — É verdade mesmo que a senhora vive sozinha? A senhora realmente colocou o seu marido no olho da rua?

— Sim — respondi. — Quer dizer, eu me mudei. Foi a solução mais elegante.

— Essa é a melhor parte da história, no final a senhora se mudou e continuou vivendo sozinha!! É realmente coerente!

— Como é que consegue dar conta de tudo? — foi a segunda pergunta de Tootsie Witzbold. — Ter filhos, criá-los sozinha, tomar conta da casa, e ainda por cima escrever best sellers?

Respondi que tudo o que eu gostava de fazer eu podia fazer durante as vinte e quatro horas do dia sem o menor problema. As donas-de-casa suábias acreditaram piamente.

— No entanto agora eu tenho uma babá — disse altamente satisfeita.

— Ah bom, é claro — disseram algumas, com inveja.

— A história inteira é autobiográfica? — perguntou uma corajosamente.

— Bastante — respondi mantendo a honestidade. — Quer dizer, eu me baseio em pessoas e situações reais, e depois dou asas à minha imaginação.

— Mas Tom Köttelpeter existe de verdade?

— Sim. É claro que ele não é exatamente assim como eu o descrevo. Mas existe uma pessoa que serviu de base para o personagem.

— E o nome dele é mesmo Tom Köttelpeter?

— É bem parecido — respondi, satisfeita. — Aliás, ele é diretor de cinema.

E aí soltei a bomba:

— Neste exato momento ele está filmando a minha história!

Gargalhadas homéricas, aplausos, ovações e palmadas nas coxas.

— E ele sabe que se trata dele mesmo?

— No meio do caminho acabou descobrindo.

— Os homens são mesmo muito burros — suspirou uma delas.

— E quem ele vai colocar para fazer o papel da senhora?

— Não sei. Estou muito curiosa também.

— Mas a senhora pode dar opiniões!?!

— Certamente — respondi. — Tom Köttelpeter é uma figura generosa e sem vaidades.

— Então não é bem verdade essa história que sempre se lê, que o autor e o diretor sempre quebram o maior pau?

— Não — respondi, categórica. — Isso não acontece conosco. Cada um sabe o que compete ao outro. Por que deveríamos brigar por causa disso? Sabem o que Tom Köttelpeter escreveu para mim outro dia? Jogar limpo é uma coisa obsoleta!

As donas-de-casa suábias olharam para mim sem entender.

— Talvez ele quisesse dizer absoluta — disse Tootsie, a dona de livraria, compreensiva.

— Provavelmente — respondi.

— Fico terrivelmente satisfeita com isso — disse uma delas. — Separar-se, e apesar disso fazer o filme junto, é realmente o máximo.

Eu também achava aquilo o máximo.

Obsoleto o ponto de chorar.

Minha viagem de leituras me levou a várias outras localidades do sul da Alemanha: Kornwestheim, Ludwigsburg, Tübingen, Reutlingen, Weiblingen, Pöplingen, Nürtingen, Esslingen, Pfullingen, Krontal-Münchingen, Nellingen, Neckar-Tenzlingen. Aprendi a valorizar o uso do transporte público intermunicipal. O sistema de metrô em volta de Stuttgart é muito ramificado e fácil de ser assimilado. Com certeza uma cabeça iluminada tinha se sentado na cadeira do Ministério dos Transportes! Comprar a passagem na máquina logo me pareceu ser uma coisa inata. Em pouco tempo eu já tinha descoberto um jeito de viajar na primeira classe pagando apenas 2,50 marcos a mais. Eu me recostava relaxada no meu vagão de não-fumantes, não-mascadores-de-chicletes, não-escarradores-no-chão e não-tossidores, e aproveitava a vista de vacas suábias, casinhas e morrinhos, certa de que nenhuma clínica de recuperação para mães poderia me fazer um bem maior do que aquele.

Certa vez me aconteceu uma coisa muito agradável: ao entrar no vagão da primeira classe, vi o meu livro reluzindo à minha frente. E não era uma brava dona-de-casa suábia que se debruçava em cima dele. Era um homem muito bem-apessoado, nos seus melhores anos. Apesar de todos os assentos em volta estarem livres, sentei-me ao lado dele. Coração batendo forte! Suspense! Alegria!

Ele estava na página 150 e sorria deliciado.

— O senhor está lendo esse livro?

Na pressa não me ocorreu nenhuma outra pergunta um pouquinho mais original.

Fiquei completamente vermelha.

— Sim.

Olhar satisfeito para a minha insignificância que explodia de necessidade de comunicação.

— Por quê? A senhora conhece o livro?

— Sim.

Controle-se, menina, controle-se!!

— O que está achando?

— Muito, muito agradável e divertido. Comprei ele hoje de manhã em Hamburgo e já estou na página...150!

— É a passagem onde Tom Köttelpeter encontra a bela Dorothea no Expresso Transiberiano.

— Sim... exatamente. E agora estou encontrando no metrô de Stuttgart a bela...?

— Franka Zis... — deixei escapar.

Ele parecia não estar compreendendo nada ainda, o belo e charmoso senhor de Hamburgo.

— Bem, agora tenho que decidir como vou preferir encurtar a minha viagem. Com a leitura deste livro ou com a senhora...

Muito charmoso e eloqüente. Gente, olha só que maravilha.

— Pois faça as duas coisas...

Eu não sabia se queria competir comigo mesma.

Os demais passageiros na cabine faziam de conta que não estavam lá.

— Sabe de uma coisa? Vou me sentar em frente ao senhor e observá-lo enquanto lê o livro — disse trocando de lugar.

O homem riu, virando suas longas pernas para o lado. Ele não se incomodou nem um pouco com aquele meu comportamento inusitado.

— Por favor! Faça isso! Só não sei é se vou conseguir me manter concentrado!

Dois passageiros olharam medrosos para mim por cima dos seus jornais.

— Vai, sim! Concentre-se! O senhor está quase chegando na solução alternativa de um conflito, no restaurante sem calefação do hotelzinho russo barato!

O senhor bem-apessoado me examinou com o olhar. De repente caiu a ficha. Ele virou o livro e leu o meu nome:

— A senhora é Franka Zis?

— Sim!

Como é que Franz diria agora? O primeiro ponto já foi ganho!

Os jornais à direita e à esquerda arriaram. Olhos de homens de negócios repousavam curiosos sobre a minha pessoa.

— Mas que coisa!!

O meu leitor ficou contente. E eu fiquei contente também. Nós ficamos irrestritamente contentes. Quase caímos nos braços um do outro. Até mesmo os homens de negócios atrás dos seus jornais ficaram contentes. Dava para ouvi-los sorrindo.

— Axel Meise — disse o meu belo leitor tentando se levantar. Ele era tão alto que teve que inclinar a cabeça.

— Franka Zis — respondi, e sacudimos as mãos efusivamente.

Infelizmente tive que saltar. Ainda autografei rapidamente o livro para o compridão Sr. Axel Meise: Para Axel, a quem peguei em flagrante! — e desejei que aproveitasse o resto da leitura. Ele agradeceu e me desejou muito sucesso, e ainda estava muito contente quando pulei para a plataforma com a minha maleta. Todos os ocupantes da cabine estavam contentes. Axel Meise ficou acenando até o vagão do metrô desaparecer numa curva.

Foi um incidente muito agradável.

No mais, reinava a maior calma à minha volta.

Por enquanto.

O tempo do lado de fora combinava com o meu humor. Tudo estava tão pacífico, tão ensolarado, tão satisfeito! Eu estava gostando de ficar sozinha! Eu tinha que resgatar tantos pensamentos e sentimentos... O tempo parecia ter parado. Os meus neurônios se espreguiçavam na Praça da Hipófise. É claro que para manter a correção eles iam o tempo todo verificar se os meus filhos estavam bem e voltavam tranqüilizados. Os meninos estavam em boas mãos. E agora era a MINHA vez. Eu podia aproveitar. Fiz por merecer. Meus neurônios se acomodaram em espreguiçadeiras e ficaram tomando sol na barriga. Fui recebida com muito carinho em todos os lugares. Ora era uma bibliotecária excitada acenando efusivamente com o meu livro na plataforma da estação, ora um radiante livreiro com um ramalhete de flores silvestres na mão. Todos alegres, agitados e sentindo-se honrados por poderem me cumprimentar nas suas cidades natais. Sempre carregavam a minha malinha e me levavam até uma pensão decente e limpa, com maçãs verdes no aparador, e com banheiros que recendiam ora a flores silvestres ora a flor de cerejeira. Certa vez alguém inclusive me trouxe uma torta caseira com os dizeres: "Bem-vinda, Franka Zis". Todos sempre preocupados de uma forma comovente com o meu bem-estar! Foram tempos maravilhosos. À noite eu fazia leituras de trechos do meu livro. Às vezes para cem pessoas, às vezes para 12. Uns noventa por cento eram seres femininos, que se sentavam ansiosos aos meus pés. Os poucos homens pareciam ter sido carregados até lá.

Apesar disso, eu sempre conseguia fazer com que eles rissem. Sempre acontecia uma conversa agradável após a leitura.

— A senhora não é uma daquelas feministas azedas, essa é a sua vantagem — disse-me um deles, condescendente. — Podemos conversar sobre qualquer coisa. E rir!

— Quando terminei de ler o seu livro, fiquei com a sensação de ter perdido uma boa amiga — disse uma jovem mulher na segunda fila.

Aquilo me comoveu profundamente. Existe algum elogio mais bonito do que esse para uma escritora?

— A senhora é exatamente como eu imaginei Charlotte no seu livro — disse uma outra.

— A senhora tem uma voz maravilhosa! — disse um senhor idoso. Joguei um beijo para ele com a mão.

— Eu poderia ficar ouvindo sua palestra por horas a fio! — confirmou sua esposa.

— Durante a leitura eu me esqueci completamente dos meus problemas!

— Eu dei o livro ao meu marido. Depois conseguimos conversar novamente!

— Minha amiga leu o seu livro no hospital. Ela ficou boa rapidamente.

— Continue sempre assim!

— Quando sairá o seu próximo livro?

Eu sabia que estava fazendo a coisa certa.

E aquela era uma sensação maravilhosa.

Muito melhor do que a que se sente quando um colarinho de camisa fica bem-passado.

Durante os autógrafos as mulheres me contavam à boca pequena as suas próprias desventuras. Eu autografava com dedicatórias pessoais. Era espantoso o que as pessoas queriam ver escrito nos seus livros. Algumas coisas eram bem neutras e me fluíam facilmente pela caneta.

Para a minha querida velha Ulrike! Divirta-se durante a leitura!

Para Anke Mann, por ocasião da sua separação. Permaneça feliz sem marido!

Para Fred, sem o qual estou feliz há 16 anos.

Para Guido, feliz sem esposa!

Com uma freqüência que me chamou a atenção, o meu livro também era presenteado a casais.

Para Uli e Ralli, apesar de não quererem ficar felizes um sem o outro.

Para Gidde e Gädd, o último casal feliz deste planeta!

Para Teddy e Schätzchen! Pelos dez anos juntos!

Às vezes também servia de presente de despedida:

Para Billy. Bom vôo...

Para Ernst. Obrigado pelo tempo maravilhoso que passamos juntos!

Espero que Ernst tenha sabido apreciar aquela dedicatória tão original.

Minha maior satisfação foi ter que escrever o seguinte:

Para uma besta quadrada, que jamais leria uma porcaria destas.

Olhei inquisitivamente para cima na minha mesa de autógrafos.

— É para escrever isso mesmo?

— Sim! Absolutamente! A senhora sabe, na mesa-de-cabeceira dela só tem livros de fotos, de literatura francesa e dos grandes filósofos contemporâneos! Ela leva as visitas para conhecerem o seu quarto, só para demonstrar o seu nível cultural!

— Então por que eu deveria autografar um livro para ela? E ainda por cima com esse vocabulário tão chulo? Se não está à altura dela?

— Porque ela vai lê-lo às escondidas, debaixo das cobertas! Quer apostar?

Não. Eu não quis apostar.

Mas quis autografar.

Atenciosamente.

Durante o dia eu passeava pelas cidadezinhas que valiam a pena conhecer e visitava castelos, igrejas e museus. Em todos os lugares eu via cartazes com a minha foto, nas vitrines e nos postes de anúncios. Franka Zis, constava lá em letras bem grandes. Embaixo havia uma reprodução do meu livro, e abaixo dela em letras igualmente grandes: Editora Frauen mit Pfiff. E depois, quase sempre escrito à mão, constava o endereço e o horário do evento.

Eu olhava em volta, cuidadosamente, para ver se alguém iria me reconhecer ou até mesmo vir falar comigo. Mas ninguém prestava atenção em mim. Aparentemente a foto não se parecia nem um pouco comigo. Ou então não era usual na Suábia abordar estranhos só porque eles estavam sorrindo nos cartazes espalhados pelas ruas.

Depois de visitar cidadezinhas, eu saía para passear com um prazer indescritível, andando quilômetros e mais quilômetros pelo campo. Que paisagem maravilhosa! Que prazer poder finalmente CAMINHAR! Com os dois braços livres, num passo acelerado, através do ar de verão, pelas árvores frutíferas em flor e perfumadas, sobre as relvas e os campos! Sem ter que empurrar um carrinho que pesava cinqüenta quilos com dois meninos gorduchos dentro, e sem ter que ficar apressando um marido reclamão! Só precisava locomover a mim mesma. E eu era leve como uma pluma. Era maravilhoso.

Passei várias horas no castelo de Ludwigsburg. Para minha imensurável alegria havia uma exposição de flores lá. Em cada um dos salões do castelo tinham sido colocados buquês de flores enormes com as cores combinando com o ambiente. Eu serpenteei — não, eu flutuei — extasiada através daquela indescritível exuberância floral. O perfume e a riqueza de cores amorteciam os meus sentidos. Minha sensação de felicidade atingiu níveis incomensuráveis quando, num acesso de vaidade, achei que tudo aquilo tinha sido feito só para mim. Seja bem-vinda, Franka Zis!

Um sonho diurno de verão.

Foi então que o vi.

No auge da minha sensação de felicidade, eu o vi.

Ele estava na floresta de contos de fadas do parque do castelo, parado em frente à torre da Rapunzel, olhando para cima, observando a trança loura e gorda descer vagarosamente na sua direção.

Dois meninos pequenos haviam pressionado o botão, constataram o resultado do seu esforço, mas foram embora impacientes. Aquela coisa de trança estava levando tempo demais. Nas suas casas, nos joguinhos de computador, os Zambos e Supermários reagiam muito mais rapidamente. Uma trança estúpida daquelas não exercia a menor fascinação sobre eles.

Mas ele esperou. Ele tinha tempo. Ele se deixou fascinar.

Eu também fiquei fascinada.

Apesar de ter absoluta certeza de que ele fazia parte do cenário, era feito de papel-machê, e que, de acordo com a programação, iria desaparecer céu acima junto com a trança da Rapunzel.

Mas ele era de carne e osso.

E muito vivo.

E muito sozinho.

Papai.

— Olá — disse eu. — Mas o que é que o senhor está fazendo aqui?

— Oh — respondeu ele, contente. — A fada do torrão gelado com roupas de verão.

E aí olhou em volta procurando.

— Onde estão Franz e Willi?

Ele ainda se lembrava dos nomes deles!

— Em casa — respondi. — Em Colônia.

— Meus filhos também estão em casa, em Colônia.

Eu não me lembrava mais dos nomes deles. Só que a menina de tranças louras era deficiente. E me lembrava também da esposa. A profissional empertigada, com o rabo-de-cavalo macio e o aplique de peles nos sapatos de amarrar.

— Mas o que é que está fazendo aqui? — perguntamos quase ao mesmo tempo.

— Estou numa viagem de leituras do meu livro — respondemos também quase ao mesmo tempo.

Nós ficamos nos olhando.

A trança da Rapunzel foi subindo novamente em direção aos céus. Só que Papai se esqueceu de segurá-la para poder balançar no céu azul.

— Eu... eu sou Franka Zis — balbuciei, estendendo automaticamente a minha mão para ele.

— Ah, é você! Fiquei olhando a foto nos cartazes e pensando que ela de alguma maneira me lembrava alguém — riu ele.

— No cartaz estou com cara de boba — respondi rapidamente.

— É mesmo — disse Papai. — Eu acho você muito melhor ao vivo. Martin Born — disse ele, já que estávamos sacudindo as nossas mãos.

— Franziska Herr — respondi sem largar a mão dele.

— Franziska... Franka Zis... que pseudônimo genial — disse Martin sorrindo. — Duvido que alguém descubra!

— Papai também não é nada mau.

— Foi a primeira palavra que a minha filha conseguiu falar.

Martin ainda não largara a minha mão.

— É um pseudônimo maravilhoso — respondi.

— Também acho — disse Martin.

E então fomos comer maultaschen, a especialidade suábia.

Constatamos que os nossos roteiros eram muito semelhantes. Ele já fizera leituras em Ludwigsburg, Esslingen e Pforzheim, e eu por minha vez já fizera leituras em Stuttgart, Sabbach am Neckar e Weil der Stadt. Mas ainda havia cinco localidades onde estaríamos simultaneamente.

A maioria das livrarias agendava as leituras de Papai na parte da tarde e as de Franka Zis à noite. Assim, eles podiam aproveitar para resolver com uma só tacada o problema de arrastar as cadeiras e vender os ingressos.

No meio tempo cada mulher podia pôr seus filhos para dormir, admoestar o marido a tomar conta deles, e em seguida participar "feliz sem marido" do meu evento noturno.

— Li o seu livro — disse Papai. — Ele está em todos os lugares!

Depois de comer o primeiro maultasche passamos a nos chamar pelo primeiro nome.

— Que tal?

— Achei-o engraçado, atrevido e divertido. Minha esposa não gostou do livro. Acho que foi por isso que passei a noite toda lendo-o.

Era bem a cara dela. Mulheres executivas empertigadas, que usavam peles e apagavam os seus cigarros no chão coberto de neve não lêem o meu livro. Elas folheiam livros de fotos, tratados de filosofia e literatura francesa.

— Vocês são um casal muito diferente — comentei.

Martin acenou concordando.

— Nós nos casamos muito rapidamente. Nossa filha estava a caminho.

— Distensão e Revolução?

— Como?

— Ah, nada, não. Conosco foi parecido. O nosso filho estava a caminho. E o meu marido também estava o tempo todo a caminho de algum lugar. E agora quem está a caminho sou EU — disse alegre.

— Vocês estão se valendo do direito de devolução de mercadoria? — Papai sorriu de um jeito maroto.

— Exatamente — respondi.

— Nós não podemos nos separar — disse Martin. — E também não queremos fazer isso.

— Eu compreendo.

Eles tinham uma filha com síndrome de Down.

— Quando se tem um filho deficiente, não é muito fácil pedir a separação. Acaba acontecendo um processo de crescimento interno, em conjunto.

— E você provavelmente é um pai muito diferente do Will Gross — respondi.

— Acabei me tornando um bom pai. — Papai esfregou o rosto com as mãos. — Quisemos ter outro filho imediatamente. O segundo é sadio.

— Sim, eu o vi. É um menino.

— Benedikt. Um doce de garoto. Vai começar no jardim-de-infância. Sabine quis voltar ao trabalho de qualquer jeito. Então eu parei. Fiquei com complexo de culpa. O que é uma besteira. É claro.

O modo como ele esfregava o rosto era tão comovente, que eu tive ímpetos de acariciar sua cabeça.

— E como foi que tudo aconteceu?

Martin me contou que antes ele trabalhava numa área completamente diferente. Ele estudara música e cantava Mozart noite após noite. Papageno era o seu papel mais visceral. Pude imaginá-lo muito bem, usando a fantasia de plumas, com a sua flauta-de-pã, cantando: "Eu sou o caçador de pássaros..." Acabou conhecendo a atual esposa em algum festival num castelo na Suíça. Sabine. Ela gerenciava o festival. Estudara administração.

— Uma mulher incrível. Sempre soube o que queria.

— Ela continua sabendo, não é mesmo?

— Sim. Ela não quer abrir mão da sua profissão.

De alguma forma aquilo me impressionou.

— E aí você abriu mão da sua?

— Procurei uma nova ocupação. Uma que se adequasse mais a Katinka.

Katinka. Imediatamente me lembrei daquela música do Papai, sobre as três moscas: À direita está Inka, à esquerda Minka, e no meio está: Katinka!

Papai me contou como foi o parto de Katinka. Sabine teve contrações durante quarenta horas e durante esse tempo ele teve que se apresentar duas vezes na ópera. Não foi possível achar ninguém para substituí-lo. Ele teve que se apresentar, mesmo contra sua vontade.

— Papageno deseja uma menina ou uma fêmea.

Durante os intervalos ele corria para o telefone com a sua fantasia de penas:

— Nada ainda?

— Não. As contrações cederam de novo.

— Ninguém me ouve.

Papageno quase se desesperou naquela noite. Por que não podia estar ao lado da esposa naquela hora? Que droga de profissão era aquela, afinal de contas?!

No intervalo das apresentações, retirou o mínimo de maquiagem possível e foi até o hospital. Tudo estava quieto naquela tarde de domingo. Era verão e as bétulas na entrada balançavam suavemente ao vento. Os corredores do hospital estavam vazios. De vez em quando se podia ver um visitante procurando um vaso de flores.

— "Amanhã eu também vou procurar um vaso de flores", pensou Papai. "Amanhã é a minha folga."

Ele tocou a campainha na porta da sala de parto, na qual estava escrito: Entrada Proibida

A voz de uma parteira.

— Pois não?

— Sou Martin Born! Da parte de Sabine Born!

— Sou a enfermeira Erna — disse a voz. — Sua esposa está dormindo. Deseja entrar?

— Não, tenho uma apresentação daqui a pouco.

— Quer deixar algum recado? — perguntou a voz.

— Papageno deseja para si uma menina ou uma fêmea.

A voz riu.

— Pode deixar, vou transmitir o recado!

Então Papai voltou correndo para sua apresentação noturna. Telefonou mais duas vezes nos intervalos. Nada.

— As contrações recomeçaram. Sua esposa não está passando bem. Por favor, procure chegar logo.

A apresentação prosseguiu inclemente. As pessoas riam e aplaudiam. Quando ele finalmente se inclinou, banhado de suor, deixando os aplausos passarem ao largo, todo o resto aconteceu como num sonho. Em vez de se curvar novamente, ele correu para o telefone. Já decorara o telefone da sala de parto. Estava dando ocupado. Ele entrou no carro e partiu em disparada para o hospital, sem trocar de roupa nem tirar a maquiagem. Estacionou em local proibido, voou escada acima, até a caixa de vidro onde ficava a enfermeira da noite... Todos o olhavam de um jeito estranho... Devia ter acontecido alguma coisa! Enfermeiras, assistentes, dois ou três aventais brancos apressados... Sim, todos sabiam de alguma coisa e estavam escondendo dele. Será que Sabine estava morta? Ele não se deu conta de que nos andares de baixo ninguém podia saber nada sobre Sabine. Eles o olhavam de um jeito estranho, porque ele estava correndo pelos corredores com a fantasia de plumas, com a maquiagem borrada de suor, no meio da noite.

Súbito, o toque na campainha da porta verde. Sala de parto. Entrada estritamente proibida. A voz da enfermeira Erna no interfone:

— Pois não?

— Martin Born! Da parte de Sabine Born!

As últimas palavras já não foram ouvidas, tinham sido sobrepujadas pelo zumbido da fechadura.

Nenhuma voz mais. Só os seus passos ecoando pelo piso esterilizado do corredor.

Tudo verde e branco. Paredes, portas, pessoas. Verde e branco.

Cheguei até a enfermeira Erna.

Alguma coisa TINHA acontecido.

O rosto.

Por que ela não falava nada?

Ela o encarava fixamente. Ah, é mesmo, a fantasia, a maquiagem, o suor. O olhar desesperado.

— Aconteceu alguma coisa? — disse Martin com uma voz esganiçada.

— O senhor ganhou uma menina — disse a enfermeira Erna. — É o que o senhor tinha desejado!

— Mas?!

— Mas é uma criança com necessidades especiais.

Fiquei olhando para Martin por um bom tempo. Ele estava muito longe, em algum lugar, numa sala de parto, cinco anos atrás. Olhei para a mão dele. Para os seus dedos que brincavam nervosamente com o garfo. Afastei suavemente o garfo e segurei a sua mão.

Martin. Papageno. Papai.

Aqueles cabelos bardos. Tocá-los.

Ele se contraiu um pouco e depois sorriu.

— Somos muito felizes, apesar de tudo.

— Eu sei. Se não fosse assim, Papai não seria capaz de trazer alegria para todas as crianças.

— A fase da autopiedade já passou há muito — disse Papai, pensativo. — Estou vivendo. De uma forma mais intensa do que jamais o fiz.

— Isso é muito bom — respondi. — Porque eu também estou vivendo com muito mais intensidade do que jamais o fiz.

— Será que foi mera coincidência nós nos encontrarmos hoje?

— Não.

— Vamos?

Ele não largou a minha mão enquanto pagávamos. Pagamos a conta. Cada um com a mão que estava livre. Deixamos a nota em cima da mesa.

Passeamos pelos campos de mãos dadas. Subimos a montanha com facilidade. Sem conversar.

A trilha foi ficando cada vez mais estreita.

Tivemos que soltar as nossas mãos por um instante.

Ele me deixou seguir na frente. Senti seus olhos nas minhas costas e ouvi sua respiração colada em mim.

Os dois sabíamos que tínhamos nos encontrado no momento certo. Depois de passar dias inteiros — mas o que é que eu estou dizendo: anos inteiros! — sozinhos meditando e tentando descobrir o sentido das coisas.

Aquela era a hora de viver a vida.

Lá na frente havia um portão de madeira.

Fim do caminho?

Um caminho só chega ao fim quando se quer que ele chegue ao fim. Quando não se quer, abre-se o portão.

Eu abri o portão.

A trilha desapareceu na grama alta.

Continuamos subindo o morro. Um zangão gordo nos acompanhou durante algum tempo.

Abaixo de nós ia surgindo uma paisagem maravilhosa. Elevações suaves, casinhas, árvores em flor. Eles iam ficando cada vez menores.

Ali em cima fazia um silêncio indescritível. Em algum lugar lá em baixo uma vaca mugiu.

Um riacho. Saltamos por cima dele. Ele me estendeu a mão. Sorrimos um para o outro. Seu rosto estava avermelhado, os cabelos de bardo colados nas têmporas. Dava vontade de agarrá-lo.

Papai e eu.

No castelo de Ludwigsburg. Um maravilhoso improviso da vida. Eu nunca teria tido aquela idéia sozinha.

O riacho voltou-se para baixo. Nós seguimos em direção à nascente, continuando a subir. Cada vez mais alto. Arfávamos no mesmo compasso.

Chegamos ao cume. Um avião de verão passou zunindo por cima de nós. Fora isso, nada mais.

Parei e olhei. Nada à minha volta. Nenhuma nuvem no céu.

E bem lá em baixo estavam as pessoas. Aquelas que nos conheciam. E aquelas que não nos conheciam.

Elas estavam tão distantes.

Verão. *High noon*. Na vida e em tudo mais.

Ele se jogou no chão e me puxou. Se ele não tivesse tomado a iniciativa, eu o teria feito. Nenhum estresse na divisão de papéis. Não com Papai.

Cuidado, urtiga! Nós nos arrastamos um pouco para a direita. O córrego. Papai jogou algumas gotas de água no meu rosto. Deliciosamente geladas. Minhas têmporas pulsavam. Joguei água de volta em cima daquele rapaz atrevido que estava deitado ao meu lado, ofegante.

— Que delícia! Manda mais!

Joguei com mais força. O suor do seu rosto se misturou com as gotas de água do córrego.

— Ei, não precisa exagerar!

— Por que não? Foi você quem pediu!

— Por que as mulheres sempre têm que exagerar!

— As mulheres?

— Algumas mulheres!

— Que mulheres?

— Você, por exemplo.

Ele jogou de volta.

— Não me satisfaço com as coisas pela metade.

— Não?

Água.

— Não.

ÁGUA.

A camiseta dele já estava parecendo um pano de chão encharcado. Ele a arrancou.

Era exatamente o que eu queria.

Um corpo legal. Jovem, dinâmico e musculoso. Sem pêlos.

Como é que se faz para fisgar um autor de livros infantis sem pêlos? Toma-se uma camiseta molhada e bate-se com ela no seu rosto.

Verão.

High noon.

Hoje. E talvez nunca mais de novo. Agora.

O autor de livros infantis queria vingança. Lançou-se sobre mim com fome de vida.

Eu também queria aquilo.

Aliás, nos últimos tempos estavam acontecendo muitas coisas que eu QUERIA! Era fantástico. Suponhamos que eu NÃO tivesse escrito um livro! Eu NÃO teria feito uma viagem de leituras, eu NÃO teria descoberto como é maravilhoso ficar sozinha! Suponhamos que eu tivesse me casado com Enno! E me mudado para aquela casa com ele! Certamente, teria envelhecido vinte anos de uma hora para a outra! Suponhamos que eu ainda estivesse naquele apartamento de três quartos alugado, ao lado da Else Schmitz! Suponhamos que eu tivesse me esquecido completamente de VIVER!

Papai também não se esquecera de viver.

Um dos seus pés afundou no riacho. Ele arrancou o tênis com o outro pé e jogou-o para longe. O tênis rolou um pouco morro abaixo até cair no riacho. Tênis nadam bem. Principalmente os tênis de autores de livros infantis. Eles nadam na velocidade de zero vírgula nada, curva abaixo, em nado livre. Fiquei me perguntando se deveria avisar aquele senhor de que estava me beijando cada vez mais forte, que tinha um delicioso gosto salgado de suor e que iria voltar para casa só de meias. Pelo menos num dos pés. Eu avisei.

— Aliás, caro colega, antes que acabe de abaixar completamente as suas calças, talvez fosse melhor ir buscar o seu tênis, que acaba de sumir ali depois da curva...

Mas Papai não fez menção de largar de mim.

— Precisamos aprender a nos desapegar das coisas materiais — murmurou ele.

Nós nos amamos de forma violenta e selvagem enquanto ríamos e nos beijávamos, tentando não esbarrar no formigueiro, na urtiga, ou cair no riacho. Sabíamos exatamente que estávamos fazendo algo que não dizia respeito a ninguém mais neste mundo. Só a nós dois.

A mulher de garra e o autor de livros infantis.

Foi maravilhoso. Como se já nos conhecêssemos há muitos anos.

Na verdade eu já o conhecia há muitos anos. E ele a mim. Depois de terminar, ainda ficamos sentados um tempão.

— Ei?

— Por favor, não diga nada agora.

— Você sabe onde foi parar o meu tênis?

— Acho que talvez tenha ido parar em Schröpfingen.

— Em Schröpfingen? Vou achá-lo.

Ele quis se levantar. Eu o puxei de volta.

— Fique mais um pouquinho. Você é tão bonito.

— Ha, ha, ha. Não minta.

— Relativamente. Você até que é bem bonito para um compositor de músicas bem-humoradas.

— Você também, mulher-de-garra-bem-humorada. Relativamente, é claro.

— Tão galanteador!

— É uma das minhas qualidades mais apaixonantes!

Nós nos beijamos fartamente. Depois, ele olhou para a sua meia solitária.

— Você pode me carregar morro abaixo?

— Se você pesar mais do que quarenta quilos, provavelmente não.

— Um pouquinho mais. Coisa irrisória.

— Então não vou carregar. Meninos crescidos podem andar sozinhos. É o que eu sempre digo a Franz e Willi. Além disso, eu não trouxe o carrinho.

Contei a ele sobre o carrinho da bicicleta.

— Foi o melhor presente que ganhei em toda a minha vida.

Ele olhou para mim com um ar divertido.

— Quando é o seu aniversário?

— Dia 2.

— O meu também. Vou pedir um carrinho desses para mim também.

— Foi o que eu pensei.

— Somos bem parecidos, não acha?

— Não se iluda. Sou mais velha que você.

— Acho que você está muito bem para a sua idade. Você fala sobre o assunto?

— Eu tenho 34.

— E eu tenho 33.

— Foi o que eu pensei.

— Por quê?

— Rapazes que perdem os tênis quando transam geralmente são mais novos.

— Pelo visto você está acostumada a lidar com senhores mais maduros?

— Sim.

Pensei rapidamente em Viktor. Era incomparável, uma coisa muito, muito, muito diferente.

Por uma fração de segundo, tive a dolorosa sensação de que poderia tê-lo traído.

Não. Eu não o traíra. Viktor era Viktor.

E Papai era Papai.

— Ei, Papai?

— Sim, Franka Zis?

— Posso ficar com esta história?

— Você pretende usá-la? Com exclusividade?

— Claro. Quer dizer, se você não se opuser.

— Não tenho nada contra. É só você escolher um nome adequado para mim. Martin é que não pode ser.

— Por que não? Muitos autores de livros infantis se chamam Martin! Dê uma olhada no catálogo telefônico!

— Por causa da receita federal. Se eles ficarem sabendo que estive aqui antes de fazer a minha leitura, não poderei descontar o meu tênis do Imposto de Renda.

— Acho essa sua atitude bastante camarada. Vou deixar que escolha o nome só por causa disso.

— Rufus.

— Ah, não. Isso me lembra um dinossauro imundo, de barba mal feita, com os dentes tortos e mau hálito.

Papai riu.

— É isso que você acha de mim?

— Não, seu bobo! Mas certa vez li um romance onde havia um Rufus. Suas cuecas pareciam um pano de chão, suas sobrancelhas eram unidas e a franja despenteada caía nos olhos encravados.

— Também li esse livro!! *O corcunda de Notre-Dame!*

— Dava pra sentir o fedor do suor de meses nas suas axilas por baixo da camisa de mau gosto.

— Eca.

— Mas ele acabou herdando um hotel e foi ao cabeleireiro.

— E depois?

— ... a autora casou-se com ele.

— Que pena.

— Você é quem sabe.

— Parece a história do príncipe encantado. Um pouco plagiada.

Eu ri carinhosamente.

— E no entanto a vida escreve histórias tão legais! Você é testemunha!!

— Talvez ela não consiga vivenciar essas coisas, e aí tem que ficar inventando esse tipo de asneira?

— Não. Ela não tem tempo para essas coisas. Ela tem que escrever livros. Isso toma muito tempo.

— Viva e deixe viver — disse Papai. — Pena que eu seja autor de livros infantis. Não vou poder aproveitar a história.

— A história do hotel?

— Não. A nossa.

— Pode, sim. Vamos reparti-la. Fico com a urtiga e as formigas, e você fica com o tênis.

— Quanta camaradagem.

— Cada um para o seu público!

— Era uma vez um tênis...

— ... que levava uma vida muito dura: ele tinha que ficar o tempo todo colado no pé do seu dono...

— ... suando a camisa, até que a sua língua ficou pendurada para fora...

— Ele se libertou do seu dono, saiu aos trambolhões e pulou num riacho para suicidar-se...

— ... mas eis que ele herdou um hotel...

— ... e encomendou cadarços novos...

— Isso soa como plágio.

Rolamos de rir em cima das urtigas.

E depois caímos em cima um do outro.

VIVER e VIVENCIAR! Quem é que ainda podia fazer isso nos dias de hoje?

Fiquei pensando em como eu já tinha achado os campos da Suábia encantadores mesmo SEM Papai. Agora, com o Papai, eles eram simplesmente indescritíveis.

No caminho de volta fizemos a promessa de não contar nada para ninguém sobre aquela tarde loucamente maravilhosa. Para que ninguém pudesse plagiar aquela história.

Ninguém nos vira. Só algumas formigas, cujos formigueiros nós havíamos destruído. E o gordo zangão que nos seguira.

Mas aquele não iria contar nada.

Para quem ele contaria?

Uma semana mais tarde nosso sonho chegou ao fim. Papai e eu passáramos todos os nossos minutos de folga juntos. Agora estávamos sentados no trem, um diante do outro, com as pernas encostadas no outro, cansados, satisfeitos, tristes e felizes ao mesmo tempo, e não falávamos mais nada. Contáramos nossas vidas um ao outro, à noite no hotel, sussurrando por baixo das cobertas. Rimos e choramos e nos amamos tanto, a ponto de envergar as vigas suábias.

E mentimos para nós mesmos, o que ajudou a segurar as coisas. Sabíamos perfeitamente que tudo acabaria quando a viagem terminasse.

Não tocando no assunto, podíamos nos prometer o céu e as estrelas.

Às vezes ele aparecia nas minhas leituras. Então eu o tratava como se ele fosse um daqueles maridos que tinham sido arrastados até lá. Olhava de relance para ele ou respondia com um distanciamento cortês as suas perguntas maravilhosamente imbecis. Muitas vezes eu não conseguia segurar o riso. Fomos ficando cada vez mais atrevidos. Fomos ficando cada vez mais jovens. Meio ano a cada dia que passava.

Quando ia assistir às suas leituras — bem escondida, bem lá no fundo —, voltava a ter 10 anos de idade. Ou talvez até 7. Eu curtia a apresentação, ele poderia ser o pai dos meus filhos. Eram os momentos em que sentia uma enorme saudade de Franz e Willi. E ficava imaginando que voltaríamos a nos encontrar. Todos nós. Papai, mamãe e os quatro filhos. E iríamos rir, cantar, brincar, trepar, investigar as cascas das árvores, observar joaninhas, nos balançar nos galhos das árvores, colecionar folhas e sementes, pisar nas poças de água usando capas de chuva, quebrar o gelo escorrido dos telhados e deslizar sobre o fino gelo que cobria o lago da cidade. Aquele sonho bobo englobou as quatro estações do ano.

Um sonho louco, maravilhoso e impossível. Mas agora ele terminara. O trem seguia em direção à vida real. À vida sem Papai.

Uma vida sem aquele pedaço de homem, que até então tinha faltado para completar a minha felicidade.

Depois de Bonn, não falamos mais nada.

Às vezes nos entreolhávamos. E apertávamos ainda mais as nossas pernas.

Senti as malditas lágrimas brotando, aquelas que a gente quer chorar quando está apaixonado pela melancolia.

Havia mais duas pessoas na nossa cabine. Uma mulher estava lendo *Feliz sem marido*, de Franka Zis. Desta vez não conseguia achar graça naquilo.

Tudo já tinha sido dito.

Nenhum: "Tchau, eu te escrevo."

Nenhum: "Eu te ligo. Tenho o teu número."

Muito menos: "Mande lembranças."

Para quem?

Nada.

A zona industrial passava do lado de fora. O céu estava cinza. Os trilhos se bifurcaram. O trem parou.

Apertamos nossas pernas como se quiséssemos quebrá-las.

Depois nos levantamos e pegamos as nossas coisas no compartimento de bagagem.

Pessoas se espremiam no corredor. Encostamo-nos um no outro. Segurávamos a mão um do outro com tanta força que chegava a doer.

A estação de trem. O saguão. Os inúmeros rostos.

Ali.

ALI! Ali estavam eles! Franz, Willi, Enno, Paula, Alma Mater e o carrinho de bagagem. Todos à minha espera.

Larguei "Papai".

Estação central de trem de Colônia.

Fui me espremendo atrás dos outros passageiros através da estreita porta de saída.

Eles vieram correndo.

— Mamãe, mamãe!

Como eles tinham crescido! E como os seus cabelos estavam curtos! Moleques verdadeiramente grandes e robustos! Os meus filhos! Meus garotos! Meu Deus, como sentira sua falta!

As lágrimas começaram a jorrar dos meus olhos. Joguei as malas e bolsas no chão, abri os braços e me agachei.

Franz e Willi chegaram junto de mim quase ao mesmo tempo. Dois rostinhos de criança, macios, quentinhos e redondos apertando o meu rosto.

— Mamãe!

— Eu voltei!

— Trouxe alguma coisa pra nós?!

— Mas é claro! Um monte de livros de Papai!

Quatro mãozinhas rechonchudas e impacientes começaram a disputar a minha bagagem de mão. Tentei abrir o maldito zíper com os dedos trêmulos. Aos trancos, conseguimos arrancar os livros lá de dentro.

Enno se aproximou. Com um buquê de rosas. E Paula e Alma Mater com o carrinho de bagagem. Levantei-me da minha perspectiva de sapo e agarrei-os um por um.

Paula usava um perfume elegante. O lenço Hermès balançava ao vento. Ela não disse nada, apenas ficou sorrindo para mim. Alma Mater também estava cheirando bem. Ela cheirava a lar, a Enno. Exclamou alegremente que eu estava muito bem e Enno falou ao mesmo tempo, querendo saber se tinha corrido tudo bem! Os meninos se abaixaram junto ao carrinho e ficaram disputando os livrinhos infantis.

Peguei as rosas de Enno, que me espetaram. Ele berrou no meio da confusão, e por cima do barulho do alto-falante da estação, que eu tinha chegado ao quinto lugar na lista dos mais vendidos. Alma Mater gritou que as crianças tinham se comportado muito, muito bem. Enno interrompeu-a com a importante notícia de que Will Gross se mudara para o meu quarto de hóspedes havia dois dias, o que poderia adiar consideravelmente a separação. E também que agora já tínhamos um aparelho de fax, para que eu pudesse receber imediatamente as atualizações das listas dos mais vendidos. O aparelho era muito fácil de ser manuseado, ele iria me explicar tudinho, e eu poderia enviar, a título de brincadeira, a lista dos mais vendidos para Viktor Lange. Ele costumava enviar faxes para sua mãe, avisando que já estava chegando para o almoço. De repente, senti a mão de alguém nas minhas costas. Virei-me.

Papai. Papai carregando os seus dois filhos.

A loura Katinka e o moreno Benedikt.

— Olhe. Estes são os meus filhos.

Olhei para os dois, de quem eu tinha ficado sabendo tanta coisa e cujo pai eu conhecera tão bem.

— Olá, vocês dois.

Eles viraram o rosto, se escondendo nos ombros de Martin.

Procurei a esposa furtivamente. Ela estava um pouco para o lado, fumando e olhando contrariada para o relógio. Sem rabo-de-cavalo desta vez. Um arco brilhante. Jeans de marca, blusa de seda e sandálias de verniz.

— Olá — disse, acenando para ela.

Ela não sorriu.

— Nós nos conhecemos no trem — falei. Ou foi Papai quem disse isso? Não sei mais. Ninguém estava prestando atenção mesmo.

— Durante a viagem, por assim dizer...

— Bem, então...

— A viagem acaba aqui.

— Tudo de bom!

Seu rosto, seus olhos, sua boca. Tão íntimos que chegava a doer. E, por outro lado, já tão distantes.

O que fazia doer mais ainda.

— Cuide-se!

— Quem sabe nos encontremos por aí...

— Quem sabe... — Lágrimas por detrás dos seus óculos escuros. Ou eram as minhas próprias lágrimas?

Aquilo foi se tornando insuportável.

Vá embora.

Papai! Saia logo da minha frente!

Virei-me e olhei para Paula. Paula olhou para mim e compreendeu. Um olhar mais atento, um sorriso, um aceno.

— Temos que ir embora, não é mesmo?

— Sim.

Minha voz saiu arranhada, como se eu tivesse acabado de sair de uma gripe braba. Ajeitei os meus óculos escuros. Ouvimos uma gritaria. Nos viramos.

Franz e Willi estavam no carrinho de bagagem, agarrando os livros junto ao peito, com uma fúria de legítimos proprietários. Os filhos de Papai tinham visto os livros ao passar e tentavam agarrá-los. Katinka estava tentando tirar o livro das mãos de Willi. Ele gritava assustado e indignado.

— Meu Papai!

— É meu! Larga!

— Este livro é nosso!

— Não é verdade! A MINHA mãe trouxe para nós!

A menina empacou. A mãe ficou puxando-a pelo braço.

Martin, que fora buscar sua bagagem, voltou. Ele se abaixou, falou com Willi e Katinka. Eles pararam de gritar imediatamente. Katinka largou o livro. Willi o entregou para Papai.

Também me agachei.

Papai me entregou o livro.

Sorrimos um para o outro.

Finalmente pude dizer o que estava querendo dizer havia muito tempo:

— Obrigada!

— Por quê?

— Por ser você.

— Igualmente — respondeu ele

Nos levantamos. Sorrimos.

Determinados, cada um de nós pegou seus filhos e suas malas no respectivo carrinho de bagagem.

Depois, cada família seguiu para o seu lado.

Era maravilhoso voltar a casa. Eu recebera muita correspondência. Cartas de leitores, de fãs, da Editora Frauen mit Pfiff — a edição já alcançara a marca de trezentos mil exemplares —, de livrarias e bibliotecas convidando para fazer leituras.

A boa notícia daquela manhã foi um cheque da produtora do filme. Minha participação nos direitos de filmagem.

A quantia tinha seis dígitos.

Pus o cheque de lado, pois não estava em condições de pensar objetivamente naquilo. Enno saberia fazer a coisa certa. Muito, mas muito mais importante, era que tudo tinha corrido bem aqui em casa.

A manhã de domingo seguinte à minha chegada foi o Dia das Mães. Paula arrumou uma belíssima mesa de café-da-manhã para comemorarmos a data. Naquele dia ela não quis ir para casa. Pelo menos não antes das duas e meia. Foi o seu presente de Dia das Mães para mim: aquele café-da-manhã encantador.

Ela tinha o raro dom de saber dobrar guardanapos de papel transformando-os em belíssimas flores. Em cada uma das xícaras de café brotava uma linda flor amarela. Em cima de um bolo feito em casa luziam as palavras coloridas: bem-vinda ao lar, querida mamãe! — As crianças tinham borrado uns corações embaixo delas. Sobre o meu prato estavam dois desenhos feitos por eles, igualmente envolvidos por um coração vermelho. O que achei mais encantador foi um pequeno vaso de flores, que os meninos tinham pintado com tinta de dedo. Paula dobrara uma rosa silvestre e a colocara dentro dele. Tudo com tanto carinho! Fiquei tão emocionada, que quase não consegui dizer nada. Como é que eu merecia aquilo tudo, assim tão de repente?

— Você FEZ por merecer! — disse Paula. — Durante cinco anos ninguém deu os parabéns pelo Dia das Mães. Agora você pode aproveitar!

Por sorte eu trouxera um presente para Paula: um jogo de bolsa e carteira em couro legítimo. Dei de presente para ela pelo Dia das Mães, e ela ficou muito contente. Torci para que agradasse ao gosto refinado dela. Eu comprara um perfume caro para Alma Mater. Iria passar na casa dela à tarde para entregá-lo.

— E quais as novidades aqui em casa? — perguntei, depois que toda aquela alegria de Dia das Mães tinha arrefecido um pouco. Os meninos comiam seus sanduíches de patê, felizes da vida.

— O Sr. Gross mudou-se temporariamente para cá — disse Paula, enquanto servia chocolate para Franz. — Ele até que é um sujeito bastante simpático.

— Sim — respondi. — É verdade. E daí?

Se eu fosse Will Gross, também teria me mudado temporariamente para a casa da Paula. Paula era igual a uma galinha-mãe maravilhosa, grande e macia: debaixo das suas asas cabiam muitos pintinhos, independentemente de terem dois, cinco, trinta e cinco ou noventa e quatro anos de idade, a idade de tia Trautschn. Paula irradiava um calor humano como eu jamais vira em ninguém neste mundo.

Talvez ela tivesse proporcionado a Will Gross os melhores momentos da sua vida. Ele, que tinha tido uma mãe tão dominadora e um pai militante. E depois vim eu, a pseudo-emancipada totalmente incapaz de cuidar dos afazeres domésticos.

Paula inclinou a cabeça e olhou-me por cima da caneca de chocolate com um olhar de pedinte:

— Vocês não gostariam de tentar novamente?

— Não — respondi. — Nenhuma chance.

— Paula, O QUE que a mamãe deveria tentar novamente com o Sr. Gross? — É claro que Franz tinha percebido alguma coisa. Achei interessante o fato de ele o ter chamado de Sr. Gross.

— Nada, meu querido, eles precisam aturar um ao outro.

— Aturar, tudo bem — respondi. — Quanto ao resto, só me pronuncio na presença do meu advogado.

— Por falar em advogado: o Dr. Winkel esteve aqui várias vezes para instalar alguns aparelhos: uma impressora a laser na garagem, um jogo de computador no quarto dos meninos e um televisor no lavabo.

— Ai meu Deus — disse eu. — Sem esquecer do aparelho de fax.

Rimos ironicamente.

— E um trenzinho elétrico! — disse Franz. — Ele é o maior barato!

Fiquei pensando se o colunista Fritz Feister acharia pertinente montar um trenzinho elétrico para um menino que acabara de fazer cinco anos. Provavelmente, não. Mas Enno estava se lixando para a opinião de Fritz Feister. Prometi a Franz que depois do café-da-manhã eu subiria com ele para brincar com o trenzinho que era um barato. Paula comentou que estava sendo muito difícil impedir o pequeno Willi de arremessar os caríssimos vagões pelo quarto e de bater com os trilhos na porta do armário. Ele ainda estava na fase de bater e arremessar coisas, e o coelhinho de pano que ele tanto amava era um brinquedo muito mais adequado. Fiquei admirada que Enno ainda não tivesse comprado para Willi um coelhinho-robô, acionado por computador, que cantasse canções infantis em inglês, japonês e coreano.

Paula contou que o casal Ville também viera diversas vezes para dar um jeito na casa e no jardim. Quando o porão ficou alagado, tinham vindo espontaneamente para reparar os danos e ao mesmo tempo fazer uma arrumação. Aquilo lhes deu tanto prazer que aproveitaram para fazer outras coisas: haviam pegado as cadeiras de jardim no sótão para limpá-las e arrumá-las com almofadas limpinhas no terraço. Tinham enchido o laguinho com água, renovando o conteúdo da caixa de areia. Além disso, haviam feito uma triagem nos brinquedos quebrados. Tinham embalado as coisas de inverno em embalagens herméticas e guardado no sótão. Tinham podado as plantas do jardim e arranjado uma churrasqueira. Haviam limpado as janelas, encerado as lajotas do terraço e lavado o carro. Por fora *e* por dentro, evidentemente.

— E eles me deixaram segurar a mangueira! — disse Franz mal conseguindo controlar o seu entusiasmo.

— Mas para isso existem os lava-jatos! — balbuciei, e não consegui comer mais nada de tão envergonhada.

— Os Ville são assim mesmo — disse Paula, alegre. — Eles gostam de botar a mão na massa.

Era POR ISSO que tia Trautschn tinha vivido até os 94 anos! Com tanta dedicação e amor eu também teria me recusado a tirar o time de campo antes do tempo. Decidi que não iria abrir mão deles nunca mais. Noventa e quatro anos era uma idade invejável! De repente a vida estava valendo a pena ser vivida! E o mais legal era o seguinte: eu podia incluir os meus filhos na minha nova felicidade.

Uma paz profunda e feliz tomara conta da nossa casa.

Era verdade. Tudo estava reluzindo e brilhando. Dentro e fora.

Até mesmo o meu armário de roupas e a rouparia tinham sido arrumados. Todas as minhas roupas estavam bem-dobradas e cuidadosamente arrumadas nas prateleiras ou impecavelmente penduradas nos cabides.

Era um sonho.

Um sonho que eu sempre sonhara.

Puro aconchego no ninho.

E na minha idade!

E eu sendo mulher!!

Mal conseguia acreditar em tanta sorte sem merecimento.

— Paula — disse eu, olhando profundamente nos seus olhos. — Por favor, não fale mais nada agora. Quero fazer uma pergunta.

Paula calou-se e me fitou, ansiosa.

Pigarreei significativamente. Depois segurei a mão dela:

— Quer um aumento de salário?

— Sim — respondeu Paula, e uma adorável vermelhidão surgiu nas suas bochechas. — Sim, eu quero.

À noite sentei-me confortavelmente com Enno no terraço. Eu tinha que lhe contar tudo até os mínimos detalhes! Bom, quer dizer, quase tudo.

Os meninos dormiam lá em cima com as janelas escancaradas. Os pássaros cantavam suas cantigas noturnas e as árvores balançavam, rangendo misteriosas ao sabor do vento noturno. Era uma beleza inebriante.

— Quer uma cerveja?

Enno levantou-se para entrar em casa. Pareceu-me um pouco absorto.

— Sim, por favor. E quando vier traga-me a manta vermelha!

Estiquei-me confortavelmente na minha espreguiçadeira. Ah, que vida maravilhosa. Estar em casa era sempre a melhor das coisas!

Que paz, que união, que harmonia!

— Estou tão feliz por estar de volta a casa! — disse a Enno, quando ele retornou com dois copos de cerveja.

— No meio da cidade, e apesar disso tão calmo e no meio do verde!

Fiquei achando que Enno iria dar uma olhada nas árvores ou no céu noturno. Enganei-me redondamente.

— Você agora é uma pessoa famosa — disse Enno.

— Você está correndo perigo.

— O que está querendo dizer com isso?

— Deveríamos mandar instalar um sistema de segurança! Você agora pode pagar uma coisa dessas. Deve custar uns vinte mil marcos!

— Enno. Isso é uma frescura desnecessária.

— Não mesmo, minha querida! Nesta região existe um grande risco de assaltos.

— Mas não na minha casinha pequena e discreta! Com tantas mansões muito mais atraentes por aqui!

Fiquei pensando maliciosamente em Will Gross, passando o resto da sua vida atrás das grades de ferro da mansão de tia Trautschn; caso conseguisse pagar por ela depois da separação, é claro.

Enno não conseguiu disfarçar a alegria antecipada.

— Você não percebeu nada?

— Não.

Fiquei procurando à minha volta. Arame farpado? Sistema automático de tiros? Torres de vigilância? Dobermans enormes e famintos em esconderijos com abertura automática? Movi-me cuidadosamente na minha cadeira. Será que algum alarme iria disparar histericamente a sirene? Ou homens-rã iriam pular pela sacada? Mas Enno pensara numa coisa muito mais sutil. Persianas que abaixavam automaticamente. Era algo que não podia ser visto, enquanto estavam levantadas. Enno puxou uma outra espreguiçadeira e colocou-a ao lado da minha, alegrando-se antecipadamente com o espetáculo único que iria acontecer em breve diante dos nossos olhos. Acomodou-se confortavelmente nela.

O Sr. e a Sra. Advogado-de-separações estão confortavelmente sentados, à noite, no seu pequeno jardim, cada um com uma garrafa de cerveja na mão. E olham fixamente para as janelas. Também é legal. Por que não?

— Você também quer se cobrir com a manta? — ofereci-lhe uma ponta.

— Quero, sim!

Enno aconchegou-se ao meu lado. Enfiei a ponta da manta em volta dos ombros dele. Aconchego!! Gente, que MARAVI...

— Olhe para o relógio! Dez, nove, oito, sete... agora!

Nove em ponto!

Começou um rangido e um crepitar; um chiado e estalos que pareciam envolver tudo.

Que espetáculo da natureza!

Todas as persianas desciam simultaneamente como movidas por mãos invisíveis.

Fiquei sentada na minha espreguiçadeira, espantada, agarrando o meu copo cheio de cerveja, admirando aquele impressionante espetáculo da natureza.

Um eclipse lunar não poderia fazer frente àquilo.

Enno estava sentado ao meu lado, com o peito estufado de orgulho. Ele levantou o seu copo de cerveja com animação.

— E então? Não é uma coisa fina? É o sistema mais novo de todos. Por enquanto só existe nos Estados Uni...

Só pude sentir a cerveja gelada no meu ombro.

Enno deu um pulo e jogou-se no chão. O copo espatifou-se com um barulho estridente.

Tudo aconteceu numa fração de segundo. Alguma coisa acontecera!

Socorro! Ataque terrorista! Assassinato! Polícia! Será que ele tinha sido atingido por uma bala silenciosa?

Enno rastejou pelo terraço com uma rapidez impressionante para a sua corpulência e desapareceu no último segundo debaixo da persiana que acabara de se fechar sobre a porta do terraço.

Escuridão entediante.

Silêncio doloroso.

Meu coração batia tão forte que eu não conseguia pensar direito.

O que acontecera?

Enno. Querido Enno! Acabei de me dar conta de como você é real! Preciso de você! Saia novamente do seu buraco negro! Como é que vou conseguir viver daqui para frente sem você?

A persiana da porta do terraço começou a subir lentamente. O contorno da silhueta de Enno começou a delinear-se na sombra da luz da sala. Ele estava de pé atrás da porta, igual ao candidato a casamento no programa do Rudi Carell: totalmente exaurido depois de vencer aquele jogo de vida ou morte.

Lentamente, com um vagar torturante, os contornos do seu corpo se revelavam aos espectadores atônitos.

De repente, compreendi tudo.

Se Enno não tivesse agido com tamanha presença de espírito, teríamos ficado trancados do lado de fora! E teríamos que passar a noite inteirinha no terraço, debaixo da manta vermelha! E isso com as crianças dormindo inocentemente no lado de dentro!

Que choque indescritível para as crianças — sozinhos na escuridão da noite, sem nenhuma ponta de oxigênio! Síndrome fetal absoluta!

Drama! Tragédia familiar! Trauma! Ele tinha nos livrado daquilo tudo no último segundo.

Levantei-me tremendo e esperei até as persianas estarem levantadas.

Depois me afundei exaurida no peito forte de Enno. Ele me abraçou com firmeza.

Não. Eu não podia viver sem aquele homem.

Eu jamais seria "feliz sem Enno".

— Você foi convidada para um programa de entretenimento — disse Enno certa tarde em que deu um pulo lá em casa. Eu estava ocupada com uma última das últimas alterações do roteiro e na verdade não queria ser perturbada.

Que programa seria esse? Imaginei uma roda de conversa íntima na câmara municipal de Munch, com o prefeito, o chefe do corpo de bombeiros e a "madre Teresa" local. Tema da conversa: "O HOMEM AINDA VALE UM MÍSERO CENTAVO?"

— *"Eu me Amo"* — respondeu Enno sorridente e bateu com uma carta em cima da mesa. Nela constava, abaixo do colorido emblema do remetente, e sob "Referente: participação como convidada do talk-show *Eu me Amo*", que eles ficariam muito satisfeitos se eu pudesse comparecer na próxima quarta-feira às onze horas da noite, no Hotel Maritim. Eu iria participar de um bate-papo numa roda informal, junto com uma stripper, um político, o ex-marido de uma atriz famosa e naturalmente do moderador, o Sr. Müller-Schmieke.

Haveria um cachê, reembolso de despesas, imposto retido na fonte e evidentemente um pernoite no Maritim.

Olhei fixamente para Enno.

— Como é que eles chegaram até mim?

— Dê uma olhada — disse Enno, orgulhoso, e colocou um envelope transparente ao lado da carta. Lá constava, sobre um sofisticado papel-vergê, "Franka Zis Promoções", na parte superior de um círculo de letras; e na parte inferior constava "Dr. Enno Winkel".

Fiquei impressionada. Aquilo parecia realmente coisa de profissional.

— É assim que as coisas funcionam.

Enno olhou orgulhosamente para mim.

— Tudo que você faz, faz bem-feito — disse, reconhecida.

— Vou ganhar um beijo por causa disso?

— Vai.

De coração!

— Obrigada, obrigada, meu querido e doce Enno!

Beijei-o carinhosamente nas duas bochechas.

— Me dá muito prazer agenciar uma mulher tão legal como você — disse Enno, radiante. Afastou-me um pouco com o braço e perguntou: — O que vai vestir?

— Não sei. O que será que a stripper vai usar?

— Acho que deveríamos vesti-la adequadamente para a ocasião — disse Enno com criatividade. — Quanto tempo Paula ainda vai ficar hoje?

— Até duas e meia, como sempre.

— Depois disso os meninos podem ir para a casa da minha mãe.

Enno já decidira tudo.

— Beate vai adiar meus compromissos de hoje à tarde. Vou enviar um fax para ela agora mesmo.

Mais uma vez, alguns candidatos a separação teriam que esperar em vão, para poder chegar um pouco mais perto do status de "felizes sem esposo".

Como prêmio de consolação, receberiam livros autografados sobre o mesmo tema. Beate colocara uma pilha deles na sala de espera do doutor advogado.

Nós nos promovíamos mutuamente, Enno e eu.

Apesar de tudo.

Na verdade, não queria que os meus filhos ficassem mais uma vez com Alma Mater. Eu passara a manhã inteira esperando pelo momento de ficar com eles. Na verdade, o que eu não queria mesmo era que Enno ficasse segurando a minha bolsa, com expressão irritada e suor no lábio superior, diante de uma abafada cabine da C&A, espiando discretamente pela cortina e perguntando:

— Não serviu, querida?

Eu ODEIO quando algum homem me dá conselhos quando compro roupas. Sei muito bem o que me serve e o que cai bem em mim. Acho simplesmente *insuportável* qualquer roupa que tenha galões, debruns, colarinhos ou até botões. Pior ainda se tiver bordados ou um laço no traseiro!

Por outro lado: eu podia rejeitar a ajuda do Enno depois de tudo o que fizera por mim? Ele me abrira as portas para uma carreira internacional; e agora, por consideração, eu deveria levá-lo até a C&A e deixá-lo espiar pela cortina da cabine abafada. Citando Will Gross: jogo limpo é algo obsoleto. Levamos, portanto, os meninos para a casa da Alma Mater. Ela estava aparando o gramado, e colocou imediatamente os meninos na frente do cortador de grama. O aparelho ficou parecendo uma centopéia gorducha a serpentear em ziguezague pelo gramado. Alma Mater tinha sempre umas idéias tão adoráveis! Simplesmente integrar as crianças! Isso é tão simples! Aquela dica poderia ter sido dada por Fritz Feister! Mas, apesar disso: assim que entrei no carro com Enno, o pequeno Willi veio atrás de mim chorando e não quis mais cortar grama.

Aquilo quase me partiu o coração. Fiquei com um nó na garganta. A digníssima senhora pretende ir com o seu advogado para o centro de Colônia, enquanto seus pobres e negligenciados filhinhos são obrigados a ficar horas a fio, com as calças cheias de cocô, cortando grama na companhia de mulheres desconhecidas, chorando litros de água e muco, com os bracinhos esquálidos estendidos em sua direção!

Toma jeito, Franziska, ralhou Franka. Você sabe muito bem que isso não é verdade. Assim que você dobrar a esquina, Willizinho já terá te esquecido. Alma Mater só precisa acenar para ele com um ancinho para todo aquele sofrimento ir embora. Franz nem mesmo olhou para você, tão fascinado que estava pelo recolhedor automático de grama cortada.

E hoje à noite você nem vai reconhecê-los, quando estiverem felizes, batendo um no outro com tampas de panelas, vestindo as roupinhas de couro surradas de Enno, as boquinhas entupidas de batatas fritas!

Claro que não fomos para a C&A, e sim para uma exclusiva butique na rua Hohe. A mesma onde a Sra. Von Welt compra as suas roupas. Compramos, num tempo relativamente curto, um conjunto salmão muito chique, com minissaia e um casaco comprido, que realçava a silhueta. A vendedora sugerira, enquanto mascava o seu chiclete, que eu comprasse um "body podre de chique", depois que soube por Enno qual era a finalidade do salmão.

Pessoalmente, não ligo a mínima para "bodys podres de chiques" com adoráveis decotes redondos. Fico sempre com cara de "Maria-foi-andar-de-bicicleta", não tem jeito. Também não vejo a menor graça num tomara-que-caia apertado que treme violentamente quando se beija alguém. Infelizmente, são poucas as mulheres que se atêm à regra pétrea de que não deve aparecer nada abaixo da curva daquilo que chamamos de "seios"; nem costelas nem qualquer outra coisa, especialmente o resultado de anos de má alimentação. Elas acabam se espremendo a qualquer preço naquelas roupas justíssimas que, a despeito de todo o falatório sobre emancipação, são obrigadas a fechar com três colchetes por baixo do púbis. Eu nem consigo imaginar o interminável apuro para abrir e fechar aquilo antes e depois de fazer xixi. De qualquer jeito, não me rendi aos argumentos para comprar uma coisa daquelas. Até porque era totalmente incompatível com o surto que me acometia invariavelmente antes de qualquer aparição pública, de sempre precisar ir ao banheiro.

Compramos, portanto, uma blusa de gola rulê sem mangas, que a mulher consegue enfiar normalmente por cima da cabeça, mesmo que destrua o penteado alto feito especialmente para aparecer na TV.

Blusas de gola rulê sem mangas são clássicos atemporais, disse Franka. E você vai ficar com ares de mulher séria ao lado da stripper.

Como você achar melhor, respondeu Franziska, quando estávamos no caixa. Eu não tirei o meu conjunto-Sra.-Franka.

— Qual vai ser a forma de pagamento? — perguntou, indiferente, a Srta. Chiclete.

— À vista, no cartão ou cheque?

— Cartão — respondeu Enno, já com a carteira na mão.

— Cheque — respondi ao mesmo tempo, enquanto revirava minha bolsa.

Nós nos entreolhamos.

— Posso te dar este presente? — perguntou Enno, ofendido.

— Não. Eu também não vou te dar uma toga de presente quando você tiver feito a milésima separação.

A vendedora parou de mascar o chiclete por um instante e ficou olhando de um para o outro, sem entender nada.

Preenchi o cheque com a maior determinação e entreguei-o à moça do caixa.

Afinal de contas, não dá para escrever um livro feminista e mostrar a cara na televisão como autora de sucesso usando uma roupinha paga por um homem que não é nem parente, nem cunhado. É preciso ser coerente. Depois ainda fomos comprar sapatos pretos de salto alto na megaloja ao lado. Eu estivera lá pouco tempo antes para comprar sandálias para os meninos. Dei uma olhada no canto de brincar, onde havia um monte de Phillips e Anne Kathrins brincando.

Franziska, aproveite! Você não precisa se agachar para colocar caríssimos sapatos nos pezinhos suados e involuntariamente contraídos de criancinhas! Você agora pode agraciar os seus próprios nobres pés!!

Enquanto caminhávamos de braços dados pela zona comercial, carregando a nossa sacola de butique, percebi que estávamos parecendo exatamente aquele tipo de casal exultante com quem todo mundo parece sonhar, pelo menos se dermos crédito a alguns dos assim chamados livros femininos, ou aos anúncios do Hamburg-Mannheimer, de champanhe Mumm, do absorvente Camélia e dos cartões de crédito "aceitos nos melhores estabelecimentos". Deve ser a maior alegria deste mundo para uma mulher passear pelas ruas de pedestres usando sapatos de salto alto, de braços dados com o marido, carregando uma sacola de butique.

Passamos na frente da grande livraria na qual eu experimentara a maior frustração algumas semanas antes com uma vendedora que não conhecia Franka Zis.

— Vamos dar uma entrada?

Enno e eu estávamos igualmente curiosos.

Entramos e olhamos à nossa volta.

— Posso ajudá-los? — Era a mesma vendedora de cabelos desgrenhados e óculos no nariz que me atendera da outra vez! É claro que ela não me reconheceu. Não havia a menor semelhança entre a mãe estressada e insegura de casaquinho de chuva, que ficou lendo os livros do Papai para os seus filhinhos no canto de brincar — ah, Papai!! — e aquela mulher de ar seguro e longas pernas, bem-casada, com roupa salmão, nos braços do seu marido autoconfiante. Atenção: se desta vez ela começasse de novo a procurar com a sua miopia no catálogo, eu iria dar com a bolsa de butique na cara dela!

— Os senhores estão procurando alguma coisa?

— Franka Zis — foi tudo o que Enno disse.

— *Feliz sem marido*, respondeu a vendedora de bate-pronto. — Temos pilhas e pilhas ao lado da escada, tem também aqui em baixo na mesa dos best sellers, e no primeiro andar na mesa da Franka Zis na seção de literatura feminina! Além disso, está também na nossa vitrine. E acabou de sair uma versão de capa dura.

— Obrigado — respondeu Enno. — Isso basta.

Viramo-nos para ir embora. Mal pude conter o meu júbilo triunfal. Bah, sua cobra de óculos camuflada!

— Mas não querem comprá-lo? Eu recomendo muito! É extremamente engraçado, estamos vendendo mais de trezentos exemplares por dia!

— Isso era tudo o que queríamos saber — respondi, puxando o meu marido pela manga.

— E vai virar filme logo logo! — exclamou, desesperada, a descabelada correndo atrás de nós. O que é que ela tinha feito de errado?!

— Nós já conhecemos o conteúdo — disse, num tom arrogante, olhando por cima do meu ombro, e saí dali com meus saltos altos e de cabeça erguida.

Enno ainda aproveitou para aumentar a confusão da vendedora frustrada, dizendo:

— Somos os próprios!

Ela ficou olhando para nós completamente calada, enquanto saíamos da loja.

— O que é que você quis dizer com "somos os próprios"?

— *Feliz sem marido* — respondeu Enno. — Não é exatamente o que nós somos?

— Sim — disse eu, radiante. — Que bom que você chegou a essa conclusão sozinho...!

Enno parou abruptamente e me encarou com ar sério.

— Sabe, agora que você tocou no assunto... Alma Mater sempre diz... você não QUER mesmo se casar... Quer dizer, depois que estiver separada?

— Enno — respondi. — Posso dizer uma coisa?

Fiquei na ponta dos meus sapatos de salto alto e sussurrei no ouvido dele:

— Por favor, NÃO se case comigo!

— Isso é fácil — respondeu Enno. — No fundo, assim é bem mais cômodo para mim!

— Eu sei, meu amor — respondi.

E saímos dali, de braços dados.

Will Gross estava danado da vida comigo. Percebi isso no exato momento em que cheguei em casa.

— Que trajes são esses?

— Ora, são os trajes de uma mulher cosmopolita! Por quê? O que houve? Por que não está na sua mansão?

Pelo jeito, lá estava muito frio e muito vazio para ele. Sua voz reverberava nas paredes de mármore e as grades de ferro nas janelas formavam sombras fantasmagóricas. Nenhuma Paula por perto para lhe fazer uma sopinha! Ele estava se sentindo rejeitado.

Eis que o meu pobre Wilhelm estava sentado na escada no seu moletom, dando a impressão de ser uma daquelas crianças do pós-guerra. Que mãe malvada, parecia uma bruxa! Deixa o menino todo sozinho e sai com o vizinho rico para comprar coisinhas caras! O pobre menino tinha uma revista enrolada numa das mãos.

— O que é que você está lendo? Você está entediado? Oh...!

Olhei para ele com pena. Ele estava pálido. Precisava de um pouco de exercício ao ar livre. Cortar grama ou coisas do gênero! Gastar sua maldade na sua futura propriedade! Seria a coisa perfeita para ele! Agora que a família Ville não estava mais trabalhando lá, e sim aqui!

Will Gross não conseguia deixar de sentir uma certa frustração ao se dar conta daquelas mudanças desagradáveis.

— Você agora está bancando a grande dama, não é mesmo? — disse Will Gross olhando para mim, desgostoso.

Comuniquei-lhe que, depois de andar durante cinco anos de jeans e pulôveres manchados, começara a gostar de me vestir melhor. De vez em quando. Nas ocasiões oportunas. Como, por exemplo, na TV.

Impossível descrever a sensação de triunfo que se apossou de mim naquele momento.

O olhar que ele me lançou também foi indescritível.

Wilhelm Grosskötter abriu a revista. Era a edição de junho de *Nós Mulheres*.

— Oh — disse, satisfeita, estendendo a mão para pegá-la.

— Como pôde falar tanta besteira para aquele sujeito? — perguntou Wilhelm com raiva.

— Como assim?

— O conteúdo da entrevista vai prejudicar o meu filme de uma forma irreversível!

Eu não tinha nenhum sentimento de culpa. Contara ao simpático Sr. Böck, durante o café-da-manhã, um monte de acontecimentos divertidos, que tinham alguma coisa a ver com o meu livro, os meus filhos, o meu casamento, a minha vida e... *last but not least*... com o filme DELE. Talvez eu tivesse dito o "nosso filme" por mera distração. Sim, deveria ser isso. Certamente eu tinha cometido aquele deslize durante a minha verborragia impensada. Mil desculpas.

— Deixe-me ver!

Will Gross entregou-me a revista com a mesma expressão que os pais usam quando entregam aos seus filhos uma carta da escola dizendo que o aluno perturba as aulas, rouba coisas, mente e bate nas outras crianças.

No lado direito — página inteira! —, uma foto minha. Eu não estava com aquela carinha boba, igual à da foto que Enno tinha feito para o cartaz, tempos atrás. Eu estava sorrindo com um certo ar de autoconfiança.

"UMA MULHER ATREVIDA" estava em cima da foto com letras bem grandes.

E na página seguinte estava uma outra foto, do tamanho de um cartão-postal, com as crianças e eu sentados à mesa do café-da-manhã, debaixo de chuva, batendo nos nossos ovos crus. Ao lado, a legenda: "Em casa, quem manda é ela: Franka Zis, a mulher de garra."

Teria sido aquilo que irritara tanto o meu ex-marido? Todas as mães que criam os filhos sozinhas mandam em casa, enquanto batem os ovos com os seus filhos menores de idade. Caso contrário, algo estaria errado. É o que diz Fritz Feister.

A entrevista ocupava três páginas. Dei uma olhada rápida para descobrir o quanto antes o motivo da ira de Wilhelm Grosskötter.

Grosso modo, lia-se que Franka Zis era uma mulher de ação, que tomara as rédeas da sua vida depois de cinco anos de dedicação ao lar. Não só escrevera, sentada à mesa da sua cozinha, um best seller que estava em vias de ser filmado, como também era ela mesma, a mulher a todo vapor, quem estava escrevendo o roteiro do filme. Ela também era atriz, e era evidente que também iria representar o próprio papel no filme.

— Eu nunca disse isso! É pura invenção deles!

— Você pode tirar o seu cavalinho da chuva, por que não vai mesmo ser escalada para o papel — disse Will Gross.

— Não tem a menor dúvida — respondi. — Sei qual é o seu problema.

— Você pode aparecer no filme como figurante, você e os meninos. Mas não vai dizer uma só palavra.

Assegurei a Will Gross que não tinha a menor vontade de dizer uma só palavra no meu, desculpe, no filme DELE. E que sentia muitíssimo que aquela besta quadrada do Sr. Böck tivesse escrito uma asneira daquelas. Depois terminei de ler a entrevista:

A comédia estava programada para passar dentro de pouco tempo nos cinemas alemães e ninguém menos do que o famoso diretor Will Gross tinha se incumbido de dirigir o filme, o que era motivo para se contar com um tremendo sucesso.

— Está tudo OK — comentei. — Qual é o problema?

— Muitos elogios antecipados — disse Wilhelm, emburrado.

— Não estou entendendo — respondi. — Uma cobertura positiva não é sempre boa?

— Não é o momento certo — rosnou Wilhelm. — O filme só vai chegar aos cinemas no início do próximo ano. Se todas as revistas começarem a escrever sobre ele agora, em janeiro ninguém mais vai se interessar pelo filme.

Pensei que era uma dádiva divina conseguir sempre encontrar um defeito nas coisas. Era necessário ter uma aptidão especial. Não era todo mundo que tinha essa habilidade.

E Wilhelm, o meu generoso e previdente amigo e esposo, tinha essa aptidão numa medida exacerbada.

— Não são TODAS as revistas que estão escrevendo sobre o assunto, é só essa — disse meigamente. Como é que se deve lidar com jovens em plena crise de identidade? Dando-lhes bastante atenção. Isso ajuda.

— Todas as outras trezentas revistas ainda podem escrever sobre o filme em janeiro — disse suavemente.

— Eu havia proibido expressamente que você falasse sobre o filme — disse ele, emburrado. — É uma coisa só MINHA.

Dito isso, ele se levantou e subiu batendo os pés, ofendido.

— A propósito, nos últimos tempos EU trabalhei muito mais do que você no roteiro! Quero que o meu nome apareça antes do seu nos créditos do filme.

— Um momento — disse eu enquanto o seguia com determinação.

— Acho que você deveria dar uma olhadinha no nosso contrato! Lá consta muito claramente a ordem dos créditos: Roteiro: Franka Zis e Will Gross.

Enviei alguns beijinhos para Enno através da parede da casa e do jardim. Sem ele eu nunca teria pensado nesses pormenores! Não teria perdido o meu tempo pensando em que nome deveria aparecer primeiro! Isso era coisa de criança do jardim-de-infância!

Não era o que pensava Wilhelm Groskötter.

— Nós faremos um adendo ao contrato, no qual você declara estar de acordo que o MEU nome apareça primeiro.

Meu Deus, eu estava morrendo de pena dele!

— OK — concordei. — Se isso é tão importante para você!

— O meu nome sempre aparece no segundo lugar! Nessa droga de entrevista, você não achou nem ao menos necessário mencionar o meu nome! — disse Will Gross, amuado, enquanto acabava de sumir no quarto de hóspedes.

— Um momento! — gritei energicamente e me espremi pela porta. Fiquei parada na soleira, para não complicar aquela história de um ano de separação. Qualquer hora dessas, Enno iria mandar instalar uma célula fotoelétrica.

— É claro que mencionei o seu nome! Aqui está ele! Ninguém menos do que o famoso diretor de cinema Will Gross! Eu SEMPRE menciono o seu nome! Jogo limpo é uma coisa obsoleta!

— Mas você o mencionou em segundo lugar — disse Wilhelm amargurado, antes de bater a porta na minha cara.

Antes de eu conseguir pensar se valia a pena bater delicadamente na porta dizendo: Querido-não-é-bem-assim! É-claro-que-você-é-o-mais-importante-de-nós-dois!, e depois me afundar na beirada da cama dele esclarecendo tudo, ouvi os passinhos trotantes e as vozes estridentes dos meninos no jardim da frente.

Desci a escada rapidamente e abri a porta. Alma Mater construíra uma pipa e estava arrastando aquela coisa farfalhante atrás de si.

— Você saiu na revista, Franziska! Paula me telefonou, e saí correndo para comprá-la!

— Sei, eu também já vi.

— Posso te dizer uma coisa? Estou orgulhosa de você! Você é uma garota de sorte! — Ela riu. — Mas quer saber? Essa sorte nos contagiou a todos! Você fez com que nos sentíssemos vivos novamente!

Abracei-a emocionada e depois agarrei as crianças.

— Nós aparamos a grama, fizemos uma pipa, comemos sanduíche de queijo e lemos o livro de Papai!

— Legal! Vocês fizeram tudo isso em tão pouco tempo?

— Os meninos são bastante agitados — riu-se Alma Mater. — Foi uma tarde maravilhosa! Estou me sentindo cada vez mais jovem!

Ela reparou no meu conjunto novo.

— Você ficou ótima com essa roupa! Enno tem bom gosto!

Percebi que ela não estava se referindo apenas ao conjunto, mas também ao conteúdo dele, e principalmente ao que aparecia na parte de cima. E Alma Mater reconheceu sem nenhuma ponta de inveja que ela nunca tivera uma aparência tão boa quanto aquela, nem mesmo depois da guerra.

Alma Mater tinha estilo.

Alma Mater era generosa.

Quem ainda é assim nos dias de hoje?

Nós nos entreolhamos radiantes, com uma cumplicidade carinhosa.

As crianças entraram correndo em casa e tiraram os sapatos a meio do caminho. Um hábito que Paula lhes tinha incutido.

— Você não quer entrar?

Percebi, de repente, que Alma Mater era a minha melhor amiga. Fora Paula, é claro. Esta era a melhor de todas as amigas.

— Ah não, pode deixar. Enno está esperando pelo jantar lá em casa. Ele deu um walkman com fone de ouvidos de presente para cada um dos meninos. Para eles ficarem quietos na hora do jantar! Eles só precisam tomar um banho e ir para a cama!

— Os fones de ouvido são à prova d'água? — perguntei.

Alma Mater riu alegre e me disse que iria perguntar a Enno.

— Não, não! — exclamei prontamente. — Senão ele virá correndo até aqui para me explicar todos os detalhes do aparelho! E aí ele vai ficar gritando daquele jeito dele e vai acabar ignorando os meninos!

Alma Mater sugeriu que eu mesma contasse uma história para os meninos. Ela sempre fazia isso antes da guerra, quando ainda não existiam aqueles walkmen.

Ela acenou para os meninos, que não tinham escutado a conversa por causa dos fones de ouvidos, e desapareceu. A sogra dos sonhos de qualquer mulher! Será que dava para fazer um leasing com ela...? Enno certamente acharia uma solução para aquilo. A adoção assistencial de uma sogra sem o prévio casamento com o filho. Enno era muito flexível e cheio de idéias criativas.

Uma qualidade que tínhamos em comum! Mesmo que as idéias dele fossem completamente diferentes das minhas. Mesmo assim.

Ou talvez por isso mesmo

Eu o amava muito.

Enquanto eu enchia a banheira e os meninos seguravam os seus pirulitos em alturas diferentes por cima do assento do vaso sanitário, dei uma olhada no espelho.

Verdade. Enno tinha mesmo bom gosto. No que dizia respeito ao conjunto, à mãe dele e à decoração da minha casa...

Com exceção dos fones de ouvidos e dos walkmen. Eles não combinavam com os ladrilhos do meu banheiro. Eu os peguei discretamente e escondi bem lá em cima no armário. Os meninos estavam brincando de forma espantosamente criativa com os seus patinhos de plástico, sem notar a falta do chiado nos seus ouvidos.

De fato. Tudo se encaixava. E não havia o menor motivo para mudar nada.

O menor motivo.

Meu primeiro programa de entrevista foi um acontecimento e tanto.

Um motorista da produção veio buscar Enno e a mim por volta das dez da noite na minha casa. E isso apesar de nós dois termos carteira de habilitação, carro e capacidade intelectual suficiente não só para acertar o caminho até o Maritim como também para percorrê-lo sem nos envolvermos em nenhum acidente. Mas pelo jeito os rapazes da redação já tinham bastante experiência com convidados atrasados ou até mesmo que simplesmente não apareciam. Os que por puro pânico se esqueciam no último minuto de encher o tanque ou de verificar a pressão dos pneus. Os meninos estavam dormindo, depois de alagarem o banheiro durante horas a fio e de ficarem correndo pelados pela casa, até um pouquinho antes do meu ataque nervoso.

Alma Mater estava sentada na sala de estar lendo o jornal. Às onze horas ela iria ligar o televisor. Enno explicara direitinho o manuseio do controle remoto. (Não precisa gritar comigo, garoto! Eu não sou surda!)

Quando passamos pela porta giratória do hotel, pude ver uma câmera registrando a minha aparição no celulóide. Passei pela porta giratória da forma mais autoconfiante possível e com uma feminilidade terrível. Enno veio atrás de mim. Lembrei-me da rainha aeromoça e do seu triste príncipe consorte. Fiquei imaginando se ela, já que era filmada o tempo todo, ainda precisava pensar em como colocar os pés.

Fomos recebidos por uma jovem mulher com um cinto de jeans e um radiotransmissor na mão que nos conduziu aos nossos aposentos. Eu tinha um camarim à disposição, com poltronas e sofás de couro, um televisor, chuveiro, espelho e um cantinho para refeições. Muito aconchegante. Enno rasgou imediatamente o saquinho de amendoins e se jogou no sofá. Pegou automaticamente o controle remoto, zapeou por todos os canais e depois estudou exaustivamente as possibilidades do aparelho de videocassete correspondente.

Fiquei andando de um lado para o outro na frente do espelho, ajeitando o salmão por cima dos joelhos. Arregacei as mangas por causa do suor frio que me acometeu, tirei o casaco, encolhi a barriga e fiquei me virando como se fosse um pavão envaidecido. Será que a alça de pendurar não está aparecendo? Ou a etiqueta de preço ou de instruções de lavagem? Nenhuma mancha de bala no traseiro? Um fio solto no ombro? Como estão as minhas pernas?

Nenhum fio corrido na meia depois de me despedir das crianças? Eu SEMPRE fico com um fio corrido na meia depois de me despedir dos meninos. Nenhuma marca de gema de ovo no ombro? Nenhum pedaço de ricota no colo? Por que não? Impecável. Puxei uma cadeira para diante do espelho e fiquei treinando a forma correta de se sentar da Sra. Franka. Ensaiei cruzar as pernas, colocá-las para o lado, levantar, dar três passos, virar e sair caminhando nos meus saltos altos.

— Você está ótima — disse Enno de boca cheia. — Olha só, este televisor tem uma tela cinco centímetros mais larga do que a nossa. É o último modelo, só está disponível nos Estados Unidos.

— Aposto que você vai sair para comprar um amanhã mesmo!

Naquele momento eu não estava com a menor vontade de ficar ouvindo as suas explicações tecnológicas. Enno nem prestou atenção ao meu comentário.

— E é facílimo de usar os controles! Até mesmo para você pareceria brincadeira de criança! Olha só! Você pode armazenar no controle remoto todos os programas a que quiser assistir nas próximas duas semanas, e durante dez dias o aparelho liga sozinho, caso se esqueça que queria assistir televisão!

Dei uma olhada educada no controle remoto, que tinha aproximadamente uns cem botõezinhos mínimos, todos com abreviações em inglês, tais como OPERATE (VTR), V. SEARCH, SKIP/BLANK, OK/STORE, JOG (SHUTTLE), DISPLAY, OSD, SELECT, MEMORY, TRANS, TIMER, DAILY, REPEAT, AUX, ACCES, TV MENU etc...

— Interessante — falei, tentando segurar o meu nervosismo. Ataque de suor frio dois.

Enno puxou-me para o seu lado no chão e disse que aquele finalmente era o momento certo para me ensinar, com toda a paz, um pouco de fundamentos tecnológicos, sem sermos perturbados pela choradeira dos meninos e outras porcarias enervantes.

Eu achava que aquele momento certamente NÃO era o momento mais adequado para aquilo. Levantei-me com dificuldade e fui imediatamente até o espelho e constatei que a saia estava amarrotada e cheia de restos de amendoins!

Por sorte, a mocinha com o radiotransmissor no cinto de jeans entrou novamente no camarim, e antes que Enno conseguisse perguntar qual era o modelo daquele radiotransmissor, ela me pegou pelo braço e me empurrou para o corredor.

— Por favor, acompanhe-me até a sala de maquiagem.

— Certamente — respondi com tranqüilidade, como se fizesse aquilo dia sim, dia não. Fui caminhando a seu lado, toda trêmula.

A sala de maquiagem parecia o Salão Lauro, só que ainda tinha muitos estojos de pó-de-arroz, pincéis e cotonetes a mais do que lá. Minha maquiadora era muito magra, usava um vestidinho florido de chita com botões de madrepérola grandes. Ela calçava tênis baixinhos com meias grossas de tricô e os cabelos tinham sido penteados de uma maneira impressionantemente emaranhada. Ela percebeu logo que eu estava fazendo o tipo Sra. Franka e pegou um ferro quente para fazer cachos. Na verdade, achei uma pena. Estivera no Lauro naquela manhã e gastara cento e oitenta e nove marcos com um penteado legal. O Lauro e o seu namoradinho assistiriam ao programa do Müller-Schmieke. Só por minha causa.

Ao meu lado estavam maquiando um senhor de idade. Seus poucos cabelos brancos estavam molhados e despenteados na frente dos seus olhos com grandes olheiras, e as suas mãos encarquilhadas eram repletas de anéis do tamanho de ovos de codorna. Espiei cuidadosamente em sua direção. Quem seria aquele homem? O político? O mediador? O ex-marido da atriz famosa? Meu palpite foi para a última opção.

Assim que colocaram os seus parcos fios de cabelos enrolados em escovas redondas debaixo do secador, ele catou algumas pinturas de sua autoria de dentro de uma pasta verde e colocou-as debaixo do nariz da sua cabeleireira.

— O que você acha, Hilde? Qual delas devo mostrar?

— Todas — respondeu Hilde.

— São todos da Martha — disse o galo enrugado, todo vaidoso.

Sem virar a cabeça, dei uma espiada curiosa nos desenhos. Rabiscos bastante infantis, que poderiam ter sido feitos por Franz ou, na pior das hipóteses, até por Willi. Mas o que se podia reconhecer em todos os desenhos, quando se prestava mais atenção, eram as formas exageradamente arredondadas de uma mulher gorda. O centro e o foco das obras de arte eram ou o traseiro ou os seios, a cabeça quase não podia ser vista, e quando aparecia era desproporcionalmente pequena.

— Aqui Martha está tomando banho — explicou o ex-marido. — E aqui ela está colhendo rosas silvestres. Este é o meu preferido: Martha junto à fonte.

Dei uma espiada. A mulher rija e sem cabeça estava debruçada, com o traseiro desnudo por cima de uma tina de pedra, e os seus seios se esparramavam disformes sobre a borda do poço.

— Que legal — disse Hilde respeitosamente.

— Acho que é de mau gosto — disse minha maquiadora magricela, e enviei-lhe um olhar de reconhecimento por baixo do meu ferro de fazer cachos.

— Ora, menina, você não entende nada disso — disse o dotado ex-marido com desdém. — Não tem nenhuma sensibilidade para com as formas femininas. Também pudera, você é completamente seca! — concluiu, dando uma palmadinha benevolente no seu bumbum. Ela se encolheu enojada. O ferro de fazer cachos me queimou.

— Me desculpe — disse a florida para mim.

— Tudo bem — respondi.

A porta foi escancarada, e uma bomba temperamental ruiva de seus cinqüenta e nove anos de idade irrompeu no recinto. A Sra. Elvira Thumb-Moddelmog, a stripper!

— Olá, crianças — disse ela com uma melodia ridícula. — Acabo de chegar do set de filmagens!

Mas ela bem que tivera tempo para se vestir rapidamente, pensei. Estava toda de preto e tinha um corpo perfeito e invejável.

A Sra. Thumb-Moddelmog jogou-se numa cadeira de cabeleireiro vazia, acendeu logo um cigarrinho e só então reparou no recém-empoado ex-marido da sua rival Martha. Ele acabara de ser libertado dos seus bobs e suas madeixas opacas tinham sido penteadas para trás num topete.

— Olá, Bodo-darling! — exclamou ela de forma afetada para o espelho. — Eu nem sabia que você estava por aqui!

Eu sabia que aquela era uma mentira deslavada, já que todos tínhamos recebido o mesmíssimo roteiro da produção, onde constavam claramente os nomes dos participantes.

— Bom dia, Elvira — disse Bodo displicentemente, enquanto tentavam cobrir suas olheiras com quilos de rouge. — Você está cada dia mais jovem!

— Como vai a Marthinha? — arrulhou Elvira. — Ela ainda continua gorda?

— Ela não parou de engordar desde que a deixei — respondeu Bodo, satisfeito. — Antes disso pelo menos ela fazia uma dieta.

— É verdade, essa história de viver fazendo dietas é um horror — lamentou-se falsamente a stripper sênior. — Eu acho cada vez mais que é melhor virar uma cabra velha ou uma porca velha! O meu corpo é o meu patrimônio!

Pensei satisfeita que, quando envelhecesse, eu me tornaria uma mulher tão incrível quanto a Alma Mater, muito diferente de uma cabra ou de uma porca.

Se é que se pode fazer este tipo de comparação, o meu patrimônio são a minha cabeça e o meu espírito. A maquiadora florida e magra me pediu que olhasse pra cima e não piscasse. Maquiou a parte de baixo dos meus olhos, o que provocou imediatamente o surgimento de lágrimas nos olhos. A simpática moça me ofereceu um lenço de papel.

— Obrigada — disse, congestionada.

Pensei se aquele não seria o momento certo para me apresentar aos outros dois participantes do programa. Eles evidentemente já se conheciam e não estavam nem ligando para a minha presença ali.

A porta se abriu novamente e a moça de jeans e radiotransmissor fez o político entrar. Era um homem bem-apessoado, na casa dos cinqüenta, e me lembrou muito Viktor Lange. Ele também usava uma franja, tinha um sorriso levemente malicioso e um ar um tanto curioso.

Ele deu boa-noite educadamente e me cumprimentou em primeiro lugar. Sentou-se na minha cadeira, pois eu já estava pronta, e disse de brincadeira para a minha cabeleireira florida:

— Uma lavagem e um corte, por favor.

— Ah, o senhor ministro! — ouvi Elvira exultar, e o Bodogalo também virou respeitosamente a cabeça entopetada, esticando a mão frouxa cheia de anéis, dizendo:

— Acho que não preciso me apresentar, não é mesmo?

Por que será que os pseudofamosos sempre agem de forma tão arrogante quando querem se autopromover?!

Caí fora dali.

Enno estava sentado do mesmo jeito no chão do camarim, programando a televisão. Olhei-me no espelho.

Não era mais possível diferenciar a Sra. Franziska da Rainha-Aeromoça. Fiz uma reverência, cuidadosamente e sorri para milhares de cortesãos imaginários.

— Você está ótima — disse Enno, sem se virar.

— Dá uma olhada aqui, acabei de salvar o canal Paquistão 3. Está passando *Ben-Hur* em inglês, com legendas em árabe. A imagem não está ótima?

— Legal — respondi, distraída.

De repente fui acometida por um medo mortal! Dentro de alguns minutos, meio mundo estaria ME vendo dentro daquela caixa cintilante, entrando pela porta do bate-papo com o meu conjunto salmão. ATÉ MESMO no Paquistão as pessoas poderiam me ver andando. Partindo do pressuposto, é claro, de que houvesse um maníaco-tecnológico igual a Enno entre os vizires e xeques para mexer o tempo que fosse necessário no seu televisor local, até que finalmente Franka ficasse nítida. Pânico no Titanic!

— Não, não quero isso!

— Franka Zis, mulher por um triz!

E se escorregasse e caísse?! Talvez o meu salto ficasse preso numa fresta da ventilação, e eu continuasse a andar descalça sem me aperceber! E se a minha calcinha aparecesse na hora em que fosse me sentar? Qual era mesmo a que estava usando? Levantei a saia cuidadosamente. Por favor, que não seja a de florezinhas azuis! Não, era uma branca. Graças a Deus. O que iria dizer? E se de repente me esquecesse o que queria dizer, não me ocorreria nada além de: Eu sou Erwin Schlotterkanmp, de Wuppertal, e estou inaugurando uma butique masculina em sociedade com o Papa.

Talvez NEM CONSEGUISSE COMEÇAR A FALAR!

E se conseguisse: Talvez estivesse com batom nos dentes! Ou restos de macarrão no canto da boca!

Eu ia aparecer em close!

A Sra. Flessenkemper-Hochmuth morreria de rir se encontrasse a menor falha em mim. O queridinho dela iria gravar a minha aparição em vídeo e passar a noite toda examinando minha indumentária com o auxílio da imagem congelada! Alma Mater ia me ver, Wilhelm Grosskötter também, é claro, as mães do jardim-de-infância e dos grupos de atividades físicas, a Beate-traga-me-copos, a Annegret em Hamburgo, Viktor, naturalmente, E Papai. Com sua Sabine bem-penteada. E muitos outros mais. Minha boca ficou subitamente seca. Fui acometida por soluços e uma repentina e urgente necessidade de ir ao banheiro se manifestou. Exatamente no momento em que ia sair discretamente, chegou de novo a simpática moça do aparelho de radiotransmissão. Ela trazia consigo dois aparelhos — achei que o outro era para deixar com Enno, para ele ter com o que se divertir durante a hora seguinte, mas ela o prendeu na MINHA saia. Passou o fio discretamente sobre o meu seio, por baixo do casaco e prendeu habilidosamente o microfone na lapela. Fiquei pronta para a minha aparição.

— Volto para buscá-la dentro de cinco minutos — disse carinhosamente a diretora de produção. — Por favor, não coma nem beba mais nada, certo? — acrescentou ela, dando uma olhada nos saquinhos amassados e garrafas vazias que estavam no chão ao lado de Enno. Ela também estava com medo de que eu sorrisse para as câmeras com um pedaço de espinafre preso nos dentes ou com o queixo sujo de chocolate. Enno não prestou a menor atenção em mim. Estava examinando um telefone via rádio que pegara emprestado com um office-boy no corredor.

Assim que ela saiu, esgueirei-me para fora e corri pelo corredor até o banheiro feminino. Mas a Sra. Elvira Stripper se entrincheirara por lá, provavelmente por sofrer do mesmo tipo de pânico de aparição pública que eu. Ela não estava agindo da forma tão superior que lhe era habitual. Dava para ouvi-la lá dentro se espremendo e gemendo. Lamentável! Será que eu deveria me enfiar por baixo da porta e perguntar como ela estava conseguindo se virar com o radiotransmissor debaixo da saia e se não poderia se apressar um pouquinho em nome do coleguismo? Ai, eu estava morrendo de vontade! Em pânico, saí do estabelecimento feminino azulejado e me enfiei no do lado. Ainda faltavam três minutos para a minha aparição! Não havia tempo para frescuras! Era uma questão de vida ou morte! Abri a porta com toda a força e ricocheteei de volta. O político estava lá dentro em frente ao mictório. Ele me olhou com ar amigável.

— Aonde vai com tanta pressa?

— O outro está ocupado — balbuciei, querendo sumir de tanta vergonha.

— Infelizmente esse também está — disse o político, dando uma olhada por cima do ombro para a porta fechada do vaso sanitário.

Lá de dentro saíam ruídos inconfundíveis. Bodo-darling também sofria de pânico de aparições ao vivo! Que simpático! Dava para ouvi-lo xingando, enrolado com os fios do microfone.

O político deu uma sacudidela e colocou tudo de volta no seu devido lugar. Dentre nós, ele era o que tinha mais experiência diante das câmeras. Nenhum sinal de nervosismo.

— Não começaremos sem a senhora — disse ele ao lavar as mãos.

Saí correndo. Mais um minuto! Transmissão ao vivo para o Paquistão! Os xeques já estavam todos sentados nos seus tapetes de orações, esfregando as mãos, e cuspindo fumo de rolo pelo chão! Socorro! Franziska tem que fazer xixi!

Acabaram de puxar a descarga no banheiro ao lado. A Sra. Elvira Peladona estava em frente ao lavatório passando cuspe nas sobrancelhas. Nem se dignou a olhar para mim e saiu dali com os seus saltos altos.

Joguei-me em cima do assento morno com um suspiro, enquanto segurava com toda a força o radiotransmissor para que ele não caísse dentro do vaso.

Se eu não estivesse me sentindo tão mal, teria morrido de rir da situação. O último dos neurônios que ainda não tinha caído desmaiado e estava encostado na parede com o polegar para cima, pegou um megafone e berrou: Material para um novo romance!

Acenei para ele agradecida e fiz um sinal de OK.

Toda a equipe já estava do lado de fora, formando um semicírculo no corredor. Pude ver pela primeira vez o apresentador, o Sr. Müller-Schmieke.

Enno apareceu surpreendentemente, vindo do seu emaranhado de fios para me desejar boa sorte, e me deu um empurrão por trás.

— Você tem que se apresentar para ele! Está com um livro na mão?!

— Não me irrite agora! — sibilei de volta. Arrumei o fio discretamente por baixo do casaco e estiquei a saia.

O Sr. Müller-Schmieke olhava desinteressadamente para os retratos que Bodo-desarranjado espalhava na sua frente enquanto falava sem parar. Este último calçara umas botas de caubói modernosas e pendurara uma pesada corrente de chumbo que ficava balançando por cima da sua barriga orgulhosamente protuberante. Se ele não tivesse no mínimo uns setenta anos, eu o teria tomado por um daqueles motoqueiros-vagabundos que passam em frente ao Bad Lippspringe no Dia dos Pais, fazendo o maior barulho e incomodando os aposentados convalescentes com a poluição sonora.

— Nesta a Martha está colhendo amoras na floresta, as manchas azuladas aqui são do suco de amoras, o que dá um toque muito erótico. Martha foi uma mulher maravilhosamente erótica. E esta é a minha preferida, Martha junto à fonte.

Ele retirou novamente o retrato-de-bunda-e-peitos-espremidos. O Sr. Müller-Schmieke deu uma olhada e falou:

— Muito bonito, nós falaremos sobre isso daqui a pouco.

— Agora — disse Enno baixinho, me empurrando de novo.

Pude ver os anúncios cintilando numa tela ao fundo: uma moça-amaciada-com-confort, de blusa, se enfiando toda narcisista dentro do seu pulôver; um nerd viciado em amendoins estava no elevador, comendo todo o seu saco de batatas chips debaixo dos olhares invejosos dos outros passageiros; uma moçoila voluptuosa em trajes de banho se debruçando no balcão de vendas de um jovem boquiaberto, fazia surgir um cartão de crédito de dentro dos seus pêlos pubianos e saía dali rebolando... É claro que aquilo não podia ser transmitido no Paquistão, mas faltava pouco! Daqui a pouco EU poderia ser vista ali, naquela caixa cintilante, diante da qual estavam certamente uns sete milhões de pessoas, comendo seus amendoins dentro de saquinhos! Meu Deus, como eu estava nervosa!! Só me restava um neurônio de pé. Só um. Aquele com o megafone. Olhei para ele pedindo ajuda.

Infelizmente, perdi minha chance de fazer com que o Sr. Müler-Schmieke se apercebesse de alguma forma da minha presença. Elvira Thumb-Moddelmog-Cabra-Porca já tinha se apoderado do apresentador:

— Eu sempre quis fazer um papel sério — arrulhou ela com uma voz sedutora —, mas faz trinta anos que fui rotulada como atriz de filmes licenciosos; também TENHO qualidades para serem levadas a sério. SOU uma mulher madura, que tem algo a dizer artisticamente falando...

— Muito bem, falaremos sobre isso daqui a pouco — disse o Sr. Müller-Schmieke colocando-se em movimento.

— Agora! — incitou-me Enno. Meus punhos estavam cerrados.

As luzes sobre a porta piscaram.

— Silêncio, por favor! Gravando! Transmissão ao vivo! O acesso só será permitido na companhia de um membro da produção!

Tudo piscava e tremulava, os maquiadores nos cercaram freméticos no último segundo, retocando aqui e ali. Começaram os aplausos — o Sr. Müller-Schmieke pulou para fora do seu esconderijo, eram onze em ponto.

— Boa noite, senhoras e senhores — ouvi ele dizendo com uma voz retumbante depois que os aplausos entusiasmados tinham se acalmado um pouco. — Hoje eu convidei novamente quatro pessoas muito interessantes... — Fiquei pensando se ele estava me incluindo ou se a quarta pessoa não seria ele mesmo.

— Dê o seu livro para ele! — sibilou Enno por trás de mim.

Eu não tinha trazido um comigo, eu, a principiante idiota e ingênua! Como é que eu poderia adivinhar que aquela droga de programa não passava de uma profana autopromoção de merda!

— Deseje-me sorte — implorei com os joelhos trêmulos.

Enno se virou e saiu correndo. Ele com certeza ia procurar um lugar na platéia. Fiquei completamente só, no meio dos meus companheiros de programa, que me ignoravam solenemente. Bodo-pintor-de-seios estava arrumando os seus desenhos. Elvira-meia-idade ajeitava o decote. Encolhi minha bunda e inspirei profundamente. Céus, que estresse nervoso! A bem da verdade, eu já precisava ir novamente, mas agora era muito tarde. Será que os meninos já estavam na cama? Talvez a casa estivesse em chamas! Será que Alma Mater tinha se entendido com o controle remoto? Talvez Franz tenha tido um pesadelo e esteja sentadinho chorando na beirada da cama. Alma Mater talvez não conseguisse ouvi-lo devido ao barulho do televisor...

Nova salva de palmas, e a stripper séria entrou com os seus saltos altos. Abriu os braços para o público que a amava e estendeu a mão para o cumprimento íntimo do Sr. Müller-Schmieke.

Depois que a empolgação generalizada cedeu, a stripper contou, com uma voz faceira, que desde criancinha sempre quisera se tornar uma atriz séria. Ela deu duro desde os quatro anos de idade na barra de balé — sua mãe solteira fazia faxina para que sua "coelhinha" (ela) pudesse adquirir uma formação artística fundamental. Nesse ponto a voz daquela mulher séria começou a vacilar, e tanto na platéia quanto diante das telas em casa as pessoas sacaram os seus lenços. Mas as coisas tomaram outro rumo. Naqueles tempos do pós-guerra, uma criatura bonita podia ganhar dinheiro fácil, e o Jochen, seu agente na época, disse: Coelhinha, com esse seu corpinho fantástico, por que você fica se torturando com essas coisas tão ridículas de Fausto e de Schiller?

— E, de fato, caro Dieter (o Sr. Müller-Schmiecke chamava-se Dieter), naquela época eu era uma criatura tão imatura, cheia de ânsia de viver. Aproveitei a oportunidade que se me apresentou, quando Jochen resolveu tirar fotos de mim completamente nua. Sim, foi uma paixão avassaladora por Jochen, e eu ardi com um prazer selvagem nos braços dele... — Ela começou a soluçar.

Para quebrar um pouco aquele constrangimento, foram mostradas algumas cenas dos seus filmes: Elvira de aventalzinho e dois sujeitos de calças de couro apertadas, em cenas malfeitas de sexo a três na floresta verdejante. As pessoas aplaudiam. Elvira comentou, modesta, que já ultrapassara aquele estágio da sua maturidade artística havia tempo, e que agora estava procurando um agente que reconhecesse as suas verdadeiras qualidades artísticas e lhe oferecesse finalmente o papel da Gretchen no *Fausto* ou qualquer outro papel sério de Goethe.

As pessoas aplaudiram com compaixão. Uma Gretchen ruiva, com 59 anos, soluçando com uma voz supercândida.

— Minha paz se foi, o meu coração está pesado... — era algo realmente de dar dó.

O Sr. Müller-Schmieke achou melhor chamar o caubói-pintor. Ele exclamou com voz triunfal:

— Nós conseguimos trazê-lo para o nosso programa! Ele vai revelar segredos de que nenhum de nós suspeitava! Ele é a única pessoa que conhece o verdadeiro lado dela. Ele a pintou uma centena de vezes. Vamos dar as boas-vindas ao... — ele fez uma pausa para aumentar o suspense — ... ao ex-marido de... — rufar de tambores, perigo... um suspense de matar — Martha Schmoll!!!

Aplauso estrondoso.

O caubói entrou arrastando suas botas estilosas. Agora só restávamos o político e eu. Os maquiadores continuavam fazendo retoques nos nossos rostos.

Fiquei impressionada com a duração dos aplausos para uma pessoa que tinha sido convidada na mera condição de "ex-marido de alguém". A empolgação seria inimaginável, se eles tivessem conseguido trazer a própria Martha para o programa! Talvez ela não precisasse mesmo daquilo, pensei invejosa. Ela já aparecera tantas vezes diante de uma câmera que, se viesse em pessoa, só sairia prejudicada. E aquele galo velho e tarado se gabava do fato de ter sido casado com ela havia trinta anos. Daqui a alguns anos Will Gross será convidado para aparecer neste programa por ser o ex-marido da Franka Zis! Ah sim!! A coisa ainda vai chegar a esse ponto! E ele vai pegar uma carona na minha fama, enquanto vou estar na minha casa de campo na Cornuália, escrevendo um romance após outro!

O galo lá dentro estava falando. Ele abriu os seus desenhos pela terceira vez naquela noite e explicou que aquele traseiro despencado e aqueles seios esparramados eram a "Martha na fonte", aliás o seu desenho preferido. A cena da Martha colhendo amoras na floresta também foi mencionada.

Os cameramen deviam estar se movendo agilmente em volta dele, para poder enquadrar melhor para os milhões de telespectadores aqueles rabiscos infantis. Os xeques nos seus tapetes com certeza estavam extasiados de prazer, enquanto os telespectadores alemães deviam estar olhando torturados para o teto da sala.

Pelo menos uns três milhões de telespectadores vão desligar a TV agora, pensei irritada. Por que não tinham me chamado primeiro? Nunca ouviu falar em "ladies first", Schmieke? Bem, decerto essa regra não se aplica a autoras feministas.

O galo não parava de falar. Depois de segurar as suas obras infantis durante tempo suficiente diante das câmeras, o Sr. Müller-Schmieke o instou a falar alguma coisa sobre as suas atividades artísticas. Pois, segundo se sabia, Bodo Ambrosius era o mais polivalente de todos os artistas!

Bodo não se fez de rogado e aproveitou para dizer com muitas palavras que lotava o seu próprio teatro noite após noite, fazendo leituras de cartas de Mozart. É claro que eram as cartas mais picantes. Ele podia dar uma pequena demonstração...?

O Sr. Müller-Schmieke pediu encarecidamente que ele o fizesse. Mais uns trezentos mil telespectadores com certeza estavam desligando os seus aparelhos, inclusive os xeques. Eles não tinham a menor queda por Mozart, infelizmente.

— Durma bem e vá se danar, até arrebentar — recitou Bodo-cartas com voz empostada.

O público gritou em sinal de aprovação. Mas o Sr. Müller-Schmieke preferiu voltar a falar sobre Martha. Ele perguntou educadamente quem na verdade seduzira quem, meio século atrás, quando eles se conheceram.

— Martha sempre seduziu a todos — respondeu Bodo asperamente. — Ela seduzia qualquer um que entrasse no seu camarim.

— Não me diga — falou o Sr. Muller-Schmieke, consternado.

— Voltemos aos seus desenhos...

Não, gemi nos bastidores. Os maquiadores, contra-regras, encarregados e redatores também gemeram. Eles reviraram os olhos junto comigo e fizeram sinais, dando a entender que o sujeito tinha uma boca muito grande, mas que uma outra parte, não menos importante, devia ser muito pouco avantajada.

O tempo de transmissão na TV custa muito caro! Logo voltariam a passar os comerciais, e eu estava plantada ali, ao lado do político simpático!

— Eu preferiria sair para beber alguma coisa com o senhor — comentei com o senhor ministro.

— Eu também gostaria de sair com a senhora — respondeu o ministro com amabilidade.

Meu Deus, que homem mais encantador! Que sorriso! Igual ao de Viktor Lange! Ai, gostei muito dele! Ele era a única criatura sensata e modesta por ali — além de mim, é claro. Bem na hora em que senti o meu coração se aquecer, pensando em perguntar ao político o que ele iria fazer naquela noite, Enno retornou e colocou um exemplar do meu livro *Feliz sem marido* em minhas mãos.

— Você vai colocar isto em frente à câmera — arfou ele. — Se aquele Ambrosius fez, você também pode fazer.

O político deu uma olhada na capa e sorriu.

— *Feliz sem marido*. Minha mulher está lendo esse livro.

— E o que ela está achando? — perguntei, empolgada.

— Psiu! — chiou a diretora de gravação. Ouvi o meu nome vindo do salão.

— Vamos dar as boas-vindas a... Franka Zis!

Enno e o político me deram um empurrãozinho encorajador. O neurônio gritou no megafone:

— Barriga pra dentro, peito pra fora!

Caminhei à moda Sra. Franka sobre a passadeira vermelha e sorri alegremente para o público, esquecendo-me na hora de todos os voyeurs personificados pelo queridinho da Flessenkemper-Hochmuth, Alma Mater, Viktor e Papai, e me juntei aos outros entrevistados. Evitei aquela coisa deselegante de olhar diretamente para a câmera ou mesmo de acenar para ela. Ignorei solenemente aquela caixa preta, mulher cosmopolita que era. Aquilo não passava de olhos mortos e vazios! Esqueci completamente que alguns milhões de pessoas estavam observando o meu rosto através daqueles olhos mortos e vazios. Caminhei portanto com passos ágeis e decididos até o meu entrevistador. Eu queria pelo menos apertar a mão do Sr. Müller-Schmieke, já que até aquele momento ele não tinha notado minha presença.

Parei de andar, assustada. O entrevistador não estava nem olhando para mim! Ele não podia se mexer, pois Bodo-perdão o estava retratando.

— Sente-se por favor — disse o Sr. Müller-Schmieke sem mover o rosto, sentado todo duro na sua cadeira.

Sentei-me na cadeira livre ao lado do talentoso, tomando cuidado para a minha saia não escorregar para cima. Dei uma espiada curiosa por cima do ombro de Bodo. Era mais um daqueles seus esboços malfeitos; uns rabiscos irregulares e desordenados. Com boa vontade podia-se identificar um rosto e cabelos desgrenhados; mas o Sr. Müller-Schmieke não tinha a menor semelhança com o que estava surgindo ali: Com um pouco de boa vontade podia-se achar que se tratava de um dos apóstolos prediletos de Cristo.

— Está parecido comigo? — perguntou o Sr. Müller-Schmieke animado, sem se mexer. Impossível confirmar, nem com a melhor das boas intenções. Um apóstolo de Cristo e o Sr. Müller-Schmieke tinham tanta semelhança entre si quanto Donald Gottwald e uma jujuba.

— Mais ou menos — respondi. — Pelo menos o senhor não vai ter que pagar por isso.

Elvira-estrela-peituda riu histericamente.

— Franka — disse o Sr. Müller-Schmieke iniciando a conversa —, você escreveu um best seller.

Que bom que a mulher do radiotransmissor tinha conseguido passar aquela informação para ele.

— *Feliz sem marido* — respondi, segurando o livro na frente da câmera. Pronto, agora Enno ia ficar satisfeito. Bodo levantou o olhar irritado.

— Como é que alguém resolve escrever um livro? — perguntou com perspicácia Dieter Müller-Schmieke.

— Não faço a menor idéia de como ALGUÉM resolve esse tipo de coisa — respondi. — *eu* o escrevi, porque o meu advogado me pediu que fizesse algumas anotações.

Risadas de aprovação na platéia.

— Eu também sempre quis escrever um livro — intrometeu-se Elvira com um lamento.

— Eu também — disse com desprezo Bodo-pintor. — Já escrevi pelo menos uns dez livros. Mas ninguém quis publicá-los!

Se você escrever tão bem quanto pinta, posso imaginar muito bem o motivo, pensei.

— Franka Zis — cortou o entrevistador retomando a conversa — é um pseudônimo?

— Sim. Na verdade eu me chamo Franziska.

Fiquei pensando se devia me gabar pelo fato de ser a ex-mulher de Will Gross, o diretor de seriados-novelísticos-engraçados requisitado internacionalmente.

Decidi que não tinha sido convidada por causa disso, e sim pelo fato de eu ser eu mesma.

— Franka Zis em vez de Franziska! — exclamou o Sr. Müller-Schmieke.

— Que coisa genial! — disse Bodo, sarcástico.

A senhora estrela-pelada deu uma risada artificial. Os cameramen correram até ela para conseguir um close do céu da sua boca.

— Por que o título... Solteira e Feliz?

Apressei-me em retificá-lo, dizendo que eu jamais seria feliz solteira, a não ser no último estágio da minha decadência física. E que havia uma diferença enorme entre ser "solteira" e "não ter marido".

O Sr. Muller-Schmieke exclamou "Ahãm" e virou-se pela primeira vez para me olhar. Pelo visto, minha teoria sutil lhe agradara.

— E o seu livro vai ser filmado — disse ele, triunfante.

— Hum — fez Elvira, afetada. — E quem vai filmá-lo?

— O meu ex-marido — respondi alegremente. — Ele é diretor de cinema.

Risada estrondosa na platéia.

O Sr. Müller-Schmieke se alegrou.

— Certamente haverá um papel sério para a Sra. Thumb-Moddelmog no filme!

— Ela pode candidatar-se — respondi. — Mas atenção: não tem Gretchen do *Fausto* no filme.

— Hum — repetiu Elvira, e Bodo comentou, entre uma pincelada e outra, que se não houvesse cenas de nudez no filme Elvira não iria conseguir nada.

O Sr. Müller-Schmieke sugeriu fazer-me uma última pergunta antes dos comerciais: Se eu poderia me imaginar escrevendo o roteiro do filme junto com o meu ex-marido.

— Isso já foi feito — respondi.

Um murmúrio de aprovação percorreu o salão.

— E aí? — perguntou o Sr. Müller-Schmieke, esquecendo-se completamente de que estava posando e não podia se mexer. — Como foi? Quer dizer, como é que se faz para escrever um roteiro com o seu ex-marido sobre a sua própria vida conjugal?

Ele olhou empolgado pelo salão por ter conseguido fazer uma pergunta tão original.

— Foi como seria com qualquer outra pessoa — respondi.

O Sr. Müller-Schmieke não se deu por satisfeito.

— Você não está mais casada de verdade com ele, está?

— De verdade, não. De mentira. Por assim dizer.

Risadas do público. Mas também eles riam de tudo.

— Mas a senhora também não está separada de verdade.

— Isso é você quem está dizendo.

Algumas pessoas na platéia recomeçaram a rir. Então compreendi: eles só queriam aparecer em close!

— E como é que você se sente em relação a isso? Não está casada, não está separada... em cima do muro, e sendo mulher...

Sorri para a câmera e levantei a capa do meu livro.

— Sinto-me maravilhosamente bem. Estou "feliz sem marido". E vou continuar para sempre deste jeito!

Neste ponto a tolerância dos xeques se acabou. Eles cuspiram o fumo de rolo com raiva no chão e fizeram caretas ameaçadoras.

— Ouçam só isto! — disse Bodo com desdém, sem levantar o olhar das suas tralhas.

— Hum — repetiu Elvira.

As pessoas aplaudiam. Principalmente as mulheres. Algumas até com muito entusiasmo! Espero que a câmera da platéia tenha registrado isso.

O Sr. Müller-Schmieke levantou-se, apertou minha mão e perguntou-me, enquanto lançava um olhar desinteressado para os garranchos de Bodo:

— E como se chama esse seu ex-diretor de cinema?

— Will Gross — respondi. — Por quê?

— Já não estamos mais no ar — lamentou-se o entrevistador. — Eu deveria ter lhe perguntado isso antes.

— Não faz mal — disse cordialmente para ele. — É melhor não ter muitos elogios antecipadamente. Senão o meu marido vai acabar ficando bravo de novo.

O Sr. Müller-Schmieke pegou o desenho de Bodo-pincel e contemplou-o com ar cético:

— Ainda bem que não estamos mais ao vivo. Muito obrigado, meus senhores, pelos seus depoimentos interessantes. Fico-lhes muito grato...

O Sr. Müller-Schmieke nos cumprimentou a todos.

— Isso foi tudo? — lamentou-se Elvira.

— Não preciso disso mesmo! — murmurou o caubói enquanto arrumava os seus apetrechos de pintura.

— Por favor, permaneçam sentados — exclamou o Sr. Müller-Schmieke para o auditório. — Depois dos comerciais, vou chamar o senhor ministro!

— Você esteve magnífica. Você fica muito bem na tela da TV. Muito natural e jovial. Estou tremendamente orgulhoso de você.

Depois de assistirmos umas 12 vezes a minha aparição televisiva da véspera, Enno levantou-se e desembrulhou mais um daqueles seus presentes originais.

Tive um mau pressentimento.

Eu tinha acabado de começar a preparar um jantar balanceado e com alto teor de vitaminas para os meus filhos e encarado a luta com as panelas de pressão computadorizadas. O suor frio do medo da derrota brotou na minha testa. Os meninos estavam sentados à mesa, ansiosos, brincando com pequenos carrinhos da Matchbox pelo meio dos pratos.

— Olhe só o que é isso! — Enno segurou um pequeno aparelho preto cheio de botões debaixo do meu nariz, só para variar e tentar elevar o meu nível intelectual.

— Mais um controle remoto — disse sem demonstrar nenhuma emoção.

— Esse controle remoto é do quê, mamãe?

— Não faço idéia. Perguntem a Enno.

— Enno, esse controle é do quê? De um joguinho do Super Mário?

— Não. Este aqui é para a mãe de vocês. É um telefone celular. Modelo D um.

— Ah, que pena! Eu não quero essa droga de D um! Não dá nem para brincar de batida de automóvel!

— Por que você não compra um brinquedo adequado para crianças? — perguntei, absorta, enquanto levantava as tampas de aço inox das panelas, só para dar uma controlada. Todas as batatas ainda estavam cozinhando na água fervente. Aproveitei aquela pausa criativa para dar uma olhada no relógio para marcar o tempo de cozimento dos ovos, que vinha embutido.

— Isso não é um brinquedo — exaltou-se Enno. Ele ficou tão furioso que chegou a abrir mão de me explicar o facílimo manuseio do controle remoto do relógio. — Esse é um meio de comunicação essencial para as pessoas modernas da vida pública! Você ainda vai aprender a valorizá-lo! Com ele você pode consultar as condições de trânsito nas auto-estradas, os horários dos vôos da Lufthansa, o tempo em Veneza e o horário local de Tóquio. Mas o melhor de tudo é o seguinte: você poderá simplesmente ser contatada a qualquer momento e em qualquer lugar. Mesmo que esteja na floresta alimentando os patinhos! E também é facílimo de ser manuseado, olha só...

E justo na hora em que os meninos estavam batendo ansiosos com os seus garfinhos em cima da mesa, e eu tinha retomado a minha batalha com três panelas fumegantes, Enno resolveu gritar por cima do aparador que, quando se quisesse fazer uma ligação, SÓ se precisava digitar o código secreto personalizado aqui (AQUI!!) — tlec, tlec, tlec. — Ah, não, aqui não, um momento, é AQUI!!! Olha para cá quando eu estou te explicando alguma coisa, olha aqui como é fácil! (O código secreto tinha uns 12 dígitos, e não era tão fácil assim de ser decorado.) Aí você tem que aguardar o sinal... ouça! O que é que está apitando? Ah, é o relógio dos ovos... O sinal toca com três intervalos diferentes. Se estiver fora de área, ele dá um sinal longo, três curtos, e outros dois longos... Tira logo essa panela do fogo... se o sinal estiver fraco, ele toca cinco vezes em intervalos irregulares; se o sinal estiver bom, o display te pergunta em inglês, olha pra cá... *hello, good afternoon, it's two p.m., do you want to have a phone?* Aí você tecla... AQUI!... o V para *yes*.

— Como é fácil!

Eu me forcei, com um sorriso de agradecimento, a teclar o y. Funcionou! O telefone me perguntou imediatamente para quem eu gostaria de ligar.

Ao dar uma olhada nos meus filhos que já estavam batendo com uma ira crescente os seus saleiros contra os potes de pimenta, decidi que não queria telefonar naquele instante. Com total presença de espírito teclei o *N* para *NO*.

This possibility is not possible, informou-me o display.

Enno indignou-se. Por que eu estava tentando enganar daquele jeito o pobre e inofensivo servomóvel, subserviente e ao meu dispor a qualquer momento?

Empurrei Enno carinhosamente, mas com firmeza, para fora do aparador, e servi a comida nos pratos.

Franz e Willi estavam morrendo de fome. Eu gostaria de ajudá-los a abrir os seus ovos e a partir as suas batatas, mas Enno estava no meio do caminho.

— Muito bem, eu já teclei para você. Teclei o número aqui da sua casa. Não atenda quando chamar, para você ver o que acontece.

O telefone chamou.

Franz levantou-se com um pulo, tirou o fone do gancho e falou com a boca cheia:

— Alô? Sr. Grosskötter?

— Você não pode ligar o videocassete para eles? — perguntou-me Enno.

Mas Willi que já tinha corrido atrás do irmão com o babador balançando, agitou o seu garfo e gritou:

— Eu quero dar os parabéns!

Espantada, segurei o telefone celular junto à minha têmpora.

De fato! Podia ouvir as vozes dos meus filhos com muita clareza!

— Alô — disse Franz, e pareceu que ele estava ao meu lado!

— Alô — respondi, estarrecida. — Aqui quem fala é a sua mãe!

Eu estava quase chorando.

— Ah, é só você — disse Franz, decepcionado, passando o fone para o irmão mais novo.

— Parabéns! — disse Willi com devoção.

— Parabéns — respondi alegremente. — Uma nova era começou! Nós agora temos um telefone celular!

— Mamãe está só gozando com a tua cara, Willi — disse Franz enquanto espetava o ovo inteiro com o garfo.

Willi abriu o berreiro. Jogou o garfo para longe, cheio de raiva.

— NÃO jogue! — gritei, irritada, pulando atrás do garfo e juntando com o meu próprio esforço os pedaços de batata que caíram no sofá e no tapete.

Fritz Feister aconselhou-me a sentar-me ao lado da criança manhosa e partir a comida dela carinhosamente, mas com firmeza.

Willi gritou e esperneou quando o recoloquei na cadeirinha.

— Você está me irritando — gritou Franz para o irmãozinho. — Eu não agüento mais essa tua gritaria, pode crer!

— O D um tem uma secretária eletrônica acoplada — intrometeu-se Enno gritando. — Ela avisa automaticamente quando alguém deixa um recado!

— Interessante! — gritei de volta, começando a colocar a comida do Willi em duas escavadeiras para desviar a sua atenção de forma lúdica.

Willi parou de chorar. Começou a empurrar as escavadeiras com as suas mãozinhas rechonchudas pelo meio dos pratos, enquanto soluçava.

Que silêncio paradisíaco. Respirei bem fundo. Que harmonia familiar mais divina. Igual aos livrinhos infantis.

— Então — disse Enno, aproveitando a oportunidade daquele momento. — Suponhamos que você receba uma ligação da sua editora.

Que ótimo!

— Mamãe, brinca COMIGO!

— Enno — pedi —, por favor!

— Estou satisfeito — disse Franz displicentemente, enquanto empurrava o prato semicheio para longe.

— O editor deixa um recado para você na secretária eletrônica, pois você está em Paris naquele momento.

— Franz, para onde você vai? Por favor, fique sentado até o teu irmão acabar de comer!

— Só estou indo pegar um danoninho.

— Aí o teu D um toca automaticamente em Paris. Experimenta só!

— Mas eu NÃO estou em Paris. Infelizmente!

— Mamãe, posso ir para a casa de Alma Mater?

— Sim, minha pobre criança. Vá para a casa de Alma Mater. Ela pelo menos conversa com você.

— Nós podemos pedir a Alma Mater para deixar um recado na secretária eletrônica. Só para testar!

— Eu também quero ir para a casa de Alma Mater e deixar um recado na secretária eletrônica! — berrou Willi, descendo da sua cadeirinha.

— Deixe ele ir — falou Enno. — Pelo menos, vou conseguir te explicar alguma coisa com calma.

— Quer que eu vá para Paris, só para testar?

Tirei o babador de Willi e limpei sua boquinha com um pano de prato, enquanto ele corria.

— Não, basta que Alma Mater deixe algum recado para nós na secretária...

Saí correndo atrás das crianças.

— Não atravessem sozinhos! Pode passar um carro!

— Peça a Alma Mater que deixe um recado na secretária eletrônica! — berrou Enno atrás de nós.

Atravessamos a rua correndo e de mãos dadas. As crianças e eu.

Alma Mater ficou muito contente.

— Finalmente os meus meninos vieram me ver!

— Você pode deixar um recado para nós na secretária eletrônica? — perguntei, arquejante.

— Não! — riu-se Alma Mater. — Para quê? Você está aqui! Eu nem te disse, como você ficou bem na televisão!

Interrompi Alma Mater. Será que ela não poderia me contar aquilo na secretária eletrônica?

Mas Alma Mater não ligou a mínima para as minhas mazelas tecnológicas, e além disso não conseguiu parar de falar.

Eu estava com uma aparência encantadora, muito natural e muito charmosa, prosseguiu ela sem se deixar atrapalhar. A senhora "oh-como-os-meninos-cresceram" do número oito também achou. E a senhora "uma-grossa-ou-uma-fina?" do balcão de açougue no supermercado também ficou muito empolgada. E até mesmo tia Trautschn teria ficado, se ainda fosse viva.

— Obrigada, obrigada, obrigada. — Fiz reverências, humildemente, em todas as direções. Depois voltei para Enno.

— Sinto muito, mas Alma Mater não QUIS deixar nenhum recado na secretária eletrônica!

— Pois é — comentou ele. — Às vezes, ela simplesmente se recusa a colaborar. Pelo menos você não boicota os meus planos. Mas enquanto você estava lá, eu mesmo já deixei um recado na secretária.

Devia ser algo muito, muito significativo. Pude perceber pela sua expressão enigmática. Uma notícia importante estava aguardando para ser escutada.

Ele abriu um espaço de aproximadamente meio metro quadrado em cima da mesa com um movimento amplo do seu braço e colocou o seu tão amado telefone celular entre as escavadeiras carregadas de espinafre.

— Ele não é incrivelmente pequeno? — perguntou, num tom de voz como se estivesse admirando um recém-nascido.

— Sim — respondi. — Igualzinho ao pai.

— Franziska — respondeu ele. — Estou com a sensação de que você não está me levando a sério.

— Estou, sim! — assegurei, enquanto colocava as escavadeiras na máquina de lavar louça.

Enno apresentou-me o incrível efeito, pelo qual ele esperara a noite toda.

O telefone celular tocou.

— Atenda, atenda!

— Como?! Ele não tem fone nem gancho!!

Dei a volta na bancada e enxuguei as mãos nos seios.

— Aqui! Na teclinha que tem um fone desenhado em cima!!

— Tem duas teclas com fone desenhado em cima!

— Uma para atender, e a outra para desligar! Basta pensar um pouquinho!

Apertei com o dedo trêmulo a pequena tecla onde o fone dese nhado não estava cortado por um traço. Segurei o celular na minha bochecha sem conseguir respirar, tamanho era o suspense. Ele chiou e estalou.

Depois ouvi o barulho de um berimbau.

— Alô? — gritei, carregada de suspense.

— Oioioioiing — soou no celular. Ali! Um marciano! Com certeza ele quer que eu participe de um programa de entrevistas!

— Não estou entendendo nada! — gritei, ambicionando fazer carreira.

Enno levantou-se com um salto e arrancou o telefone celular da minha mão.

Ele fez um esforço para ouvir e olhou para o display.

— Está aqui! Buscando sinal. Ele é esperto, não é mesmo?! O sinal aqui na cozinha está muito fraco! Ele percebeu logo! Venha, vamos passar para a sala. Dentro de pouco tempo ele vai voltar a chamar automaticamente!

Enno estava incrivelmente excitado.

Larguei a última escavadeira ali mesmo e segui-o, obediente, até a sala ao lado.

Mal entramos na sala o nosso queridinho tornou a chamar.

— Tome! Para você! Uma chamada! Atenda!

Meu Deus, quem poderia ser?! Istambul?! Meu livro vai ser traduzido para o turco!

Um pouco menos ansiosa, apertei a tecla de atender. O manuseio do celularzinho já se tornara algo corriqueiro para mim!

Escutei novamente os ruídos de berimbau do marciano!

— Oioioioioing!

Examinei o display.

— Buscando sinal — informou-me o meu pequeno amigo.

Enno abriu a porta do terraço.

— Aqui fora ele certamente vai funcionar!

Ficamos de pé no meio do gramado.

O celular tocou.

— Atenda! É para você! Ouça! Você vai se surpreender com a qualidade do som!

Olhei para o display. "Buscando sinal!", estava escrito lá. Enno me pegou pelo braço e me puxou para trás do pé de azaléia.

— Aqui! Agora! Atenda! Rápido!!

Apertei a tecla e coloquei o celularzinho na orelha. O arbusto estava fazendo cócegas no meu pescoço.

— Bom dia, ca-ro cli-en-te — cumprimentou-me uma voz feminina metálica.

— Alô — respondi, satisfeita. Funcionou! FUNCIONOU!

— Vo-cê es-tá co-nec-ta-do à re-de D-um!

— Não me diga — respondi.

O rosto de Enno estava bem junto do meu. Seus olhos brilhavam como nunca. Nós nos abraçamos com força.

— Vo-cê re-ce-beu u-ma no-va men-sa-gem!

— Que coisa! — berrei. — Pode mandar!

Agora, Enno, agora!

E aí veio o recado.

Fechei os olhos e escutei.

Era a voz de Enno... um pouco arranhada e estranha, mas era com certeza a voz dele! Apesar de ele estar ao meu lado!

— Um — dois — três! Testando! Três — dois — um... fim!

— Uau! — exclamei, impressionada.

— Agora você tem que desligar — disse Enno. — As tarifas ainda são muito caras. Custa 1,77 por minuto. Em todo o território nacional.

Pressionei o fone cortado por um traço.

Saímos de trás do pé de azaléia. Olhamos um para o outro. O rosto dele estava bem próximo do meu.

— E então?

— Incrível — respondi.

— É todo seu — disse Enno.

Apertei aquela pequena jóia preciosa contra o meu coração.

— Oh, Enno! Por que você vive me dando estas coisas de presente?!

— Porque você é uma superfêmea — respondeu ele me abraçando.

Nós nos beijamos.

Resolvi mandar fazer uma corrente de ouro para carregar o celular pendurado no pescoço dia e noite. Infelizmente, ele era um pouco grande para fazer um anel. Por enquanto. Eu tinha certeza que muito em breve Enno iria me presentear com um bem menor. Senti-me como se tivesse acabado de ficar noiva. Simplesmente maravilhada.

Mas ainda havia alguns dias em que a superfêmea tremendamente feliz que havia dentro de mim desabava. Nesses momentos, preferia ficar chorando de saudades de Paula, dos meninos, Enno, Alma Mater e de todos os meus outros entes queridos.

Às vezes eu ia parar num lugarejo triste, escuro e esquecido, onde as pessoas sentadas atrás das suas janelas de vidros grossos, abarrotadas de cactus, faziam coisas bem diferentes do que ler Franka Zis. E à noite, na livraria, apareciam umas oito a doze donas-de-casa macilentas com uns dois maridos arrastados, que me davam uma trabalheira até eu conseguir arrancar um sorriso acanhado das suas bochechas murchas. Nesses momentos, eu era tomada pela seguinte dúvida: será que construir uma carreira "feliz sem marido" não passava de uma grande ilusão? Na maioria das vezes, o único hotel da localidade não era mais que uma pousada cheirando a mofo, na qual o gerente podia ser visto sentado na cama, de camiseta sem manga, com os suspensórios abaixados, exalando cheiro de suor, sem ter feito a barba, e assistindo hipnotizado à programação no pequeno televisor.

Nesses dias, eu sentia uma tremenda inveja de todas as donas-de-casa do mundo, nem que fosse pelo simples fato de que o pior que elas poderiam encontrar debaixo do assento da privada eram os pêlos pubianos dos seus próprios entes queridos.

Certo dia, mais uma sexta-feira, eu seguia no trem intermunicipal até Oede. Um lugar muito distante de tudo o que eu ainda descreveria como sendo a hospitalidade alemã. Umas poucas construções de tijolo aparente passavam em intervalos irregulares pela janela do trem, encobertas pela névoa. Meus pés estavam congelando dentro das meias finas e do escarpim, e eu senti saudades das minhas meias grossas e das botas de borracha, e da caixa de areia na floresta da cidade. O celular estava cochilando dentro da minha bolsa. Com o tempo, começou a pesar no meu pescoço.

Não havia mais ninguém além de mim no vagão do trem intermunicipal. Eu estava me sentindo pouco à vontade, pois não tinha recebido nenhuma confirmação por escrito do organizador do evento daquela noite sobre o que tínhamos acordado. Sim, para minha mais completa e absoluta vergonha devo reconhecer — e Enno teria batido os telefones celulares sobre a cabeça! — que eu nem ao menos sabia o sobrenome da pessoa que negociara comigo, pois ele se identificara somente como "Erwin" ao telefone. Nós nos tratamos pelo primeiro nome, Erwin e eu, o que certamente também não teria agradado nem um pouquinho ao meu empresário e administrador da minha felicidade pessoal, Dr. Enno Winkel.

O trem estava entrando na estação, e o meu querido Enno com o seu telefone celular estava muito distante. Fiquei quebrando minha cabeça tentando me lembrar do código secreto de dez dígitos que teria que usar caso quisesse falar com Enno.

A plataforma parecia um cemitério. Nem cheiro de Erwin com o seu ramalhete de rosas silvestres.

Fiquei pensando a quem eu poderia pedir ajuda. Não havia nenhum posto da Cruz-Vermelha à vista.

Sem perder a pose, peguei minha maleta executiva de couro de porco e me dirigi com ar extremamente ocupado para a saída. Alguns senhores desempregados que perambulavam por ali com suas garrafas de cerveja me olharam com lascívia. Olhei discretamente, tentando identificar se um deles não seria Erwin, e segui com passos firmes até o bicicletário enferrujado. Fiz de conta que tinha me lembrado de um compromisso importante, peguei o meu celular e voltei apressada.

Não havia ninguém com cara de adorar literatura feminista ou de se chamar Erwin. Os libertinos gorduchos e despenteados em frente ao quiosque da estação olhavam felizes para a minha minissaia.

Finalmente, Erwin apareceu. Eu o reconheci imediatamente pela sua lata velha que, apesar do seu peso imenso, não parecia que ia desmontar.

Erwin acenou como se fôssemos velhos amigos, deu uma buzinada afônica com a sua lata velha e veio na minha direção com os braços abertos e os cabelos compridos a esvoaçar.

Meu astral estava tão baixo que por pouco não me joguei no barrigão do emporcalhado do Erwin. Só a visão, no último segundo, de uma tatuagem significativa no seu antebraço cabeludo fez com que eu me segurasse.

— Bom dia, Franka — disse ele amigável. A barba dele ia até quase o umbigo, que era quase do tamanho de uma xícara, marcado por baixo da camiseta preta. — Tudo bem?

— Excelente — respondi, engolindo em seco. Eu nunca tinha sido carregada por um dinossauro tatuado.

Erwin, com sua barriga de chope, pegou galantemente minha maleta.

— A viagem foi tranqüila? — perguntou, olhando com benevolência para a minha insignificância bem-vestida demais para a ocasião.

— Super — respondi.

Então embarcamos na lata velha dele.

Aí eu pensei: então, Franziska. Essa foi a sua vida. Até agora, tudo foi bem agradável. Mas parece que faltam uns pontos decisivos no seu QI para poder continuar a usufruí-la. Se você foi capaz de embarcar de livre e espontânea vontade na lata velha deste estrupício, sem ter deixado anotados o nome e endereço dele para o seu advogado e para a sua babá, a culpa realmente é totalmente sua. Ninguém vai procurá-la hoje à noite, ninguém. Nem mesmo Eduard Zimmermann. Eu já antevia a contribuição interessante que daria para o programa *XY— Casos Não Resolvidos*. Começaria com a seguinte cena: os sujeitos bebendo cerveja no quiosque em primeiro plano, e ao fundo a voz do Eduard: "...alguns colegas de balcão no botequim foram os últimos a vê-la com vida..."

Poxa, Franziska! E você nem ao menos sabe usar essa droga de celular. Por que não prestou atenção quando Enno ensinou a senha de dez dígitos? Você é incapaz de prestar atenção às coisas mais importantes desta vida. Meninas são muito bobas mesmo.

Nós passamos por um longo trecho de lugares ermos e desoladores.

Havia chovido por ali. Passamos por alguns espantalhos encharcados.

— Onde fica mesmo a livraria? — perguntei medrosa, tentando imaginar para qual daqueles celeiros o estrupício tatuado iria me arrastar.

— Que nada — disse ele, mudando a marcha —, não é uma livraria. Por aqui não temos essas coisas.

— Livraria? Faculdade? Centro Cultural?

Agarrei-me assustada ao puxador da porta.

— Que nada — respondeu ele, entrando numa estrada de terra. — É particular.

— Então eu gostaria de passar primeiro no hotel — balbuciei. — Para me refrescar um pouquinho.

— Você já está bem fresquinha — disse ele, lançando-me um olhar satisfeito.

Que merda, pensei. Eu nem ao menos fiz o meu testamento. Enno vai ter que fazer tudo sozinho. Espero que ele chegue à conclusão certa: a casinha fica para Paula e os meninos, e tudo que tiver uma tomada ou pilhas fica para Enno.

Pigarreei com determinação.

— Por favor, leve-me primeiro até o meu hotel!

Erwin sorriu.

— Você não vai para um hotel. Vai dormir lá em casa!

Naquele instante tive a certeza de que nunca mais iria rever os meus entes queridos. Estranho. Em vez do pânico crescente, o que se apoderou de mim foi uma sensação de gratidão: Franziska, você teve uma vida boa. Ela não poderia ter sido melhor.

Na minha lápide deveria constar:

Ela MORREU SACIADA DA VIDA.

Erwin me olhou de lado.

— Está bem para você? Dê uma olhada no quarto primeiro. Se não te agradar, eu te levo para o hotel. Você decide.

— Tudo bem — respondi com hipocrisia. — Eu sou bastante simples.

— Então — respondeu ele. — Eu já sabia.

Paramos em frente a um sítio lúgubre. A casa ficava no meio da lama e tinha ao lado objetos conhecidos, tais como triciclos enferrujados e uma caixa de areia suja e úmida. A cerca à volta estava em frangalhos. Havia roupa pendurada numa armação de madeira, balançando debaixo da chuva.

— É aqui que você mora? — perguntei, acabrunhada.

— Isso mesmo — respondeu Erwin com orgulho.

Saltamos do carro e andamos na direção da casa. Equilibrei-me em cima de uma tábua colocada no meio do caminho. A entrada da casa cheirava a leite azedo, a ar frio do campo e a salsicha defumada.

Erwin arremessou a chave do carro em cima de um aparador e foi na frente até a cozinha, que também era o ambiente de estar.

Entre outras coisas não muito adequadas a uma cozinha, havia ali uma mesa de sinuca. Tinha um vira-lata debaixo dela, com olhar desinteressado, roendo um taco de sinuca, sem demonstrar nenhum tipo de reação. Sua pata dianteira esquerda estava engessada. Sobre a pia havia um monte de louça suja. Ao lado ficava um velho fogão a gás. Um bando de moscas se amontoava por ali em cima de restos gosmentos de café. Sobre um escorredor de louça indefinível havia alguns utensílios de forno e fogão aguardando estoicamente os estertores do seu estado de decomposição. Meu livro *Feliz sem marido*, cheio de orelhas, estava sobre uma mesa de cozinha toda bamba, ao lado de um resto de salsichão, de um copo de marmelada feita em casa, um pedaço de pão já cortado e uma mamadeira de leite azedo. Naquele instante me senti como se estivesse na minha própria casa.

— Olha aqui — disse Erwin, levantando o livro pelas orelhas de burro e deixando ele cair novamente ao lado do salsichão. — Pode ver. Só para você não ficar pensando que entrou numa roubada.

— Não, não — respondi prontamente. — Por que está dizendo isso?

— Você está com um ar assustado — respondeu ele. — Não precisa ter medo. Não tem nenhum canibal por aqui.

Ele tirou um pacote de cigarros de enrolar do engordurado bolso de trás das suas calças com um ar prazenteiro. Começou a enrolar o seu cigarro alternativo, sentando-se com uma das bandas do seu volumoso traseiro sobre a mesa da cozinha. Fiquei olhando para a ponta da sua língua, enquanto ele a usava para molhar o papel de cigarro. Será que aquele dinossauro balofo da Vestfália não seria realmente inofensivo, afinal de contas...?

Naquele momento surgiu mais uma habitante daquela moradia rural. Ela usava uma camisola suja de flanela cinza que não lhe caía muito bem. Seu rosto brilhava debaixo de uma grossa camada de creme para acne. Trazia pela mão uma criança pequena, igualmente coberta de creme brilhante.

— Bom dia — disse ela. — Você já voltou?

— Esta é Franka! — disse Erwin, apontando para mim.

— Bom dia — disse a moradora de camisola. Eu me envergonhei dos meus trajes inadequados e baixei o olhar.

— Inken, dê bom-dia também — instou a moradora ao seu rebento.

Mas Inken não queria dar bom-dia. Ela limpou a boca suja de geléia no traseiro enflanelado da mãe e ficou olhando desconfiada por trás dela. Eu bem que gostaria de me esconder atrás do Erwin e limpar o meu batom ridiculamente supérfluo no traseiro dele. De alguma forma, eu ganhara uma certa confiança nele nos últimos dez minutos.

— Heidemarie não está aqui?

— Não faço a menor idéia.

— E Emmamarie também não?

— Sei menos ainda.

— Então eu vou embora!

Ela desapareceu da mesma forma pouco teatral com a qual havia surgido.

— Esta era Ilsemarie — disse Erwin, orgulhoso. — Inken é filha dela.

— Que interessante — respondi.

E ninguém disse mais nada. Erwin sentou-se numa cadeira da cozinha e ficou fumando prazerosamente.

— Como foi que teve a idéia de me convidar? — perguntei, só para falar alguma coisa.

— Quis fazer uma surpresa para as minhas garotas — respondeu ele. — Você quer um café? — Acenei de leve com a cabeça.

Erwin levantou-se com um gemido, pegou um bule de café, azul e amassado, que estava em cima do fogão e deu uma chacoalhada. — Ainda tem um pouco aqui dentro.

— Perfeito — respondi.

Erwin me serviu um gole do piche úmido que estava dentro do bule. A xícara que ele pegou no escorredor não tinha asa e estava grudenta. Ainda havia um resto de leite e açúcar do último usuário dentro dela.

— Onde é que vou ler hoje à noite? — perguntei.

— Aqui — disse Erwin, apontando para a mesa da cozinha. — Caso alguém fique com vontade de ouvir.

Olhei inquisidoramente para ele.

— É possível que nem todo mundo goste desse tipo de livro — disse ele, avaliando-me com o olhar.

Acreditei piamente que o meu livro não iria cair nas graças da sua Ilsemarie de flanela.

— Por que me convidou?

— Achei o título legal.

Erwin contou-me que vivia ali com três mulheres; a já mencionada Ilsemarie, Emmamarie e Heidemarie. Ilsemarie tinha uma filha, Inken, que eu acabara de conhecer. Mas ela não era filha dele, e sim de um sujeito que se mudara de lá havia pouco tempo. Eu iria dormir no quarto dele naquela noite.

E como eles não eram casados entre si, mas mesmo assim conviviam muito bem, ele tivera a idéia de me chamar para fazer uma leitura.

— Está me dizendo que não leu o meu livro?

— Exatamente. Nunca leio livros. Não curto. Convido autores que lêem seus livros para mim. E depois nós todos tomamos uns tragos. Não temos televisão e não há cinema por estas bandas.

Chamei sua atenção para o fato de que minha leitura iria custar uma soma de quatro dígitos. E que, como produtor do evento, ele teria que arcar com as despesas de pernoite, transporte e impostos.

— Estou sabendo — disse ele, levantando a banda do traseiro que estava sentada em cima da mesa da cozinha. — Você me disse isso tudo por telefone.

Ele enfiou novamente os dedos dentro do bolso de trás das suas calças, puxou um monte de notas amassadas lá de dentro e jogou-as ao lado da minha xícara.

— Pode conferir. Está tudo aí.

De fato. Era exatamente o valor que tínhamos combinado.

— Não preciso de recibo — disse ele. — Você não precisa declarar para o imposto e pode ficar com o valor bruto. E agora vou mostrar o seu quarto. Se não lhe agradar, levo-a para o hotel mais próximo. Fica a trinta quilômetros daqui.

O quarto do pai de Inken ficava sob o telhado e surpreendentemente fora reformado havia pouco tempo. Ainda tinha cheiro de tinta, cheiro de cola de papel de parede, e o piso era de tacos.

A cama de estilo francês estava coberta com uma colcha verde-acinzentada toda amarrotada. Apesar de tudo, aquela era sem dúvida a melhor parte de toda a casa. Como é que o inseminador de Ilsemarie não foi capaz de valorizar aquilo! Dei uma cheirada discreta na roupa de cama enquanto Erwin abria as janelas. Ela tinha acabado de sair da máquina de lavar. Olhando mais atentamente, podia-se ver uns bolos de poeira do tamanho de bolas de tênis grudados nas vigas do teto. Quando as janelas foram abertas, a corrente de ar fez com que os bolos de poeira entrassem involuntariamente em movimentos circulares. Tanto faz, pensei. Depois eu os jogo discretamente pela janela. Talvez até consiga achar um pano de limpeza, só preciso dar uma olhada na gaveta de roupas íntimas de Ilsemarie! Aí eu posso dar uma espanada nessa poeira. Não vai me causar mal algum fazer um pouquinho de faxina, é sempre bom manter os pés no chão, Franka!

O aposento sob o telhado dispunha até mesmo de um banheiro. O banheiro também tinha acabado de ser reformado. E ali não havia nenhum pêlo do saco de Erwin Lotterbeck, nem do pai anônimo. Ele — ou ela? — tinha até colocado uma toalha grossa e cinza para mim, junto com uma embalagem econômica tamanho família de espuma de banho com aroma de pinho. No apoio sobre a banheira havia um pente e um absorvente íntimo. Achei aquilo deveras atencioso. A única coisa que me faria falta, com o passar do tempo, seria uma porta no banheiro. Mas como só ia ficar uma noite, não achei que haveria problema.

Apareci na cozinha imunda às oito horas da noite para fazer a minha leitura. Abri mão de fazer uma maquiagem muito carregada. Encontrei ali duas figuras de casaco de couro, além do Erwin. Eles haviam colocado os seus capacetes de motocicleta em cima da mesa da cozinha e estavam jogando sinuca.

Nenhuma das mocinhas anunciadas podiam ser vistas.

— Quer tomar uma cerveja? — perguntou Erwin com uma ponta de cigarro nos lábios e o barrigão esparramado por cima da mesa de sinuca. Aquela visão me lembrou fortemente do trabalho de Bodo Ambrosius, "Martha junto à fonte".

As outras duas figuras nem se dignaram a olhar para mim.

Peguei uma cerveja na geladeira e levei o gargalo até a boca. Como ninguém me dirigisse a palavra, fiquei confabulando com o vira-lata de olhar triste e desinteressado. Sua patinha mole dentro do gesso causava dó.

Eis que — depois de uns quarenta e cinco minutos bem contados de prosa acadêmica alternativa — o meu público apareceu! As mulheres entraram juntas na cozinha enfumaçada. Heidemarie estava usando um vestido azul-esmaecido de alcinha que realçava bastante os seus antebraços gordos e brancos. Por baixo das axilas saíam enormes tufos de cabelos. O penteado dela era assimétrico: o lado direito estava todo eriçado e o outro lado liso e escorrido até a altura do queixo, tapando-lhe no mínimo a visão do lado esquerdo. Dava a impressão de que o cabeleireiro tinha abandonado abruptamente o trabalho ao deparar com aquele monte de cabelos nas axilas. Emmamarie, com sua roupa de ginástica deformada, tinha cabelos oleosos louro-claros do tamanho de fósforos — pelo menos aqui o cabeleireiro tinha acabado o trabalho. Ela trazia um gato desgrenhado no braço, que combinava muito bem com ela. Ilsemarie com sua camisola de flanela eu já conhecia. Ela evitou usar os seus trajes de sair à noite, o que teria certamente provocado um monte de gargalhadas naquele círculo pouco convencional. Ela estava carregando uma tigela com um mingau avermelhado e empapado, feito com cereais saudáveis. Seu rosto brilhava debaixo do creme gorduroso natural. A criança com a boca suja de geléia chegou arrastando uma boneca esfarrapada pelos cabelos e olhou em volta, acanhada.

— Ei, sentem-se, Franka quer começar — disse Erwin por cima do ombro enquanto olhava fixamente para uma bola com um dos olhos fechados. As mulheres me deram uma olhada de relance e se sentaram uma depois da outra no sofá surrado que estava junto à parede. Inken, a criança, pescou a mamadeira com cheiro acre de cima da mesa e deitou-se ao lado do cachorro debaixo da mesa de sinuca. Ilsemarie com sua camisola de flanela mexia de vez em quando o seu mingau de amoras.

Aquilo tinha uma cara tão inapetente, que dava vontade de sair correndo. Emmamarie e Heidemarie se prepararam para aquela noite muito criativa catando com afinco piolhos no pêlo daquele gato sarnento.

— Muito bem — comecei a falar, pigarreando. — Esta é a história de uma jovem mulher que resolve tomar as rédeas da sua vida nas mãos, depois de cinco anos de casamento.

Nenhuma reação. As mulheres catavam o pêlo do gato e os homens jogavam sinuca. Inken estava deitada com o cachorro sob a mesa, chupando o bico da sua mamadeira, indo lentamente em direção ao mundo dos sonhos. Eu sabia que nenhuma das figuras ali presentes iria demonstrar o menor interesse pelo destino da minha Charlotte Kleeberg.

Li durante uma hora inteirinha, focando somente os meus honorários. Passado o desespero inicial, devido à situação penosa na qual eu havia me metido, fui me animando cada vez mais. Sempre que olhava por cima do livro eu via rostos desinteressados e petrificados. "Os olhos mortos de Oede" seria um ótimo título para um thriller. O primeiro capítulo iria se chamar "Morte no pântano", e o segundo "O gato conhecia o assassino". Erwin Lotterbeck seria o meu rei Barba Azul, cuja agradável característica era a de atrair mocinhas desconhecidas até sua caverna de lontra, mostrando-lhes maços de notas de dinheiro. As feias ele deixava viver, e as bonitas ele enterrava debaixo do piso de parquete recém-reformado do segundo andar. Somente os flocos de poeira dançavam sobre os seus cadáveres...

Mal consegui conter o riso enquanto lia o meu último capítulo. Fingi várias vezes estar com vontade de tossir.

O único ruído que ocasionalmente interrompeu a minha leitura foi o bater das bolas de sinuca. Ilsemarie, alheia, comia a sua papa de amoras. Heidemarie tricotava algo cinza-verde-azul. Pechmarie, fitava sem uma ponta de emoção a louça suja com o seu olho descoberto. Inken-sob-a-mesa e o vira-lata de perna engessada tinham caído no sono.

O único a levantar preguiçosamente a cabeça quando parei de ler foi o cachorro.

Enno, pensei enquanto desaparecia cabisbaixa no meu quarto sem porta no sótão, o que eu não daria para saber a senha de dez dígitos do meu celular! Aí eu poderia pelo menos conversar um pouco com você!

No fundo, no fundo, não sou mesmo uma superfêmea.

Infelizmente.

Algumas emissoras privadas entraram em contato comigo logo depois da minha sensacional estréia na TV. Todos tinham me visto na emissora concorrente e acharam que eu seguramente combinaria muito bem visualmente com os seus programas.

O conjunto salmão recebeu a companhia de outros nas cores azul, preta e caramelo. Comprei sapatos para combinar com cada um deles e me tornei uma cliente cativa do Salão Lauro. Sempre que eu chegava, alguma cliente era abandonada debaixo dos seus bobs, para que eu não precisasse esperar em vão.

Fui a programas com platéias repletas de aposentados trazidos por levas de ônibus, previamente alimentados com pão-de-ló. Alguns apresentadores estendiam verbalmente o tapete vermelho para mim; outros não faziam a menor idéia de quem eu era. Aprendi a repetir sempre a mesma coisa com o mesmo entusiasmo da primeira vez. A noitada proporcionada por Erwin foi a minha melhor escola. Nada mais seria capaz de me tirar do sério. Eu estava em vias de me tornar uma excelente profissional da mídia. E me divertia muito ao fazê-lo.

Telefonou-me uma senhora da revista *Die Dame*, perguntando se poderia incluir uma foto minha na reportagem sobre executivas bem-cuidadas e esbeltas, informando qual a dieta que eu fazia e qual o programa de exercícios que eu seguia para me manter em forma. Perguntei duas vezes "como?", sacudindo o fone para ver se algum possível mal-entendido não iria cair lá de dentro.

— Nós vimos a senhora no programa *Smalltalk com Gottwald* e achamos que a senhora se encaixa perfeitamente na nossa reportagem. Nós também publicaremos fotos e informações sobre Uschi Glas e Lady Di.

Afundei na beirada da cama. Havia pouco menos de um ano eu tinha lido uma reportagem sobre essas duas senhoras no Salão Lauro, e agora eu seria mencionada SIMULTANEAMENTE com elas?! Ficou tudo preto na minha frente.

— Não faço nenhuma dieta — balbuciei.

— Mas a senhora certamente freqüenta uma academia — animou-me a senhora da *Die Dame*.

— Não! Juro que não!

— Mas como faz para manter-se em forma? — sondou a jornalista.

— Tomo cerveja toda as noites — respondi, atônita, para a senhora da *Die Dame*. — Deve ser isso!

A senhora da *Die Dame* riu.

— Uma resposta muito original da sua parte. Mas, falando sério, por que a senhora está em tão boa forma?

— Tenho dois filhos pequenos — respondi, perplexa. — Passeio sempre com eles na floresta! Sabe, tenho um carrinho acoplado à minha bicicleta. Eu os coloco lá dentro e os empurro na minha frente por muitos quilômetros. Quando dá, completo diariamente a volta pela pista Decksteiner-Weiher.

— Ora, aí está a solução da nossa charada! — interrompeu-me a senhora da *Die Dame*. — Este é o melhor programa de treinamento. Filhos pequenos ajudam a manter a forma! A Uschi Glas tem três filhos!

— Incrível — respondi. — E eles se chamam Benjamin, Julia e Alexander.

— É bem possível — disse ela. — Mas ela segue uma dieta de diet shakes. E freqüenta a academia.

— Incrível — respondi novamente. — Ela com certeza é um exemplo de autocontrole!

A senhora riu alegremente e agradeceu pela conversa interessante. Eu iria ler na edição de agosto os motivos pelos quais eu, Uschi Glas, Angela Merkblatt, Nelly Leuthselig-Schnarrenhäuser e as outras quatro executivas medianamente bem-apessoadas da Alemanha ainda não tínhamos sentido o efeito da passagem do tempo.

Mal colocara o fone no gancho, e o telefone tocou de novo. Com certeza, a título de complementação, ela queria saber o tamanho da roupa que eu usava, e eu já tinha me decidido a mentir um pouquinho só, para baixo, coisa que não era do meu feitio.

Mas não era da *Die Dame*.

Era um homem.

E que homem.

Aquela voz adorável, quente e grave!

Papai. Meu coração disparou!!

Ele tinha acabado de ver um artigo na *Hausfrau am Wochenend* enquanto descascava batatas. Tinha uma foto muito legal: Franka, toda lasciva no sofá vermelho, com um filho lustroso de creme Nivea de cada lado. Na parede atrás daquela família de sonhos sem figura masculina, estava o pôster: "Feliz sem marido".

Por pouco ele não tinha embrulhado as cascas de batata na revista! O título do artigo, com as habituais letras vermelhas garrafais nesse tipo de publicação, era o seguinte:

"Franka Zis escreve visceralmente: só precisa de homens na hora da paquera."

Como é que a repórter de *Hausfrau am Wochenend* descobrira aquilo?!

De qualquer forma Papai estava empolgado.

— Eu preciso te ver.

— Eu também preciso te ver.

— Como vai você?

— Maravilhosamente bem.

— Eu também. Especialmente agora que estou falando contigo.

— Quando é que você pode?

— Agora.

— Você está sozinho?

— Não. Você por acaso está?

— Claro que não. Que tal às 15h no zoológico?

— Sim. Em frente aos leões-marinhos. Já estou muito feliz porque vou te ver!

— Eu também.

Então nós nos encontramos. Papai, de jeans e tênis, e Franziska, de jeans e tênis. E ambos tínhamos o mesmo reboque de bicicleta.

Ele estava em frente ao quiosque de sorvete. As crianças estavam bem-comportadas dentro do carrinho e olharam para nós enquanto tomavam o seu sorvete. Fui lentamente naquela direção e estacionei ao lado deles. Tinham-se passado seis semanas, e mesmo assim parecia que não tinha passado nem um dia. Não precisamos correr ao encontro do outro. Dois carrinhos idênticos, oito olhos críticos de crianças. E o rosto adorável dele.

— Olá, você aí.

Nos olhamos por alguns segundos sem nada dizer. Grandes cenas efusivas ou beijos teatrais não eram muito indicados, dada a presença das crianças.

Papai ajoelhou-se.

— Olá, Franz e Willi. Como vão vocês?

— Muito bem, Sr. Bestalhão — respondeu Willi.

Todos riram.

Inclusive os filhos de Papai. Eles tinham adorado aquele linguajar.

— Podem me chamar de você — disse Papai.

— Você já viu os leões-marinhos? — perguntou Franz.

— Não. — respondeu Papai. — Mas nós estamos indo para lá.

Nós empurramos as nossas proles lindas, eloqüentes e preguiçosas até os leões-marinhos.

— Muito bem. A partir daqui vocês têm que saltar!

Katinka acenou com a cabeça, foi a primeira a descer do carrinho e me deu a mão. O menorzinho pulou atrás dela. Estendi a mão para ele. Ele a pegou. Os meus dois também saltaram e cercaram Papai. Fiquei muda de surpresa. Por que as crianças estavam sendo tão meigas?

— Onde está a mamãe de vocês? — perguntei.

— Foi embora — respondeu Katinka.

— Nosso pai também foi embora — disse Franz.

— Para o Caribe — disse Willi.

— Besteira, foi para outro lugar!

— Quem foi embora foi embora — disse Papai.

Erguemos as crianças sobre o parapeito do tanque dos leões-marinhos e os abraçamos. Segurei os filhos dele, ele segurou os meus. Pareceu a coisa mais normal, como se nunca tivéssemos feito aquilo de outra maneira.

Pai, mãe e os quatro filhos.

Nenhuma gritaria, nenhum ciúme, nenhuma briga.

Os leões-marinhos estavam sendo alimentados, e as crianças observaram, empolgadas. Quando o sorvete acabou, Papai limpou a boca dos meus filhos e eu limpei a boca dos seus filhos.

— Onde está a tua mulher?

— No Festival de Verão de Bregenz. Ela é responsável por toda a organização. É muito estresse. Essa raça de cantores não passa de um bando de "estrelas" hipersensíveis.

Bem, então tudo se encaixava.

— E quem está com as crianças?

— Eu — respondeu Papai.

— É claro — disse eu. — Que pergunta mais idiota a minha.

Ficamos olhando para os leões-marinhos que pegavam as bolas e brincavam com elas na ponta do focinho, arrastando-se ávidos até os peixes e deslizando excitados para dentro da água. Num determinado momento Papai apertou sua perna contra a minha, da mesma forma como o fizera no retorno da nossa viagem de leitura. Tive que fechar os olhos para poder suportar aquela sensação maravilhosa. O canal de comunicação continuava o mesmo. Ele ainda não tinha sido ocupado por outras pessoas.

Mais tarde fomos até o playground.

Os meninos quiseram imediatamente trepar na grande locomotiva. Papai subiu com eles, guiando seus pezinhos com mão firme. Subir naquela coisa enorme com três meninos pequenos não pareceu apresentar a menor dificuldade para ele. Todos os três meninos conseguiram subir com as próprias forças. Até mesmo meu Willi gorduchinho. Comigo isso não teria acontecido. Eu o teria enfiado dentro da locomotiva com o suor do meu rosto e depois o teria segurado cheia de medo, para que não caísse. Com Papai, os meninos adquiriram autoconfiança sem o menor drama. Esta era a coisa mais valiosa que ele poderia lhes ensinar.

Fiquei sentada com Katinka num banco próximo, segurei sua mãozinha e contei a ela sobre Erwin Lotterbeck. Ela ficou me olhando com os seus olhinhos suaves de gazela e estava simplesmente feliz por estar perto de mim. A despeito da sua deficiência, ela era tão descomplicada quanto só mesmo uma criança de Papai poderia ser.

Ela era uma criaturinha contente, radiante e calma. Gostei dela de uma forma quase dolorida, desde o primeiro momento.

Quando as crianças ficaram cansadas, Papai foi buscar os dois carrinhos. Colocamos as crianças lá dentro e as empurramos pelo jardim zoológico de mãos dadas. Os pássaros cantavam nas árvores, o céu acima de nós estava azul-claro e os animais espiavam amistosos por detrás das grades. Eles provavelmente não viam uma felicidade familiar como esta com muita freqüência.

Papai falou do seu mais novo livro infantil. Era sobre uma tartaruga e um borboleto. A tartaruga não deixava ninguém se aproximar dela havia muitos anos. Ela era velha, encarquilhada e tinha medo de outros animais. Certo dia o borboleto pousou no seu casco por engano e ficou por ali, pois achou a tartaruga muito interessante. Ele nunca vira um animal com um casco! A tartaruga esticou a cabeça para fora, curiosa, e ficou olhando para o borboleto. Achou-o maravilhoso com aquelas extraordinárias asas com desenhos coloridos. Olhou bem nos olhos dele, apesar disso não ser do seu feitio. Os dois se apaixonaram um pelo outro. Apesar deles serem duas criaturas tão diferentes, puderam aprender muito sobre o outro e se divertiram muito. A tartaruga riu pela primeira vez na vida, bem alto e do fundo da garganta! O borboleto sentia-se maravilhosamente seguro e acolhido no casco da tartaruga, a ponto de não poder mais imaginar a sua vida sem ela. Mas o borboleto tinha outros lugares para pousar, e sempre que voava sozinho a tartaruga sentia-se tremendamente mal. A coisa terminou de maneira triste: a tartaruga escondeu-se novamente dentro do seu casco. No início o borboleto não compreendeu aquilo. Ficou dias a fio ajoelhado e com as asas murchas, em cima do casco da tartaruga, implorando para que ela pusesse a cabeça novamente para fora, uma vez só! Mas a tartaruga não cedeu. Ela nunca mais esticou a cabeça para fora. Nunca mais. Senão ela veria o quanto o borboleto estava triste. Finalmente o borboleto compreendeu que uma tartaruga e um borboleto não foram feitos um para o outro. Ele esperou um vento favorável, esticou as asas e voou para longe dali.

Engoli em seco.

— Mas é uma história muito triste — disse a Papai. — Por que fez isso com as crianças?

— Porque a vida é assim — respondeu Papai. — Só por isso.

Ah, como ele estava certo! Quem foi que disse que só se deve apresentar histórias da carochinha açucaradas e com finais felizes para as crianças?

De repente, passei a gostar ainda mais dele.

Parecia que o nosso último encontro tinha sido na véspera.

— O que vamos fazer agora? — perguntei, quando o zoológico fechou às seis da tarde.

— Vocês querem nos levar até em casa? — perguntou Papai. — Nós viemos de metrô.

É claro que Papai não tinha carro. Decerto eu queria acompanhá-lo até em casa. Eu estava tremendamente curiosa para saber como ele vivia. Desmontamos os carrinhos e os enfiamos na parte traseira da minha Kombi. As crianças sentaram-se espremidas no banco de trás. Nós as afivelamos duas a duas nos cintos de segurança. A canção de Papai sobre o ônibus amarelo começou a ressoar no toca-fitas. As crianças berravam o refrão, empolgadas, e pulavam nos seus assentos acompanhando o ritmo. Papai e eu também cantamos. Apaixonar-me assim novamente por ele, sem aviso prévio, doeu muito. Talvez eu só estivesse apaixonada pela sua voz. Parei de cantar.

Martin me olhou de lado e também parou de cantar.

— Poderia ser assim.

— Sim — respondi, me arrepiando do acelerador até o volante. — Mas não é.

Permanecemos calados até chegar à casa dele. O que mais poderíamos ter dito?

Martin e Sabine Born moravam nos arredores de Colônia, num vilarejo às margens do Sieg. Era o vilarejo mais bonito que eu já tinha visto. E tinha o encantador nome de Niederbruchbudenhausen an der Sieg. A velha casa de enxamel ficava no miolo do vilarejo e era enorme. Tinha dois jardins-de-inverno bem confortáveis. Ficamos admirados com as enormes áreas para brincar no piso de tacos, com o piano de cauda numa das sacadas e com a cama elástica na outra. Não deu para controlar a empolgação das crianças. Brincamos até o suor começar a escorrer pelas nossas costas. O rosto do Papai estava tão vermelho quanto daquela vez em que fizemos o passeio morro acima ao longo do rio. Seus cabelos estavam grudados nas têmporas.

— Poderia ser assim — disse ele sorrindo quando nos enrolamos no tapete. As crianças se embolaram no meio. Willi pulou em cima de mim com empolgação e ficou me batendo com seu bracinho gorducho.

— Sim — respondi, tossindo por causa da poeira do tapete. — Mas não é assim!

Mais tarde preparamos todos juntos o jantar na enorme cozinha campestre. Enquanto Martin estava junto ao fogão, fui segurando, um após o outro, três pintos e um bumbum em cima do vaso sanitário. Depois lavei oito mãozinhas de criança, sujas e pegajosas. Depois as crianças trouxeram prestativas as xícaras e pratos até a mesa. Procurei os talheres e copos, e Papai ficou em frente ao fogão manejando com maestria as panelas, enquanto eu procurava me familiarizar com aquela casa desconhecida.

Encontrei uma garrafa de vinho aberta na geladeira.

Coloquei-a sobre a mesa.

Já que era pra ser, que fosse direito.

Depois, sentamo-nos todos ansiosos pelo jantar.

Martin preparara alguma coisa que cheirava muito bem. Uma olhada rápida pela velha e aconchegante cozinha campestre: ela não era computadorizada. As crianças estavam com um apetite enorme e saudável. De alguma forma, eu também estava. Isso já não acontecia comigo havia algum tempo. A senhora da revista *Die Dame* teria ficado de cabelo em pé! Martin serviu a comida nos pratos. Enchi os copos com um suco de maçã, natural e sem gás. Gente, que coisa maravilhosa!

Nós nos demos as mãos e dissemos:

— Widdewiddewitt: Guten Appetit! Que cada um coma o que puder, menos o seu vizinho!!

Meus filhos estavam lindos de morrer, fiquei com vontade de dar umas dentadas neles. Principalmente Willi, aquele bochechudo rosado de olhos grandes. E Franz, meu grandão, com seus cabelinhos suados espetados.

Harmonia familiar pode doer de verdade!

Martin e eu erguemos nossas taças de vinho e nos encaramos.

— Podia ser assim — dissemos simultaneamente.

— Sim — respondeu Franz com objetividade, enquanto se empanturrava de batatas coradas. — Mas não é assim.

Obrigado, sujeitinho danado de cinco anos! A tensão não seria mesmo suportável! Começamos a rir freneticamente. As crianças também. Um monte de bocas escancaradas cheias de comida meio mastigada. Meu Deus, como eu gostava deles todos!

Depois Papai e as crianças sumiram no banheiro. Eu os ouvi brincando com água. Bem que ele poderia aproveitar e dar um banho em Franz e em Willi, pensei. Uma lavagem só. Enquanto isso eu lavo a louça.

Deixei-me levar pelos meus pensamentos enquanto me punha a lavar a louça, uma atividade aliás à qual me desacostumara nos últimos tempos.

Realmente, era muito bom estar ali com eles.

Tudo tão alegre, descomplicado e natural.

Papai, a quarta parte que completava o homem dos meus sonhos.

Totalmente sintonizado com crianças. Franz e Willi eram loucos por ele.

Mas ele não era o pai dos meus filhos. Era o pai de Katinka e de Benedikt. E mais uma coisinha.

Era marido de Sabine.

E eu não queria questionar isso de forma nenhuma.

Sequei as xícaras e guardei no armário. Procurei um pano de prato limpo no armário deles e sequei os copos deles até chiarem. Depois peguei o perfex deles e limpei o fogão e a mesa deles. Empurrei as cadeiras deles de volta para o lugar e catei os restos de comida no chão para jogar na lata de lixo deles. Limpei a cozinha deles com um cuidado como nunca tivera com a minha própria em toda a minha vida. Não sei por que, de repente senti aquele ímpeto de deixar tudo limpo e sem vestígios.

O pequeno psicólogo dentro de mim estava exultante. ELE sabia por quê! Não basta limpar, tem que purificar!

Por fim, levei o lixo para fora. Deixei a porta encostada. Dei a volta na casa procurando o latão de lixo. Ali era muito sossegado, campestre e idílico. Os grilos cantavam. Na praça em frente havia um chafariz solitário. Ouvi ao longe o ruído de um carro subindo a montanha. Fora isso, não se ouvia mais nada. Havia uma cabra amarrada na casa ao lado. Ela olhou para mim com um olhar crítico, como se quisesse dizer: Desde quando você pode fazer isso, hein? Largue logo esse saco de lixo e não toque no latão de lixo! Ele é de Sabine!

A lua despontava por trás da floresta montanhosa.

Está na hora de irmos embora, pensei. As crianças precisam dormir urgentemente.

Amanhã de manhã, Paula chega às 7h.

Amanhã de manhã começam as filmagens.

Amanhã de manhã começa um capítulo muito especial na minha vida. Meu livro vai ser filmado.

Meu Deus, como estou feliz esta noite.

Mas não dá para ter as duas coisas. Principalmente isto aqui não pode ser.

Vamos, Franka! Sua carreira está chamando! Mexa-se!

Mesmo assim. Fique só mais um pouco, você é tão bonita.

Talvez fosse só efeito do vinho.

Imaginar que era o meu marido que estava lá dentro com as crianças brincando com a água da banheira.

Imaginar que era o meu marido, com quem eu iria me sentar amanhã de manhã para tomar o café e comer ovos caipiras!

Imaginar que amanhã eu iria calmamente fazer as compras de bicicleta com ele, e em seguida limparia os legumes na fonte da praça, enquanto os nossos quatro filhos andariam com seus triciclos à nossa volta!

Imaginar que era o meu marido com quem eu iria me sentar sob o confortável abajur, tomar o resto do vinho enquanto o dia ia se acabando!

Imaginar que era minha a cama com dossel quadriculado de vermelho e branco, na qual eu iria me afundar em breve com ele... ou será que aqui eles dormiam em cima de feno?

A cabra baliu. Estremeci. Ah. Desculpe.

Tive a sensação de que era Sabine quem estava me encarando com olhar de advertência através daqueles olhos caprinos no terreno ao lado.

O anoitecer, o vinho, o cansaço.

Voltei rapidamente para dentro da casa.

Lá dentro reinava um silêncio noturno.

Cuidadosamente, dei uma espiada no quarto das crianças. Estava quase completamente escuro e não se ouvia nada além da voz baixinha de Papai.

Não acreditei no que estava vendo: as quatro crianças estavam deitadas no grande colchão, uma ao lado da outra, de banho tomado e pijamas. Um móbile artesanal pairava sobre eles na penumbra, jogando sombras misteriosas sobre seus rostinhos.

Lembrei-me imediatamente da música da mosca:

À direita está Minka, à esquerda está Inka e no meio está Katinka.

Benedikt já estava de olhos fechados. Willi ao seu lado remexia cansado na orelha do seu coelhinho. Katinka estava com o dedão na boca. Franz esticou os braços para mim e me deu um daqueles incomparáveis beijos molhados. Ele estava cheirando a pasta de dente infantil.

— Mamãe, nós vamos dormir aqui hoje!

— E eles viveram felizes para sempre — disse Martin enquanto me lançava um olhar ambíguo. Ele levantou-se, puxando-me junto.

— Martin — sussurrei. — Eu estava indo embora!

Papai me empurrou silenciosamente porta afora.

— Agora não dá mais! Vai ter que ficar, queira ou não!

— Mas eu quero — respondi, abatida.

Sentamo-nos à mesa da cozinha que tinha sido recém-esfregada.

Ficamos nos olhando. Ele colocou a mão no meu rosto. Eu me encaixei nela.

Tomamos vinho e não dissemos nada.

Nem mesmo: — Podia ser assim.

Muito menos: — Mas não é asssim.

As filmagens começaram no dia seguinte. Will Gross tinha realmente conseguido atores muito bons para o seu projeto. Alguns eram conhecidos, mas o mais famoso era Udo Kudina. Ele seria o protagonista masculino. Fiquei surpresa com o fato de que no final Will Gross tivesse desistido de fazer ele mesmo o papel principal.

Udo Kudina e Will Gross tinham tanta semelhança quanto Boris Becker e Konrad Adenauer. Mas isso não tinha a menor importância.

O que importava era o fato de que Udo Kudina iria provocar um estouro nas bilheterias. Ele era o queridinho cinematográfico do século. Mas foi outra coisa que me deixou mais animada.

Eu finalmente iria conhecer a minha Charlotte Kleeberg! Sonja Sonne!

Sonja Sonne ia ser a protagonista feminina. Ela ainda era pouco conhecida.

Ela tinha arrasado no papel da aeromoça do seriado "Schiffsartzt Dr. Frank Martin". Os aposentados da Alemanha a adoravam. Alma Mater também a adorava.

Sonja Sonne com seus cabelos de cachos negros e enormes olhos castanhos era dona de uma beleza muito especial. O restante da nação também iria se apaixonar por ela, eu estava certa disso.

Eu recebera de Will Gross a magnânima autorização de aparecer no set de filmagens na hora em que bem entendesse. Interpretei isso como um sinal totalmente desmerecido da sua ilimitada boa vontade.

Entrei pela primeira vez na minha vida, cheia de admiração e respeito, no local onde são produzidos os sonhos das telas: o SET. Que nesse caso era um enorme galpão fabril adaptado. Ele fora transformado num espaçoso apartamento. Ali seriam rodadas todas as cenas que se passavam no meu antigo apartamento de três quartos. Até mesmo minha vizinha Else Schmitz e o cão ladrador Kingkong tinham recebido nome e patente: a produção colocara uma placa de latão ao lado da porta do apartamento da Charlotte. Nela estava escrito: "Else e Kingkong Schmitz, do andar de cima".

Consegui chegar a um pátio nos fundos do interior da fábrica passando pelo meio de carros "rent-a-cinema", cabos, cordas, pessoas transitando com radiotransmissores e megafones, entre iluminadores e cabomen, maquiadores e fumantes. Todos os vidros tinham sido pintados com tinta preta. Havia refletores por toda parte, iluminando trechos do apartamento com uma luz forte. O calor era insuportável.

Will Gross, a única pessoa que eu conhecia, estava sentado numa cadeira de dobrar na qual estava escrito: diretor.

Supus que era de suma importância para ele que em nenhum momento um contra-regras ou técnico se sentasse por engano naquela cadeira.

Will Gross estava olhando com olhar profissional para uma tela, diante da qual dançavam partículas de poeira iluminadas pela luz dos refletores.

O cameraman, a próxima pessoa que eu reconheci, estava sentado num banquinho sobre trilhos, apertando a bochecha contra a câmera, olhando através da lente com um dos olhos. O que ele estava focando, mais precisamente um canto da sala de jantar especialmente iluminado, podia ser visto com impressionante nitidez por Will Gross em seu monitor. Era simplesmente genial.

Will Gross notou minha presença, parou de olhar para o monitor e exclamou:

— Ouçam todos! Esta é a autora. Ela pode ficar olhando, entenderam?

Senti o coração querendo sair pela boca.

Eles iam filmar a minha vida aqui!!

Pelo menos quarenta pessoas estavam se ocupando com a reconstituição de cenas da minha vida, iluminando-as e filmando-as!

— E então, Franziska? Você teria imaginado algo assim um ano atrás? — perguntou Will Gross, magnânimo.

— Não — respondi, impressionada. — É claro que não.

Chegou um jovem simpático de camiseta e com o radiotransmissor obrigatório no cinto e me perguntou se eu já travara conhecimento com os atores. Seu nome era Uwe Heinzelmann, e ele era o diretor de arte.

— Olá — respondi. — NÃO! É claro que não! — Eu mal conseguia falar de tanta emoção.

— Psst! — fez Will Gross.

O assistente de direção veio se esgueirando e perguntou se nós não poderíamos ir conversar em outro lugar. Ali era local de trabalho.

Uwe Heinzelmann me puxou pela manga para longe dali.

— Aqui são os camarins.

Ele bateu na porta.

Meu coração estava disparado. Ele só ficava assim quando tinha que me sentar na cadeira do dentista.

Eu iria vê-los!

Todas as celebridades que tinham descido sobre mim do seu céu cinematográfico, para me ajudar na montagem e filmagem da minha vida de até então!

Udo Kudina, Dagmar Pomeranz, Sonja Sonne, Konstantin Müller-Westenfelder, Margot Fenster, Chris Grübchen, Grete Schreck, Hajo Heiermann e Heinz Rührseel.

Hajo Heiermann ia fazer o papel do meu amado Viktor Lange, e Heinz Rührseel faria o porteiro do prédio. Eles não tinham sido escalados naquele dia, porque não tinham perdido nada no apartamento de Charlotte. Mas Udo Kudina e Sonja Sonne, os protagonistas, sim! Eles faziam o casal e teriam que brigar muito logo no primeiro dia de filmagens.

— Pode entrar!

Entrei toda trêmula. Eles estavam ali.

Incrível.

Sonja Sonne estava sentada debaixo de um avental de cabeleireiro, diante de um espelho enorme. Dois maquiadores com ar incrivelmente indiferente se movimentavam com dedicação profissional em volta dela. Sua esplendorosa cabeleira estava sendo enrolada em bobs coloridos. Eu sabia: aquilo fazia parte da cena. Sempre que um casal briga, ELA está usando bobs na cabeça, enquanto ELE está de camiseta na frente da televisão, com uma garrafa de cerveja na mão. É um clichê antigo. Cai sempre bem, sacode e areja.

Udo Kudina estava sentado no peitoril da janela, vestindo somente uma cueca preta, lendo a revista de automóveis *PS*. Na capa estava uma moça com os seios de fora, espreguiçada sobre o radiador de um pequeno carro esporte, com um ar deliciado.

Udo Kudina e Sonja Sonne deram uma olhada rápida quando entramos.

— Olhem aqui — disse Uwe Heinzelmann. — Esta é a autora.

— Olá — disse Udo Kudina, voltando imediatamente para a sua leitura.

Sonja Sonne em compensação, saltou alegremente da sua cadeira e abriu os braços debaixo do seu avental de cabeleireiro. Ela parecia um anjo maravilhoso de olhos dourados pairando nos céus com seus bobs e abençoando todos os cabeleireiros deste mundo. Ela me abraçou com uma empolgação desmedida. Pude sentir, apesar do avental, o quanto ela era esbelta e flexível. Ao vivo, ela era quase mais bonita do que nas fotografias. Seus olhos faiscavam. Meu Deus, como ela era bonita! Será que a senhora da revista *Die Dame* já tinha lhe perguntado qual a dieta que ela seguia? Ou será que ela ainda não tinha idade para isso? Ela devia ser uns cinco a sete anos mais nova do que eu.

— Franziska! — exclamou ela, empolgada. — Já ouvi falar tanto de você!

— É mesmo? — perguntei, espantada. — Quem falou com você?

— Will, é claro! — gargalhou a atriz. — Já li o seu livro pelo menos umas TRÊS vezes! MORRI de rir!

Udo deu mais uma olhada por cima da revista. Não porque quisesse me contar também quantas vezes ELE tinha lido o meu livro, mas porque Sonja evidentemente estava atrapalhando a sua avaliação dos resultados dos testes dos automóveis.

— Psst — fiz então. — Fale mais baixo! Aqui é local de trabalho!

— Poxa vida, sente-se aqui, garota! — Sonja me puxou para a cadeira que estava vazia ao lado dela. — Este é Detlev, e este é Gabor! — disse ela, apresentando-me os maquiadores. Ambos me deram um aperto de mão frouxo e um sorriso caloroso. Detlev tinha deixado a sua blusa de alcinha deslizar por cima do ombro e me deu vontade de mordê-lo.

— Não filmo mais sem Gabor e Detlev — comunicou Sonja. — São os únicos que sabem cuidar da minha pele sensível. Com todos os outros eu fico com neurodermatite.

Udo-de-cueca pigarreou visivelmente irritado.

— É mesmo? — comentei interessada.

— Estou tremendamente feliz por finalmente conhecê-la! Qual é o seu signo?

— Leão — respondi. — Por quê?

— In-crível — entusiasmou-se Sonja. — Também sou de leão! Quando é o seu aniversário?

— Dia 2 de agosto — respondi.

— O meu também, o meu também, o meu também! — festejou Sonja levantando-se novamente para me abraçar.

Também achei aquela coincidência terrivelmente cômica. Sonja era exatamente sete anos mais nova do que eu! Ela parecia ser mais nova ainda. Pudera, não tinha filhos. Os sete anos decisivos. AQUELES sete anos. Se eu não tivesse conhecido Will Gross, minha vida provavelmente teria tomado outros rumos. Eu é quem estaria sentada na cadeira de cabeleireiro, sob os cuidados das mãos sensíveis de Detlev e de Gabor, sendo maquiada para o papel principal do filme *Mulheres*, de Dörhte Döhrschlag. E o Udo-de-cueca faria o papel de um dos meus vários amantes.

A alegre Sonja me puxou pelo braço. Ela ainda não tinha dado vazão a todo o seu entusiasmo.

— Vamos comemorar o nosso aniversário juntas! Faremos uma megafesta! Vou chamar toda a imprensa! Charlotte Kleeberg! Ela vai entrar para a história do cinema! Você vai ver só, vai ser um arraso total. Nem mesmo um diretorzinho de seriados melosos como Gross vai conseguir estragar esse sucesso!

Seu jeito espontâneo era contagiante. Que jovem mulher mais simpática e natural! A escalação perfeita para Charlotte!

Recostei-me na cadeira, profundamente relaxada e feliz. Nossas imagens no espelho sorriam uma para a outra.

Éramos duas princesas.

— E você tem dois filhos, não é mesmo?

— Sim — respondi. — Franz e Willi.

— Que gracinha de nomes! — disse Sonja elogiando meu bom gosto.

— E você resolveu escrever sobre a sua vida? Do nada? Apesar de ter dois filhos? Eu acho isso muito legal, sabia? Eu me ocupei intensamente com o seu livro. Já o dei de presente pelo menos umas vinte vezes! Acho o final especialmente bom. Quando Charlotte se muda do apartamento de três quartos com os seus pertences. É uma solução genial. Passa a seguinte mensagem: nós mulheres não aceitamos mais qualquer coisa. Nós conseguimos nos virar sozinhas.

Achei que a revista *Nós Mulheres* tinha que publicar aquela declaração de qualquer jeito. Talvez surgisse a oportunidade de uma entrevista com Sonja.

— Will Gross disse que ainda precisamos reescrever o final da história — contei. — Ele acha que os espectadores precisam necessariamente de um final feliz.

— Que besteira! — exclamou Sonja, enérgica. — Isso é bem típico! O grande Gross-água-com-açúcar não tem coragem para depoimentos com crítica de costumes! Enquanto EU for a protagonista, NÃO haverá um *happy end*, isso eu prometo.

Udo Kudina pigarreou novamente no seu peitoril, visivelmente incomodado.

— Se nós o estivermos incomodando, eu posso sair — disse para ele num tom amável. Afinal de contas aquele era o camarim DELE. O que ele fazia nos intervalos das filmagens era problema dele. Ele tinha o direito de relaxar.

— Espere, vou com você! — Sonja colocou o resto dos bobs nas mãos macias dos cabeleireiros.

— Vocês podem fazer isso depois! Eu agora preciso discutir o meu papel com a autora. Isso é extremamente importante para mim!

Dirigimo-nos para o pátio do lado de fora.

— Ali, você tem um cigarro?

Pelo visto Sonja conhecia todos os colaboradores do set pelo nome. Ela não era nem um pouco afetada ou convencida! Ela deixava até mesmo os cabomen tratarem-na por você.

Achei-a tremendamente simpática.

— O Udo que trate de ficar na dele — disse ela enquanto se encostava com bobs e avental num guarda-corpo enferrujado. Ela deu longas tragadas no cigarro. — O papel principal é MEU — disse Sonja. — Gross só chamou Udo por causa do nome dele. Kudina. E aí todo mundo vai correndo para o cinema. É típico de Gross jogar com essas coisas. Ele não dá conta de fazer sucesso sozinho.

Sonja contou-me que justamente naquele dia, no primeiro dia de filmagem, ela tinha que fazer uma cena na cama com Udo, onde iria acontecer a briga conjugal.

— Coitada — comentei. — Deve ser mesmo bastante difícil. Vocês ainda nem se conhecem direito.

— Com certeza — respondeu Sonja. — Eu consigo fazer uma cena de amor ou coisa do gênero com um desconhecido, mas uma briga, e ainda por cima com um sujeito que eu não suporto, é certamente uma das coisas mais difíceis para uma atriz. Você também já foi atriz, não é mesmo? Então sabe do que eu estou falando. Agora, por favor, me desculpe. Se não me concentrar no meu papel imediatamente, não vou conseguir chorar lágrimas de verdade na cama. Aí aqueles merdas da imprensa vão escrever que Sonja Sonne precisa de colírio para chorar. E digo mais: aquelas ratazanas de merda da imprensa. Poderia lhe contar tantas coisas. Não deixo mais nenhum deles se aproximar de mim. Nenhum. Juro pra você.

— Mas você acabou de dizer que iria...

Ela apagou o cigarro e atirou a guimba no pátio.

— Vou telefonar para você. Faço questão de visitá-la. Precisamos conversar muito, é sério. Preciso conhecer os seus filhos! Will Gross me deu uma foto deles. Eu a carrego há meses dentro da minha carteira! Olhe só aqui!

Realmente. Eram Franz e Willi no Natal do ano retrasado.

Fiquei completamente arrebatada com tamanha simpatia e calor humano.

Sonja Sonne.

Uma nova amiga.

E que amiga! Espontânea, inteligente, sincera, talentosa, autoconfiante, famosa e bonita.

O que eu fiz para merecer aquilo tudo?!

Minha nova amiga me abraçou e me beijou de novo.

Depois entrou no cenário do apartamento, deitou-se na cama e chorou lágrimas de verdade.

Horas a fio.

Legal, pensei, enquanto assistia à atuação dela.

Outras mulheres choram elas mesmas. Mas eu FAÇO chorarem no meu lugar.

À noite, Enno e eu assistimos televisão. Fiquei refletindo sobre o cansativo dia de filmagens e Enno também parecia absorto.

Ficamos zapeando pelos canais, e Enno até mesmo abriu mão de me explicar as vantagens da troca automática de canais, que entrava em ação caso ninguém dissesse alguma palavra durante mais de três segundos.

Chegamos assim, depois de pular uns sete canais, ao programa de entrevistas *Eu Me Amo*. E quem foi que nós vimos lá? Udo Kudina! Ele estava participando, todo lânguido, de uma roda de entrevistados que tinham acabado de ser escolhidos por sorteio.

Ele estava entre uma política e uma autora de livros feministas, cujo nome composto, na margem inferior da tela, só poderia ser decifrado com a ajuda da expansão automática da imagem (Enno abriu mão de me explicar como funcionava!!), um exibicionsta que tinha uma predileção por se masturbar diante de sapatos femininos, um excêntrico criador de camelos, que morava com o seu queridinho no vigésimo oitavo andar de um prédio, e uma freira chamada irmã Herlinde, detentora do recorde mundial de descascar batatas. Udo Kudina não parecia estar ligando nem um pouquinho para a irmã Herlinde e as suas longas cascas de batatas. Ele alternava o seu olhar mal-humorado entre Gunhilde Pissareck-Hundelist, a política, e Hella-Maria Andresmann-Wertmann, a escritora de livros dirigidos ao público feminino.

Udo Kudina! Hoje de manhã ele ainda estava de cueca preta sentado no peitoril da janela, e agora estava no nosso palco particular.

A superfêmea dentro de mim se esparramou lasciva sobre o divã. Agora, gente, agora! Meu despontar sensacional!

O entrevistador acabara de se dirigir a ele.

— E você, meu caro Kudina, nem preciso apresentar para o meu público!

Achei aquela saudação extremamente eficiente em termos de marketing. Algum dia, pensei enquanto espremia os meu dedos no copo de cerveja cheia de inveja, eu também não precisarei ser apresentada ao público televisivo!

Algum dia todos iriam me conhecer!

Ali! Franka! O rosto do século! Mas Udo não pareceu nem um pouco satisfeito com aquela saudação vulgar.

— Precisa, sim — disse ele ao apresentador devoto. — O senhor é pago pela sua emissora para isso, para me apresentar.

A política e a escritora de livros femininos riram maliciosamente.

O criador de camelos deu uns tapinhas no focinho cheio de baba do seu animal de estimação para acalmá-lo. Nem mesmo o dromedário fotogênico estava acostumado com aquele tipo de insolência.

O Sr. Müller-Schmiecke deu uma olhada insegura para a câmera e disse:

— É claro, tem razão. Você é o ator de cinema mais querido da nação, Udo Kudina. E está trabalhando num novo filme neste momento.

Udo Kudina, o queridinho das telas, colocou a sua bota de caubói esquerda sobre a coxa direita com um gesto largo e não fez mais nenhum comentário.

Eu estava explodindo de ansiedade.

QUE LOUCURA! Ele ia falar sobre o MEU filme! Minha vida, meu filme, minha obra!

Milhões de pessoas iriam compartilhar o meu destino!

Amanhã iriam invadir as livrarias. As grades de proteção teriam que ser abaixadas, e a multidão furiosa iria esmurrar com os punhos as vitrines e os seguranças para conseguir pegar um último exemplar, todo em frangalhos!

Oh, Udo, meu grande abre-alas!

Agora! Segurei o antebraço de Enno com a mão molhada de suor. Enno também estava tremendo de expectativa.

O dromedário arrotou. Ninguém disse mais nada. A troca automática de canais entrou em ação. De repente estávamos no Jean Gabin.

Soltei um grito histérico.

Enno se atirou sobre o controle remoto maltratando-o com os dedos trêmulos.

Voltamos por fim ao semblante do Udo Kudina.

Ainda não tínhamos perdido nada. O silêncio continuava.

— Qual é o nome do filme? — perguntou o entrevistador.

— Não faço idéia — retrucou Udo rudemente.

— Sim... — disse o Sr. Müller-Schmieke embaraçado. Surgiram pequenas gotas de suor sobre o seu lábio superior.

A freira Herlinde lançou-lhe um olhar encorajador.

— Bem, então eu vou ajudar — riu-se o entrevistador olhando discretamente para a sua cola.

— *Feliz sem marido*! — berramos Enno e eu.

— Solteira e satisfeita — disse o Sr. Müller-Schmiecke.

A freira acenou feliz, e sorriu confirmando, enquanto o seu descascador de batatas refletiu a luz de um refletor.

— Alguma coisa assim — concordou Udo.

— Foi baseado no best seller de...

Nenhuma reação. O dromedário olhava desinteressado de um entrevistado para o outro. O exibicionista contemplava os sapatos da Hella-Marie-com-nome-duplo. Enno espremia o controle remoto. Ele tinha tido o cuidado de desativar a troca automática de canais.

Senão eu teria sido capaz de destruir o aparelho de televisão.

— Franka Zis — berrou Enno.

— Franka Zis — berrei.

Udo descruzou as pernas e as cruzou para o outro lado.

— Bem, aquele best seller de mesmo nome — disse o apresentador enquanto procurava desesperadamente nas suas anotações.

— Não faço a menor idéia — respondeu Udo.

— Bem, aquela mulher.

— Ah, aquela... — respondeu Udo.

— Veja bem como fala dela, seu desgraçado! — berrou Enno.

Udo realmente não conseguia se lembrar. Era incompreensível.

— Diga-me, você tem algum animal de estimação? — perguntou o entrevistador amigavelmente olhando totalmente suado para o camelo. A freira com a faca acenou, encorajando-o.

— Tenho sim, uma lesma — respondeu Udo, e pela primeira vez naquela noite viu-se algo parecido com uma emoção no seu rosto. — O nome dela é Amanda, mas eu a chamo de Mändi.

— Que merda! — berrou Enno mexendo freneticamente no controle remoto, como se assim fosse conseguir extrair alguma declaração útil do Udo. — Ninguém está interessado na tua lesma!

Mas Udo não falou mais nada que tivesse algo a ver com um tema mais atual que a sua lesma. Depois de outras três perguntas a que Udo não respondeu, deixando o apresentador desconcertado, este se voltou aliviado para a escritora de livros femininos, com os seus lábios finos.

A única coisa interessante, nela, pelo jeito eram os sapatos.

— A senhora acabou de escrever um livro sobre política feminina...

Müller-Schmiecke procurou avidamente nas suas anotações, com medo de que ela também se recusasse a dizer o título do livro.

Mas a escritora o revelou de livre e espontânea vontade: *Você sempre encontra coisa melhor do que um pai reprodutor.*

A freira acenou novamente em sinal de anuência. Ela aparentemente sentia-se muito bem no meio daquelas pessoas.

— Isso parece ser fruto de extensas pesquisas — disse o Sr. Müller-Schmiecke, confuso.

— Bem, de qualquer modo, não costumo escrever best sellers na mesa da cozinha enquanto os meus filhos escovam os dentes — disse a autora de olhos muito próximos.

— Pelo visto, a senhora nem deve ter filhos — interveio a freira afável.

— As verdadeiras escritoras não têm filhos — retrucou a mulher de lábios finos com determinação.

Caí na gargalhada.

Aquela mulher era impagável, uma figuraça!

— Isso não pode ser verdade — lamentou-se Enno, atirando frustrado o controle remoto contra a televisão.

A troca automática de canais entrou em ação.

Fiz cafuné no cabelo emaranhado de Enno.

— Não é tão grave assim! Vamos comprar uma televisão nova para você! O último modelo!

— Ah, que se dane o televisor! O cara não soube dizer o teu nome! Ele é uma besta, um imbecil mal-educado! E um sujeito desses vai fazer o papel principal no teu filme!!

— No filme de Will Gross — respondi sabiamente. — Além disso, quem vai fazer o papel principal é Sonja Sonne. Eu já te contei que ela é uma pessoa incrível?

Mas Enno ignorou a pergunta.

— Nem ao menos sabe o teu nome! — disse Enno, emburrado. — Franka Zis! Não é um nome difícil de guardar!

Puxei sua cabeça para perto de mim.

— Ah, Enno! O que vale é que você sabe o meu nome!

— É claro! — respondeu ele. — Franka Zis. Não é tão difícil assim!

— Franziska — corrigi.

Enno me olhou com ar de interrogação.

— É verdade. Quando nós nos conhecemos, você ainda se chamava Franziska.

Beijei-o afetuosamente no rosto.

— Existem momentos nos quais precisamos de amigos de verdade. Obrigado por ser um deles.

Will Gross e eu estávamos de pé, lado a lado, em frente à catedral de Colônia. Nossas mãos quase se tocavam. Estávamos bem próximos um do outro. Sonja Sonne e Udo Kudina estavam se casando diante de nós.

— E então? Você imaginava algo assim?

— Não. Nunca.

— E aí? Está gostando?

— Sim. Demais.

Senti vontade de me jogar nos braços dele. Como não tínhamos nos casado no religioso naquela época, ele agora estava me presenteando com o tão desejado casamento dos meus sonhos! Meu Deus, como ele já enriquecera a minha vida! Primeiro aqueles dois filhos maravilhosos, e agora isto! Um casamento romântico na catedral de Colônia!

Tudo bem que nós não estivéssemos participando diretamente. Mas quem é que se casa pessoalmente nos dias de hoje? Nós FAZÍAMOS com que se casassem por nós! Então aquilo não era o máximo dos máximos? Incrivelmente original!

— Sente-se — disse Will Gross num rasgo de generosidade.

— O quê... você quer dizer... na SUA cadeira?

— Excepcionalmente — respondeu Will Gross.

Sentei-me respeitosamente com a metade de umas das bandas da minha bunda na cadeirinha de dobrar. Fiquei toda arrepiada. Eu, a autora, estava sentada na cadeira do diretor, por solicitação expressa do diretor! E assistia ao meu próprio casamento! E todos estavam vendo aquilo! Incrível!

— Dá uma olhada no monitor!

Ah, parecia um sonho!!

Naquele exato momento, Sonja Sonne, com seu vestido de noiva branco e de braço dado a Udo Kudina, estava atravessando a porta principal da catedral e entrando na nave da igreja ao som de um órgão. Ao longo do corredor central da igreja agrupavam-se duzentos figurantes escolhidos a dedo. Entre eles havia até políticos, prefeitos, ex-terroristas, presidentes, ou seja, todas as possíveis personalidades da vida pública. Will Gross conseguira alugar a catedral de Colônia devido às suas excelentes relações com o partido SPD. Por isso é que o local estava repleto de ministros e ministras, todos com roupas de gala, com flores, chapéus, frufrus e jóias. Uma postulante a desembargadora cantava a Ave-Maria lá em cima no coro.

Algumas pessoas puxavam os seus lenços na parte de baixo da igreja. Os assistentes de direção agitavam os braços furiosamente e seguravam bem alto os cartazes com os seguintes dizeres: Chorar agora! Emoção!

Sonja Sonne sorria com cara de anjo para o seu antipático colega Udo Kudina enquanto subia graciosamente até o altar, guiada por ele. Seus cachos negros brotavam de baixo de um maravilhoso véu branco. Ela era realmente uma atriz fantástica. Como conseguia disfarçar seus verdadeiros sentimentos! Fiquei impressionada com o seu profissionalismo.

— Você quer aparecer para as câmeras? — perguntou Will Gross num súbito rasgo de generosidade, enquanto eu lutava contra as lágrimas diante daquela cena comovente.

— O quê... você quer dizer... eu? É para eu fazer um papel no teu filme?

— Você poderia aparecer entre os convidados da festa de casamento — respondeu Will Gross fitando-me como se estivesse me vendo pela primeira vez. — Você não está nada mal.

— Claro que sim — deixei escapar. — Franz e Willi também! Eles também precisam aparecer na tela! Assim eles poderão contar para os filhos que participaram no filme da mãe deles!

— Do pai deles! — corrigiu Will Gross.

— Sim, é claro. Desculpe.

— Eles podem segurar o véu da noiva — disse ele. — Vista-os com terninhos de marinheiro!

Achei a idéia muito legal. Incrível.

E ainda por cima tudo terminaria de forma tão pacífica e amigável!

— Quanto tempo você leva para trazer os meninos?

— Uma hora! No máximo!

— OK. Só para você. E porque significa tanto para você.

Will Gross empurrou-me para fora da cadeirinha, pegou o megafone e exclamou:

— Intervalo para o almoço dos figurantes! Todos de volta em uma hora!

Em seguida voltou-se para Uwe Heinzelmann, o simpático diretor de arte:

— Os caras da imprensa já chegaram?

— Estão esperando lá fora.

— Ah, Willhelm — disse, toda feliz. — Nunca vou me esquecer disto!

— Tudo bem — respondeu Wilhelm. — Agora se mexa. Traga as crianças limpas e penteadas, com roupas escuras. E você... — ele me olhou novamente com olhar crítico... — Arranje um vestido de tule cor-de-rosa.. Você será uma das damas de honra.

— Pode deixar — exclamei, entusiasmada, e saí correndo da igreja até o telefone mais próximo, driblando os figurantes que estavam pelo meio do caminho.

Havia um monte de gente da imprensa espreitando do lado de fora como se fossem abutres. Uwe Heinzelmann, o simpático diretor de arte chamou-os para dentro.

— Por favor, entrem!

Ávida, a matilha invadiu a igreja. Mas aquilo estava realmente bonito. Tantas celebridades amontoadas ali! Emolduradas por aquele cenário tão agradável! Casamentos são sempre ocasiões de regozijo. Todas aquelas flores, as velas, as pessoas bem-vestidas... Na verdade só estavam faltando mesmo os meus dois queridíssimos meninos de bochechas rosadas, todos empoados e espalhando pétalas de rosas.

E eu ao fundo toda feliz de dama de honra! Seria o charme de toda aquela cena! Todos iriam pular das cadeiras no cinema.

Olha ali! Ela está ali! A autora do livro! Vi direitinho!

Telefonei para Paula toda entusiasmada.

— Paula! Vista os meninos com capricho e venha para cá de táxi com eles! Vamos participar do filme de Will Gross!

— Deixa comigo — respondeu Paula.

— Se apresse! — berrei. — Este é o dia mais feliz da minha vida!

— Fico muito feliz por você! — respondeu Paula.

Depois telefonei para Enno, tal era a minha alegria.

— Vamos participar das filmagens! Os meninos vão carregar o véu da noiva!

— Legal — respondeu ele. — Estou indo para aí imediatamente. Não dê nenhuma declaração sem a minha presença!

— Ah Enno — berrei. — Vista um terno escuro! Você com certeza vai poder participar também!

Evidente! Como dama de honra eu precisaria de um par! Enno, o valete!

Que maravilha! Eu gostaria de convidar o mundo inteiro para participar da reconstituição do meu casamento.

Entrei voando num táxi.

— Vamos para a melhor loja de roupas de casamento da cidade.

— A Tilli Noivas, a Roupas de Noivas Bärbel-Beate ou a Meu Dia Mais Feliz?

— Meu Dia Mais Feliz — escolhi. Caía como uma luva.

Já que na vida real eu não tinha tido uma verdadeira celebração de casamento, o destino estava me presenteando agora com o dia mais feliz da minha vida! E eu não iria me preocupar com as despesas.

— Aqui estamos. Meu Dia Mais Feliz.

— É a mais pura verdade! Espere aqui, volto logo!

— A senhorita pensou bem sobre o assunto? A senhorita está me dando uma impressão muito suspeita!!

— Não se preocupe! Sou muito amiga do melhor advogado de separações da cidade.

Saltei do táxi e entrei na loja. Vi uma coleção de vestidos de dama de honra na vitrine e tentei abrir a porta de correr de vidro. Droga. A porta não queria abrir. Sacudi-a violentamente. A fechadura parecia estar emperrada. Isso sempre acontece quando a gente está com pressa. Já ia chamando um chaveiro. Caso fosse necessário, usaria uma pedra para quebrar o vidro da porta

— Bom dia. Posso ajudar?

Uma solteirona esquálida com olhar aquilino postou-se no meu caminho. Pelo visto, ali não era permitido que os clientes abrissem a vitrine para vasculhar e escolher sozinhos trajes de gala para uma cerimônia de casamento.

— O seu vestido mais incrível, bonito e caro! Longo! Cor-de-rosa! Com babados! E um chapeuzinho! E sapatos combinando em tom pastel! E uma bolsinha! E um buquê! Rápido!

— Seria para a senhora? — perguntou ela, examinando-me com ar depreciativo.

— É claro! Para quem mais seria?

A vendedora esquálida não parava de examinar com seu olhar depreciativo a minha condição de dama de honra com os meus quase 35 anos.

— A senhora já não passou da idade?

— Como?!

— Quer dizer, para ser uma dama de honra?

Por pouco não respondi que a última pessoa de quem eu poderia esperar uma observação daquele tipo seria exatamente dela, uma dama de honra velha. Mas, devido à escassez de tempo, não quis prolongar a discussão sobre o limite de idade permitido para uma dama de honra alemã mediana.

— É para um filme — respondi. — Vamos filmar dentro de meia hora. Na catedral de Colônia!

A expressão no rosto da mulher desanuviou um pouco.

— Ah. Para um filme. Isso é outra coisa. Qual é o nome do filme?

— *Feliz sem marido* — respondi, radiante.

E então? Caiu a ficha, velha gagá? Sou EU mesma! Isso mesmo!

Agora com certeza a mulher me daria um tapinha nas costas e chamaria correndo todas as suas colegas para que elas ajudassem a autora de sucesso a escolher o traje de dama de honra! E todas me pediriam um autógrafo em pedaços de papel arranjados às pressas!

Mas a esquálida não esboçou nenhuma reação.

— *Feliz sem marido*? Então para que a senhora precisa de um vestido de dama de honra?

— Escute aqui — disse eu, já nervosa. — Tenho exatamente meia hora para estar completamente arrumada. O táxi está esperando lá fora. Vou fazer uma figuração num casamento cheio de pompa. Será que a senhora pode abrir essa maldita vitrine?

— Tenho que chamar o gerente primeiro — respondeu a vendedora.

— Pois faça isso! — ordenei. Fiquei me apoiando ora numa perna, ora na outra por puro nervosismo. Que demora! Pude ouvir a vendedora falando numa sala nos fundos.

O gerente dignou-se a se aproximar.

— O que a senhora deseja?

— Desejo uma coisa bastante simples! Algo que não vai deixar ninguém nesta loja desorientado! Um vestido de dama de honra!

— Qual o tamanho?

— Quarenta! O senhor pode ler a respeito na edição de agosto da revista *Die Dame*.

— É para a senhora mesma?

— Sim, raios!

— Para a sua faixa etária nós dispomos de alguns tailleurs com caimento muito bom no primeiro andar...

— Não quero tailleurs com bom caimento! E o que o senhor quer dizer com "minha faixa etária", afinal? Estou na melhor das faixas etárias da minha vida! Tailleurs eu tenho aos montes! Não vou representar a MÃE da noiva!

Eu sou a DAMA DE HONRA!

Eu quero um VESTIDO DE DAMA DE HONRA!

Por pouco não chorei de raiva e me joguei nos braços do gerente da Mein Schönster Tag. Mas mantive a objetividade.

— Olhe aqui — disse eu, retirando com dedos trêmulos o meu cartão de crédito dourado do bolso da calça jeans. — Vou pagar com o meu bom nome!

O gerente examinou o cartão.

— Tudo bem, Hilde — disse ele. — Ela deve saber o que está fazendo. Abra a vitrine.

Cheguei de volta à catedral de Colônia exatamente meia hora mais tarde. O táxi brecou ruidosamente. O pessoal da imprensa estava se dispersando. Eles já tinham conseguido as suas entrevistas e as suas fotos. Fui acometida por um breve momento pelo pensamento de que Will Gross poderia ter feito aquilo de propósito, para que eu não estivesse presente durante a coletiva de imprensa. Mas depois descartei aquele pensamento horroroso. Não, Will Gross não era um sujeito tão execrável. Um pouco simplório talvez, mas não era mau. Saltei do táxi cuidadosamente para não amarrotar minha indumentária de dama de honra. Entrei apressada na catedral, com meus saltos altos, protegendo o meu chapeuzinho contra o vento. As duzentas celebridades já estavam retomando os seus postos lá dentro. Enno, de terno preto, Paula e os meninos estavam de pé ao lado de um confessionário barroco. Eles estavam arrebatadores. Paula vestia um tailleur clássico e atemporal, azul-escuro. Os meninos usavam, conforme solicitado, suas roupinhas de marinheiro. O bravo Enno ainda tinha trazido todos os conhecidos e parentes que conseguira amealhar: A elegante datilógrafa Beate em trajes de noite, Alma Mater, é claro, com um vestido adequado à sua silhueta. O casal Ville num cinza atemporal e até mesmo a senhora "uma-grossa-ou-uma-fina" do supermercado em trajes civis. Else Schimtz estava num canto com ar embaraçado. Todos tinham se arrumado! Todos queriam participar! Todos queriam me dar essa honra! Senti falta de tia Trautschn! Pena que ela não estivesse viva para ver ISTO!

Mas ela estava flutuando no meio de nós. Estava certa disso.

— Finalmente você chegou! — Enno estava terrivelmente nervoso. — Você está com um ar diferente.

— Camisola legal, mamãe — disse Willi num tom de aprovação.

— Não é o máximo? — disse eu, tentando arrancar elogios na roda.

Aquela produção alternativa me custara quase cinco mil marcos. Mas deixa pra lá.

Uma vez na vida.

Meu dia mais feliz.

— Vamos, precisamos ir para frente — comandei, toda autoconfiante. Afinal de contas, eu era a única ali que tinha alguma experiência em filmagens. Se ficarmos perdidos aqui atrás, não vamos aparecer.

Macacos velhos sabem essas coisas.

O pequeno Willi agarrou minha mão. Tanta gente, refletores, megafones, maquiadores andando pra lá e pra cá, assistentes de direção, cabomen, iluminadores e gritadores de "silêncio!"...

E com aquela acústica fantástica da catedral de Colônia! O meu garotinho de quase três anos de idade segurava amedrontado o seu coelhinho de pelúcia. Franz, na minha outra mão, já olhava para aquela multidão um pouco mais relaxado. Ele achava aquilo tudo muito interessante. Paula e Enno vinham atrás de nós nos seus pretinhos básicos. Eram as testemunhas ideais!

Avistamos os noivos.

Meu Deus, como eles estavam lindos! Até mesmo Udo Kudina com as suas mechas desgrenhadas por baixo da cartola dava uma impressão relativamente bem-cuidada.

Sonja Sonne era sem dúvida a noiva mais encantadora que eu já vira.

Ali! Ela me avistara! Acenou vigorosamente, livrou-se do noivo e correu na nossa direção com seu véu esvoaçante.

Todos os duzentos figurantes célebres esticaram os pescoços e olharam na nossa direção.

Que entrada triunfal!

— Franziska!!

— Sonja!

Caímos nos braços uma da outra como se fôssemos amigas íntimas. Meu Deus, por que os caras da imprensa não estavam mais por ali?! Nós teríamos sido ofuscadas por uma saraivada de flashes! A *Bildzeitung* iria esgotar nas bancas amanhã! Assim como a *Goldene Post*! E a *Silberne Blatt*! E o *Jornal da Noivas*!

— Você está maravilhosa, Sonja! A noiva mais bonita do mundo! Liz Taylor vai ficar roxa de inveja! Com certeza, ela nunca esteve assim tão magnífica!

Sonja deu uma risada sonora. A voz dela ecoou nas paredes do gótico tardio.

— Estes são os teus filhos? Franz e Willi? Que liiindos!

Ela ficou de cócoras para poder admirar melhor aquelas crianças bonitas. A figurinista veio correndo para evitar que a bainha do seu vestido sujasse no piso gótico tardio de mármore empoeirado.

— Vocês VÃO participar da filmagem? — Sonja ficou encantada com aquela idéia.

Udo Kudina não se incomodou com a nova interrupção do seu casamento. Ele se recostou num banco da igreja, tirou a cartola e acendeu um cigarro.

O ex-terrorista que fazia o padre perguntou ao diretor quais eram os termos usados num casamento. "Eu revogo em nome da lei", "Que Deus me ajude" ou "Até que a morte os separe"?

— Todos eles — resolveu Will Gross.

— E agora, por favor!

Todos retomaram os seus lugares. Sonja Sonne voltou garbosa para o seu lugar. A seguradora de bainhas correu atrás dela e arrumou humildemente a cauda do vestido.

— Muitos ruídos no fundo! — gritou o diretor de áudio, que estava usando fones de ouvido. Ele se entrincheirara atrás do altar com todo o equipamento.

— Silêncio absoluto agora!

Alto lá, pensei, enfraquecida pelo nervosismo. Nós ainda não fomos posicionados!

Udo Kudina levantou-se, contrariado, pisou na ponta do seu cigarro e juntou-se sem nenhum entusiasmo aos que encabeçavam o séquito matrimonial. A figurinista colocou novamente, com o maior profissionalismo, a cartola na sua cabeça. Uma cabeleireira veio correndo e ajeitou com gestos rápidos as mechas de cabelo que ficaram aparecendo.

— Ahamm — pigarreei baixinho. Will Gross não olhou para nós. Será que ele nem me reconhecera?!

— Som...

— Ligado!

— Câmera...

— Ligada!

— E... AÇÃO!

O cortejo matrimonial entrou vagarosamente em movimento.

Sem nós! Will Gross simplesmente se esquecera de nós!

E eu comprara um vestido por cinco mil marcos! Quando é que eu iria usar aquilo de novo?! Sonja, meu anjo, acuda!! Olhei implorando para a linda noiva.

— Ai, Will! — berrou Sonja no meio do silêncio cerimonioso. — Franziska quer participar! Deixe-a tomar parte! Os figurantes das últimas fileiras trombaram uns nos outros. Ah, desculpe.

Will Gross olhou irritado por cima do monitor.

— Ah, aí estão vocês, afinal! PAREM! TODOS de volta às posições iniciais!

Fui novamente acometida pela sensação de que ele só quis se livrar de mim durante a coletiva com a imprensa.

Udo Kudina levou ao pé da letra a ordem de voltar à posição inicial. Ele arrancou a cartola da cabeça, sentou-se de novo no banco ainda quente da igreja, abriu sua revista de automóveis e acendeu um cigarro.

Sonja Sonne abaixou-se novamente, sorriu para os meus filhos e disse:

— Como eles são liiindos!

Encabulado, Willi escondeu o rosto no meu vestido cor-de-rosa. Franz sorriu bem-comportado para Sonja.

— Quantos anos você tem?

— Cinco.

— Você já freqüenta o jardim-de-infância?

— Sim.

Fiquei imensamente grata a ele por não ter complementado com "sua bestalhona".

— Que gracinha — disse Sonja, levantando-se em seguida.

Will Gross confabulou com o assistente de direção e deu algumas instruções em voz baixa. É claro que ele não iria se abalar em pessoa da sua cadeirinha de diretor! O assistente de direção veio ao nosso encontro e pediu que o seguíssemos. Franz e Willi foram colocados no final do véu de Sonja.

— Aqui! Segurem firme! Entenderam?!

— Entendi — respondeu Franz, agarrando o tecido valioso com suas mãozinhas gorduchas.

— Que gracinha — comentou Sonja.

Willi não quis largar o seu adorado coelhinho de pelúcia. O animal imundo não combinava nem um pouco com o cetim branco. O simpático contra-regra tentou agarrar o bichinho sem chamar a atenção dele. Esperei que Wilhelm não fosse obrigar o seu próprio filho a tomar atitudes desumanas.

Mas Wilhelm não tinha olhos para essas insignificâncias. Eu ainda não fazia idéia do que ele estava tramando! Ele colocou Paula e Enno logo atrás dos meninos para que eles supervisionassem as crianças de forma adequada. Presumi que ele agora iria me colocar NA FRENTE ou AO LADO dos noivos, ou quem sabe até mesmo NO MEIO DELES. Seria realmente um "caco" e tanto da direção!

A autora no meio dos noivos!!

Trajando um vestido rosé de cinco mil marcos!!

De chapeuzinho, écharpe combinando e escarpins!

Talvez pudessem mixar uma seta, na edição, com os dizeres "autora". Isso chamaria a atenção!

Will Gross esticou o pescoço e ficou procurando alguém no meio dos figurantes.

Acabou encontrando um sujeito de dois metros e dez centímetros de altura.

— Aquele ali atrás, o sujeito de terno preto...!

— Todos os sujeitos aqui estão usando ternos pretos!

— Aquele alto ali!

— O GIGANTE??!

— Sim, diacho! O compridão! Traga-o para cá!

O homem de dois metros e dez centímetros de altura foi convidado a sair da última fileira e vir para frente. A política que estava ao seu lado ficou consternada. O figurante compridão era um homem e tanto!

De onde é que eu o conhecia?

Eu o conhecia. Algum ministro...

Não existiam tantos compridões bonitos assim.

Mas eu o conhecia pessoalmente! Eu já conversara com ele... mas onde? Num programa de entrevistas...? Não. Acabei de me lembrar.

O metrô! O metrô em Stuttgart! O simpático e comprido leitor no vagão da primeira classe, que se alegrava de um jeito tão simpático!

Meise! Axel Meise!! Céus, ele era o ministro dos Transportes da Renânia-Palatinado!

Mas o que estava fazendo aqui?!

O ministro Meise veio ao meu encontro com um sorriso amável.

— Cara senhora? Posso lhe oferecer o meu braço?

Claro que sim! Anda! Passa ele logo para cá!

— É você mesmo? — perguntei, encantada.

— Eu precisava revê-la, Sra. Zis. E a forma mais prática foi me candidatando a figuração através de um amigo do SPD...

— Que loucura, Sr. Ministro Meise — deixei escapar.

— Deixe o ministro pra lá — disse Axel Meise. — Pra você, sou apenas Axel...

— Como quiser, Axel — sussurrei, enrubescendo. Gente, quando eu contar isso para o pessoal da ginástica de mães e filhos!

Will Gross interrompeu o nosso papo alegre. Ele soltou o meu braço do braço do ministro e encaminhou o comprido Axel até Paula. Juntou os dois formando os pais da noiva e acenou satisfeito.

— É assim mesmo que vamos fazer.

Paula era três cabeças mais baixa do que Axel.

Depois acenou para mim e para Enno, colocando-nos atrás deles.

Enno postou-se atrás do ministro dos Transportes.

Ele desapareceu completamente. Apesar de ter 1,94m de altura! Isso com certeza nunca acontecera com ele. Que alguém fosse ainda MAIS alto do que ele. Enno levou na esportiva, com um sorriso amistoso. Afinal, era um cosmopolita.

Fiquei atrás de Paula. Estava tudo bem, afinal, ela era a mãe da noiva.

Agora o meu vestido cor-de-rosa não estava mais aparecendo, mas fiquei feliz por Paula. Ela merecia aparecer em primeiro plano. Minha querida e fiel amiga.

Comparado com ela, meu vestido cor-de-rosa não tinha a menor importância.

Mas Willhelm ainda não estava satisfeito.

Ele examinava o monitor com um olhar artístico.

— Paula, troque de lugar com o seu acompanhante!

Paula olhou para mim sem saber o que fazer.

O Sr. Ministro não compreendeu o que estava acontecendo.

A assistente de direção meneou a cabeça incrédula e sussurrou algo para Willhelm.

— Quem decide aqui sou EU! — disse Will Gross para ela num tom dominador.

Colocaram Axel Meise na minha frente. Eu batia exatamente no seu ombro. Enno ao meu lado sobressaía-se atrás de Paula, umas duas cabeças.

— Pronto — disse Will Gross no megafone. — Por favor, todos nos seus lugares!

Udo Kudina atirou o cigarro na pia de água benta mais próxima. A cabeleireira com a escova se esgueirou atrás dele.

Agora os noivos estavam no corredor central.

A infantaria postou-se respeitosamente atrás deles.

Sonja Sonne estava radiante como um anjo. Udo Kudina estava com um ar entediado.

— SOM...

— ... ligado!

— CÂMERA...

— ... ligada!

— E... AÇÃO!

O cortejo nupcial pôs-se em movimento. Meus olhos fitavam as costas pretas de Axel Meise. Os pontos da costura na altura da sua sétima vértebra riam para mim ironicamente.

O que, Franziska? Você achou que iria aparecer em primeiro plano nas telas, não é?

Mas NÃO no filme de Will Gross, queridinha! Hahahaha!

Enno segurava o meu braço de modo firme e consolador.

— Juridicamente não há nada que possamos fazer — murmurou ele entre os dentes.

— Eu sei — murmurei de volta, desconsolada.

Os assistentes balançavam enfaticamente cartazes com os dizeres: "emoção!", "sorriso!", "acenar com ar feliz!".

Enno sorriu acidamente para as câmeras. Eu não estava visível mesmo. Pena. Eu poderia ter-lhes oferecido algumas lágrimas de VERDADE! Lágrimas de raiva e de uma tremenda frustração.

Algo assim só mesmo Sonja Sonne seria capaz de fazer!

Os noivos chegaram aos degraus do altar. Eles subiram angelicalmente, a deusa e o descabelado. Franz e Willi trotavam atrás deles. Torci para que pelo menos o coelhinho imundo estivesse aparecendo! Pelo menos alguma coisa pessoal!

Alguém soltou um grito de dor. Willizinho tropeçara.

— CORTA! Merda! A cena estava quase no final!

Paula e eu fomos abrindo caminho ao mesmo tempo para levantá-lo. Ele berrava como se estivesse no espeto.

— Eu me MACHUQUEI!

Quando Paula percebeu que eu também tinha acorrido, ficou para trás.

O pequeno Willi esticou os bracinhos para mim:

— Quero COLO! Você tem que me pegar no COOOOLO!

— Que gracinha — disse Sonja.

Udo Kudina procurou os seus cigarros. Ele fumava cigarros da marca Go Home, todos puderam ver. Até o Papai do Céu viu.

A figurinista retirou a cartola da sua cabeça e aproveitou aquela oportunidade para espaná-la.

Examinei o joelho do meu rebento choroso. Nenhum arranhão.

— Está tudo bem, Willhelm — disse. — Podemos prosseguir imediatamente.

Mas Willi se agarrou histericamente a mim, soluçando.

— Vamos, pequenino, seja um pirata valente!

Willi parou de soluçar. Recoloquei o véu nas suas mãos.

— Preste bem atenção! Tem três degraus aqui!

— Não saia daqui!

— Eu não vou embora! Olha só, eu estou logo ali atrás daquele homem alto!

— Não. — Willi começou a chorar de novo. — Ali eu não consigo te ver! Você tem que ficar comigo!!

Udo Kudina sacou sua revista de automóveis e afastou-se um pouco. O assistente de direção acendeu um cigarro.

Alguns figurantes com cansaço nos pés sentaram-se exaustos nos bancos da igreja. Entre eles, a presidente do Sindicato dos Empregadores, Erika Däumling-Süssmutti.

— Franz — pedi. — Console Willi! Diga a ele que Paula está aqui, bem atrás dele!

Franz também começou a chorar. Fiquei surpresa. Ele não era uma criança tímida. E também não tinha nada contra Paula, muito pelo contrário. Mas ele percebeu que alguma coisa não estava certa. Talvez aquela criança abençoada tivesse um sétimo sentido.

— É VOCÊ que tem que vir atrás de nós, não Paula! — lamentou-se ele.

Paula, que sabiamente aguardara até aquele momento, disse enquanto largava o braço do ministro:

— Vou ficar atrás do senhor.

— Mas assim ninguém vai vê-la!

— Mas EU não sou a autora! — disse Paula com precisão, lançando um olhar de desprezo a Will Gross.

Will Gross deu de ombros. Alguns políticos e políticas se remexeram e esticaram os seus pescoços. Que PENA, a imprensa já tinha ido embora!

As crianças abriram o berreiro.

Enno ponderava de que forma ele poderia nos auxiliar do ponto de vista jurídico. Mas não lhe ocorreu nenhum parágrafo que se adequasse à situação. Ele estava ali de pé, atônito e comovente, o valete Enno no terno preto, e pela primeira vez na sua vida ele não tinha uma solução técnica para Will Gross e o meu problema. Apesar de o problema de Will Gross ser muito mais de natureza psicopatológica.

— Will — disse Uwe Heinzelmann, o simpático diretor de arte. — Cada minuto na catedral de Colônia nos custa quinhentos marcos! Sem mencionar as celebridades políticas! Tem vinte helicópteros estacionados no teto do Domhotel!

— Ok — disse Will, magnânimo. Lançou um olhar cheio de ódio para mim e acenou para que me posicionasse atrás dos meninos. Willi e Franz pararam instantaneamente de chorar, segurando bem-comportados o véu.

— Você está fantástica — murmurou Enno.

— A prezada senhora está encantadora — sussurrou Axel Meise também.

— E o senhor também, ministro — retribuí o elogio.

— POR FAVOR, TODOS EM SEUS LUGARES! — berrou Will Gross no megafone, e depois acrescentou:

— Franziska, olhando para trás!

— Como?

Virei-me rapidamente de volta para frente.

— Não! Acabei de dizer que é para você olhar para trás!

— Como assim? Você está dizendo que eu TENHO que olhar para trás?

— Se não for causar muito incômodo!

— Pois VAI causar incômodo! Quero olhar para frente, como todos os outros aqui!

— Precisamos de cenas realistas. A coisa toda tem que parecer bem natural. Você está conversando com o Sr. Ministro. Pois então vire-se mais na direção dele enquanto estiverem conversando!

— Durante a filmagem?

— Sim, que droga!

— Tenho que olhar para o lado quando estiver caminhando atrás dos noivos...? Por quê?

— Tenho minhas motivações artísticas — rosnou Will.

Paula, Enno e eu trocamos olhares significativos.

Axel Meise sacudia os ombros, perplexo.

— Mas nós podemos continuar a conversar depois...

— Ah, não! — disse eu. — Agora! Estou morrendo de vontade! Onde é que nós estávamos?

— UDO! PODEMOS!

Udo rastejou até nós fumando, sem despregar os olhos da revista de automóveis.

— SOM...

— LIGADO!

— CÂMERA...

— LIGADA!

— E... AÇÃO!!!

Udo Kudina entregou o seu cigarro para Uwe Heinzelmann, o simpático diretor de arte.

Em seguida, pusemo-nos novamente em marcha.

Um cortejo nupcial maravilhoso. O dia mais bonito da minha vida.

Uma noiva radiante, com um sorriso divino e lágrimas QUASE verdadeiras nos olhos.

Um noivo agindo profissionalmente, soltando a última baforada e girando o maço de cigarros Go Home nas mãos.

Dois meninos tremendamente adoráveis, com cara de choro, carregando o véu e tremendo com os soluços.

O valete Enno e a dama de honra trajando pink, ela também tentando segurar lágrimas de VERDADE, como testemunhas comoventemente convincentes, ambos andando de costas. Uma tremenda pérola de expressão artística: a autora de *Feliz sem marido* e o mais bem-sucedido advogado de divórcios da cidade, andando DE COSTAS para o altar em sinal de protesto! Paula e Axel Meise atrás de nós como os pais da noiva tremendamente indignados. Paula limpando suas lágrimas de solidariedade VERDADEIRAS, e o ministro dos Transportes Meise balançando a cabeça, perplexo.

E apesar de tudo isso: era realmente avassalador poder atuar de verdade em frente às câmeras! Um público de um milhão de pessoas iria me ver de costas! Aquele seria sem dúvida o momento em que eu iria irromper internacionalmente!

Meu pescoço ficou doendo por horas a fio depois das filmagens, devido ao esforço de manter a cabeça virada para o lado.

Na verdade, foi realmente uma pena Will Gross ter resolvido eliminar a cena na edição final do filme.

Ela não fazia parte do contexto por motivos meramente artísticos.

Foi só por isso.

Veio o segundo ponto alto das filmagens: nosso aniversário, no dia 2 de agosto! Sonja Sonne fez 28, e eu, 35.

Sonja já anunciara que iríamos comemorar em grande estilo. Todos os colaboradores do set foram convidados, TODOS.

Serviram champanhe já de manhã, durante as filmagens.

Sonja Sonne, de saia cinza plissada e blusa branca, ria alto e cristalinamente, e brindava com uma alegria transbordante, com todos os cabomen, iluminadores e maquiadores, enquanto jogava sua mochila escolar nas costas.

— Saúde, Kowalski! — exclamou alegre quando o vetusto ator Heinz Rührseel, que fazia o zelador, entrou na sala de maquiagem com um avental cinza. Heinz Rührseel sorriu amável. Sonja Sonne era muito querida. Todos gostavam dela. Ela era uma pessoa muito legal.

Will Gross anunciou oficialmente pelo megafone que a atriz principal, Sonja Sonne, estava fazendo aniversário. Toda a equipe entoou espontaneamente um parabéns.

Nós estávamos no pátio da escola, entre trepa-trepas e mesas de pingue-pongue, cantando empolgados "Parabéns pra você, querida Sonja!".

Ah, como eu estava feliz! Era alto verão, tanto do lado de fora quanto dentro da gente — solstício do verão, por assim dizer! Eu estava completando trinta e cinco anos. Estava ali, orgulhosa e feliz, diante da obra da minha vida, até aquele momento. Diante da primeira filmagem de um romance meu.

— Você imaginava isso um ano atrás? — perguntou Will Gross quando passou por mim com o cameraman.

— Não — respondi. — Nunca teria imaginado.

— Fritz, esta é Franziska, minha ex-mulher.

— Eu sei, já a conheço — disse Fritz. — Ela é a autora.

Will Gross ignorou o comentário.

— Tente esta posição. Até onde você consegue chegar?

— Vou precisar do quadro-negro deslizante da sala de aula. Tudo bem?

Eu já estava me mandando dali quando Will Gross disse:

— Você imaginava uma coisa dessas?

Eu sabia que ele estava tentando arrancar de mim uma declaração de gratidão eterna. Eu deveria me jogar aos seus pés e beijar a bainha das suas calças. Mas naquele dia eu simplesmente não estava a fim.

— Há um ano você estava voando para o Caribe para filmar a sua minissérie. Sei muito bem, pois foi no dia do meu aniversário.

— Meu Deus, já faz um ano — disse Will.

— Então hoje é o seu aniversário também — constatou Fritz, o cameraman simpático, estendendo-me a mão sem se levantar do seu banquinho. — Por que ninguém falou?! Meus parabéns!

— Obrigada, Fritz — respondi.

Eu gostava muito daquele cameraman.

— Me diz uma coisa, se hoje está fazendo um ano, então o nosso ano obrigatório de separação também está acabando hoje! — disse Will.

— É possível.

— Caramba! — berrou Will. — Por que ninguém falou isso?!

— Pensei que você soubesse.

Will saiu dali apressado. O cameraman Fritz fitou-o desanimado enquanto ele ia embora.

— *Feliz sem esposa* — comentou, balançando a cabeça. Demos uma gargalhada sonora. — Vocês não combinavam mesmo — disse Fritz antes de se dedicar finalmente à regulagem da câmera.

— Também acho — murmurei.

Saí rapidamente dali para não atrapalhar mais o trabalho do simpático Fritz.

Vaguei pelas salas. Uma escola antiga de verdade. Como as cadeiras eram baixas! E como as salas eram pequenas! O cheiro era o mesmo que as escolas sempre tinham, e as vozes e os passos ecoavam nas paredes. Vi a mim mesma de saia cinza plissada caminhando sobre o piso de linóleo, sempre espreitando escondida Viktor Lange.

Esfreguei os braços por causa do frio. Sim, meu velho e querido internato era exatamente daquele jeito. Vinte anos atrás. Como o tempo passara rápido! Eu ainda me lembrava do meu aniversário de 15 anos. A escola de dança. Com o Viktor. Naquela época, eu não queria nada nem ninguém além de Viktor.

E hoje?

De repente, tive uma idéia maluca.

Viktor. Eu ainda o desejava.

Hoje iriam filmar a NOSSA cena.

Viktor tinha que estar presente!

Fui para a sala dos professores. Ali havia um telefone.

Olhei à minha volta, afoita, pelos trapos de figurinos e utensílios de maquiagem que estavam jogados ali na maior bagunça. Não. Não havia ninguém. Eu, sozinha. Era agora ou nunca. Disquei para Hamburgo. Maldição, se aquela Annegret viesse me perguntar sobre o tempo em Düssel...

— Lange falando.

— Viktor!

— Franziska! Parabéns, tudo de bom pelo seu aniversário, minha pequena! Liguei, mas você não estava em casa! Estou pensando em você o dia todo!

— Também estou pensando em você. Tanto que chega a doer.

Olhei furtivamente em volta. Não, ninguém. Somente aventais de maquiagem pendurados nos ganchos na parede. De um certo modo, fantasmagóricos.

— Viktor, sabe o que eu quero de presente?

— Sim, minha pequena. Agora que você mencionou... mas me conte de qualquer forma.

Não ousei falar. Infelizmente.

— Para isso você teria que vir até aqui.

— Agora? Até aí? Mas você está sozinha em casa?

— Sim, agora. Não, não é para vir até minha casa. É para vir até o Hans-Pfitzner-Gymnasium em Düsseldorf.

Pausa, chiados, estalos na ligação.

— Mas aí nós provavelmente não estaríamos a sós...

— Não! Toda a equipe de filmagem está por aqui! Está cheio de atores e artistas talentosos! E hoje ainda serão trazidos para cá cinqüenta figurantes adolescentes! Viktor! Eles vão filmar a NOSSA cena hoje! O internato! A aula de dança!

— Foi o que supus, já que você está me chamando para ir até uma escola...

— Viktor!

Pude ouvi-lo pensando.

— Você faz com que qualquer idiota velho e maluco se sinta jovem de novo — disse Viktor.

Ah, como eu amava a sua voz!

— Você não é um velho, idiota e maluco! Maluco, sim, mas idiota, não! Viktor! Eu te amo! Eu desejo você para o meu aniversário. Você. Só. Será que é exigir demais?

— Exigir, sim, desejar, não.

— Você vem?

— Sim. Só que antes preciso providenciar três metros de fita vermelha.

— Para o que precisa de três metros de fita vermelha?

— Para mim! Entendi que você me quer de presente!

— Mas aí bastam vinte centímetros. Vamos fazê-lo simbolicamente.

Dei uma risadinha.

Viktor também riu.

— Eu queria mesmo dar uma espiada nas filmagens — disse ele. — Meramente a trabalho. Tenho que fazer os cálculos para ver se teremos que aumentar a tiragem da edição!

Ouvi ele fumando.

— Mas é claro que você vai ter que aumentar a tiragem! Pode acrescentar mais uns cem mil exemplares! — exclamei hilariante. — Além disso, você está morrendo de curiosidade para conhecer o sujeito que vai fazer o seu papel, pode confessar! — exclamei, mal conseguindo reprimir aquela alegria incontrolável. — Hajo Heiermann. É ele quem vai representar VOCÊ!

— E como ele é? Mais jovem e mais bonito do que eu?

— Não faço idéia. Mais jovem talvez. Mais bonito é impossível. E com certeza nem de longe tão erótico!

— Você já o viu?

— Não.

— Ah, você é incorrigível, Franziska! Eu deveria te dar umas palmadas!

— Ah, sim, faça isso! Vá direto para o aeroporto. Não perca esta chance! Não saque cinco mil marcos! E não gaste esse dinheiro! Está me ouvindo? Eu não quero nada! Só quero você. Hoje. Agora. Aqui.

— Na sala dos professores? Em cima do roteiro?

— Na sala dos professores. Em cima do roteiro. Vou arranjar um. A tradição precisa ser manti..

Foi aí que o vi.

Hajo Heiermann.

Ele estava sentado imóvel ao lado da estante, entre casacos largados e outras bugigangas do figurino. Sua expressão não revelava nada. Ele me ofereceu o seu roteiro, sem dizer uma palavra.

Que merda.

— Viktor, eu... ahn... agora não posso mais...

— Tudo bem. Annegret acabou de me dizer que o avião sai às 14h. Aliás, ela me pediu para dizer que o tempo aqui em Hamburgo está bastante ensolarado! E perguntar se aí em Düsseldorf também está ensolarado!

— Tremendamente ensolarado — sussurrei.

— Bem, então não vou precisar do guarda-chuva. Até lá! Vou pegar um táxi. Como se chama a escola? Pfitzner-Gymnasium? Vou encontrar.

— Tchau!

Desliguei. Vizinha, me passa a tua garrafinha! Fiquei paralisada ao lado do telefone da sala de professores, com o coração querendo sair pela boca.

— Sinto muito, eu não sabia que iria ser um telefonema assim tão particular — disse Hajo Heiermann, impassível. — Mas não fiquei ouvindo a conversa. Estava fazendo minha meditação.

— Desculpe-me se atrapalhei sua meditação — respondi sem acreditar nem um pouquinho que ele não tinha escutado a conversa.

— Tudo bem — disse Hajo Heiermann. Ele realmente se parecia um pouco com o meu Viktor. É verdade. Ele era mais novo. E era mais bonito. Mas também era mais liso. Uma lisura adequada às telas de cinema.

— Muito bem...

— Você não vai querer o roteiro? — Ele continuava estendendo o roteiro para mim. Aquele sujeito tinha alguma coisa de liso mesmo.

— Ahn... não... acho que isso já foi resolvido...

— Eu posso sair...

— Não, continue meditando!

— Tudo bem... — Liso feito uma baleia.

Essa foi a única conversa que tive com o Viktor-do-filme durante toda a filmagem. Não consegui me aproximar dele de jeito nenhum. É assim que as ilusões se desfazem. Eu jamais conseguiria me apaixonar por uma baleia.

Tanto faz!

Agora eu tinha que arranjar rapidinho um hotel adequado para aquela ocasião.

Mas nada de espeluncas, por favor, tudo bem?

Toda a equipe de filmagem, por exemplo, estava hospedada no Ramada.

Inclusive Sonja Sonne, Will Gross e Hajo Heiermann. Só Heinz Rührseel estava hospedado no Englischer Hof.

Ai, meu Deus, é melhor partir para o City-Club Hotel ou o Park-Hotel ou alguma coisa do gênero. Não quero de jeito nenhum esbarrar sem querer na hora do café-da-manhã com Hajo em frente à travessa de granola de efeitos digestivos garantidos. Ele poderia me estender o roteiro, com aquela sua falta de empolgação, perguntando se ainda preciso dele.

Só farei 35 uma vez na vida.

E depois nunca mais.

Fui até o orelhão mais próximo, telefonei para Paula e pedi de aniversário que ela dormisse aquela noite com os meninos.

— Tudo bem — disse Paula. — Divirta-se. Comeremos o seu bolo de aniversário amanhã. Mas antes vou passar Willi. Ele quer dar os parabéns.

— Paula, eu já te disse hoje que eu te adoro?

— Não — respondeu ela —, mas é sempre bom ouvir essas coisas.

O som de uma valsa lenta saindo do alto-falante. Todos os figurantes eram membros de uma escola de dança de Düsseldorf, motivo pelo qual rodopiavam para a esquerda com destreza e uma visível necessidade de aparecer. Ali em cima havia somente alguns iluminadores rastejando de quatro e sem se aperceber da nossa presença. O peitoril da sacada permitia uma deliciosa visão sobre o vai-e-vem fortemente iluminado aos nossos pés. Will Gross estava sentado na sua importante cadeirinha, dando instruções pelo megafone para os figurantes excitados. Os assistentes corriam pelo salão, ajeitando os casais, puxando daqui e empurrando dali. O simpático diretor de artes, Uwe Heinzelmann, colava apressado fita crepe pelo chão, para que os jovens dançarinos não ultrapassassem as suas marcas. Todos estavam vestidos com roupas dos anos 1970, o que fazia a cena parecer quase irreal, como se fosse um sonho. No meio deles estava Sonja Sonne de minissaia, de pernas coladas com Hajo Heiermann de calças boca-de-sino. Como sempre, ela estava se sentindo tremendamente à vontade no meio daquele monte de gente. Ela fazia observações bem-humoradas para descontração geral, as quais os jovens retribuíam com risos agradecidos. O vestido de alcinhas com uma peculiar padronagem xadrez e o cabelo escorrido repartido ao meio não conseguiam ofuscar sua beleza. Ela ensaiava uns passinhos de vez em quando com Hajo, e dava para perceber que ele aparentemente não sabia dançar muito bem! Ora, ora, aquele era um tremendo erro da direção! Por outro lado, era comovente a impressão causada pelo canhestro Hajo Heiermann no meio daquela juventude balançando ao ritmo da valsa. De repente, ele não pareceu mais tão escorregadio quanto um pouco mais cedo na sala dos professores. Sim, sentada na poltrona de uma sala de cinema escura, bem que alguém poderia se apaixonar por um sujeito de calças boca-de-sino e péssimo dançarino como Hajo Heiermann.

Ali na filmagem a situação era inversa da que ocorrera na vida real: Sonja era forte e autoconfiante. Viktor é quem era assim, naquela época.

Sonja Sonne me viu. Ela acenou e sorriu.

Acenei discretamente de volta.

Seus olhos perguntavam:

— Este é o verdadeiro?

Radiante na minha sacada, acenei confirmando. Ambas demos uma risadinha com uma cumplicidade alegre de irmãs. Cada uma com um Viktor nos braços.

— E aí? O que achou dele?

— Não dá para ver no escuro!

— Estou morrendo de vontade de apresentá-lo a você!

Por que eu estaria sentindo tanta vontade de fazer aquilo? É tão difícil separar as aparências da realidade! Principalmente no meio cinematográfico. Qual o significado de cumplicidade para eles?

— SOM...

— ... ligado!

— CÂMERA...

— ... ligada!

— E...VAMOS LÁ!!!

Todos giraram e valsaram pelo salão. Jovens atraentes iriam preencher por alguns segundos as telas com vida, movimento e juventude.

Ah, e eu estava tão feliz! Sonja Sonne tinha laços de amizade comigo! Will Gross permitiu que eu observasse tudo da sacada! Udo Kudina já aprendera o meu nome! Heinz Rührseel estava hospedado no Englischer Hof POR MINHA CAUSA!

E o melhor: Viktor Lange estava ao meu lado!

Em carne e osso! No meu 35º aniversário!

Será que a vida poderia se tornar ainda melhor?!

Olhei para Viktor de lado.

— E então? Você teria imaginado algo assim vinte anos atrás?

De repente fui tomada por uma onda de alegria, de orgulho. Ela me pegou por trás e remexeu o meu diafragma, fazendo-o vibrar.

De repente me dei conta do que eu realizara!

Uma coisa e tanto!

Dar um presente tão original para o seu amor de tantos anos!

Escrever, publicar e ainda por cima mandar filmar a nossa história de amor! E levar o amor de tantos anos até as filmagens, para assistir a tudo de uma sacada escondida!

Onde estava o champanhe?

Nós o tomaríamos mais tarde no cinema. Naquele momento não precisávamos de champanhe. Tínhamos um ao outro.

Era o bastante para nos deixar eufóricos.

Nós nos apertávamos as mãos, era tudo.

Lá em cima, à meia luz, entre cordas e cabos, longe das luzes da ribalta, nós estávamos curtindo a nossa felicidade secreta e tardiamente roubada, como se fôssemos dois ladrões à luz do dia.

Lá em baixo, Sonja Sonne e Hajo Heiermann estavam se apaixonando.

Nós assistíamos enquanto eles o faziam.

Sim, deve ter sido assim mesmo que as coisas aconteceram.

Há vinte anos.

E como durara! Até hoje! E ainda iria durar até amanhã. E até depois de amanhã.

E daqui a vinte anos.

E isso era o melhor de tudo. Esta certeza.

Nós nos olhamos e não dissemos nada.

E sentimo-nos infinitamente afortunados.

No intervalo, arrastei Viktor até o camarim. Queria muito que ele e Sonja se conhecessem.

— Sonja, este é Viktor Lange.

— Aham — disse Sonja, examinando o meu Viktor com uma ponta de troça. — E você veio hoje para assistir?

— Sim — disse Viktor. — Vim para assistir.

Hajo Heiermann estava sentado num canto, ao lado dos aventais de cabeleireiro, meditando. Ele não estava mesmo ouvindo a conversa, segundo consta.

Será que eu deveria apresentar o verdadeiro Viktor Lange ao falso Viktor? O que é que eles teriam para dizer um ao outro? Talvez o falso Viktor Lange xingasse o verdadeiro Viktor Lange de "Viktor Lange"! Ou talvez ele fizesse a perguntinha original: "Você veio hoje para assistir?"

E o verdadeiro Viktor Lange daria a respostinha original: "Sim, vim para assistir", e não teriam mais nada para dizer um ao outro.

Achei a idéia insuportável.

Por que fui ter a idéia estúpida de arrastar o meu Viktor-particular para os bastidores? Ninguém achava ele legal! Ninguém se interessava por ele!

Viktor tinha permanecido um segredo meu durante vinte anos.

Por que deveria revelá-lo agora?

— Você é uma Charlotte Kleeberg encantadora — disse Viktor para Sonja com aquele seu jeito educado. Naquele momento ela só estava meio encantadora, pois tirara a peruca e o vestido para dar uma relaxada. Estava sentada diante do espelho da penteadeira, de bata e com o cabelo todo preso.

Senti uma pontada do nada nobre sentimento de inveja devido àquele galanteio feito a Sonja, que afinal era sete anos mais encantadora do que eu.

Eu era a encantadora Charlotte Kleeberg!

Sonja Sonne só estava representando o meu papel!

Como se Viktor não soubesse disso!

Por que ele não dissera: — "Sra. Sonne, a senhora é a mais encantadora aqui, mas a Sra. Herr, atrás dos sete bastidores, deitada sobre as sete almofadas é ainda mil vezes mais encantadora do que a senhora!"

Não, Viktor não diria algo assim.

Ele era um homem cosmopolita de cabo a rabo.

De nada iria adiantar ele cochichar à noite, ao pé do ouvido, que EU era a Charlotte Kleeberg mais absolutamente charmosa deste continente.

EU sabia que EU era encantadora. Mas e o público? Como ficaria o público?!

Iria simplesmente ficar sem saber jamais?!

Ai, a gata velha e rabugenta da efemeridade feminina agarrou-se gritando histericamente nas minhas entranhas e ficou pendurada ali com o pêlo eriçado.

Estranho. Nunca sentira inveja de Sonja Sonne, nem por um segundo sequer. Mas agora que o meu Viktor-particular fizera galanteios com aquela figura pálida e seminua com a voz aveludada que era reservada única e exclusivamente para mim, eu me peguei lutando contra o resistente monstro verde do ciúme.

Só para marcar minha presença, eu disse:

— Bem que eu gostaria de ter sido tão bonita e autoconfiante naqueles tempos quanto você, Sonja!

Talvez Sonja interpretasse aquilo como uma crítica.

— Estou representando Charlotte Kleeberg da forma como EU a vejo — disse ela, resoluta. — O fato de VOCÊ estar se identificando com o papel, é problema SEU.

De repente, deixara de ser aquela colega legal, aquela bomba temperamental simples e alegre, aquela amiga fraternal e calorosa.

De repente, tornara-se fria como o gelo.

De repente, tornara-se uma estranha.

Ah, como eu me arrependia daquela última meia hora!

— Além do mais, Will e eu tivemos que modificar algumas cenas — disse Sonja. — Algumas coisas só surgem circunstancialmente, no set.

Quem diria. Will Gross e Sonja Sonne. Modificaram cenas.

Ela sempre fez questão de enfatizar que não suportava Will Gross! Ainda há pouco ela dissera que só se comunicava com ele através do assistente de direção, pois ele não merecia que ela falasse diretamente com ele!?

E agora eles haviam modificado o script em conjunto? Sem me informar a respeito?

— Sonja, eu...

Bateram na porta. Uwe Heinzelmann, o simpático diretor de arte, colocou a cabeça pela abertura da porta.

— Olá, Franka! Que bom que você veio assistir à filmagem de novo!

— Olá, Uwe — respondi baixinho. — Eu também acho bom.

— Sonja sempre diz que você produz um efeito tranqüilizador sobre ela, e que sem você ela não consegue filmar. Não é mesmo, Sonja?

Sonja estava muitíssimo ocupada passando base no rosto.

— Sonja sempre diz isso — falei.

Os dois Viktor Lange não se meteram na conversa. Nem o verdadeiro nem o falso.

— Sonja, tem um jornalista lá fora querendo saber o quanto existe de autobiográfico nesta história.

Eu estremeci.

— Espere, já vou sair — disse Sonja.

Ela vestiu um avental de cabeleireiro.

— Sonja — falei, segurando-a pelo braço. — Eu sinto muito.

Eu DETESTO brigas. Sempre gostei de esclarecer as coisas na hora.

Por mim, eu a abraçaria como na ocasião em que nos conhecemos. As coisas começaram tão bem! Conversamos lá em casa durante horas sobre Charlotte Kleeberg. Tomamos vinho, conversamos e rimos. Falamos mal de Will Gros até dizer chega! Eu a levei com suas tralhas todas até o aeroporto, pois nem sentimos o tempo passar...

Ser e parecer, filme e realidade — onde estão os limites? Eu os tinha perdido de vista. Você também?

Sonja não me deu ouvidos.

Saiu para o corredor, onde uma daquelas figuras da imprensa a aguardava. Não fazia nem quatro semanas que Sonja tinha me jurado que não deixaria mais nenhuma daquelas criaturas se aproximar dela?!

— Venha — disse Viktor com uma voz baixa e aveludada. — Vamos para o hotel.

Por um instante, me dispus a fazê-lo. Sim. Ir embora. Me mandar. Deixar que me consolassem. Deixar que eles todos ardessem na fogueira das suas vaidades. Deixar que eles todos se emaranhassem nas suas próprias contradições. Deixar que todos quebrassem a cara, mesmo estando com ela enorme sorrindo em milhares de telas. Deixá-la afirmar que tinha sido ela mesma quem escrevera aquela história!

Mas no final das contas o orgulho venceu.

Nada disso.

Comigo, não — Franka Zis, a superfêmea.

Se Sonja Sonne pretendia contar ao repórter que aquela história que estava sendo filmada aqui era DELA, que o fizesse na minha frente.

Segui-a, decidida.

Viktor e Viktor ficaram para trás meditando ou pelo menos calados no meio dos aventais de cabeleireiro.

O cara da imprensa parecia simpático. Ele poderia ser irmão gêmeo de Bölk da revista *Nós Mulheres*. Sonja estava de costas para mim.

Abri bem os ouvidos.

O que ouvi foi como se tivesse levado uma bofetada.

Sonja Sonne disse que ela própria escrevera o roteiro, a despeito de já ter circulado uma coisa semelhante por aí. Mas ela e Will Gross haviam formatado o roteiro de uma forma decisiva.

Aham. O cara da imprensa anotava pressuroso.

Coloquei-me de um jeito que Sonja pudesse me ver bem.

O cara da imprensa quis saber do conteúdo do filme.

Ela não estava autorizada a revelar, respondeu Sonja, incomodada. As pessoas não iriam mais assistir ao filme se ela contasse a trama antecipadamente! E, além do mais, suas declarações sempre eram distorcidas, e ela já passara por experiências muito ruins nesse sentido.

O cara da imprensa desculpou-se em nome de todos os seus colegas.

A filmagem daquele dia parecia se passar na infância de Sonja Sonne, disse ele, retomando o fio da meada de forma amável. Quis saber se Sonja realmente freqüentara um internato.

Internato, não, disse Sonja Sonne, olhando-me de soslaio, mas ela freqüentara uma escola de tempo integral, e por isso nunca chegava em casa antes do entardecer, o que acabava sendo quase a mesma coisa.

Quis saber também se ela freqüentara cursos de dança aos 14 anos de idade.

Certamente, riu-se Sonja. Ela tivera aulas de dança até demais! E na sua formação artística ela também tinha estudado musicais, balé e jazz. Por pouco não se tornara bailarina!

— A senhora tem muitos talentos — disse o cara da imprensa, empolgado. — Dança, representa E escreve!! A senhora por acaso também CANTA?

— Sim. Também me surpreendo com as coisas das quais sou capaz de fazer — respondeu Sonja.

— Posso publicar isso para os leitores e leitoras?

Sonja acenou, permitindo magnanimamente que ele o fizesse.

Coloquei as mãos nas cadeiras do mesmo jeito que o zelador Heinz Rührseel fez na cena em que descobre um chiclete grudado no mapa.

Sonja me viu e disse subitamente:

— Não tenho mais tempo agora, e além disso estou sentindo frio. Se o senhor não tiver mais perguntas...

O cara da imprensa olhou para mim desconcertado.

Enno teria me dado um chute no traseiro naquela hora.

Anda, Franka! Sem falsa modéstia!

Direito de resposta, parágrafo tal e tal! Queixa de calúnia e difamação, parágrafo três!

Aproximei-me, relutante.

Permitir ou não permitir, eis a questão.

— Esta é Franziska Herr — disse ela ao ir embora.

— Franka Zis — disse, amável, espumando de raiva por dentro.

— Nossa, VOCÊ é FRANKA ZIS! — exclamou o cara, empolgado. — E VOCÊ SÓ DIZ ISTO AGORA! As duas estavam aí juntas e eu poderia tirar uma foto. Meu Deus, que pena que eu não trouxe o meu fotógrafo!

— Que azar o seu, não? — disse Sonja por cima do ombro.

— Eu realmente queria ter uma foto da atriz principal e da autora juntas... nossos leitores achariam isso o máximo!!

O cara da imprensa ficou completamente desesperado e olhou em volta procurando algo.

— Sinto muito, não há o que fazer — exclamou Sonja, do fim do corredor. — E para qual revista seria?

— *SHE* — respondeu o cara da imprensa.

Sonja parou.

— Merda.

— Nós temos um fotógrafo na equipe — exclamou ela de repente.

— UWE! — berrou ela pelo corredor. — Vá buscar a Anita!

Anita acorreu com o seu pesado equipamento fotográfico.

— Tire uma foto nossa — pediu Sonja. — É para a *SHE*.

— Tenho que pedir permissão a Will — disse Anita, medrosa e acanhada.

— Will Gross está no ginásio agora, na montagem da próxima cena — disse Uwe Heinzelmann, o simpático diretor de arte.

— Vá perguntar a ele — disse Sonja. — Não quero criar raízes aqui.

— O que ele poderia ter contra? — perguntou o meu Viktor, que tinha se aproximado cautelosamente.

Eu já imaginava o que ele poderia ter contra, mas queria escutar dele mesmo. Aqui e agora.

Uwe falou no seu radiotransmissor. Escutei fragmentos do tipo "foto de Sonja... para a *SHE*... tiragem de dois milhões de exemplares...".

— Ele está vindo — disse ele, amável. — Não tem nenhum problema.

Anita tirou o seu equipamento da bolsa e encaixou um flash na câmera. Em seguida, procurou um fundo apropriado.

Sonja correu para o camarim para se ajeitar um pouco para a foto. Por causa da tiragem tão grande da revista.

Permaneci indecisa no meio do corredor com Anita, Viktor, Uwe e o cara da imprensa.

Torci para que o meu rosto não estivesse coberto de manchas vermelhas de raiva.

Eu ainda ia ter uma conversinha com Sonja. O que é que tinha dado nela?

— Aqui na frente da janela não é muito bom por causa da contraluz — disse Anita.

Fiquei em frente à outra parede.

— Esse fundo é muito confuso — sentenciou o cara da imprensa.

— Pode deixar isso comigo — disse a frágil Anita, irritada.

Eu estava me sentindo tremendamente desconfortável.

Sonja não voltava. O que é que ela estava fazendo no camarim?

Will Gross surgiu no final do corredor, me viu e ficou parado como se estivesse enraizado.

— Anita!

Anita se virou.

— ANITA!

— SIM?!

— Anita, preciso de você agora!

Todos ficaram petrificados. Uwe Heinzelmann não acabara de dizer que estava tudo bem e que poderiam tirar a foto?

— Agora, imediatamente!

Por que Will não se aproximava? Assim não precisaria gritar daquele jeito!

— Onde você precisa de mim? — perguntou Anita, irritada. Afinal de contas, ela havia acabado de montar todo o equipamento!

— No ginásio. AGORA! — berrou Will Gross, virando-se e indo embora.

Anita correu atrás dele, indignada.

Will Gross falou asperamente com ela, balançou a cabeça e olhou para mim por cima do ombro dela com os olhos semicerrados. Depois desapareceu.

Anita voltou e desmontou o seu equipamento sem dizer nada.

— Nada de foto — esclareci aos outros.

— Mas POR QUE não? Teria sido uma coisa incrível colocar a atriz pincipal e a autora juntas numa foto! — disse o homem da *SHE*. — Tiragem de dois milhões de exemplares! Seria uma superpromoção para o filme!

Viktor Lange concordou. E, na verdade, Uwe Heinzelmann também concordava. Mas ninguém perguntou a ele.

Anita deu de ombros. Afinal, ela não estava sendo paga para pensar, e sim para obedecer a ordens.

Sonja Sonne apareceu toda maquiada e arrumada exatamente no momento em que Anita acabara de guardar todas as suas tralhas.

— *What's the matter?* — perguntou, desconcertada.

— Nada de publicidade para *ELA* — respondeu Anita baixinho, fazendo um sinal com a cabeça na minha direção.

Ou será que ela dissera "*SHE*"? Eu não conseguia escutar muito bem naquele corredor cheio de eco.

Mas agora compreendia Sonja.

Em todos os sentidos.

Aqueles ratos da imprensa só traziam aborrecimentos.

Como é que eu não tinha chegado àquela conclusão sozinha?

Nossa separação foi oficializada num dia frio de dezembro.

A pré-estréia do filme seria dentro de uma semana. No dia 2 de janeiro.

O primeiro acontecimento do novo ano.

Fiquei sem saber qual dos dois acontecimentos deveria achar mais excitante, o do ano velho ou o do novo ano. Eu nunca vivenciara nenhuma das duas coisas. Talvez a pré-estréia fosse ser um pouco mais alegre.

E no dia de ano-novo eu estaria de novo prazerosamente sozinha.

Isso mesmo. Eu me permitia esse luxo. Todo ano eu repetia aquilo com prazer.

Mas antes de mais nada: o que é que eu iria vestir para a audiência de separação?

Um dos meus tailleurs de minissaia? Talvez isso irritasse o juiz. Sem contar que não fazia calor suficiente. Um vestido de maria mijona com tênis como sinal da minha humildade e do meu arrependimento? Não. Eu não me arrependia de nada.

O vestido rosa de dama de honra com o chapeuzinho? Um pouco exagerado para a ocasião.

Acabei escolhendo um tailleur acinzentado com saia até os joelhos e botões dourados. Aquilo acalmaria os ânimos de qualquer juiz. De qualquer forma, tinha um ar sério. Paula também achou.

— Não é o que se poderia chamar de podre de chique! Mas é adequado para a ocasião — sentenciou ela. — E depois você joga fora!

— Isso com certeza — respondi.

Paula ajeitou minha gola com ar preocupado.

— Vossa senhoria dispõe de alguns minutos para uma visita de condolências? Alma Mater está lá embaixo. Ela veio desejar boa sorte.

Descemos.

— Você está maravilhosa!

— Ah, Alma Mater, você está exagerando!

Alma Mater estava no corredor, estendendo os braços para mim.

Ela me abraçou carinhosamente e me beijou nos dois lados do meu rosto.

— Você vai conseguir, minha querida!

— Enno vai conseguir — respondi. — Não entendo nada de separações!

— Posso lhe contar uma coisa? Vai ser a MILÉSIMA separação de Enno.

Paula e eu nos entreolhamos.

— Incrível!

— A imprensa deveria ser avisada!

— É mesmo. Isso deveria ser feito, você não concorda?

Alma Mater estava muito comovida.

Precavida, ela ainda enfiou um lenço recém-passado do Enno no meu bolso, para o caso de eu chorar.

Despedi-me de Paula, das crianças e de Alma Mater com um beijo.

— Cruzem os dedos para mim! Amo vocês!

Tive que ir de novo ao banheiro, de puro nervosismo.

A milésima separação do Enno!

Que dia especial para ele!! Talvez tivesse sido melhor eu vestir o tailleur salmão. E mostrar um pouco das pernas. Não. Poderia ser confundido com tentativa de suborno.

Gente, COMO eu estava nervosa!

Meia hora mais tarde eu estava percorrendo os frios corredores do fórum ao lado de Enno com os meus bem-comportados sapatos de amarrar. Ao subir a escada, Enno carregava a sua toga do mesmo jeito que Charlie Brown carregava o seu cobertor de estimação.

Meu Deus, como eu estava nervosa! Existências fracassadas se espalhavam por todos os cantos, aguardando os seus veredictos. Seu destino sendo selado por mãos humanas! Quantos dramas não deveriam acontecer por ali todos os dias!

Os advogados dos fracassados apoiavam-se no guarda-corpo com visível indiferença, a toga jogada displicentemente sobre o braço, fumando, enquanto davam as últimas instruções para os seus clientes. Fiquei pensando naquilo que um advogado daqueles poderia acrescentar, no último segundo, à trajetória de vida dos seus clientes sofridos. Algo do tipo: sente-se ereto, não enfie o dedo no nariz, não fale, nem mesmo quando for perguntado, não mexa na sua peruca, não masque chicletes, não retruque, não perca a calma! Não xingue o seu adversário, nem o advogado dele, e muito menos o juiz! Se tiver que chorar, faça-o, mas baixinho! Trouxe um lenço? Aqui, pegue o meu, vou incluí-lo nos meus honorários.

Minha primeira separação! O que eu deveria dizer? Contradigo em nome da lei? Não vou mais fazer isso?! Sim. Isso eu iria dizer. E me desmanchar em lágrimas. Meu Deus, como eu ESTAVA contrita! Procurei cuidadosamente pelo lenço de pano no meu bolso.

Finalmente, chegamos à nossa sala de audiência.

Will Gross já estava no corredor com o seu advogado. Ambos confabulavam com ares conspiratórios. Assim que nos viram, pararam de falar.

— Bom dia, Hartwin — cumprimentou Enno de forma jovial, estendendo-lhe a mão.

Will Gross olhou para o chão. Estava pálido. Pobre coitado.

Uma semana antes da estréia do filme. E tudo por minha causa. Tive vontade de ir até ele e dar um tapinha nas suas costas para animá-lo. Mas Enno desaconselhara qualquer demonstração de intimidade com a parte adversária.

— Olá, Enno, velho de guerra — disse Hartwin, um homenzinho magro e afiado, com madeixas grisalhas na cabeça. — Quando é que vamos de novo à sauna juntos?

Aquilo foi tremendamente valioso, do ponto de vista pedagógico, pois aliviou a tensão que estava insuportável.

Trocamos apertos de mãos. Um a um. Eu também apertei a mão de todos os serventuários da justiça, escrivãos e demais pessoas que perambulavam ali dispostas a se separar, bem como dos seus respectivos advogados. Demorou bastante tempo. Eu ainda ia apertar a mão da faxineira que estava limpando o chão com o esfregão, mas ela não estava interessada.

Will Gross foi ao banheiro. Achei aquilo comovente.

Enno e Hartwin ficaram conversando, comparando o banho turco com a sauna seca, e se era melhor suar a 90 ou a 95 graus Celsius. Hartwin disse que ele transpirava mais sentado, mas Enno preferia a posição deitada para suar, e a exatos 92°C, sem se molhar, mas no banco de cima.

Um sujeito da imprensa se aproximou. Eu o identifiquei imediatamente. Desenvolvera um olho clínico para esse tipo de coisa. Tornara-me uma tremenda especialista em mídia!

Câmera, gravador e olhar penetrante.

— A separação *Feliz sem marido* é aqui?

— Por enquanto ainda não. Ainda estamos esperando.

— Adoraria tirar uma foto de vocês dois juntos... — O sujeito da imprensa tinha um ar obstinado.

— Para qual revista?

— *Leute Heute* — respondeu ele. — Tiragem de dois milhões de exemplares.

— Tudo bem — disse, generosa. — Enno, venha aqui! Este senhor quer tirar uma foto nossa! Como é que o senhor ficou sabendo que esta é a milésima separação dele?

— Eu não fazia a menor idéia...

— Com licença, Hartwin.

Enno vestiu a toga.

— Como é que o senhor ficou sabendo que eu hoje estou cuidando da separação de uma mulher tão famosa?

— Bem, ela não é a esposa do...

— Ela não é famosa por ser uma esposa — respondeu Enno. — Ela é famosa por que escreveu o best seller *Feliz sem marido* — exclamou ele, com entusiasmo. — O senhor sabia que é um homem de sorte?

— Não — respondeu ele, confuso.

Enno postou-se ao meu lado e colocou o braço sobre o meu ombro.

— O fundo está bom?

— Mas eu pensei que o diretor...

— Ah, que diretor que nada! Sou EU quem vai torná-la "feliz sem marido" hoje, e não o diretor.

— Bem, nesse caso... posso saber o seu nome?

— Enno — respondi com os olhos rasos de água e olhando feliz para ele. — Dr. Enno Winkel. O advogado de separações mais bem-sucedido da cidade!

Enno sacou um buquê de rosas vermelhas de debaixo da sua toga.

— Na verdade eu pretendia entregá-las somente depois...

— Ah, Enno — sussurrei. — Isso realmente não era necessário...

Fomos cercados por uma tempestade de flashes.

Mais e mais pessoas se agrupavam à nossa volta. Todos os candidatos à separação que estavam nas salas próximas olhavam para nós com inveja. Até mesmo a taciturna faxineira veio limpando na nossa direção.

Ah, aquela comoção toda! Como eu estava adorando aquilo! É muito legal ser famosa! Liz Taylor deve se sentir exatamente assim toda vez que se separa!

Percebemos uma câmera ligada. Era a equipe de TV do programa *Feierabend in der Ersten Reihe*!

— Atenção. A câmera está ligada! Sorria! Esta é a melhor propaganda para o meu escritório de advocacia! Eu nunca mais vou conseguir uma divulgação tão barata!

Will Gross voltou ainda mais pálido do banheiro.

Ninguém prestou atenção nele. A faxineira deu-lhe uma bronca, dizendo que ele pelo menos levantasse os pés, já que tinha que ficar andando em cima do piso molhado que ela tinha acabado de limpar!

Pensei se não deveria acenar para ele e incluí-lo no nosso círculo de famosos e felizes descasados. Achei melhor não fazê-lo. Sabe-se lá se ele iria gostar?

O oficial de justiça juntou-se a nós e perguntou se poderia incomodar um minutinho. O juiz Habbelrath já havia chegado. Entramos respeitosamente na sala de audiências.

O juiz Habbelrath, um pacato cidadão da Renânia, com cabelos espetados e bochechas vermelhas cheias de veias, estava presidindo atrás de um cercado de madeira. Folheou a documentação com indisfarçável desinteresse, lembrando-me um daqueles oradores que se entediam com o próprio discurso.

Só faltava o chapéu de bobo da corte.

Apesar disso, me dispus a sorrir amavelmente.

Eis que um certo Sr. Habbelrath, que provavelmente deu uma espiada nos documentos pela primeira vez naquela manhã durante o desjejum, decidiria o destino de duas pessoas que ele nunca vira antes na vida.

Por sorte, tudo já tinha sido resolvido. Separação consensual, divisão de bens e congêneres.

Enno e eu nos sentamos de um lado da sala, Will e Hartmut sentaram-se do outro lado.

A infantaria com as câmeras e flashes se espremeu no meio do público.

Primeiro, nos levantamos para saudar o meritíssimo senhor juiz, e depois nos sentamos. Ninguém riu.

— Estão presentes todos os interessados no caso Grosskötter *versus* Grosskötter? — perguntou o juiz de cabelo escovinha com o seu indefectível sotaque da Renânia.

Os nossos advogados asseveraram, muito compenetrados e prenhes de seriedade divina, que estávamos presentes.

Então o juiz constatou que estávamos presentes.

A senhora solícita sentada no canto esquerdo do cercado de madeira protocolou pressurosa que estávamos presentes, todos nós.

O Sr. Habbelrath perguntou a Enno e a Hartwin se o caso era irreversível e se não haveria uma possibilidade de reconciliação.

Enno e Hartwin balançaram as cabeças, zangados.

— Irreversível — disse Hartwin, mal-humorado.

— Irreversível — grunhiu Enno.

Ninguém poderia dizer que estariam juntos na próxima terça-feira, sentados bunda com bunda na banheira de hidromassagem!

— Irreversível — decidiu inclemente o escovinha e ordenou à estenógrafa que anotasse o seu veredicto.

Ela datilografou num ritmo acelerado.

Caramba, pensei, que rapidez!

Levantei-me e me abaixei para pegar as minhas rosas vermelhas. Eu iria dá-las de presente a Paula. Iria abraçá-la, efusiva, e dizer: Paula, Paula, ele nem me encheu de perguntas!

Enno puxou-me pela saia.

— Sente-se aí!

Olhei em volta, espantada. Ainda ia acontecer mais alguma coisa? Tudo já havia sido dito!

Separação irreversível, em nome do povo!

Mas o juiz se aprofundara um pouco mais no assunto. Talvez ele tivesse dado uma olhadinha nos autos na noite anterior, durante o jogo de futebol. Ele divulgou ao público que o casamento gerara dois filhos, mas que estes tinham ficado com a mãe desde o seu nascimento e que continuariam a residir com ela.

— Sim, podemos deixar desse jeito — disse, reconhecida.

Enno me deu um chute por baixo da mesa.

O juiz olhou à sua volta por cima da armação dos seus óculos, com uma expressão indagadora.

Todos menearam afirmativamente a cabeça. O Sr. Habbelrath olhou na direção da estenógrafa, e ela registrou aquilo para a posteridade.

O juiz continuou a folhear. Ele colocou os óculos na ponta do nariz para não precisar olhar através das lentes. No lugar dele, eu teria simplesmente tirado os óculos.

— Ainda há um requerimento do propositor...

Aguardei, curiosa. Quem seria o propositor? E o que ele teria requerido? Tudo já tinha sido requerido!

— ... com relação à permanência da jovem mãe e dos dois filhos na casa situada à... — o juiz tentava não olhar através das lentes dos seus óculos.

— ... rua Mendelssohn-Bartoldy, número 9! — ajudei-o.

Enno me chutou por baixo da mesa. Cala a boca, menina!

Ah, é claro. Desculpem.

Torci para não ter influenciado a Suprema Corte.

Olhei com decoro para o tampo da mesa à minha frente e ajeitei a saia cinza por cima do joelho.

Eu já estava ficando farta daquela história de o Sr. Habbelrath simplesmente não querer falar comigo. Ele fazia de conta que eu não estava presente. Eu devia ter usado o tailleur salmão! Talvez assim ele prestasse atenção em mim!

Meus neurônios de roupinha de flanela cinza na Praça da Hipófise também não quiseram ficar calados. Eles sacudiam teatralmente cartazes com os dizeres: Ratazanas de flanela cinza, defendam-se!

— Nada de glorificar o sistema de justiça!

— Minha casa pertence a mim!

— E por que eu não deveria PERMANECER lá? — deixei escapar. Eu ainda ia acrescentar que queria morrer lá também, mas não achei oportuno.

O juiz surpreendeu-se com o fato de que eu sabia falar.

— Esclareça sua cliente sobre os detalhes relativos à aquisição do imóvel — instruiu o juiz a Enno.

Enno inclinou-se confidencialmente na minha direção. Empurrei-o para longe.

— Eu não sou idiota, cara!

— Fui eu quem pagou pela casa! — rosnou Will do seu canto. — Com o MEU dinheiro!

Hartwin Geiger puxou a manga do seu cliente raivoso com força, pedindo que ele se acalmasse e evitasse fazer qualquer tipo de comentário.

O juiz informou à estenógrafa que havia divergências entre as partes no que tangia àquele ponto.

— Que horror — deixou escapar o juiz. — Vou morrer tendo que ouvir esse tipo de gente reclamando de alguma coisa.

A estenógrafa datilografava apressada.

Finalmente Enno pôde se pronunciar. Achei aquilo muito atencioso da parte do juiz. Enno esclareceu ao juiz que os dois filhos frutos do casamento, Franz e Fritz...

— Franz e Willi — gritei, interrompendo-o.

O advogado da outra parte instou-me a deixar que o seu colega terminasse a sua explanação.

— Mas é verdade — resmunguei, mal-humorada. Aquilo era típico de Enno, não saber o nome dos meus filhos até hoje.

Enno continuou sua descrição, carregando nas cores, da minha vida de privações, na condição de mãe solteira, que tinha aberto mão do seu desenvolvimento profissional somente para permitir a realização profissional do marido. Este teria dirigido algumas películas, profissional bem-sucedido que era, e com isso ganhara bastante dinheiro. Dinheiro que deveria ser dividido em partes iguais entre os cônjuges.

— Agora a porca torceu o rabo — exclamou o juiz se dando conta da situação. — Caramba.

Comemorei batendo com as articulações dos meus dedos sobre a mesa. Sensacional, Enno! Simplesmente demais!

— Ser mãe também é uma bela profissão — reconheceu amargamente o advogado adversário.

Acenei feliz com a cabeça, concordando.

— Então me parece mais do que justo que a jovem mãe permaneça na casa — disse o juiz.

— Bravo — interrompi, dirigindo-me em seguida num tom amável ao advogado de Will. — Obrigada!

Enno sentou-se novamente e me cutucou alegre. Viu, garota! A melhor coisa que você pode fazer é ficar calada!

Os neurônios na praça da hipófise acalmaram-se temporariamente e baixaram os cartazes.

O esquálido homenzinho cinza da mesa opositora soltou uma bomba certeira. A permanência da cônjuge remanescente na casa da — ahm — rua Mendelssohn-Bartoldy número 9 não poderia ser dada como líquida e certa, uma vez que o seu cliente estava para se tornar pai em breve novamente e precisaria proporcionar um ninho aconchegante ao seu recém-nascido.

— Dois — disse Will. — São gêmeos.

— Will! — gritei, empolgada. — E você só está me contando isso agora?

O juiz admoestou-me para que eu mantivesse a objetividade. Ninguém além dele podia fazer comentários no recinto.

E quem era a feliz mamãe? Provavelmente uma daquelas beldades caribenhas, de pele suave e morena e olhos amendoados! Ah, como fiquei feliz por ele! Foi esse o motivo de ele ter se alegrado tanto com o fato de que o ano obrigatório de separação tinha terminado! É claro! Ele pretendia tornar-se o quanto antes o pai casado, de papel passado, dos seus rebentos morenos! De alguma forma, aquilo me deixou comovida.

Eu o ajudarei financeiramente caso ele não consiga pagar pela mansão da tia Trautschn.

Nesse meio tempo, o juiz Habbelrath começou a fazer considerações em torno do argumento de Hartwin Geiger. A intenção do Sr. Grosskötter, ao reclamar a casa da — ahm — rua Mendelssohn-Bartholdy número 9, para si e seu rebento era das mais nobres, mas pediu por favor que ele levasse em consideração que Franz e Fritz...

— Willi!!! — berrei, interrompendo. Enno suspirou.

— ... Franz e Willi também eram seus descendentes biológicos.

— Diga ao juiz que Franz já está freqüentando o jardim-de-infância há um ano, além do clube de futebol infantil Kölsche Racker, da liga de tênis Bambino vermelho-branco-verde, da iniciação musical infantil lúdica-rítmica e do coral infantil Stadtwald-Spatzen! E Willi está no grupo pré-escolar de criatividades e no grupo de ensino lúdico alternativo Saubären-Bande e.V! — instei meu advogado.

Enno passou as informações ao juiz. A estenógrafa teve dificuldade para conseguir datilografar aquilo tudo sem erros e na seqüência certa.

Socialização estabelecida, isso estava bastante claro.

Isso posto, o juiz decidiu finalmente em nome do povo, que Franz e Willi...

— Fritz! — berrou alguém da platéia. Todos riram.

— ... poderiam permanecer nas suas atividades pré-escolares e que a casa conjuntamente com a socialização estabelecida passaria definitivamente a ser posse da requerente.

— Viu só? — falei, balançando a cabeça com ar de desprezo na direção de Wilhelm.

Aquilo era totalmente su-pér-fluo! O Sr. Habbelrath e nós já poderíamos estar sentados na cantina há muito tempo!

— E como fica a questão da pensão? — perguntou o juiz Habbelrath olhando para o relógio.

— Não foi prevista — respondeu o advogado de Will. — A Sra. Herr escreve best sellers e com isso consegue se manter à tona por algum tempo.

— Vocês escutaram isto? — exclamei para os senhores da imprensa. — Escrevo best sellers! Um atrás do outro!

— Sim, mas a senhora há de convir que o seu primeiro livro já foi até filmado! Como é mesmo o título...?

— *Feliz sem marido.*

Todos riram. Inclusive o juiz Habbelrath. Foi muito simpático.

— Nossa, como é original — deixou escapar. Ele ordenou à estenógrafa que anotasse o título nos autos.

— Para não nos estendermos mais neste ponto — disse eu, solícita —, gostaria de declarar que a partir deste momento não preciso de nenhuma pensão do Sr. Groskötter, com exceção da das crianças.

Enno revirou os olhos. O Sr. Habbelrath pediu que aquilo constasse dos autos e olhou novamente para o relógio.

Para mim, aquele evento estava terminado. Pois então. Não tinha sido tão ruim assim! Mas a coisa deu uma engrossada.

Hartwin, o falso cinza, informou que o requerente solicitava pelo menos a guarda dos empregados domésticos.

— Na pessoa de quem...? — O juiz Habbelrath já estava perdendo a paciência.

— Na pessoa de... Paula Rhöndorf — informou Hartwin Geiger ao juiz.

— Jamais! — gritei, enfurecida. — A pessoa de Paula não está em jogo aqui nesta audiência.

O juiz olhou por cima dos óculos com esforço.

— Ela é empregada de quem?

— Minha!

— Jogo limpo é uma coisa obsoleta — berrou Will. — Você já ficou com ela bastante tempo!

— Pois case-se com uma empregada!

— Case-se VOCÊ!

— Eu nem cogito fazer tal coisa!

— Eu também não! Contratar uma empregada sai muito mais barato!

— Ai ai ai — disse o Sr. Habbelrath num tom desaprovador.

— Você deveria ter pensado nisso antes!

O juiz bateu o martelo com força em cima da mesa e ordenou que se fizesse silêncio imediatamente. O tumulto acalmou-se no recinto.

— Mesmo que supuséssemos que a Sra. Grosskötter se dispusesse a se casar novamente — disse o juiz com sabedoria —, isso não significaria que ela iria se casar com um empregado doméstico. No seu caso, entretanto, meu caro Sr. Grosskötter, poder-se-ia supor tal coisa... Mulheres são muito mais habilidosas e disponíveis para as prendas domésticas do que os homens. Isso está estatisticamente comprovado.

— Eu não vou me casar com uma empregada doméstica — grunhiu Wilhelm.

— Ele aprende bem rápido o que é do interesse dele — intrometi-me.

— Sim, mas as mulheres também já não são as mesmas de antigamente — constatou o juiz com amargura. Todos riram.

— Eu me casaria com Paula — falei. — Mas não iriam me deixar!

O juiz retrucou prontamente que isso não era da sua alçada e que para tal seria necessária uma petição formal.

Ele deu uma última olhada no seu relógio e decidiu, enquanto enxugava o suor da testa, que eu ficaria tanto com Paula quanto com a casa e as crianças, que poderiam reivindicar uma pensão até completarem 18 anos. Declarou que o casamento estava desfeito e que todas e quaisquer demais solicitações de parte a parte seriam indeferidas. As custas do processo recaíam sobre o reclamado e que declarava a sessão encerrada.

Pumm. Ele bateu novamente com o martelo sobre a mesa para reforçar o que havia dito.

Pois então. Agora terminou mesmo.

Quis ir até o meio da sala para dar um leve aperto de mão no meu adversário bem como no juiz que estava na sua torre de observação, mas o Sr. Habbelrath retirou-se do recinto com sua toga esvoaçante.

Will Gross fitou-me com olhos pequenos e inexpressivos. Depois saiu para o corredor para discutir algumas formalidades com Hartwin Geiger.

Antes de me dar conta, a imprensa se agrupara ao nosso redor.

— Sua milésima separação! Um pouco mais juntos, por favor! Como é que o senhor está se sentindo?

— Como sempre — respondeu Enno com simpatia.

— ELE sempre ganha — disse eu num tom casual. — Pode anotar isso.

Peguei minhas rosas vermelhas que tinham ficado debaixo da cadeira durante toda a audiência.

— E agora? O senhor vai se casar com sua cliente? — perguntou um lascivo jornalista do *Toter Blatt*.

— Não. Isso prejudicaria os meus negócios! — riu-se Enno.

— Já sei qual será a manchete — exclamou o jornalista da *Leute heute* — "Mil vezes *Feliz sem marido*"!

— Isso, sim, é que prejudicaria os negócios — comentei. — Com uma edição de quase um milhão de exemplares!

— Pode deixar, eu dou conta — disse Enno.

— Escreva isso.

Enno colocou o braço sobre o meu ombro e empurrou-me para fora da sala.

Alguém estava enrolando bobs ao meu lado.

Era o dia da estréia do filme!

Os periódicos estavam cheios de matérias sobre o filme. "Será que Sonja Sonne permanecerá ainda muito tempo feliz?" Perguntava a *KUNTERBUNTE* na coluna "Gente de Amanhã".

A capa da *Schaufenster* trazia uma foto do semblante rabugento do Udo Kudina e perguntava em letras garrafais: O que o torna tão sexy?

Eu me perguntava a mesma coisa.

Heinz Rührseel fora entrevistado. Ele afirmou que só tinha feito um papel como ator convidado, mas ninguém acreditava naquilo. A *STARK* dizia que "o grande ator alemão" fazia o papel de um zelador, e que uma comédia de costumes melodramática iniciava debaixo do seu olhar severo.

Sonja Sonne relatava com este primeiro trabalho a sua juventude cheia de privações num internato, informava a *WEIBCHEN*. Mas a jovem atriz charmosa desempenhava o seu papel com uma expressividade convincente. Ela desmentiu energicamente os boatos de que mantinha um relacionamento amoroso com Hajo Heiermann desde a juventude:

— Meu coração pertence a outro!

Os jornais do dia, na região de Colônia, também encheram páginas inteiras com a "pré-estréia mundial" da comédia alemã *Feliz sem marido*, de Will Gross. Os ingressos do Kinopalast já tinham sido todos vendidos, ou melhor, distribuídos, pois, além dos que participaram no filme, só tinham sido convidados para a pré-estréia mundial personalidades escolhidas a dedo no meio político e econômico.

Naquele momento eu me dei conta de que EU ainda não tinha sido convidada!

Eu estava muito ansiosa, é verdade, e estava também um pouco furiosa, mas tanto quanto soubesse não estava na lista dos convidados.

Esgueirei-me para fora do secador de cabelo e perguntei a Lauro se poderia dar um telefonema.

— Claro que sim, prezada senhora. Por favor, fique aí no seu lugar, vou trazê-lo para a senhora!

Lauro me trouxe um telefone sem fio.

Telefonei para o escritório de Enno.

Beate-traga-me-as-taças passou a ligação imediatamente para Enno.

— Enno — gritei, tentando sobrepujar o barulho do secador. — Nós temos ingresso para hoje à noite?

— Não. Pensei que você tivesse!

Ai, meu Deus. Enno ia soltar os cachorros em cima de mim.

— Enno — gaguejei, tentando falar mais alto que o secador. — Parti do princípio de que como autora eu certamente não precisaria de ingressos...

— Você vai conseguir ser barrada no cinema na estréia do seu filme! — grunhiu Enno, furioso. — Será que tenho que fazer TUDO sozinho?

— É a estréia do filme de Will Gross — murmurei, encabulada.

Mas que merda. Como é que eu não tinha pensado nisso antes?

— Enno — exclamei. — Com certeza não haverá problema. Vou ligar para a produtora do filme e pedir que separem dois ingressos para nós. Eles com certeza vão rir da minha cara e dizer que tem uma fileira inteira reservada para mim! Enno! Pense bem! Eu sou a autora!

— Será que você ainda não conhece o seu ex-marido? — berrou Enno. — Você sabe muito bem o espírito de porco que ele é!

— Enno — gritei contra a corrente de ar quente do secador. — Will não é nenhum santo! Mas também não é nenhum frio calculista! Você o conhece! CASO ele não tenha reservado nenhum ingresso para nós, foi por puro esquecimento!

— Menina, como você é ingênua! — rosnou Enno. — Vou deixar nas suas mãos a incumbência de arranjar os ingressos! Estou com um cliente sentado na minha frente!

— Tudo bem, vou arranjar dois ingressos!

— Dois? Nós precisamos no mínimo de quatro! Alma Mater e Paula também precisam vir conosco!

— E quem vai ficar com as crianças? — argumentei, mas ele já desligara.

— Ele acha que nós não vamos conseguir ingressos para a estréia do filme — exclamei para Lauro, que mexia nos cabelos da cabeça vizinha com a sua habitual displicência.

— E ele é um rapaz tão bonzinho! Mil separações amigáveis!

Lauro não reagiu.

— Posso ficar com o telefone mais um pouquinho?

Lauro acenou afirmativamente com a cabeça.

Liguei com dedos trêmulos para o escritório da produtora.

Ninguém atendeu.

Todos estavam no cabeleireiro. Estava na cara.

Na distribuidora também ninguém atendeu. É claro, todos já estavam a bordo dos seus aviões.

O cinema!

Ninguém.

Will Gross? Não. Melhor não.

Talvez ele ainda estivesse chateado com a separação. Ele nem ao menos conseguira ficar com Paula. Podia ser que estivesse passando ele mesmo a camisa que iria usar na estréia. Não, não queria importuná-lo com este assunto.

Sonja! Claro! Ela sempre esteve do meu lado. Com algumas pequenas exceções.

Consegui falar com ela no seu quarto de hotel em Düsseldorf.

Ela estava dormindo.

— Ai, Sonja, mil desculpas! Não quis acordá-la! Você terá uma noite tão cansativa pela frente! Trata-se dos ingressos...

Expliquei rapidamente o meu problema.

— Isso é problema seu — respondeu Sonja, sonolenta. — De qualquer jeito não vou mesmo a essa merda de estréia.

— Você não vai? Mas, Sonja! É a SUA noite! O público mundial a está aguardando.

— Essa porcaria autobiográfica é uma baboseira — disse Sonja. — Não estou nem um pouco interessada nessa fita. Assisti a uma apresentação para a imprensa há pouco tempo. Constatei que está tudo bem, não compromete, dá pra passar. Mas essa coisa toda não me interessa mais. De qualquer forma, tenho que ir hoje a um evento de um outro projeto...

— Nossa, Sonja! Como você é uma pessoa ocupada! — berrei admirada no fone.

— Sim, e por isso mesmo gostaria de dormir mais um pouco — resmungou a jovem atriz engajada. — Não estou me sentindo muito bem hoje.

Tive uma idéia genial.

— Sonja! Não desligue! Já que você não vem para a estréia hoje à noite, posso ficar com os seus ingressos? Quer dizer, antes que você os jogue no lixo?

— Por mim, tudo bem — resmungou Sonja.

— Ah, Sonja! Eu sabia que você era minha amiga!... O quê? Não estou conseguindo entender! O secador está fazendo muito barulho... o que você disse...?

Lauro se aproximou e desligou o secador. Acenei para ele, agradecida.

— ... minha mãe está vindo de Hannover e o meu irmão vem de Braunschweig... talvez eu ainda consiga dar um pulo até lá.

— Tudo bem. Não, é lógico! — eu disse, abatida. — Sabe, é que eu gostaria muito de ir também. Já que sou a autora. Entende?

— Você causou muitos aborrecimentos a Will Gross — disse Sonja visivelmente despertada do seu sono. — Não pode esperar que estendam o tapete vermelho para você hoje à noite.

— Não posso, não é mesmo? — disse, pesarosa.

— Bom, talvez eu a veja hoje à noite, talvez não — despediu-se Sonja, desligando em seguida.

Eu estava sentada ali no banco dos perdedores, com os meus malditos rolinhos no cabelos, parecendo um espantalho, e NÃO tinha ingressos para a estréia do filme baseado no meu livro!

EU! Franka Zis!

Como foi que Enno me chamou? A Superfêmea!

Estava na hora de fazer jus àquele nome!

Um detalhe: o que fazem as superfêmeas quando não são convidadas para a sua própria estréia?

Um escândalo! É claro!

Liz Taylor e as demais divas divorciadas quando afrontadas pegavam o telefone lascivamente e informavam toda a imprensa marrom. Era isso!

Levantei-me apressada, arranquei a revista ilustrada das mãos do senhor que estava sentado ao lado da porta de entrada e folheei-a de cabo a rabo.

— Desculpe-me. Só quero ver uma coisinha.

Achei. A coluna social. Flagrantes e fofocas. Nosso foca, Leo Lupe, interessa-se muito por nomes, rumores e histórias de todos os tipos. Ligue para o telefone etc...

Exato. Era aquilo mesmo.

— Alô? Leo Lupe? Aqui quem fala é Franka Zis.

— E daí?

Engoli em seco. Agüente firme.

— Sou a autora de *Feliz sem marido*!

— Ah, sim! E o que posso fazer pela prezada senhora?

— Não fui convidada para a estréia! Não tenho convites para a minha PRÓPRIA estréia! O que o senhor acha disso?

A diva bufante estava ali, usando um avental de cabeleireiro, com bobs no cabelo, à beira de um ataque de nervos cinematográfico.

Olhei-me no espelho. Meu semblante sem maquiagem estava todo ornado de manchas vermelhas de raiva. O vovô com a revista ilustrada afastou-se de mim, assustado. Até mesmo o impassível Lauro me lançou um olhar de aprovação.

— Excelente! — disse Leo Lupe. — Isso vai dar uma arejada na coisa toda. Eu ainda não sabia até agora o que deveria escrever sobre o filme.

— Pois escreva que eu estou in-dig-na-da! — disse com voz estridente. — Isso não são modos! Não me convidar! Só porque acabamos de nos separar!

— Vai ser um estouro — alegrou-se Leo Lupe. — "Feliz sem marido" e recém-separada!

Ele me prometeu dois ingressos em sinal de agradecimento pela minha dica simpática.

— Quero vê-la de qualquer maneira hoje à noite no cinema da estréia! — exclamou ele. — Mas essa história fica somente entre nós dois!

Acalmei-me imediatamente e devolvi a revista ao vovô amedrontado.

Para manter a boa ordem, telefonei para Enno.

— Já temos os ingressos. Não houve problema. Foi só uma formalidade.

Em seguida, Lauro recolocou o secador sobre a minha cabeça.

Ao chegar em casa um pouco mais tarde, Paula me disse que um senhor da revista tinha ligado para mim.

— Leo Lupe? — perguntei sem fôlego.

— Sim. É para você retornar a ligação imediatamente.

— Mas já são duas e meia. Está na sua hora — falei.

— Dez minutos não farão a menor diferença — respondeu Paula. — Hoje é a SUA estréia, e não a MINHA.

Depois desapareceu com Franz e Willi no porão, onde estava passando o meu vestido de estréias.

Ai, Paula! Por que todo mundo não tem essa sua grandeza!

Eu bem que gostaria de tê-la levado comigo, mas devia o segundo ingresso a Enno. Claro.

Leo Lupe alegrou-se quando retornei a ligação.

Ele me contou, todo excitado, que acabara de ir ao aeroporto e perguntara aos senhores da distribuidora que estavam aterrissando, em alto e bom som e com o microfone ligado, por que motivo a autora não recebera convites para a noite de estréia.

— E daí? — berrei sem fôlego no fone.

— Eles ficaram muito constrangidos! Afirmaram que só poderia se tratar de um lamentável engano — disse Leo Lupe, deleitando-se.

— Cachorros! Que mentira! — gritei, empolgada.

— Eu sei — disse Leo Lupe, satisfeito. — E por estarem tão embaraçados mandaram deixar logo oito ingressos para você na bilheteria. Você entendeu, não é mesmo? Fizeram isso para que eu não escrevesse sobre o assunto. Você vai usar os ingressos? Caso contrário vou doá-los para a caridade! Eles sempre encontram alguém interessado.

— Você quer saber SE vou usar todos os ingressos? É claro que sim! — exclamei, entusiasmada. — Oito ingressos! Leo, você é demais!

— Pode usar isso no seu próximo livro! — riu-se o repórter destemido.

— Vou fazê-lo, palavra de honra!

— Os ingressos estarão na bilheteria em seu nome. O diretor da distribuidora vai cuidar disso pessoalmente.

— Me parece adequado — respondi, relaxada.

— Foi um prazer poder ajudá-la, madame — disse Leo Lupe. — Nos veremos hoje à noite. Mas, por favor, essa história fica entre nós dois!

O Palácio do Cinema estava feericamente iluminado.

"Hoje pré-estréia mundial", dizia o letreiro iluminado sobre o portal. E depois os cartazes: Sonja Sonne e Hajo Heiermann na aula de dança. Outro: Sonja Sonne com Dagmar Pommeranz na cozinha. E ao lado: Hajo Heiermann abotoando as calças sobre uma enorme relva e Sonja Sonne ao fundo enrolada num cobertor. Mas o melhor de todos era: Sonja Sonne e Udo Kudina se casando na catedral de Colônia.

E na ponta do véu, sobre os degraus, um pouco desfocado, mas ainda assim reconhecíveis: Franz e Willi, meus dois meninos! Fiquei emocionada.

E aquela mancha rosa sem rosto ali no fundo era EU!

Gente, NEM TE CONTO, como fiquei orgulhosa!

Inúmeras limusines paravam em frente ao cinema. Pedestres curiosos agrupavam-se em volta da entrada. Enno e eu nos recolhemos um pouco para trás.

Depois caminhei orgulhosa até a bilheteria e perguntei pelos ingressos para a Sra. "Zis". Nada lá.

— Talvez estejam em nome da Sra. Herr?

— Não.

Enno aproximou-se, preocupado.

— Vamos contar tudo para a imprensa! — ameaçou ele com um rugido.

— Ah, são os senhores! Já estou sabendo — disse a moça do caixa me entregando um envelope.

Nele estava escrito: "Sra. Grosskötter". Lá dentro estavam oito ingressos.

— Não vá se aborrecer agora — disse Enno.

Não me aborreci. Não havia mais nada relacionado a Will Gross que pudesse me aborrecer. Aquilo era coisa do passado.

Fomos até o balcão da pipoca e compramos um saco grande, já que isso simplesmente faz parte de uma ida ao cinema. Observamos as celebridades passarem flanando por nós. Alguns heróis dos seriados atravessaram o foyer, inclusive o médico careca da Lindenstrasse, que anda de cadeira de rodas na televisão. Ele veio andando, com esposa e mamãe.

Senadores e diretores, políticos e consulesas, executivos da TV, donos de concessionárias de automóveis e outras personalidades da vida pública passaram na nossa frente. Ninguém prestou atenção em nós.

Depois chegaram as centenas de figurantes, todos os dançarinos e as dançarinas da escola de dança de Düsseldorf, todos os iluminadores e contra-regras, todos os cabomen e seguradores de megafone, ou seja, todas as pessoas importantes sem as quais o filme não poderia ter sido feito. Todos tinham ganhado ingressos. Havia muito tempo.

Por um pequeno momento a pipoca ficou com um gosto amargo.

Enno apertou minha mão com firmeza.

— Tudo bem — disse ele. — Tudo bem. Você ganhou em todos os sentidos. Até mesmo em experiência e conhecimento humano.

— Sim — disse, agradecida. Ele estava absolutamente certo.

Então vi Paula.

— Onde estão os meninos? — perguntou Enno, assustado. Incrível ele se preocupar com ISSO!

— Com a Else Schmitz! — respondi. — Paula! Estamos aqui!

Paula usava um vestido muito elegante. Nunca a vira assim. Dior, Escada ou Betty Ballkleid. E ela estava acompanhada por dois homens muito bem-apessoados, trajando jaquetão.

— Franziska — exclamou ela abrindo caminho até nós.

— Você está muito bem! — elogiei em tom de reverência. — Assim vai roubar a minha cena!

— Isso é impossível! — riu-se Paula.

Olhei furtivamente para os senhores que a escoltavam. Um parecia ter saído de um daqueles anúncios de moda masculina para quarentões elegantes que gostam de andar na moda. O outro, seu colega mais jovem, virou-se para admirar Dagmar Pommeranz, que estava subindo as escadas com um vestido incrivelmente sensual.

— Gerd, esta é a Franziska!

— Já ouvi falar muito de você — disse Gerd-no-jaquetão. Ross ou Lasscoste no mínimo, pensei. Não entendo nada dessas marcas colocadas discretamente sobre o ombro esquerdo. Mas Paula dava muito valor a esse tipo de coisa.

Quem seria aquele seu acompanhante misterioso?

Estendi a mão para ele com um olhar inquisidor.

— Franziska, este é Gerd.

— Qual Gerd?

— Meu marido.

Quase engasguei com um caroço da pipoca.

— Seu MARIDO? Não é possível.

— É, sim. Vou ser despedida por causa disso?

— Não! Quer dizer... Você é casada? Por que você nunca me contou?

Paula riu.

— Eu não poderia trabalhar para a autora de *Feliz sem marido* e ficar o tempo todo falando sobre o meu casamento feliz!

— Você é caSAda! — balbuciei atônita. — Desde quando?

— Há 22 anos — disse Paula. — Konrad, venha aqui!

O mais jovem dos senhores vestidos sob medida se aproximou. Estendeu-me a mão, bem-comportado.

— Já ouvi falar muito de você...

— Paula — balbuciei. — Não vai me dizer agora que este é o seu filho!

— Digo, sim — disse Paula.

— Que loucura! — deixei escapar.

Naquele instante, pude ver os meus dois meninos diante de mim, vestindo ternos feitos sob medida, grandes, esbeltos e bem-educados. Era só uma questão de pouquíssimos anos!

Ah, Paula! Permaneça conosco!

Avistamos Alma Mater. Ela estava usando o vestidinho-Miss-Elly que escondia a cintura e os seios com caimento perfeito. Ela também fora ao Salão Lauro. E estava usando exatamente o mesmo penteado de quando nos conhecemos. Apenas UM ANO atrás?

— Gerd, meu querido Gerd! — cumprimentou ela, alegre. — Que prazer em revê-lo! E a nossa casa? O comprador tem liquidez?

— Podemos perguntar a ele hoje à noite — riu-se Gerd.

Recepcionistas de azul circulavam entre as celebridades que estavam de pé conversando e ofereciam cerveja Kölsch. Serviam champanhe também. Flashes pipocavam por toda parte e dentes revestidos com jaquetas de porcelana reluziam por toda a parte também. Konrad providenciou uma Kölsch para cada um de nós. Que rapaz adorável! Levantei meu olhar para ele com benevolência. Será que Paula conseguiria repetir essa proeza com os meus dois também?

— À sua saúde! — disse Paula.

— À saúde de todos nós — respondi com seriedade. Uma sensação maravilhosa invadiu meu coração.

— À pré-estréia mundial! — disse Enno, rindo.

Depois olhou para mim:

— A todos os que estão felizes hoje à noite.

Sim, eu estava feliz.

Encontrara uma família inteirinha. O que era uma pré-estréia mundial ridícula daquelas comparada com isto? Nada além de barulho e fumaça...

— Sonja Sonne provavelmente não virá... — comentei lamentando.

— Vem, sim! — disse Konrad. — Ela acabou de descer de uma limusine com toda a pompa ao lado de Will Gross. Está usando um casaco de peles preto que de alguma forma a faz parecer terrivelmente gorda. Eles estão dando uma entrevista neste exato momento.

Tomei um gole rápido. Eu provavelmente já estava com manchas vermelhas no rosto, o que sempre acontecia quando ficava na berlinda. A diva furiosa do Salão Lauro hoje de manhã transformou-se na pequena e medrosa Franziska com joelhos trêmulos. E agora? Se ficássemos cara a cara?

Preciso de um trago! Paula, me dê sua mão!

Fiquei olhando furtivamente para todas aquelas pessoas.

— Fique de costas para a entrada. Avisarei quando eles entrarem.

Ai, Paula.

Os homens ficaram batendo papo. Paula, Alma Mater e eu ficamos vendo as fotos dos cartazes.

— Olhando atentamente, dá pra reconhecer os meninos — alegrou-se Alma Mater. — Mais tarde eles vão sentir muito orgulho da mãe deles!

Eu NÃO disse: do pai deles.

Agora não mais.

Olhei de novo furtivamente pela multidão. Não era só Will Gross a quem eu NÃO queria ver.

Havia outras pessoas a quem eu QUERIA ver!

Eu aguardava o meu convidado de honra especial com um misto de alegria e medo: Viktor!

Eu reservara dois dos meus oito ingressos para a Editora Frauen mit Pfiff.

Enviara um fax para Annegret:

— Estou deixando dois convites de honra na bilheteria, aguardo vocês dois na pré-estréia do filme!

Queria muito que eles viessem!

E eu me permitira um outro luxo também. Enviara um fax de igual teor para um colega. Um autor de livros infantis que morava numa casa de enxaimel em Niederbruchbudenhausen an der Sieg.

Hoje, pelo dia muito especial e secreto em minha homenagem.

Sim, sim. Eu sei, Will Gross, o dia é em SUA homenagem.

Você está recebendo quinhentos convidados.

Eu vou receber dez. Honra a quem deve ser honrado.

Dez entre aquelas inúmeras pessoas que estavam ali viriam por minha causa. Isso me bastava.

O primeiro toque soou.

Largamos os nossos copos e nos juntamos à multidão dos ansiosos pela pré-estréia.

Nossa, quantos vestidos maravilhosos!

Eu estava usando o meu salmãozinho básico, é claro. O salmão passara com sucesso pelas provas mais duras diante das câmeras. Então, usando-o, eu poderia muito bem olhar nos olhos do meu ex-marido.

— Franziska! Espere! Leo Lupe está aqui!

— É mesmo.

Freei e quase colidi com o sujeito que vinha atrás de mim. Aquilo parecia um formigueiro!

— Perdão!

A voz do homem atrás de mim me soou familiar.

— A moça do sorvete com seu traje de pré-estréia. Nada mal! — disse "Papai".

Sorri, agradecida. Vejam só. Um aparelho de fax tinha lá a sua utilidade. Enno já dizia isso fazia tempos.

— Sabine, está é Franka Zis, uma colega do ramo dos escritores. Franziska, está é Sabine, minha esposa.

— Nós já nos vimos uma vez no Decksteiner Weiher — disse eu. — Faz exatamente um ano. Nesse mesmo dia, um ano atrás.

Uma olhadela rápida e faiscante para Papai: Ai, aquele rosto amigo tão querido e íntimo! Como você fica diferente ao lado da tua esposa! Tão estranho!

— É mesmo — disse a esposa. — Estava tudo congelado. Fazia um frio terrível.

Ela tremeu de frio só de se lembrar da ocasião.

Eu também senti um calafrio.

— Com licença, espero que gostem do filme! Nos vemos depois, certo?!

— E eu tenho a sorte de conhecer uma celebridade dessas! — parafraseou Papai atrás de mim. Mas Sabine puxou-o pelo braço e o empurrou para dentro da sala de exibição.

Leo Lupe era um sujeito baixinho, com barba por fazer e um casaco de couro ensebado. Estava fumando apoiado no balcão e disse que o Sr. Gross não pretendia me chamar para o palco depois da exibição.

— É bem a cara dele — disse Paula, que me acompanhara por precaução.

— Mas seria o mínimo! — indignou-se Enno, que também viera por precaução. — Que ela fosse chamada ao palco na condição de autora!

— Enno — falei. — Deixa isso pra lá!

Meise, o meu ministro preferido, estava se aproximando. Podia-se ver a sua cabeça pairando sobre a multidão.

— Olá, Axel! — exclamei, acenando com intimidade!

— Franka — exclamou o ministro e abriu caminho na nossa direção.

— Por pouco não pude vir, mas eu TINHA que vir de qualquer jeito...

Ele beijou minha mão, a de Paula e a de Alma Mater, uma depois da outra.

A diva estava banhada de felicidade.

— Sr. Ministro, permita-me apresentar a minha família e os meus amigos...

— Ora, ora — disse Enno baixinho no meu ouvido. — Esse aí vai chamá-la para subir no palco.

— Ah, não — respondi. — Will Gross vai ter que fazer isso pessoalmente. É de direito. A comédia vai ter que acabar de maneira correta.

— Mas Will NÃO quer — disse Alma Mater. — Que sujeito idiota. Crianças, vocês PRECISAM se entender!

— Ele VAI — retruquei. — O senhor não concorda, Sr. Lupe?!

O sr. Lupe sorriu maliciosamente.

— Ele vai — respondeu o repórter piscando o olho e saiu dali. Ele já tinha a sua manchete para o dia seguinte.

Seria:

"Autora indignada NÃO foi convidada a subir no palco pelo diretor estraga-prazeres."

Ou:

"Autora estraga-prazeres foi convidada a subir no palco pelo diretor indignado."

Ambas me agradavam.

Tremenda estratégia de marketing.

Fomos os últimos a entrar na sala de exibição.

Toda a oitava fileira tinha sido reservada para nós!

Sonja estava lá na frente, apoiada na beira do palco, excitada e irrequieta como uma menininha. Ela tirara o casaco de peles que a fazia parecer gorda colocando-o ao seu lado na poltrona.

Que bom para todos nós que ela tenha conseguido vir assim aparentemente de última hora!

— Franziska! — gritou ela por cima da multidão, acenando freneticamente com os braços. — Que bom que você veio!

— Também acho! — festejei freneticamente de volta. — Que bom que VOCÊ veio! Você está ENCANTADORA!!!

Will Gross estava sentado ao lado dela. Ele não parecia estar muito feliz.

Procurei discretamente por uma beldade morena, mas ele estava só. Será que ela já estava sentindo as contrações?

Continuei acenando para Sonja. Ela era realmente muito gente fina! Eu ainda gostava muito dela! Will Gross não prestou atenção na nossa saudação impetuosa. Ele DETESTAVA cenas melodramáticas. Tudo tinha que parecer sempre muito natural.

Sentamo-nos todos.

Enno sentou-se à minha esquerda.

Ele segurou minha mão e colocou-a no seu colo.

Fiquei comendo pipoca, me esforçando por parecer relaxada, apesar de estar tremendamente excitada. Paula e Alma Mater sentaram-se mais para dentro com os dois homens bonitos. Os dois lugares junto ao corredor ainda estavam vazios.

A luz se apagou e a cortina subiu. A música do filme começou a tocar e surgiu no meio da tela em letras enormes e douradas:

XYZ Produções cinematográficas apresenta:

FELIZ SEM MARIDO

Um filme de Will Gross

Seguiram-se os nomes dos protagonistas, em letras igualmente grandes. Sonja irritou-se, e com razão, pelo fato de o nome do queridinho das telas, Udo Kudina, aparecer ANTES do seu. Só porque ELE era o queridinho das telas! Apesar de o seu papel ser muito maior do que o dele! Udo Kudina também estava sentado lá na frente com a sua companheira, Vanessa Schräg. Nós hoje também não tínhamos conversado. E por que deveríamos? Hajo Heiermann não viera por causa de um resfriado. O grande ator dramático, Heinz Rührseel, também não viera. Infelizmente. Alma Mater era uma grande fã dele!

Seguiram-se inúmeros nomes e nós aguardamos ansiosos, lá da nossa oitava fileira, pelo item "roteiro".

Apareceu bem no final e para minha grande surpresa estava escrito:

Roteiro: Franziska Grosskötter

e

WILL GROSS

Achei aquilo um pouco esquisito. Em primeiro lugar, o meu nome de casada estava completamente fora daquele contexto, e em segundo lugar o meu nome estava em letras visivelmente menores do que as do pequeno vigarista.

Mas ninguém reparou no pequeno deslize, além de Enno e de mim é claro.

Enno assegurara contratualmente que o meu nome apareceria em primeiro lugar.

Então. Mas ele NÃO assegurara contratualmente o tamanho das letras e o sobrenome.

Nem mesmo o experiente Enno pensara naqueles pormenores desprovidos de caráter. Mas nós estávamos aprendendo muitas coisas.

Recostei-me relaxada na poltrona do cinema. Ah, era maravilhoso poder assistir àquela adorável e descontraída comédia alemã, sem interrupções e acompanhada pelas bravas risadas e pelos aplausos dos convidados da pré-estréia!

A porta lateral se abriu exatamente na hora da cena da aula de dança. Viktor esgueirou-se para dentro junto com Annegret. Minha felicidade estava completa!

Annegret trouxera um enorme buquê de rosas brancas, que me entregou em nome de toda a editora.

Viktor e eu nos cumprimentamos com um aperto de mão.

Depois, curtimos o filme.

Ficara maravilhoso.

Choramos um pouquinho durante algumas cenas. É claro que Enno não chorou nas mesmas cenas que Viktor. Ele chorou na hora em que o microfone-hiper-supra-dolby-estéreo não foi empregado da melhor forma.

Viktor chorou na cena em que os apaixonados estavam se olhando, com uma cantora desconhecida cantando "Habe Dank" ao fundo.

Alma Mater e Paula choraram nas cenas em que os meninos foram cortados.

Agora, rir, nós todos ríamos ao mesmo tempo.

Como, por exemplo, na cena em que Udo Kudina abriu os olhos ao acordar. Era a cena mais hilária de todo o filme. Como ele dominava a cena! Perfeito! Sincronia total! Olhos se abrindo-e-gargalhada geral!

Will Gross tinha um tremendo feeling para captar um humor médio que agradava a todas as faixas etárias do público alemão. Sempre admirei essa sua capacidade.

O que achei um pouco ilógico e que ia contra tudo o que tinha sido acordado era que no final do filme Sonja Sonne e Udo Kudina se casavam.

O casamento festivo na catedral de Colônia era o ponto alto e a expressão artística do filme *Feliz sem marido*.

O título por si só já não se adequava.

Gente, isso *TINHA* que acontecer?

O meu livro terminava de uma forma tão diferente!

Mas Sonja já me prevenira!

Haviam sido feitas algumas alterações irrelevantes no roteiro. E a seqüência de algumas cenas também havia sido alterada.

O produtor afirmou numa carta endereçada a Enno que eu não tinha mais estado à disposição.

E, além disso, o público QUERIA um final feliz. E um final feliz era exatamente um casamento com tudo aquilo a que se tem direito.

Quase tudo.

Se não levarmos em conta as damas de honra e crianças cortadas posteriormente.

Mas no final das contas: era uma diversão cinematográfica e tanto!

Para toda a família!

No final, os aplausos foram calorosos.

Todos os convidados da pré-estréia aguardaram pacientemente todos os créditos passarem pela tela.

Todos foram mencionados. Cada um deles tinha sido importante. É claro. Todos tinham dado a sua contribuição...

Aplaudimos até nossas mãos ficarem doendo.

Tentávamos decifrar os muitos nomes que desfilavam por ordem de importância na nossa frente.

Primeiro motorista da produção, segundo motorista da produção, terceiro motorista da produção etc... Depois vinham as telefonistas, os iluminadores, os cabomen, as assistentes de roteiro, a primeira, a segunda e a terceira figurinista, o serviço de bufê, a escalação do elenco, os títulos.

Todos, todos, todos.

Meu Deus, era muita gente.

Sem eles o filme nunca teria sido realizado, jamais.

QUE aparato!

Então veio: com o patrocínio de, agradecimentos à simpática colaboração da Escola de Dança Schwingbein de Düsseldorf, os estacionamentos públicos foram regados pela firma de jardinagem Tannenbusch, a Secretaria de Obras da cidade de Düsseldorf cedeu os seus depósitos para os equipamentos de bloqueio de tráfego; e muito obrigado a todos os transeuntes que se dispuseram a mudar de calçada.

E depois, bem no final, enquanto as cortinas já estavam se fechando, apareceu em letras bem pequenas no canto da tela.

Baseado no romance de Franka Zis, publicado pela editora Frauen mit Pfiff.

— Você apareceu no centésimo quinqüagésimo oitavo lugar! — berrou Enno, enfezado, enquanto as cortinas acabavam de fechar. — Você, a mãe de toda a história!

— A gente tem que aprender a se desapegar das coisas — respondi.

As estrelas já estavam sendo chamadas para subir no palco.

Ai, aquilo era mesmo muito excitante! Os jornalistas correram para a frente, munidos das suas câmeras e seguidos pelos seus cabomen.

Will Gross pulou com agilidade para o palco e agradeceu fazendo reverências em todas as direções.

Todos aplaudimos efusivamente.

Ai, tomara que o filme seja um sucesso, Will. Eu ficaria muito feliz por você! Assim talvez você pudesse arcar com a mansão de tia Trautschn, inclusive com uma governanta para cuidar dos teus gêmeos morenos de olhos amendoados! Espere só, e você verá. Algum dia nós estaremos brincando na mesma caixa de areia. Depois que o estresse tiver passado!

Foram chamados ao palco todos os que deveriam estar lá, para evitar eventuais dissabores com uma manchete embaraçosa na coluna de Leo Lupe.

Infelizmente, o corpulento e obeso diretor da distribuidora caiu do palco pela lateral, devido à superlotação. Ainda bem que não quebrou nada, e que sua queda nem foi notada no meio daquele tumulto todo.

Quando todos os ministros, os bateristas e os arranjadores musicais tinham subido no palco, Will Gross cumpriu sua última e não menos amarga obrigação:

— Ah, já ia me esquecendo, meu filme foi baseado num livro — disse ele.

Enno me empurrou pelas costas e gritou:

— Anda! É a tua vez!

Alma Mater e Paula bateram palmas com tanta força que nem deu mais para escutar o resto da gentil introdução do diretor.

Subi no palco de cabeça erguida, passei me espremendo pelo meio de todas as pessoas que tinham contribuído para que a minha história fosse filmada e estendi a mão para Will Gross.

Diante das câmeras. Nós somos profissionais.

Olhei para todos os rostos na sala superlotada procurando pelos meus.

Ali estavam eles.

Sorrindo encorajadoramente para mim: Enno e Alma Mater, Paula e os seus homens, Viktor com Annegret e Papai com sua Sabine.

Todos tinham vindo por minha causa e todos sabiam como eu estava me sentindo naquele momento.

— Ainda preciso dizer uma coisa — exclamou Sonja em meio aos aplausos, se espremendo para chegar até o microfone.

É agora, pensei. Até que enfim. Sonja finalmente vai se retratar.

Ela nem precisava fazer aquilo. Ela é uma pessoa muito legal.

Finalmente. Já estava na hora. Olhei para Sonja, sentindo-me relaxada e aliviada, quando a ouvi dizer...

— Quero mandar um beijo para a minha mamãe e para o meu irmão...

— E? — Todos aguardavam ansiosos.

— ... e quero dizer a todos vocês... — continuou, olhando à sua volta, caçando elogios... — que estou grávida de cinco meses!

Murmúrio e tumulto no recinto. Meus joelhos ficaram bambos.

— Estou esperando GÊMEOS! — berrou ela. O resto se perdeu em meio aos gritos de "Bravo!" e aos aplausos.

Ela foi ao encontro de Will, segurou a mão dele e levantou-a, exatamente como faz o juiz depois de uma luta de boxe ao apresentar o vencedor.

Apertei com força as flores que o ministro me dera.

Sonja Sonne e Will Gross.

Em breve ela iria se chamar Sonja Sonne-Gross.

Leo Lupe se aproximou do palco pedindo licença. ESTA era certamente uma manchete sensacional para a sua coluna de amanhã. Perguntou qual era o próximo projeto cinematográfico dela.

Todas as vozes excitadas do recinto emudeceram.

— Em primeiro lugar, o meu querido e eu vamos nos casar — confidenciou Sonja para os seus fãs. — E o casamento será na catedral de Colônia!! Felizmente ele acabou de se divorciar poucos dias antes da pré-estréia.

Todos voltaram a aplaudir. Especialmente eu.

— Partiremos dentro de três meses numa turnê pela Rússia — revelou Sonja Sonne. — Eu não estarei diante das câmeras como atriz, mas Will Gross faz questão de filmar o parto no Expresso Transiberiano!

Achei aquilo muito acertado.

Mais risadas e aplausos retumbantes.

Eu também aplaudi.

Leo Lupe veio falar comigo.

— E quais são os seus planos? A senhora é a ex-mulher do diretor. As coisas vão se acalmar bastante à sua volta depois que o furor do filme passar! A senhora pretende voltar para casa e para o seu fogão?

— Já que o senhor está colocando dessa forma, Sr. Lupe — respondi, me surpreendendo com o eco da minha voz na sala de exibição. — Sim, vou voltar para a minha casa e para a minha família. E, uma vez lá, vou escrever mais um romance! Tenho a certeza de que já disponho de material suficiente!

Os aplausos voltaram retumbantes.

Peguei o microfone das mãos de Leo Lupe e gritei:

— Agradeço a vocês! Agradeço a todos vocês! Vocês são a minha vida! E é a vida quem escreve as melhores histórias!

Depois pulei do palco e me dirigi à oitava fileira.

Onde estava sentado o meu povo, aquele era o meu verdadeiro lar.

Minha gente, a quem eu tanto amava.

Na oitava fileira, onde era o meu lugar.

FIM

Todas as pessoas e acontecimentos deste romance são a mais deslavada mentira. De verdade.